Ein preisgekrönter Mord

W0341812

Im Econ & List Taschenbuch Verlag sind außerdem folgende Titel von Elizabeth Peters lieferbar:

Aus der Serie um Amelia Peabody:
Der Fluch des Pharaonengrabes (TB 25096)
Verloren in der Wüstenstadt (TB 25098)
Die Schlange, das Krokodil und der Tod (TB 25099)
Im Schatten des Todes (TB 25145)
Der Mumienschrein (TB 25157)
Der Ring der Pharaonin (TB 25156)
Ein Rätsel für Ramses (TB 25217)
Im Tal der Sphinx (TB 27567)

Aus anderen Serien:
Ein todsicherer Bestseller (TB 25136)
Kreuzfahrt ins Ungewisse (TB 25221)
Der versunkene Schatz (TB 25220)
Der letzte Maskenball (TB 25198)
Die Straße der fünf Monde (TB 27555)

Zum Buch

Jacqueline Kirby entscheidet sich, dem schlechten Wetter und dem Trübsinn des Coldwater College in Nebraska zu entfliehen. Eine Reise nach New York wäre da ideal, und als stellvertretende Leiterin der Universitätsbibliothek könnte sie den Spaß mit ihrem Beruf verbinden: Sie fährt zum jährlichen Treffen der historischen Liebesromanschriftstellerinnen.
Das Treffen erfüllt voll und ganz Jacquelines Erwartungen, es übertrifft sie sogar bei weitem: Erst kommt Dubretta Duberstein, die bekannte Klatschkolumnistin, unter mysteriösen Umständen zu Tode. Dann bittet Valerie Valentine, eine der berühmtesten Autorinnen des Treffens, Jacqueline um Hilfe. Alles sieht danach aus, als sei Valerie das nächste Opfer des Täters. Kann Jacqueline den Fall rechtzeitig aufklären? Ein weiteres spannendes Abenteuer der sympathischen Heldin.

Zur Autorin

Elizabeth Peters hat an der *University of Chicago* in Ägyptologie promoviert. Sie hat über 20 Krimis geschrieben und ebenso viele Thriller unter dem Pseudonym Barbara Michaelis. 1986 hat sie den *Antony Grand Master Award* und 1989 den *Agatha Award* gewonnen. Sie lebt in Chicago und in Frederick, Maryland.

Elizabeth Peters

Ein preisgekrönter Mord

Kriminalroman

Aus dem Amerikanischen von Beate Darius

Econ & List Taschenbuch Verlag

Veröffentlicht im Econ & List Taschenbuch Verlag
Der Econ & List Taschenbuch Verlag ist ein
Unternehmen der Econ & List Verlagsgesellschaft, München
© 1998 by Econ Verlag München – Düsseldorf GmbH
© 1984 by Elizabeth Peters
First published by Tom Doherty Associates, Inc.
Titel des amerikanischen Originals: Die for Love
Aus dem Amerikanischen übersetzt von: Beate Darius
Umschlagkonzept: Büro Meyer & Schmidt, München – Jorge Schmidt
Umschlagrealisation: Init GmbH, Bielefeld
Titelabbildung: Reiner Tintel, Düsseldorf
Gesetzt aus der Caslon, Linotype
Satz: Josefine Urban – KompetenzCenter, Düsseldorf
Druck und Bindearbeiten: Elsnerdruck, Berlin
Printed in Germany
ISBN 3-612-25241-0

Für Louise und Jim und ihre vierbeinigen Freunde

»Umhüllt von einem ungeahnt betörenden Duft erwachte Blaze inmitten weichseidener Kissen. Ein kühler Abendhauch – der exotisch verführerische Wüstenwind – streifte ihre nackte Haut. Nackt? Ein unterdrückter Aufschrei entwich ihren sinnlichen Lippen, als sie sich dessen bewußt wurde. Wo waren ihre Kleider? Welcher Unbekannte hatte ihren wehrlosen Körper entblößt? Und wo befand sie sich?

Aus feinstem Alabaster geschnitzte Fackeln spendeten genug Licht, um ihr diese letzte Frage zu beantworten. Ein seidener Baldachin beschirmte sie, doch durch den geöffneten Zelteingang sah sie den mit funkelnden Sternen übersäten Nachthimmel. Kaum daß sie das bemerkt hatte, wurde die Zeltöffnung von einer dunklen Gestalt ausgefüllt. Gebückt trat diese ein, und Blaze bemühte sich vergeblich, mit ihren zitternden Händen ihren schneeweißen, entblößten Körper zu bedecken. Es war der Araber, der sie im Basar bereits so unverhohlen betrachtet hatte. Tiefblaue Augen beobachteten sie aus den Falten seines Umhangs, der die untere Hälfte seines Gesichts verhüllte. ›Du bist kein Araber‹, hauchte Blaze. ›Ich kenne diese Augen... du bist... du bist...‹

›Dein Ehemann.‹ Er ließ seine Vermummung fallen; und es war tatsächlich das Gesicht von Lance, dem Grafen von Deptford,

dessen wohlgeformte Lippen ironisch lächelten. ›Komm, meine Geliebte, und hole dir, was dir so lange verwehrt war. Meine Verkleidung stört dich? Hinweg damit.‹ Und er warf sein Gewand beiseite.
Blazes Augen schweiften über seine braungebrannte, von unzähligen Duellen vernarbte Brust zu seiner schlanken Taille, der gestählten Bauchmuskulatur, bis hin zu seinem ...«
Jacqueline machte Stielaugen. »Gütiger Himmel«, entfuhr es ihr laut. »Das ist ja *Der wollüstige Tyrann.*«
»Ach wirklich?«
Jacqueline sah von den Seiten des Titels *Sklave der Wollust* auf. Die Stewardeß stand neben ihr und versuchte, einen Blick über ihre Schulter zu erhaschen. Höflich hielt sie das Buch so, daß die junge Frau es besser sehen konnte.
Die Augen der Stewardeß leuchteten auf. »Das ist die neue Valerie Vanderbilt! Die habe ich bislang noch nicht gelesen. Und ich liebe ihre Bücher, Sie auch?«
Jacqueline betrachtete den Einband des Taschenbuches genauer. Blaze (»der silbrige Schimmer ihrer weichfließenden Locken im Mondlicht hatte ihr diesen Namen verliehen«) lag hingegossen auf seidenen Laken, und die gebräunten, breiten Schultern des Grafen von Deptford bedeckten züchtig ihren Alabasterkörper. Der Titel und der Name der Autorin prangten in glänzenden dunkelroten Lettern auf dem Umschlag.
»Valerie Vanderbilt«, wiederholte Jacqueline. »Ich muß zugeben, daß dies der erste Titel ist, den ich von ihr lese.«
»Sie ist einfach göttlich.« Die Stewardeß seufzte schwärmerisch. »Man sagt, daß sie eigentlich eine Gräfin oder so etwas ist, aber sie benutzt ihren Titel nicht, weil ihre adlige Familie sie wegen ihrer vielen Liebesaffären enterbt hat. Und dieses Buch handelt von einem Tyrannen?«
»Da haben Sie mich wohl mißverstanden«, sagte Jacqueline. Sie blickte auf den Wagen mit den Flaschen und Gläsern, der aufgrund der literarischen Interessen der Stewardeß abrupt im

Gang stehengeblieben war. »Verkaufen Sie zufällig auch Getränke? Ich nehme einen Scotch. Nein, besser noch einen doppelten.«

Es war acht Uhr morgens, eine recht unpassende Zeit für alkoholische Getränke, aber die Fluggesellschaften hatten es als gewinnbringend erkannt, daß einige ihrer Passagiere ihre Flugängste mit Alkoholika hinunterzuspülen versuchten. Jacqueline hatte keine Angst vorm Fliegen. Sie wollte lediglich ihre kritische Haltung abschwächen.

Ihren zarten Hinweis auf die unerfüllten Servicepflichten bekräftigten die umsitzenden Fluggäste aufgebracht. Mit einer gemurmelten Entschuldigung führte die Stewardeß Jacquelines Bestellung aus und reichte ihr ein Glas, zwei Fläschchen sowie eine kleine Tüte gerösteter Erdnüsse: »Wenn Sie wollen, gebe ich Ihnen das Buch, sobald ich es gelesen habe«, sagte Jacqueline.

»Wirklich? Oh, das ist furchtbar nett! Aber Sie werden es sicherlich noch nicht zu Ende gelesen haben, wenn wir in New York landen.«

»Oh, doch, das werde ich.«

»Nun, das ist aber wirklich nett von Ihnen. Bücher sind so teuer. Ich lese jede Woche vier oder fünf Romane, und das summiert sich, auch wenn ich mit meinen Freundinnen tausche und wir...«

Ein zornig blickender Geschäftsmann in einer der vorderen Reihen hatte sich von seinem Platz in den Gang hinausgelehnt, fuchtelte mit einem Fünfdollarschein und stammelte wirres Zeug.

»Ja, Sir, komme sofort.« Die junge Frau lächelte Jacqueline zu und machte sich auf den Weg.

Jacqueline wandte sich erleichtert ihrer Erfrischung zu, entschied jedoch, daß sie immer noch nicht in der Lage war, wieder in das betörend duftende Zelt mit seinem seidenen Himmelbett zurückzukehren. Ich hätte drei doppelte Whisky bestellen sol-

len, dachte sie. Wenigstens wird mich die Stewardeß von nun an zuvorkommend bedienen. Vier oder fünf dieser Schwarten pro Woche? Wenn alle Beispiele dieses Genres wie der *Sklave der Wollust* waren, dann grenzte es an ein Wunder, daß sich die hartgesottenen Leser überhaupt noch artikulieren, geschweige denn einen zusammenhängenden Satz formulieren konnten.
Sie blickte aus dem Fenster. Nichts als eine undurchdringliche Wolkendecke. Als sie Nebraska verließ, hatte es geregnet. In den letzten vierzehn Tagen hatte es in Nebraska ununterbrochen geregnet. Die Bauern rauften sich die Haare, und die lokalen Tageszeitungen prognostizierten bereits Mißernten – verfaultes Getreide, modriges Heu – und damit Preiserhöhungen und allgemeine Verzweiflung. Jacqueline war vor drei Jahren nach Nebraska gezogen, und ihrer Meinung nach jammerten die Bauern dort ständig, und die Nahrungsmittelpreise stiegen unaufhörlich. Es war entweder zu heiß oder zu kalt, zu naß oder zu trocken. Sie hatte kein Interesse an Nebraska und seiner Landwirtschaft, doch dieses Frühjahr war selbst für ihr Empfinden viel zu verregnet gewesen. Das war einer der Auslöser dafür, daß sie sich am letzten Sonntag zu lautem Fluchen hatte hinreißen lassen, während sie an einem Fenster ihres Apartments stand und beobachtete, wie der strömende Regen in Sturzbächen auf ihren Balkon niederging.
»Ich muß aus diesem Provinznest verschwinden, sonst verliere ich noch den Verstand!«
»Provinznest ist nicht von der Hand zu weisen«, erwiderte ihr Freund, legte seine bestrumpften Füße auf einen Schemel und griff nach seinem Glas. »Wo willst du denn hin?«
»In eine Großstadt.« Jacqueline deutete mit dramatischer Geste zum Fenster. Im Umkreis der roten Backsteingebäude auf dem Universitätsgelände erstreckten sich, so weit das Auge reichte, trostlose Felder und Weiden. »Irgendeine Stadt. Vorzugsweise eine, wo es nicht regnet.«
»Dann könnte ich dir Kairo empfehlen. Oder Rom.«

»Ich kann es mir aber nicht leisten, nach Europa zu reisen.«
Ihr Kollege, Professor James Whittier, Dekan der Englischen Fakultät am Coldwater College, beobachtete sie mit einem schadenfrohen Grinsen. Sie war groß, schlank und so grazil wie eine Frau von höchstens zwanzig – es war nicht etwa so, daß James jemals ihr wahres Alter erfahren hätte, aber da sie zwei erwachsene Kinder hatte, mußte sie mindestens um die Vierzig sein. Ihr kräftiges kastanienbraunes Haar wies keine einzige graue Strähne auf, und James, der Jacquelines Haar ebenso gut kannte wie die Produkte, die Frauen zur Vertuschung dieser ersten Altersanzeichen anwenden, hätte schwören können, daß sie sich nicht färbte. Sie trug einen angejahrten Morgenmantel in auffälligen Blau- und Grüntönen, der ihm ebenso vertraut war und in Verbindung mit ihrer letzten Bemerkung seine Neugier weckte.
»Ich dachte, du wolltest diesen Sommer verreisen.«
»Wollte ich auch.«
»Und was ist dazwischengekommen?«
Jacqueline drehte sich abrupt um und funkelte ihn über den Rand ihrer Brille hinweg an. Die Tatsache, daß sie sie nicht auf ihren Nasenrücken schob, war ein schlechtes Zeichen. Jacquelines Brille war ihr Stimmungsbarometer. Hinabrutschen zur Nasenspitze bedeutete starke Emotionen – häufig negativen Ursprungs.
»Das geht dich nichts an, James. Du bist der neugierigste Mann, den ich jemals kennengelernt habe! Weißt du eigentlich, wie dich deine Studenten nennen?«
»Ich weiß, was mir die Studentinnen nachsagen«, erwiderte James mit einem vielsagenden Lächeln und fuhr sich nachlässig durch die silberne Lockenmähne.
»Du brauchst dein hinterhältiges Grinsen gar nicht auf mich zu verschwenden«, murmelte Jacqueline. »Mr. Lustgreis … Nein, ich glaube, Opi Impotent gefällt mir noch besser.«
»Opi Impotent, tatsächlich? Komm her, und ich werd' dir zeigen …«

»Ich bin nicht in Stimmung.«
»Hmmmm.« James entschied, daß dies nicht der richtige Zeitpunkt war, um Jacqueline an die Spitznamen zu erinnern, die die Studenten insgeheim für sie verwendeten. Sie hielt sich für eine zurückhaltend-ironische Betrachterin des Lebens. In der Tat war sie jedoch ebenso neugierig wie James und noch eher bereit, sich in die Angelegenheiten anderer Menschen einzumischen, wenn sie es für sinnvoll und angebracht hielt – und das war meistens der Fall. Allerdings glaubte sie bedingungslos an ihre eigene Selbsteinschätzung und wäre schockiert gewesen, wenn sie jemand eines Besseren belehrt hätte.
James war klar, daß es ebenfalls nicht ratsam war, weitere Fragen hinsichtlich Jacquelines veränderten Reiseplänen für den Sommer zu stellen. Sie hatte wohl mit finanziellen Engpässen zu kämpfen. Aber er würde ohnehin nichts aus ihr herausbringen. Was ihre persönlichen Angelegenheiten anging, konnte sie entsetzlich zugeknöpft sein. Völlig unweiblich, stellte James resigniert fest. Er mußte einen anderen Weg finden, um es zu erfahren.
»Wir könnten für ein paar Tage nach New Orleans fahren«, schlug er vor. »Oder nach San Francisco.«
»In San Francisco regnet es doch auch ständig. Ich reise nach New York.«
»Allein?«
»Allein.«
»Soweit ist es also schon gekommen«, bemerkte James bedauernd. »Der erste Riß in der Trutzburg der Liebe. Die erste verwelkte Blüte im Strauß. Der erste ... «
Weitere Metaphern wollten ihm nicht einfallen, deshalb griff er zu seinem Glas und trank.
Jacqueline setzte sich ihm gegenüber in einen Sessel, schob seine Füße von dem Schemel hinunter und legte statt dessen ihre eigenen darauf. »Der erste saure Apfel im Kompott der Zweisamkeit.«

James war sich dessen bewußt, daß er nicht der erste Mann in Jacquelines Leben war; er war sich nicht einmal sicher, ob er überhaupt der einzige war. Ihre Beziehung wurde mit der Diskretion behandelt, die das angestaubte, traditionsbewußte Kuratorium dieser Universität im Mittelwesten voraussetzte. Offiziell arbeiteten er und Jacqueline an einer Publikation. Die Aktentasche, die James jedesmal mit zu ihr ins Apartment nahm, brachte ihm Getuschel und wissendes Grinsen seiner Kollegen sowie bezeichnende Kommentare der spitzfindigeren unter seinen Studenten ein. Sicherlich jedoch wären alle überrascht gewesen, daß die Aktentasche tatsächlich drei Kapitel einer Publikation enthielt. Manchmal arbeiteten er und Jacqueline wirklich an ihrer Buchveröffentlichung.

Trotzdem war ihre Beziehung irgendwie festgefahren, mußte sich James eingestehen. Er saß mit Socken und aufgerollten Hemdsärmeln in demselben Sessel, in dem er die letzten vierzehn Sonntage auch gesessen hatte, die Sonntagszeitung lag um sie beide verstreut, und das Frühstücksgeschirr stand noch auf dem Tisch. Irgendwann würden sie den Abwasch erledigen und im Old Redde Barn zu Abend essen. Alle Freuden der Ehe ohne deren Unannehmlichkeiten. James gefiel diese Verbindung. Jacqueline offenbar nicht.

Sie wühlte sich durch einen Stapel Papiere und Zeitungsausschnitte. »Ich werde eine Autorenkonferenz besuchen«, kündigte sie an.

»Eine dienstliche Verpflichtung?«

»Selbstverständlich.«

»Aber du bist doch gar keine Schriftstellerin.«

Jacqueline deutete auf seine Aktentasche. »Wir arbeiten doch an einer Veröffentlichung, oder etwa nicht?«

»Selten«, sagte James. »Eher selten.«

»Egal, ich bin Bibliothekarin. Buchhandel, Bücher, Autoren ... Selbst die Fanatiker der Internal Revenue kapieren diesen Zusammenhang.«

James grinste. Jacquelines Fehde mit dem lokalen IRS-Büro war bereits Campus-Legende. Irgendwann einmal hatte sie unter dem Vorwand, Autoren aus reinem Berufsethos filmen zu müssen, versucht, ihre eigene, neue Videokamera abzusetzen.
»Welche Tagung willst du denn besuchen?« fragte er diplomatisch.
Jacqueline deutete auf einen Zeitungsausschnitt. »Die Internationale Konferenz der Autoren von historischen Liebesromanen. Das war die einzige, die ich finden konnte. Die ABA war bereits im letzten Monat, und die ALA findet in Birmingham statt. Und nach Birmingham kriegen mich keine zehn Pferde.«
»Die Autoren von historischen Liebesromanen«, wiederholte James. »Ich verstehe... Hast du in letzter Zeit denn historische Romane gelesen?«
»Nein, in letzter Zeit nicht. Aber in meiner Jugend habe ich sie verschlungen. Beispielsweise *Der Gefangene von Zenda*, *Vom Winde verweht*, *Amber*.«
»Soso. *Amber*.«
»Das ist doch kein schlechtes Buch«, sagte Jacqueline.
»Nein.«
»Was ist denn mit dir?« Jacqueline blickte ihn mißtrauisch an. »Du machst dich über mich lustig, James. Ich kenne doch dieses Grinsen.«
»Ich bin mir nicht sicher, ob die IRS dir das abkauft, das ist es. In Universitätsbibliotheken findet man selten Romane. Insbesondere Liebesromane.«
»Dann werde ich eben einen schreiben«, sagte Jacqueline. »Eigentlich gar keine üble Idee. Irgend jemand hat mir erzählt, daß sich diese Bücher momentan sehr gut verkaufen.«
»Oh, natürlich. Ganz bestimmt sogar... Nun, das klingt wirklich nach einer hervorragenden Idee. Laß mich mal überlegen; zwei Wochen New York, am vierten Juli bist du dann wieder zurück; vor dem Labor Day solltest du dein Manuskript allerdings fertiggestellt haben.«

»Deine Oberlehrermentalität kannst du dir schenken«, erwiderte Jacqueline schnippisch. »Ich bin mir bewußt, daß es nicht einfach ist, ein Buch zu verfassen. Aber mit viel Fleiß ...«
»Ich bin sicher, du könntest es schaffen.« James musterte sie einen Augenblick lang und nickte dann. »Ja, könntest du. Wann reist du ab?«

Er brachte sie nach Omaha. Auf ihrer Fahrt dorthin plauderten sie über dienstliche Angelegenheiten und über das Wetter, trotzdem ließ sich Jacqueline von James' Freundlichkeit nicht beirren. Er war nach wie vor gekränkt, daß er sie nicht begleiten durfte. Typisch Mann, dachte sie insgeheim. Ihr Selbstbewußtsein war so schwach ausgeprägt, und ständig nahmen sie alles persönlich.
James machte keinerlei Anspielung auf seine verletzten Gefühle, fuhr jedoch so langsam, daß Jacqueline schon befürchtete, ihr Flugzeug zu verpassen. Als sie ihn darauf ansprach, erwiderte er leichtherzig: »Ach, wir haben noch so viel Zeit«, und tatsächlich erreichten sie den Schalter wenige Sekunden bevor die Lautsprecher den letzten Aufruf für den Flug 576 durchgaben.
»Hab' doch gesagt, wir sind pünktlich«, sagte James. »Mach dir ein paar schöne Tage. Hier, noch ein kleines Abschiedsgeschenk.«
Jacqueline nahm das eingewickelte Päckchen. »Bücher? Wie aufmerksam von dir, James.«
»Du hast doch gesagt, daß du in letzter Zeit keinen historischen Liebesroman gelesen hast. Das hier sind zwei der absoluten Verkaufsrenner – wurde mir zumindest gesagt.« Gedankenversunken griff James nach ihrer Hand. Er lächelte. Es war jedoch eher ein breites, durchtriebenes Grinsen, das seine untere Gesichtshälfte völlig ausfüllte.
Und so kam es, daß Jacqueline Kirby, stellvertretende Bibliotheksleiterin am Coldwater College, Doktor der Literaturwissenschaften und Magister Artium, Dozentin und erklärte Intel-

lektuelle, in den Besitz zweier Bücher mit den Titeln *Sklave der Wollust* und *Glutrote Blume der Liebe* gelangte.

Entgegen der weitverbreiteten Meinung sind Bibliothekarinnen auf gar keinen Fall weltfremde, zimperliche alte Jungfern. Und Universitätsbibliothekarinnen sind dem, was allgemein als Kultur bezeichnet wird, auch keineswegs unaufgeschlossen. Sie haben die gleichen Probleme und Empfindungen wie jeder Normalsterbliche, und man kann sie ohne weiteres auch gebannt vor dem Fernsehschirm oder vertieft in eine Ausgabe des *Playgirl* antreffen. Es war reiner Zufall, daß Jacqueline von den neuesten und heißesten Modeerscheinungen des Literaturbetriebs keine Ahnung hatte. »Ich kaufe keine Bücher in Supermärkten«, lautete ihre Argumentation. »In Supermärkten kaufe ich Obst und Toilettenpapier.« Sie kaufte ohnehin nur selten Bücher. Eine Bibliothekarin braucht weder in Supermärkten noch sonst irgendwo Bücher zu kaufen. Bücher sind die eine Annehmlichkeit, die Bibliothekare im Überfluß haben.

Aufgrund ihres kleines Schwipses las Jacqueline schließlich mit wachsender Begeisterung weiter und bemerkte weder, daß sich die Wolkendecke zunehmend lichtete, noch die sehnsüchtigen Blicke der Stewardeß, die in ihrer Vorfreude auf den *Sklaven der Wollust* gelegentlich an ihr vorüberstreifte. Die Stewardeß war ebenfalls in ihrer Nähe, als Jacqueline den Titel *Glutrote Blume der Liebe* schloß. Als sie deren erwartungsvollen Blick bemerkte, lächelte sie, und die Stewardeß eilte zu ihr.

»Kann ich irgend etwas für Sie tun, Madam?«

Jacqueline überlegte. »Ich glaube, ich brauche keinen Scotch mehr. Aber setzen Sie sich doch zu mir, wenn Sie einen Augenblick Zeit haben.«

»O nein, ich darf mich jetzt nicht hinsetzen. Wir landen in einer halben Stunde.«

»Ich habe den *Sklaven der Wollust* zu Ende gelesen. Und dieses hier auch. Möchten Sie sie beide?«

»Oh, vielen Dank. Sind Sie sicher, daß Sie sie nicht ... «

»Ganz sicher«, erwiderte Jacqueline entschieden.

»Das hier habe ich auch noch nicht gelesen.« Die Stewardeß betrachtete den Einband von *Glutrote Blume der Liebe.* »Valerie Fitzgerald – sie ist gut, aber nicht so gut wie Valerie Vanderbilt. Natürlich ist Valerie Valentine meine absolute Lieblingsautorin. Finden Sie sie nicht auch phantastisch?«

»Ich kenne sie gar nicht«, sagte Jacqueline, überwältigt von dieser Inflation des Namens Valerie.

»Oh, Sie müssen sie lesen. Sie ist einfach die Größte. Sie wird als Ehrengast an der Konferenz teilnehmen. Ich würde so gern hingehen, aber leider muß ich arbeiten. Vielleicht kann ich kurz nach Manhattan reinfahren und mir einen Vortrag anhören.«

»Ich werde teilnehmen«, sagte Jacqueline.

»Wirklich? Sie Glückliche. Oh, aber – ich wußte ja gar nicht – sind Sie Schriftstellerin? Unter welchem Pseudonym schreiben Sie denn?«

»Ich habe bislang noch nichts veröffentlicht«, erklärte Jacqueline. »Ich beabsichtige, mich Valerie von Hentzau zu nennen.«

»Das ist ein toller Name.«

»Finde ich auch.«

»Sie sehen aus wie eine Autorin«, versicherte ihr die junge Frau. »Ich meine, Sie sehen aus, als könnten Sie eine attraktive Persönlichkeit darstellen, wenn Sie ... ich meine ... «

»Ich schreibe für ein älteres Lesepublikum«, sagte Jacqueline in ernstem Tonfall. »Manche von uns erinnern sich noch an die Liebesromanzen aus der Vergangenheit. Und es ist mein ehrgeiziges Ziel, diese Augenblicke für diejenigen festzuhalten, die heute aufgrund ihrer Altersschwäche nicht mehr in der Lage sind, so etwas noch selbst zu erleben.«

Darauf gab es keine plausible Antwort, und Jacqueline hatte auch keine erwartet. Unsicher lächelnd zog sich die Stewardeß zurück, wobei sie die Bücher fest an ihren Busen gedrückt hielt. Jacqueline lehnte sich zurück und kramte in ihrer Handtasche. Aus deren unerschöpflichen Tiefen zauberte sie ein Exemplar von *Das Ende der Liebe* hervor und hoffte, daß der vielversprechende Titel ihr Gemüt sämtlicher Wollust enthob. Als der Pilot ihre baldige Landung ankündigte, trat allerdings ein hoffnungsfroher Glanz in ihre Augen. Die Konferenz versprach ein ausgesprochenes Vergnügen zu werden. Sie konnte es kaum erwarten.

Als der Flughafen-Bus durch den dichten Verkehr in Richtung Stadt fuhr, blickte Jacqueline voll verträumter Nostalgie aus dem Fenster. Es war mittlerweile drei Jahre her, seit sie die Ostküste zugunsten des züchtigen Charmes von Amerikas Hinterland verlassen hatte. Für diese Entscheidung hatten eine Reihe sinnvoller Gründe gesprochen – die Chance, die Stelle der liebenswert senilen Bibliotheksleiterin am Coldwater College zu übernehmen (die allen Versprechungen zum Trotz allerdings immer noch dort arbeitete); die hohen Lebenshaltungskosten an der Ostküste; und die Nähe von Jacquelines Kindern, die zwar jetzt erwachsen und theoretisch unabhängig waren, sich aber immer noch viel zu oft und ungefragt in die Angelegenheiten ihrer geliebten alten Mutter einmischten und deren Finanzen, Liebesleben und Kühlschrank überwachten. Wenn sie sie besuchten, befanden sie sich fast immer in Begleitung von Mitgliedern des anderen Geschlechts, und Jacqueline begann sich innerlich gegen zukünftige Großmuttergefühle zu sträuben. Wenn es soweit war, und das wäre sicherlich früher oder später der Fall, wollte sie mindestens tausend Meilen entfernt sein. Sie hatte eigentlich nichts gegen Großmütter oder Babys im allgemeinen, trotzdem schien ihr Distanz eine sinnvolle Vorsichtsmaßnahme, und es wäre vermutlich auffällig gewesen, wenn sie mit ihrem Fortgehen bis zum Eintritt des Ernstfalles gewartet

hätte. Augenblicklich hatte sie jedoch das Gefühl, in die Heimat zurückgekehrt zu sein.
Die meisten Passagiere stiegen am Grand Central Station aus. Jacqueline schnupperte voller Zufriedenheit die kohlenmonoxydhaltige Luft, atmete tief ein, schnappte sich ihren Koffer und ging los. Am Spätnachmittag war es ohnehin zwecklos, nach einem Taxi Ausschau zu halten. Außerdem lag ihr Hotel an der 53. Straße, nur etwa eine Viertelstunde Fußweg entfernt.
Als sie die Fifth erreicht hatte, war sie bereits wieder in ihren alten Fußgängertrott verfallen – sie schlängelte sich gekonnt durch die Menschenmenge und überquerte die Straßen auch bei Rot, solange der Verkehr noch anhielt. Überflüssig zu erwähnen, daß diese Fähigkeit absolute Konzentration erfordert und die Einwohner Manhattans von den Touristen unterscheidbar macht. Letztgenannte steuern verwirrt und abgeschlagen auf die Schaufenster zu, wo sie wenigstens nach einer Seite hin vor den Menschenmassen geschützt sind.
Jacqueline war ebenfalls versucht, sich die Auslagen anzuschauen, insbesondere die der Buchhandlungen; Coldwaters einzige Einkaufsstraße besaß keine vergleichbare Anziehungskraft. Aber sie blieb standhaft. Sie hatte kaum noch Zeit zum Einchecken und Umkleiden, bevor sie an der Eröffnungsveranstaltung der Konferenz teilnahm – einem formellen Mittagessen, während dessen der »geheimnisvolle Ehrengast« vorgestellt werden würde.
Es war ihr nicht gelungen, ein Zimmer im Harrison Hotel zu buchen, in dem die Veranstaltung stattfand, doch ihr Hotel lag praktisch direkt gegenüber. Außerdem bot es »Sonderkonditionen« und damit erheblich günstigere Preise. Das Zimmer war absolut amerikanischer Standard: zwei Doppelbetten, geschmacklose Tapeten sowie eine fest installierte Leselampe am Bett, die es beinahe unmöglich machte, dort ein Buch zu lesen. Die Aussicht aus dem fünfunddreißigsten Stock gab den Blick auf den Central Park und die umliegenden Wolkenkratzer

frei. Der Park ließ Jacqueline kalt; Natur hatte sie in Nebraska genug. Doch sie nahm sich einen Augenblick Zeit, um ihren Blick über die riesigen Gebäude schweifen zu lassen und sich den Luxus vorzustellen, den diese verkörperten – Luxus, wie sie ihn schon seit langem nicht mehr erlebt hatte. Saks und Altman's und ›Lord and Taylor‹ – nicht, daß sie es sich etwa hätte leisten können, dort oder überhaupt irgendwo im Umkreis der Park und Lexington ihre Garderobe einzukaufen, aber selbst ein Schaufensterbummel war immer noch reizvoller als die Schnäppchenläden in der Fußgängerzone von Coldwater. Die Museen – Guggenheim, Cloisters, Metropolitan – im Met waren soeben die neue ägyptische Abteilung und der Amerikanische Flügel eröffnet worden, und außerdem wollte sie sich eine Ausstellung in der Abteilung für Kostümdesign ansehen. Aber der Mensch lebt nicht ausschließlich von Museumsbesuchen, und Jacquelines Interessen waren ohnehin vielseitig. Sie würde in der Stadt eine ganze Reihe von Freunden besuchen müssen, um sich über die angesagtesten Plätze – Nachtclubs, Cafés und Bistros – zu informieren, denn in dieser Hinsicht änderte sich der Geschmack schnell, und sie war sich darüber im klaren, daß ihre früheren Lieblingskneipen vermutlich gar nicht mehr existierten. Selbst die nette Schwulenbar auf der 79. Straße, wo sie so viele Freunde gefunden hatte ...

Seufzend wandte sie sich vom Fenster ab und begann mit dem Auspacken. Nach der Hälfte der Lektüre von *Sklave der Wollust* hatte sie bereits der Verdacht beschlichen, daß ihre Garderobe dem Grundtenor der Veranstaltung nicht gerecht wurde. In ihrem Koffer befand sich weder eine Rüschen- noch eine durchsichtige Bluse – allerdings auch nicht in ihrem Kleiderschrank in Nebraska. Im Augenblick mußte ein schmalgeschnittener Hosenanzug aus Leinen reichen. Sie ließ die beiden oberen Knöpfe ihrer Bluse offen, bürstete ihr Haar, bis es glänzte, und griff nach ihrer Tasche.

Obwohl Jacqueline davon überzeugt war, daß ihre Handtaschen

nicht größer waren als die einiger anderer Frauen, waren sie zweifellos größer als die der meisten Frauen. Sie neigten dazu, sich gefährlich auszubeulen, und niemand, einschließlich Jacqueline, wußte genau, was sich wirklich darin befand. Das Kollegium am C.C. hatte Jacquelines Taschen immer mißtrauisch betrachtet, bis sie am Tag der Abschlußfeierlichkeiten einen Schirm, einen Regenmantel und ein Paar Gummistiefel daraus hervorzauberte. Bis auf die Tatsache, daß der Wetterbericht für jenen Tag wolkenlosen Himmel und keinerlei Eintrübung vorhergesagt hatte, war das an sich nichts Überwältigendes. Allerdings fanden die Feierlichkeiten im Freien statt, und als der Himmel seine Schleusen schließlich doch noch öffnete, war Jacqueline die einzige Teilnehmerin, die darauf vorbereitet war.
Abgesehen von diesen Vorzügen war eine große Handtasche, wenn es darauf ankam, auch eine wirkungsvolle Verteidigungswaffe. In dieser letztgenannten Funktion setzte sie Jacqueline ein, als sie sich ihren Weg vom Hotel durch die Menge bahnte. Der Verkehr auf der Sixth Avenue war schon Straßenzüge weiter zum Erliegen gekommen, und der Geräuschpegel war höher als sonst zur Mittagszeit in Manhattan.
Die Ampel schaltete gerade auf Grün, als Jacqueline die Straßenecke erreichte, und die frustrierten Fahrer überschrien sich gegenseitig mit ihren Beschimpfungen. Hupkonzerte und schrilles Gekeife von allen Seiten. Ein Taxi bedrängte die Stoßstange des vor ihm stehenden Wagens; dessen Fahrerin, eine ältere Dame mit reizenden weißen Löckchen, blickte verdutzt aus dem Fenster und setzte sich lautstark zur Wehr. Jacqueline entging, was sie sagte, dem Taxifahrer jedoch offensichtlich nicht, denn er fluchte in höflichstem Spanisch. Jacqueline hatte verschiedentlich den Eindruck, daß ihr manche Schimpfworte überhaupt nicht geläufig waren. Jedenfalls war der Taxifahrer mit einer beeindruckend schrillen Stimme gesegnet.
Das Problem schien die Querstraße zu sein. Die Kreuzung wurde von zwei absolut ungewöhnlichen Fahrzeugen blockiert. Bei-

des waren Cabriolets eines Baujahrs, das auf Amerikas Straßen nur noch selten anzutreffen ist. Und beide leuchteten auffällig in Pink.

Von dem zweiten Wagen konnte Jacqueline nur die Karosserie erkennen, doch auf die Insassen des ersten Fahrzeugs hatte sie einen guten Blick. Der Fahrer war offensichtlich ein gebürtiger New Yorker; ungerührt von den Beschimpfungen um ihn herum, starrte er arrogant und gelangweilt geradeaus. Die weiteren Mitreisenden waren weniger blasiert. Von einer der Frauen war lediglich ihre messingfarbene Perücke zu erkennen. Sie saß so eingesunken auf ihrem Platz, wie es das Fahrzeug zuließ. Die andere Frau war rothaarig, von unbestimmbarem Alter und bemerkenswerter Fülle. Verärgerung oder Sonnenbrand hatten ihrem Gesicht einen ungesunden Rotton verliehen, der einen schauderhaften Kontrast zu ihrem rosafarbenen Hütchen, dem rosafarbenen Kleid und ebensolchen Handschuhen bot.

Der dritte Insasse des Fahrzeugs ... Jacqueline stellte sich auf die Zehenspitzen, um besser sehen zu können. In diesem Augenblick erhob sich der junge Mann und präsentierte seine volle Schönheit: ein weißes Hemd mit Rüschenärmeln, das er bis zum Bauchnabel geöffnet trug, dazu ein roter Kummerbund aus Seide und ein schwarzer, dunkelrot gefütterter Umhang. Dessen Zobelbesatz schwang nach hinten, als er beide Arme durch die Luft schwenkte, um sein Publikum zu begrüßen, das daraufhin in Begeisterungsstürme ausbrach. Einige der Beteiligten lachten, andere stöhnten, und sämtliche Taxifahrer fluchten. Irgend jemand in der näheren Umgebung von Jacquelines linkem Ellbogen seufzte tief und hauchte »sexy«.

Jacqueline blickte zu Boden. Wenn sie Absätze trug, war sie knapp einen Meter achtzig groß, und das schmachtende Mädchen war gut und gerne fünfzehn Zentimeter kleiner als sie. Als sie Jacquelines Blick bemerkte, kicherte sie und zuckte die Schultern.

»Wer ist das?« fragte Jacqueline unüberhörbar.

»Wer weiß das schon? Er ist jedenfalls großartig. Vermutlich einer dieser Romanverfasser.« Sie deutete auf das Hotel an der gegenüberliegenden Ecke.

»Natürlich«, sagte Jacqueline belustigt. »Rudolph Rassendyll, Zorro, Edmond Dantes … Die Romantik ist einfach unschlagbar.«

»Hä?«

»Jedenfalls ein Adonis«, stellte Jacqueline fest.

Das Sonnenlicht schimmerte auf dem schwarzen Brusthaar des jungen Mannes. Das Cabriolet machte einen Satz nach vorn, und er setzte sich ruckartig. Sein Gesicht war von einem breiten Grinsen überzogen.

Jacqueline entschied, daß sie sich besser auch auf den Weg machte. Falls die Insassen der pinkfarbenen Wagen besagte Ehrengäste waren, würde die Veranstaltung vermutlich ohnehin nicht pünktlich beginnen, aber sie wollte sich einen guten Platz sichern. Völlig problemlos überquerte sie die Sixth Avenue – kein einziges Fahrzeug war in Bewegung –, doch bevor sie das Hotel betrat, riskierte sie noch einen letzten Blick auf den Autokorso. Der hatte sich mittlerweile weit genug nach vorn geschoben, daß sie auch den zweiten Wagen hervorragend sehen konnte. Dabei handelte es sich um ein altes Cadillac-Cabriolet mit überdimensionalen Heckflossen, das sich in tadellosem Zustand befand. Sein Besitzer, der vermutlich zu der abgehobenen und auserlesenen Gruppe von Oldtimer-Sammlern zählte, wäre über seinen gegenwärtigen Zustand allerdings entsetzt gewesen. Es war geschmückt wie die Festwagen zum Erntedankfest – oder, noch eher, anläßlich einer Parade zum Valentinstag. Vom Kühlergrill bis zur Heckflosse war weiße Baumwollspitze um das Fahrzeug drapiert. Ein vergoldeter Amor ersetzte das ursprüngliche Markenzeichen. Auf der Fahrertür prangte ein Abzeichen in Form eines Wappens: goldene Herzpaare, gekrönt von einem Diadem und umrahmt von weiteren vergoldeten Amorfiguren.

Drei Personen befanden sich auf dem Rücksitz. Einer von ihnen war ein glatzköpfiger Mann mittleren Alters. Sein Gesicht war ebenso nichtssagend und desinteressiert wie das der vorderen Insassen. Die zweite war eine grauhaarige Frau, die wie eine ganz normale Hausfrau wirkte. Die dritte ...

Schönheit ist Geschmacksache und bleibt dem Auge des Betrachters überlassen. Wahre Schönheit ist seltener zu finden als Diamanten und deshalb bemerkenswerter. Kaum einer unter den berühmten Bühnen- und Filmschönheiten verdient diese Auszeichnung; Make-up, Beleuchtung und vor allem die Umtriebigkeit von Presseagenten und Werbefirmen erzeugen ein falsches Bild, das nichts mit wirklicher Schönheit zu tun hat.

Das Mädchen in dem pinkfarbenen Cabriolet war schön. Sie saß zwischen den beiden älteren Leuten und wirkte wie eine Rose in einem Zucchinibeet. Sie hatte einfach alles – ein apartes Gesicht, zarte Haut und ansprechende Gesichtszüge. Ihr Haar, das ihr in sanften Wellen über die Schultern fiel, war weder gelb noch blond oder platinfarben, sondern von einem natürlichen Kupferton und schimmerte wie feinste Seide. Ihr Gesicht war herzförmig mit zart gerundeten Wangen und einem kleinen, energischen Kinn. Sie trug eine tief ausgeschnittene, reinweiße Bluse beziehungsweise ein Kleid – Jacqueline konnte lediglich ihren Oberkörper erkennen – mit einem weichen Spitzenkragen, der ihren schlanken Hals umschmeichelte, und ihre entblößten Arme waren so makellos wie die einer griechischen Aphrodite-Statue. Trotzdem war ihre Schönheit nicht klassisch zu nennen. Die rosigen Wangen und ihre Körperrundungen erinnerten eher an die gemalten Schönheiten von Boucher und Fragonard.

Der Korso hatte sich erneut einige Zentimeter vorwärts geschoben. Die Schreie der Zuschauer hatten sich zu einem Geräuschpegel gesteigert, der normalerweise nur von manchen Rock- oder Punkgruppen erzielt wird. Ein rotgesichtiger Polizist stürzte sich in die Menge und wurde von den Taxifahrern überrannt, die ihre Fahrzeuge verlassen hatten und sich den Cabriolets näherten. Widerwillig wandte sich Jacqueline ab.

Ein in der Empfangshalle des Hotels installierter Veranstaltungsplan dirigierte sie ins Zwischengeschoß, wo die Anmeldung zur Konferenz der Autoren von historischen Liebesromanen stattfand. Hier stieß Jacqueline auf einen Überschwang in Pink und Weiß, aus Girlanden und Papierherzen und weiteren vergoldeten Amor-Figuren. Gegenüber dem Anmeldetresen, der mit pinkfarbenem Kreppapier dekoriert war und von drei mißmutig blickenden Frauen in pinkfarbenen Kittelkleidern flankiert wurde, befanden sich mehrere Ausstellungsstände mit diversen Verlagsreihen wie »Kerzenscheinromantik«, »Unerfüllte Liebe« und »Mondenschein-Liebesromanzen«. Die Mondenschein-Titel hatten sich offensichtlich auf die Valeries spezialisiert; Jacqueline fielen mehrere Exemplare von *Sklave der Wollust* sowie ein Stapel mit Büchern auf, der den von der Stewardeß bevorzugten Autorennamen trug – Valerie Valentine.

Während sie die Dekoration bestaunte, wurde Jacqueline von einem schnurrbärtigen Mann in Anzug und Weste mit den Worten angesprochen: »Suchen Sie einen Agenten, Schätzchen? Ich vertrete ... «

Jacqueline nahm seine Karte. Schließlich konnte man ja nie wissen.

Ein weiterer Stand, der in einiger Entfernung von den Verlagsauslagen aufgebaut war, strahlte den hausbackenen Charme eines Heimwerkerwettbewerbs aus. Pinkfarbene und weiße Kreppapierrüschen umrahmten einen wackligen Tisch mit einer Flagge, auf die jemand dilettantisch den Namen der Organisation gedruckt hatte. Es las sich etwa wie »Walentine-Werehrer von Amerika«, und Jacqueline fragte sich, welches der um den Stand versammelten jungen Mädchen wohl die Künstlerin gewesen war. Sie schienen ein überaus repräsentatives Bild ihrer Altersgruppe abzugeben; einige waren schlank und hübsch, andere wiederum pummelig und nichtssagend, und die meisten von ihnen hatten Zahnspangen, Akne oder beides.

Jacqueline schlenderte mit ihrem Formular entlang des Anmeldetresens. »Fans?« fragte sie und deutete auf die Walentine-Werehrer.

Eine der Mitarbeiterinnen blickte von den Schecks auf, die sie gerade sortierte. Jacquelines gediegene Erscheinung schien sie zu beeindrucken, denn sie sagte entschuldigend: »Ich versichere Ihnen, daß sie keinesfalls repräsentativ für unsere Leserschaft sind. Wenn es nach mir gegangen wäre, wären die gar nicht hier. Man hätte sie dazu zwingen sollen, Eintrittskarten zu kaufen, wie jeder andere auch.«

Ihre etwas nachsichtigere Kollegin meinte: »Die meisten von ihnen haben doch kein Geld. Du weißt doch, was Mrs. Foster über Fans gesagt hat: Halt sie dir vom Leib, aber halt sie in deiner Nähe. Ja, Miss? Sind Sie Autorin oder Verlegerin?«

Jacqueline überlegte. Vermutlich standen als Alternativen die Kategorien »Fan« oder »Sonstige« zur Wahl. Beide sagten ihr nicht zu. »Autorin«, sagte sie und erhielt ein Blanko-Namensschild, ein Programmheft sowie einen Stapel Eintrittskarten für die unterschiedlichen Tagungsveranstaltungen. Dann kramte sie einen Stift aus ihrer Handtasche, trug in das herzförmige, knallrote Namensschild J. Kirby ein und steckte es an ihrer Jacke fest.

Die Dekoration der Automobile und des Zwischengeschosses hätten sie für den Ballsaal, in dem das Mittagessen stattfinden sollte, wappnen müssen, trotzdem war Jacqueline für Sekundenbruchteile überwältigt. Wie festgewurzelt im Türrahmen stehend, schaute sie sich fasziniert um. Es waren nicht so sehr die Herzen und die Papiergirlanden oder die kitschigen Amorfigürchen; daran hatte sie sich mittlerweile gewöhnt. Es waren die Luftballons – Hunderte mit Helium gefüllter Ballons, die in pinkfarbenen, roten, weißen und violetten Trauben an allen erdenklichen Punkten befestigt waren oder frei durch den Raum

schwebten. Jacqueline räumte einen pinkfarbenen Ballon aus dem Weg und trat ein.
Die meisten Plätze waren bereits besetzt, was sie nicht überraschte, da es bereits 12.30 Uhr war und das Essen um ein Uhr beginnen sollte. An der Kopfseite des Saals befand sich auf einer mit rotem Samt und (selbstverständlich) mit pinkfarbenen Papierherzen dekorierten Erhöhung ein Tisch, der für die Vortragenden und den geheimnisvollen Ehrengast reserviert war. An den umliegenden Tischen war kein einziger freier Platz mehr, doch Jacqueline entdeckte einen Stuhl, auf dem lediglich eine Nerzjacke und eine Handtasche lagen. Sie ging darauf zu und sprach die Teilnehmerin auf dem Nachbarstuhl an.
»Entschuldigen Sie bitte. Ich glaube, das ist mein Platz.«
Wie sie es erwartet hatte, war der Stuhl überhaupt nicht besetzt. Mit einer Unverfrorenheit konfrontiert, die der ihren in nichts nachstand, resignierte die Besitzerin der Nerzjacke mit giftigem Blick und murmelte lediglich: »Ach, wirklich!« Jacqueline erwiderte diesen Blick. Die Frau trug ihr rotes Autorennamensschild an einem Dekolleté, das Schultern freigab, die sie der Öffentlichkeit besser vorenthalten hätte. Ihr Kleid war aus pinkfarbenem Chiffon und mit riesigen roten Rosen bedruckt. Ihre Gesichtszüge erinnerten Jacqueline an einen unfeinen Vergleich aus dem Mittelwesten, der sich auf das Hinterteil eines Pferdes bezieht.
Jacqueline glitt auf den freien Stuhl, legte ihre Handtasche unter den Tisch, stellte ihre Füße darauf und öffnete ihr Programmheft. Ihre Lektüre wurde von einer ängstlichen Stimme unterbrochen, die sie leise fragte: »Wissen Sie, ob man hier rauchen darf?«
Gedankenversunken wandte sich Jacqueline der Sprecherin zu, die links von ihr saß. Das Mädchen war höchstens achtzehn. Weiches braunes Haar umschmeichelte ihr kindlich-unbefangenes Gesicht. Auf ihrer von Sommersprossen übersäten Stupsnase saß eine Hornbrille, hinter der sie ein Paar sanfter blauer

Augen versteckte. Ihr blaues Kleid war langärmelig mit hochgeschlossenem Kragen. Jacqueline, eine eifrige Sammlerin von Versandhauskatalogen, hatte genau dieses Kleid schon einmal abgebildet gesehen. Der Begleittext hatte der zukünftigen Trägerin garantiert, daß sie »durch und durch wie eine Dame« aussehen würde. In diesem Fall zumindest traf die Behauptung zu.

»Ich sehe keinerlei Hinweis, der das untersagt«, meinte Jacqueline.

»Aber es gibt hier keine Aschenbecher.«

Es gab auch weit und breit keine Kellner. Jacqueline zerrte ihre Tasche vom Boden hoch. Nachdem sie eine Weile darin herumgewühlt hatte, zog sie eine angelaufene Messingdose daraus hervor und entfernte deren Deckel. »Nehmen Sie einfach die hier.«

»Oh, aber ... «

»Man kann sie ohne weiteres als Aschenbecher benutzen«, erklärte Jacqueline. »Ich trage sie immer noch mit mir herum, obwohl ich mir das Rauchen abgewöhnt habe.«

»Oh, ich wollte Ihnen gerade ... «

»Danke.« Jacqueline griff nach den Zigaretten. »Ich höre jeden Monat einmal mit dem Rauchen auf«, gab sie zu.

Ihre neue Freundin blickte interessiert auf ihr Namensschild. »Tut mir leid, aber ich habe noch keines Ihrer Bücher gelesen. Oh, aber vermutlich schreiben Sie unter Pseudonym.«

»Nein.« Jacqueline inhalierte tief. »Ich bin keine Schriftstellerin.«

»Aber Ihr Namensschild ... «

»Ich habe gelogen.«

»Oh!«

»Sie würden sicherlich nie lügen, oder?« Das Namensschild des Mädchens war ebenfalls rot. Ihr Name lautete Susan Moberley. »Ich habe aber auch noch nichts von Ihnen gelesen«, sagte Jacqueline. »Es sei denn, Sie sind Valerie Vanderbilt.«

»Schön wär's. Sie ist ein Verkaufsschlager. Ich bin lediglich ein Neuling in der Branche. Mein erstes Buch erscheint in diesem Herbst.«

»Danach werde ich selbstverständlich Ausschau halten. Wie lautet denn der Titel?«

»Ich wollte es eigentlich *Das unselige Komplott* nennen. Schauplatz der Handlung ist England unter der Herrschaft Richards des Zweiten, deshalb habe ich den Titel abgeleitet von ... «

»Ich kenne die Rede.«

»Oh. Nun, jedenfalls fand meine Lektorin, daß das kein guter Titel sei. Sie plädiert für *Verbotene Liebesnacht.*«

»Verstehe.«

Ihre nichtssagende Äußerung ließ Sues sommersprossige Wangen erröten. »Es ist aber nicht so ein Buch«, meinte sie aufgebracht.

»Wie viele Vergewaltigungen?«

»Zwei. Aber die sind wirklich nicht ... «

»Irgendwas mit Sodomie?« fragte Jacqueline. »Oder Inzest? Sadomasochistische Orgien, Peitschen, Ketten, Gruppensex?«

Sues Gesicht war dunkelrot angelaufen und entsprach der Farbe des Ballons, der soeben auf dem Tisch gelandet war. Jacqueline tat das Mädchen leid. »Sie müssen es sehr nötig haben«, sagte sie mit mitfühlender Stimme.

»Ich weiß nicht, wieso Sie denken ... «

»Womit verdienen Sie Ihren Lebensunterhalt, Susan Moberley?«

»Ich bin Lehrerin an der Hauptschule.«

»Hab' ich mir gedacht. Woher kommen Sie? Iowa? Kansas?«

»Aus einer kleinen Stadt in Nebraska. Sagt Ihnen mit Sicherheit nichts.«

»Darauf würde ich nicht wetten«, erwiderte Jacqueline verdrossen.

»Ihr Ostküstler meint immer, daß die Leute aus meinem Landstrich der USA Ignoranten sind. Wir sind genauso vertraut mit...«

»Sodomie, Inzest und Peitschen. Zweifellos sind Sie das. Aber Sie scheinen mir über ein vernünftiges Maß an Geschmack und Intelligenz zu verfügen. Stört Sie das Bild einer Frau als williges Opfer, wie es in Büchern dieses Genres dargestellt wird, denn nicht?«

Ehe Susan antworten konnte, meinte die Dame im Nerz, die ihr Gespräch belauscht hatte, entschieden: »Jetzt muß ich Ihnen voll und ganz zustimmen. Ich lasse nie zu, daß meine Heldinnen ausgenutzt werden. Sie sind unabhängige, sexuell befreite Frauen, die ihr Leben selbst bestimmen.«

Eine angeregte Diskussion folgte. Alle umsitzenden Autorinnen stimmten der Sprecherin grundsätzlich zu. Ihre Heldinnen waren alle unabhängig und sexuell befreit. Sie räumten allerdings ein, daß weniger angesehene Autoren manchmal auf diese Schiene verfielen.

Jacqueline war zuwenig vertraut mit dem Genre, als daß sie hätte einschätzen können, ob das der Wahrheit entsprach, doch sie hörte verschiedentlich Äußerungen wie »ich meine, sie ist zu uneinsichtig«. Von der Diskussion schließlich gelangweilt, hörte sie nicht mehr zu und vergnügte sich statt dessen damit, die aufgrund des schwindenden Heliums langsam auf die Tische herabsinkenden Ballons anzustupsen.

»Ich verhungere«, murmelte Sue. »Was meinen Sie, wann das Essen endlich serviert wird?«

»Keine Ahnung.« Jacqueline griff in ihre Tasche. »Möchten Sie die Hälfte meines Müsliriegels?«

Während sie kauten, fügte Jacqueline hinzu: »Ich schätze, der geheimnisvolle Ehrengast ist aufgehalten worden. Als ich ankam, herrschte draußen das reinste Verkehrschaos. Der Auslöser schienen zwei pinkfarbene Cabriolets zu sein.«

Die Dame im Nerz kicherte boshaft. »Typisch für Hattie. Sie hat vermutlich versäumt, sich die Zusage der Polizei geben zu

lassen, daß der Verkehr für ihre alberne Prozession gestoppt wird.«
»Das würde Hattie nie versäumen«, meinte eine andere Frau, die Jacqueline gegenübersaß. »Sie hat sicherlich darum gebeten und wurde abgewiesen. Sinnvollerweise. Deshalb ist sie einfach ohne Genehmigung losgefahren. Sinnvollerweise.«
»Wer ist denn diese Hattie?« wollte Jacqueline wissen.
»Sie kennen Hattie nicht? Meine Liebe, Sie haben wirklich keine Ahnung vom Literaturbetrieb. Hattie hat diese Konferenz organisiert. Sie ist die internationale Präsidentin der Autoren von historischen Liebesromanen.«
»Ich bitte vielmals um Verzeihung«, sagte Jacqueline zerknirscht. »Das war mir nicht geläufig. Ist das denn alles, womit sie ihren Lebensunterhalt bestreitet – mit der Organisation von Konferenzen?«
Ihre Informantin ereiferte sich wie eine der Hexen in *Macbeth.*
»Hattie ist Literaturagentin, Schätzchen. *Die* Literaturagentin. Alle Bestsellerautoren dieses Genres kommen aus ihrem Stall – Vanderbilt, Valentine und Victor von Damm – restlos alle. Das verschafft ihr eine Monopolstellung.«
»Wirklich?« Jacquelines Neugier war echt. Das Umfeld nichtakademischer Publikationen war ihr bislang unbekannt, und sie interessierte sich für fast alles.
»Lassen Sie sich das einmal durch den Kopf gehen, Schätzchen. Nicht nur einen der großen Namen – nein, alle. Wenn ein Verleger auf diesem Sektor Geld verdienen will, muß er sich mit Hattie auseinandersetzen, und sie ist eine ausgekochte Vertragspartnerin. Das heißt, sie kann sich ihre neuen Autoren gezielt aussuchen. Die meisten von ihnen würden morden, nur um von ihr vertreten zu werden. Alberne Trottel.«
Das Namensschild der Sprecherin war pinkfarben – eindeutig die Farbe, die den Agenten unter den Gästen vorbehalten war, wie man von der tief empfundenen, persönlichen Bitterkeit in der Stimme der Frau ableiten konnte.

Die Dame im Nerz, die im Laufe der Tirade ihrer Tischnachbarin Anzeichen von Bestürzung gezeigt hatte, rief in aufgebrachtem Tonfall: »Alle großen Namen, Pat? Wirklich alle?«
»Was? Oh ... oh, nein. Nicht alle.« Die Agentin hatte ihre Emotionen schließlich wieder unter Kontrolle. »Also ... meine Damen, Sie kennen doch sicherlich alle die berühmte Rosalind Roman – meine Klientin.«
»Liebste Pat ... Hattie ist wirklich nicht die einzig bedeutende Literaturagentin, meine Damen.«
Eine unangenehme Gesprächspause entstand. Dann sprachen plötzlich alle gleichzeitig. Mitten in dem Lärm zischelte Sue aus einem Mundwinkel heraus: »Aber Rosalind gehört zu denen, die morden würden, um in Hatties Stall überwechseln zu können.«
Dann ertönte ein Trompetenakkord, der in einem schnöden Mißton endete, da jemand das Band zu früh abgestellt hatte. Ein Samtvorhang hinter der Erhöhung wurde aufgeschoben, und die grauhaarige Dame, die Jacqueline zusammen mit dem hübschen jungen Mädchen im Wagen aufgefallen war, marschierte herein. Verhaltener und eher spöttischer Jubel begrüßte sie. Vielleicht begrüßten die Gäste das bevorstehende Auftragen des Essen ebensosehr wie das Auftauchen der Präsidentin der Autoren von historischen Liebesromanen.
Sie sah aus wie eine Allerweltstante Hattie – wohlwollendes Lächeln, zwinkernde Augen hinter ihren Brillengläsern und ein riesiger, mütterlicher Busen. Einzelne Strähnen kringelten sich aus ihrem unordentlichen grauen Haarknoten hervor. Mit ihrem säuselnden Virginia-Akzent hieß sie die Gäste willkommen, hoffte, daß sie noch nicht verhungert waren, lachte herzlich über ihren eigenen Witz und stellte die Ehrengäste vor, die einer nach dem anderen hinter dem Samtvorhang hervortraten und unter Hatties Lobesbezeugungen ihre Plätze einnahmen. Der brustbehaarte Held im schwarzen Umhang stellte sich als Victor von Damm heraus. Ihm folgten Emerald Fitzroy, Autorin von

Dämmerstunde der erwachenden Liebe – der Rotschopf –, und schließlich Valerie Vanderbilt. Jacqueline hatte nicht damit gerechnet, daß die Autorin von *Sklave der Wollust* schüchtern war, aber Valerie schien es offenbar zu sein; sie hielt ihren Kopf mit der messingfarbenen Perücke gesenkt, während sie sich auf dem ihr von Victor zurechtgerückten Stuhl niederließ.

Eine nervöse Gesprächspause entstand, die lediglich vom Knurren leerer Mägen ausgefüllt wurde. »Und jetzt ist der Augenblick gekommen, auf den Sie alle mit Spannung gewartet haben«, rief Hattie. »Unser geheimnisumwitterter Gast. Erraten Sie, wer es ist? Wir haben ein solches Glück, Mädels! Hier ist sie – die Königin der Liebe in Person – die bekannteste, attraktivste und begabteste Schriftstellerin historischer Liebesromane weltweit – Valerie Valentine!«

Eigentlich hatte Jacqueline eher auf den Augenblick gewartet, in dem etwas Eßbares serviert wurde, aber nicht alle Gäste waren so zynisch wie sie. Stürmischer Beifall begrüßte den Auftritt des hübschen jungen Mädchens mit dem rotgoldenen Haar. In einem kostbaren weißen Organdy-Kleid glitt sie am Arm eines großen, nicht unbedingt attraktiven Mannes mit weißer Krawatte und Frack auf die Erhöhung. Er half ihr auf den thronartigen Sessel unmittelbar neben Hatties Platz und setzte sich auf die andere Seite.

Hattie griff nach dem Mikrophon, doch ihre Kommentare wurden von einem Heer hereinrauschender Kellner überstimmt. Sie waren bereits spät dran und wollten ihren langweiligen Job endlich hinter sich bringen. Die Speisen wurden auf den Tisch geknallt, Wein in Gläser gekippt, und Hattie sank zurück auf ihren Stuhl.

Das Menü entsprach dem klassischen Damenlunch – Chicken à la King, ein kaltes Röllchen pro Gast sowie zusammengefallene Kopfsalatblätter mit Fertigsauce. Das Dessert war die absolute Krönung – herzförmige Törtchen mit vier geeisten Erdbeeren, die verschämt aus einer Schicht synthetisch wirkender Schlagsahne hervorlugten. Dann gingen die Kellner mit Tee- und Kaffeekannen auf die Tische los, und die Gäste, die zwar gesättigt, aber nicht zufrieden waren, wandten ihre Aufmerksamkeit schließlich der intellektuellen Erbauung zu.

»Wer ist denn der Mann neben Valerie... gütiger Himmel«, sagte Jacqueline andächtig. »Wie können Sie sie eigentlich auseinanderhalten?«

»Die Valerie-Vanderbilt-Fangemeinde nennt sie VV«, erklärte Sue. »Valentine benutzt ihren Nachnamen. Und das ist ihr Geliebter, der Graf von Devonshire.«

»Der Graf von Devonshire ist vierundachtzig und seit sechzig Jahren glücklich verheiratet mit einer Cousine der Königin.«

»Tatsächlich?«

»Ich habe nicht die leiseste Ahnung«, sagte Jacqueline. »Aber ich verwette meinen letzten Dollar, daß diese Person nichts mit der britischen Aristokratie zu tun hat.«

»Vielleicht ist er auch der Graf von Devonbrook. Irgend etwas in der Art.«

»Gütiger Himmel«, wiederholte Jacqueline.

»Es ist ziemlich schauderhaft hier, finden Sie nicht?«

»Schauderhaft?« Jacqueline fischte einen geschrumpften Ballon aus ihrer Kaffeetasse. »Ich habe mich seit Jahren nicht mehr so prächtig amüsiert.«

Die sich an das Mittagessen anschließenden Vorträge waren glücklicherweise kurz; wie Hattie fröhlich zugab, lagen sie ein kleines bißchen hinter dem Zeitplan zurück. Sie mußte nur noch ein paar winzige Kleinigkeiten darlegen...

Klischee jagte Klischee, und alles bezog sich in erster Linie auf die Verfasser der Romantik. »Wer weiß es besser als wir, daß die Liebe alles besiegt?« flötete Hattie.

Jacqueline langweilte sich zu Tode. Nicht unbedingt leise bemerkte sie: »Ach, welch eine Versuchung ist die Liebe.«

»Nur die Liebe allein«, zwitscherte Hattie. »Und manchmal auch der Alkohol«, fügte Jacqueline hinzu. »Das ist von einem wenig bekannten Dichter namens Charles Dibdon. Er hat alles gesagt ... «

»Pst«, zischte die Dame im Nerz verärgert. Sue kicherte.

Jacqueline ließ sich nicht einschüchtern. Hatties »Die Liebe ist himmlisch und der Himmel voller Liebe« veranlaßte sie zu »Die Liebe ist wie die Masern; sie kann uns nur einmal erwischen, aber je älter wir sind, um so schlimmer erwischt sie uns«. »Jeder auf dieser Welt braucht die Liebe«, beharrte Hattie, woraufhin Jacqueline kopfschüttelnd Brotkrumen von ihrem Teller aufpickte. »Ich nicht. Lassen Sie mich davon verschont ... denn ich habe die Liebe satt. Vollkommen satt.«

»Sie müssen Englischlehrerin sein«, sagte Susan, während sich Hattie unter Beifall auf ihren Platz zurücksinken ließ.

»Bibliothekarin«, meinte Jacqueline nachdenklich. Während des Essens hatte sie das merkwürdige Verhalten von Valerie Vanderbilt zunehmend verwirrt. Obgleich letztere ihr Gesicht dicht über ihren Teller gebeugt hielt, schaute sie gelegentlich auf, wenn sie die Gabel zum Mund führte, und ihre Gesichtszüge kamen Jacqueline irgendwie bekannt vor. In Gedanken ließ sie alle bekannten Persönlichkeiten sowie ihre früheren Freundschaften an sich vorüberziehen, bis sie plötzlich eine Verbindung herstellte. Aber das war sicherlich unmöglich ... Als hätte sie übersinnliche Wahrnehmungskräfte, blickte VV plötzlich in ihre Richtung. Der Ausdruck äußerster Panik auf ihrem Gesicht überzeugte Jacqueline davon, daß sie sich nicht geirrt hatte.

Während die Kellner Geschirr und Gläser abräumten, zogen sich die Ehrengäste zurück. VV stürmte auf den Samtvorhang zu, doch ihre Hoffnung auf einen raschen Abgang wurde von Hattie vereitelt, deren stämmige Gestalt zunächst den Durchgang versperrte. Jacqueline verabschiedete sich von Sue, dann nahm sie die Verfolgung auf.

VV bemerkte, daß sie auf sie zukam, und versuchte, ihr zu entkommen. Jacqueline schnitt der Schriftstellerin den Weg ab und zwang sie in eine Ecke.

»Jean. Wie lange ist das nun schon her? Aber ich würde dich überall erkennen!«

»Sie irren sich«, stammelte VV unter ihrer Perücke hervor. »Mein Name ist …«

»Jean Frascatti, Jahrgangsstufe … Nun, auch egal. Ich habe sicherlich genausowenig Lust wie du, mich an das Jahr zu erinnern. Heißt du immer noch Frascatti, oder hast du …«

»Pst! Laß meinen Namen aus dem Spiel!«

Es bedurfte schon eines scharfen Blickes, die Ähnlichkeit mit der mittlerweile zwanzig Jahre älteren und stark geschminkten Frau herzustellen. Jeans Gesicht wirkte beinahe jugendlicher als in Jacquelines Erinnerung, und der leuchtendrote Lippenstift betonte einen Mund, der früher einmal ganz anders ausgesehen hatte. Aber sie waren Freundinnen gewesen, und auch wenn Jean ihr äußeres Erscheinungsbild verändert hatte, hatte sich an ihren Verhaltensweisen nichts geändert, und diese prägen einen Menschen doch wesentlich stärker als optische Merkmale.

»In Ordnung«, sagte Jacqueline. »Wenn du es so haben willst. … Es war nett, dich wiederzusehen.«

»Warte.« Eine Hand krallte sich an ihrem Ärmel fest. »Gütiger Himmel, daß ausgerechnet du von allen Menschen … Was machst du hier?«

»Ich bin dafür bekannt, daß ich so gut wie überall auftauche«, sagte Jacqueline ungerührt. »Was machst *du* denn hier? Bist du wirklich …«

»Ja. Warum sollte ich das abstreiten?« Das klang ziemlich frustriert.

»Dafür gibt es keinen ersichtlichen Grund. Ich schätze, daß niemand deinen richtigen Namen kennt.«

»Den muß auch keiner kennen.« Jean versagte die Stimme. »Versprichst du's mir? Daß du es niemandem erzählst?«

»Sicher, wenn du es nicht willst.«

»Du mußt es mir schwören. Schwöre bei ... bei Van Johnson.«
Jacqueline mußte lachen. »Den hatte ich fast vergessen.«
»Du hattest dich schrecklich in ihn verknallt.«
»Schnee von gestern ... Nun ja. Ich schwöre bei Van Johnson. Ich nehme an, daß du aufgrund der gegebenen Umstände – ich habe keine Ahnung, welche das auch immer sein mögen – nicht möchtest, daß ich dich erneut anspreche.«
»Nein. Doch. Warte eine Sekunde.«
Jacqueline wartete. Einen Augenblick später meinte Valerie-Jean: »Wenn ich dir sage, daß du verschwinden sollst, machst du das. Nicht wahr?«
»Selbstverständlich.«
»Aber ich würde mich gern mit dir unterhalten. O Gott, ich muß unbedingt mit einem Menschen reden.«
»Schön.«
»Aber nicht hier. Ich muß irgendeinem entsetzlichen Vortrag beiwohnen.«
»Dann mach einen Vorschlag.«
»Nach dem Vortrag. Wir treffen uns ... o Gott!« Mit einem Aufschrei wandte sie sich ab und stürmte auf ihren viel zu hohen Absätzen davon.
Jacqueline drehte sich um, um den Auslöser ihres überstürzten Aufbruchs in Erfahrung zu bringen.
Eine Frau im abgetragenen Tweedkostüm stand in ihrer Nähe. Sie war eine beeindruckende Erscheinung – groß und kräftig, mit grimmigen Gesichtszügen und den Anzeichen eines Damenbarts –, doch ihr drohend gezückter Filzstift schien sicherlich nicht so furchteinflößend, daß er Jean in die Flucht geschlagen hätte. Dann fiel es Jacqueline schlagartig ein. Die Schultertasche der Frau war ebenso groß wie die ihre, und sie nahm gerade ein Notizbuch heraus. »Journalistin« hätte ihr auf die Stirn geschrieben sein können.
»Welche Valerie sind Sie denn?« wollte die schnurrbärtige Dame wissen und deutete mit dem Stift auf Jacqueline.

»Bislang noch gar keine. Wenn ich einen Roman schreibe, beabsichtige ich, mich Valerie von Hentzau zu nennen.«

»Nicht übel.« Die Frau bleckte ihre Zähne. »Dann ist Ihr Namensschild ... «

»Ich habe gelogen.«

»Korrekt.«

Jacqueline betrachtete das Namensschild ihres Gegenübers. Zum ersten Mal kam ihr ein Name bekannt vor. »D. Duberstein. Sind Sie Dubretta Duberstein? Die Kolumnistin?«

»So nennt man mich unter anderem auch.« Dubrettas scharfe dunkle Augen taxierten suchend die Umgebung ab. »Haben Sie nicht eben mit Valerie Vanderbilt gesprochen?«

»Ich bin ein großer Fan von ihr«, murmelte Jacqueline.

»Ach, tatsächlich? Wie lustig. Nach ihrem Gesichtsausdruck zu urteilen, schienen Sie sie eher eines Verbrechens bezichtigt zu haben.«

»Sie scheint ziemlich schüchtern zu sein.«

»Sie verbirgt irgend etwas. Das können Sie mir glauben. Ich frage mich ... «

Jacqueline lief neben ihr her und versuchte, sich ihr in den Weg zu stellen. »Ich bin auch ein Fan von Ihnen«, sagte sie. »Ich lese Ihre Kolumne.«

»Wie oft?«

»Alle Jubeljahre einmal.«

»Das habe ich mir gedacht.« Die andere Frau lachte laut und herzlich. »Sie wirken viel zu intelligent, als daß Sie auf meinen Blödsinn reinfielen.«

»Ich erinnere mich an einen Fall, den Sie aufdeckten«, sagte Jacqueline. »Liegt schon einige Jahre zurück. Sexuelle Belästigung im Bürgermeisteramt.«

»Ach, diese Geschichte. Dafür hätte man mich beinahe gefeuert. Meine Leser erwarten Skandalgeschichten von Prominenten.«

»Es war eine hervorragende Serie. Man hätte Sie für einen Pulitzer nominieren sollen.«

Dubrettas Gesichtszüge schienen nicht für sanftere Empfindungen geschaffen zu sein, und der jahrelange Zynismus in ihrem Job hatte sie noch mehr verhärtet, doch der Blick, den sie Jacqueline zuwarf, berührte diese tief. Voller Stolz, Dankbarkeit und Zuneigung verzog sie ihre Mundwinkel zu einem angedeuteten Lächeln, meinte dann jedoch schroff: »An welchem Vortrag nehmen Sie teil?«

»An dem über Werbemaßnahmen. Er verspricht mir der interessanteste zu werden.«

»Wieder korrekt.« Sie marschierten nebeneinander her. Einen Augenblick später fragte Dubretta: »Was machen Sie eigentlich hier? Ganz inoffiziell, ich bin einfach nur neugierig.«

Jacqueline wußte, daß die Erklärung »inoffiziell« nichts zu sagen hatte, andererseits war sie viel zu unbedeutend, um in einer von Dubrettas Kolumnen Erwähnung zu finden. Leider. Die Kolumne wurde im konservativen Coldwater als skandalös und geistlos eingestuft, aber trotzdem von den gebildeten Bürgern heimlich verschlungen. Es hätte Jacqueline diebischen Spaß bereitet, darin aufzutauchen.

»Ich bin Bibliothekarin«, erklärte sie. »Ich wollte unbedingt nach New York reisen und brauchte deshalb einen dienstlichen Grund.«

Sie folgten den letzten Gästen aus dem Speisesaal. »Ich muß meine Nase pudern«, sagte Jacqueline. »Vielleicht sehen wir uns irgendwann einmal wieder, wenn das hier alles vorüber ist.«

Dubretta grinste. »Ich halte Ihnen einen Platz frei.«

»Sie vergeuden nur Ihre Zeit, Dubretta. Ich würde niemals etwas über Valerie Vanderbilt preisgeben. Keine zehn Pferde würden etwas aus mir herausbringen.«

Sie und Dubretta trennten sich mit dem Ausdruck beiderseitiger Wertschätzung.

Jacqueline puderte tatsächlich ihre Nase, als sie bemerkte, daß eines der sie umgebenden Gesichter sie anstarrte. Dabei handelte es sich allerdings keineswegs um eine weitere Erscheinung aus ihrer Vergangenheit; das Gesicht war so jung, um das ihrer Tochter oder sogar Enkelin (Jacqueline seufzte) sein zu können, schätzungsweise Jahrgang... Sie zwang sich, nicht weiter darüber nachzudenken.

Das Mädchen hätte keine sympathische Enkelin abgegeben. Eine dicke Schicht Make-up vermochte die Narben und Pickel nicht abzudecken, und der dilettantisch aufgetragene, knallige Lidschatten vermittelte den Eindruck, als habe sie eine Faust aufs Auge bekommen. Ihre kleinen Augen, die rundlichen Wangen und die Knollennase erinnerten Jacqueline an ein Hausschwein namens Hammerhead Jones, das sie einmal gekannt hatte. Mr. Jones hatte Hammerhead – sehr zur Freude seiner Freunde und Nachbarn – im letzten Februar zu Koteletts verarbeitet.

Jacqueline wandte sich vom Spiegel ab und stand dieser Erscheinung direkt gegenüber. Sie trat zur Seite. Das Mädchen ebenfalls. Sie war genauso groß wie Jacqueline, nur erheblich breiter. Ihr Kleid kaschierte ihre Leibesfülle nicht, obwohl es recht hübsch war und teuer aussah. Pinkfarbene Tupfen auf Schweizer Batist, der meterweise an eine gerüschte Schulterpasse angekräuselt war, und Puffärmel so groß wie Luftballons.

»Ja?« fragte Jacqueline.

»Ich möchte mit Ihnen reden.«

»Kenne ich Sie?«

»Ich bin Laurie Schellhammer.«

»Was für ein Zufall«, sagte Jacqueline und dachte dabei an Hammerhead.

»Wie bitte?«

»Nichts für ungut.« Das Namensschild des Mädchens war weiß. »Wenn Sie zu der Fangemeinde zählen, bin ich nicht der richtige Ansprechpartner für Sie. Ich zähle nicht zu den Valeries.«

»Das weiß ich.« Laurie blickte sie verächtlich an. »Ich bin Laurie Schellhammer, Präsidentin der Valentine-Verehrerinnen von Amerika. Ich kenne alle großen Autorennamen.«

»Was wollen Sie von mir, Laurie Schellhammer?«

»Sind Sie eine neue Autorin?«
»Nein.«
Als Jacqueline sich an ihr vorbeizwängen wollte, hielt Laurie sie fest. »Hören Sie mir zu, ich kenne Sie nicht, also gehe ich davon aus, daß Sie neu in diesem Geschäft sind. Ich möchte Sie warnen. Halten Sie sich von dieser Frau fern. Sie wird Sie ausfragen wollen. Sie versucht, alle Autoren schlechtzumachen. Insbesondere Valentine.«
»Welche Frau?«
»Die Duberstein«, zischte Laurie angewidert. »Sie ist ein Biest. Ein hinterhältiges, schmieriges Biest. Haben Sie nicht gelesen, was sie gestern über Valentine geschrieben hat? Großer Gott, das war so billig ... «
»Ich meine mich zu erinnern«, sagte Jacqueline. Dann griff sie in ihre Handtasche und reichte Laurie ein Papiertaschentuch. »Hier. Sie übertreiben.«
Automatisch fuhr sich das Mädchen mit dem Tuch über die Schweißperlen, die sich auf ihrem Gesicht gebildet hatten. »Gott, ich hasse diese Frau. Halten Sie sich von ihr fern. Sie wird Sie verreißen. Genauso, wie sie es mit Valentine versucht. Aber das werde ich nicht zulassen. Ich werde sie schon kleinkriegen. Ich werde nicht zulassen, daß sie ... «
Jacqueline ließ die fluchende Laurie stehen und flüchtete.
Der Vortragssaal war überfüllt, doch Dubretta hatte nach Jacqueline Ausschau gehalten und deutete auf den für sie reservierten Platz.
»Ist das nicht lustig?« fragte sie süffisant.
»Ich amüsiere mich hervorragend«, erwiderte Jacqueline.
»Dann haben Sie eine Schwäche für Verrückte.«
»Hab' ich – falls Sie damit Leute mit ungewöhnlichen Ansichten über ungewöhnliche Themen meinen. Das finde ich wesentlich interessanter als die sogenannten normalen Menschen.«
»Wenn Sie wollen, zeige ich Ihnen ein paar von den verrückteren Typen«, bemerkte Dubretta.

»Das wäre schön. Ich kann mir nur nicht vorstellen, weshalb Sie so nett zu einer so überaus unwichtigen Person wie mir sind.«
»Wirklich nicht?« Sie lächelten sich an, dann wurde Dubretta wieder ernst. »Um ehrlich zu sein, es ist entspannend, mit einem unbeteiligten Außenstehenden zu plaudern – jemand, der keine Scharte auszuwetzen hat und darüber hinaus über einen annehmbaren IQ verfügt.«
»Nur weiter so, Dubretta. Ich schätze Komplimente.« Trotzdem hatte Jacqueline das Gefühl, daß es die Kolumnistin in gewisser Weise ernst meinte. Das Werk einer Autorin mit Lob zu überschütten ist der sicherste Weg zu ihrem Herzen und ein Beweis für überragende Intelligenz.
Vortragende und Gäste nahmen ihre Plätze ein. Dubretta hielt ihr Versprechen und wies auf die Wichtigeren unter ihnen hin. Die weißhaarige Dame in den Achtzigern, die sich unsicheren Schrittes auf einen Stock stützte, war Rosemary Radley, Autorin des Titels *Süße sinnliche Sechzehn.* Der schlurfende Klotz von einem Mann mit Bauchansatz und Affenarmen war Amber Graustark, Autor der siebzehnbändigen De-Toqueville-Saga, welche jene fiktive, vom Schicksal gebeutelte Familie vom mittelalterlichen England bis ins Mexiko des 19. Jahrhunderts begleitete.
»Amber?« wiederholte Jacqueline.
»Einige der Top-Autoren dieses Genres sind Männer«, fügte Dubretta zynisch hinzu. »Das hier ist einer der wenigen Jobs, in denen das männliche Geschlecht eindeutig benachteiligt ist. Das Lesepublikum ist zu achtundneunzig Prozent weiblich, und die Verleger denken, daß sie von Frauen geschriebene Bücher vorziehen.«
»Und was ist mit ihm?« Jacqueline deutete auf den brustbehaarten Adonis.
»Von Damm? Er ist eine von Hatties Superideen«, fuhr Dubretta widerwillig fort. »Sie hatte sich überlegt, daß ein gutaussehender, erotisch anziehender Mann gut ankommen würde, und voll

ins Schwarze getroffen. Sein richtiger Name lautet Joe Kirby. He – Sie sind doch nicht zufällig mit ihm verwandt, oder?«

»Nein. Ob Sie mir das abnehmen, bleibt Ihnen überlassen.«

»Ich glaube nichts ohne eidesstattliche Erklärung, und selbst dann manchmal nicht.« Dubretta notierte etwas in ihrem Buch. »Joe ist ein arbeitsloser Schauspieler, den Hattie für diese Rolle ausgesucht hat. Seine sogenannten Titel werden von irgendwelchen frustrierten Hausfrauen aus Brooklyn geschrieben.«

Sie machte sich nicht die Mühe, ihre Stimme zu senken, und mehrere vor ihnen sitzende Frauen drehten sich um und starrten sie an. Eine von ihnen meinte in vornehmem Bostoner Tonfall: »Verzeihung, Miss, aber Sie irren sich. Victor kennt das Herz einer Frau wie kaum ein anderer Mann; er schreibt jedes Wort seiner wundervollen Romane selbst.«

Dubrettas Gesicht verzog sich zu einem breiten froschartigen Grinsen. Dann sagte sie an Jacqueline gerichtet: »Können Sie sich ein Bild machen?«

»Ja, so langsam fange ich an«, erwiderte Jacqueline fasziniert.

Hattie stürmte auf die Rednertribüne und nahm ihren Platz hinter dem Podium ein. Die Unterhaltung erstarb. Dubretta wühlte in ihrer Jackentasche. »Wo zum Teufel habe ich bloß meine Zigaretten?«

Ihre Suche brachte eine Flut unterschiedlichster Dinge zutage – zerknüllte Papiertücher, Kreditkarten, Coupons für Kaffee und Seife sowie ein pinkfarbenes, herzförmiges Namensschild. Jacqueline beugte sich vor, um die heruntergefallenen Sachen aufzuheben. Während sie sie ihrer Besitzerin zurückgab, fiel ihr Blick auf das Namensschild. Es war nicht, wie sie zunächst annahm, irrtümlich verloren worden. Mitten auf die Fläche hatte jemand eine Mitteilung gekritzelt.

»Hör auf, du hinterhältiges Biest, oder es wird dir noch leid tun.«

Das hinzugefügte Zeichen war ebenso schlecht gezeichnet wie das Valentine-Verehrerinnen-Logo. Es sollte vielleicht ein Kreuz darstellen. Jacqueline war sich allerdings nicht sicher.

Hattie hatte mit ihrer Einführungsrede begonnen. Jacqueline stieß Dubretta an und zischte: »Das soll wohl ein Scherz sein, oder?«
Dubretta blickte auf das pinkfarbene Papierherz. Ein Ausdruck leichter Bestürzung glitt über ihr Gesicht. »Verfluchte Göre. Wie konnte sie nur... Machen Sie sich keine Gedanken, ich erkläre Ihnen das später.«
Jacqueline fand das Seminar unterhaltsamer, als sie zunächst erwartet hatte. Sie hatte angenommen, daß es sich bei den Rednern um Literaturagenten, Verleger und Lektoren handelte. Statt dessen erfuhren die Anwesenden von der Tätigkeit eines Modefotografen, eines Friseurs, dem Repräsentanten einer renommierten Kosmetiklinie und einem Modedesigner. Ein verwirrtes Mädchen aus dem Publikum wurde als Versuchskaninchen ausgewählt, an dem die Fachleute ihr Handwerk demonstrierten. Als sie schließlich fertig war, war sie nicht wiederzuerkennen. Geschminkt, frisiert und in Goldlamé gehüllt, ähnelte sie einer Schaufensterpuppe. Um auch noch die letzten Zweifel an Sinn und Zweck dieser Vorstellung auszuräumen, betonte Hattie laut: »So müssen Sie ausschauen, meine Lieben – romantisch, immerzu romantisch. Jetzt starren Sie bitte nicht alle auf mich, denn die alte Tante Hattie ist ein hoffnungsloser Fall, Schätzchen. Deshalb tun Sie, was ich Ihnen sage, und

nicht, was ich tue. Und wenn alle Stricke reißen, nun, dann haben wir hier auch noch unseren Mr. Johnson, der alle berühmten Schönheiten fotografiert hat und Ihnen verraten kann, wie Sie auf Fotos attraktiver wirken.«

Mr. Johnson sprach von Beleuchtung, Make-up und – in hoffnungslosen Fällen – von Weichzeichner. »Man will eure Augen sehen, Schätzchen. Blickt genau in die Kamera und denkt: ›Ich liebe dich, Kamera!‹«

Außer einem gelegentlichen Kichern schenkte Dubretta den Vorträgen wenig Aufmerksamkeit. Sie machte sich immer wieder Notizen, doch ihr Blick schweifte ständig vom Publikum zu den Gästen, die auf der Tribüne saßen. Unter diesen befand sich auch die unglückliche Valerie Vanderbilt, deren üppige Lockenpracht den Großteil ihres Gesichts verdeckte. Sobald das Seminar geendet hatte, sprang Dubretta auf. Als Valerie-Jean zur Tür huschte, packte Jacqueline Dubrettas Arm. »Was ist jetzt mit der Drohung?«

Dubretta versuchte sich zu befreien, doch Jacqueline ließ nicht locker. Schulterzuckend quittierte Dubretta ihre Niederlage mit einem Grinsen. »Ach, die. Das Mädchen ist die Präsidentin des Valentine-Fanclubs. Sie ist siebzehn und eine arme Irre; glaubt, daß ich ihr Idol zerstören will. Schickt mir dauernd solche merkwürdigen Zettel.«

»Ich habe Laurie kennengelernt«, sagte Jacqueline leise. »Haben Sie wirklich vor, ihr Idol zu zerstören?«

»Ikonoklasmus ist mein Job ... und«, fügte Dubretta mit einem boshaften Grinsen hinzu, »mein persönliches Vergnügen. Und Sie haben verflucht recht, wenn ich irgendwas über die Valentine erfahren sollte, würde ich ihr Image zerstören. Kommen Sie, ich mache Sie mit Joe bekannt.«

Sie stürmte auf die Tribüne zu, wo sich bereits eine Ansammlung von Bewunderern um Joe, alias Victor von Damm, gescharrt hatte. Der Schriftsteller war damit beschäftigt, Handküsse und Autogramme zu verteilen.

Jacqueline wollte ihr gerade folgen, als sie die vornehme Dame aus Boston ansprach. »Verzeihung, meine Liebe, sind Sie etwa eine Freundin von dieser Frau?«
»Dubretta? Ich habe sie erst heute kennengelernt.«
»Dann kann ich sicherlich offen mit Ihnen reden. Diese Frau hat man nicht als Bekannte. Sie ist absolut skrupellos – kein Umgang für eine Dame.«
»Glauben Sie das wirklich?«
»Sie haben doch gehört, was sie über Victor gesagt hat.« Das fältchenüberzogene Gesicht nahm plötzlich eine entsetzliche Ähnlichkeit mit einem Medusenhaupt an. »Das war eine gemeine Lüge. Sie dürfen ihr nicht glauben. Menschen wie diese Person kennen nur ein Gefühl, und das ist Haß. Man sollte ihr den Mund verbieten – falls erforderlich, sogar mit Gewalt.«
Jacqueline blieb ihr eine Antwort schuldig. Sekundenbruchteile später entspannte sich das verzerrte Gesicht der älteren Frau wieder. Sie lächelte Jacqueline freundlich an.
»Ich erwähne das nur in Ihrem eigenen Interesse, meine Liebe.«
»Sehr nett von Ihnen. Wollen Sie sich denn nicht zu Mr. von Damm gesellen? Er scheint Autogramme zu geben.«
»Oh, nicht doch, meine Liebe, an so etwas würde ich nicht im Traum denken.« Eine leichte Röte überzog ihre faltigen Wangen. »Ich glaube, daß es schrecklich unhöflich ist, sich Menschen zu nähern, denen man noch nicht persönlich vorgestellt wurde.«
»Manche von ihnen erwarten und schätzen diese Form der Annäherung.«
»Möglich. Aber nicht Victor – nicht dieser zurückhaltende, sensible Mann. Sehen Sie denn nicht, wie unwohl er sich fühlt?«
Jacqueline sah nichts dergleichen. Ihrer Meinung nach waren die einstudierten Bewegungen Victors nicht auf Zurückhaltung, sondern vielmehr auf Langeweile zurückzuführen, und er schien sichtlich erleichtert, als ihn Dubretta schließlich von seiner Fangemeinde wegzog.

Obgleich sie männliche Attraktivität in allen jugendlichen Stadien gewohnt war, überlief Jacqueline doch ein leichter Schauer, als ihr Victor von Damm schließlich gegenüberstand. Er baute sich machomäßig vor ihr auf – nicht nur, weil er um einiges größer war als sie, sondern weil das wohl zum Geschäft gehörte. Das praktizierte er vermutlich tagtäglich, genauso wie Handküssen, Lächeln und das Verteilen schmachtender Blicke. Heftiger Widerwille befiel sie. Als er ihre Hand an seine Lippen führen wollte, versuchte sie, diese wegzuziehen. Ein kurzes Handgemenge folgte, aus dem Jacqueline als Siegerin hervorging, weil Victor wohl von Dubrettas Vorstellung verwirrt war.

»Joe Kirby, Jacqueline Kirby. Sind Sie eigentlich miteinander verwandt?«

»Dubretta muß immer ihre Späße machen«, sagte Victor in sanftem Bariton. Er warf Jacqueline einen seiner schmachtenden Blicke zu. »Könnte ich in meiner Verwandtschaft doch nur eine solch bezaubernde Dame vorweisen.«

»Mach mal halblang, Joe, sie ist kein Fan von dir«, sagte Dubretta. »Sie ist eine Freundin von VV.«

»Eine zufällige Bekannte«, korrigierte Jacqueline. »Ich schwärme für ihre Bücher und hatte das Gefühl, ihr das auch einmal persönlich mitteilen zu müssen.«

»Nennen Sie mir einen ihrer Titel«, sagte Dubretta skeptisch.

»*Sklave der Wollust*. Ganz besonders gefällt mir die Stelle, wo Blaze Lance davor bewahrt, auf Befehl der *Emirin* von Ballahooly kastriert zu werden. Sie möchte ihn zum Gespielen – die *Emirin* –, und die einzige Möglichkeit, ihn in ihren Harem aufzunehmen, ist durch ...«

»Heiliger Himmel«, meinte Dubretta andächtig. »Das reicht. Ich mache mich auf die Suche nach anderen Opfern. Bis später.«

Mit ihrem Notizbuch bewaffnet schlenderte sie davon. »Ist Dubretta eine Freundin von Ihnen?« fragte Victor vorsichtig.

»Eine zufällige Bekannte«, wiederholte Jacqueline. »Ich glaube nicht, daß ich sie zur Freundin haben will. Ich möchte lieber nicht in ihrer Nähe sein, wenn sie von irgendwem abgeknallt wird.«

»Sie ist nicht überall beliebt«, sagte Victor. Gedankenverloren kratzte er seine behaarte Brust. »Entschuldigung«, meinte er, als er Jacquelines Blick bemerkte.

»Ich kann mir vorstellen, daß sie juckt«, sagte Jacqueline mitfühlend. »Die Klebefolie, meine ich.«

Victors liebenswürdiges Lächeln verschwand. »Woher wissen Sie das?«

»Die linke obere Ecke Ihres Brusttoupets löst sich bereits. Außerdem sind Sie ansonsten relativ unbehaart. Ich wette, Sie brauchen Monate, um sich einen Bart stehen zu lassen.«

»Verflucht«, sagte Victor und legte seine weiche gebräunte Hand auf die besagte Stelle.

»Es war nett, Sie kennenzulernen, Mr. von Damm«, sagte Jacqueline und wandte sich zum Gehen.

»Gehen Sie nicht.«

»Sie haben sicherlich noch andere Verpflichtungen«, meinte Jacqueline. »Hattie scheint Sie zu suchen ... «

»Was meinen Sie, warum ich mich an Sie klammere?« fragte Victor mit erfrischender Offenheit. »Lassen Sie uns hier verschwinden. Ich werde Hattie sagen, daß Sie mich interviewen wollen oder irgend etwas in der Art. Sind Sie Schriftstellerin?«

Er legte seinen Arm um ihre Schultern und führte sie zur Tür.

»Ich bin Bibliothekarin«, sagte Jacqueline etwas außer Atem.

»Früher wollte ich auch Bibliothekar werden«, erklärte Victor traurig.

»Was ist dazwischengekommen?«

»Zum Teufel, mein verdammt gutaussehendes Gesicht, das ist dazwischengekommen. Es ist wie ein Fluch. Ein Talentsucher wählte mich für eine kleine Filmrolle aus. Der Film war ein

Bombenerfolg. Und plötzlich fand ich mich in den Mühlen von Hollywood wieder und hatte nicht einmal das Geld für eine Busfahrkarte nach Hause.«
»Also sind Sie Schauspieler«, stellte Jacqueline fest.
Victor blieb stehen. Er hielt Jacqueline immer noch im Arm und meinte: »Was mache ich da? Wie stellen Sie das bloß an? Mit Hypnose? Erzählt Ihnen jeder irgendwelche Dinge, die er eigentlich nicht preisgeben sollte?«
»Das ist mein Fluch«, erwiderte Jacqueline gereizt. »Ich ermutige niemanden zu Bekenntnissen.« (Davon war sie fest überzeugt.) »Allerdings weiß ich Wichtigeres mit meiner Zeit anzufangen, als mir die Probleme anderer Leute anzuhören. Joe – Victor – ist mir auch egal, wie Ihr richtiger Name lautet, und wenn Sie mir erklären, daß Ihre Bücher in Wirklichkeit von einem Team promovierter Orang-Utans geschrieben werden, dann kann ich nur die Schultern zucken. Also, wenn Sie mich jetzt bitte entschuldigen würden, ich habe Durst.«
Ein überaus gewinnendes Lächeln verwandelte Victor von Damm langsam in Joe Kirby, den arbeitslosen Schauspieler. Hatte er vorher verführerisch gewirkt, so war er jetzt beinahe unwiderstehlich. Halbherzig erwiderte Jacqueline sein Lächeln.
»Sie sind wirklich eine schöne Frau«, sagte Joe. Seine normale Stimmlage war um einiges höher als die Victors.
»Lassen Sie das. Dafür bin ich einfach zu alt und zu zynisch.« Trotzdem ließ sie ihn gewähren, als er ihren Arm nahm.
»Verglichen mit diesem Haufen Schnepfen, mit dem ich zu tun habe, sind Sie schön. Alles an diesen Frauen ist künstlich, angefangen von ihren angemalten Gesichtern bis hin zu ihren Namen.«
»Das Theater ist eine einzige Illusion«, erklärte Jacqueline. »Wenn Ihnen das nicht gefällt, haben Sie den falschen Beruf ergriffen.«
»Da stimme ich Ihnen zu. Ist es schwierig, eine Ausbildung als Bibliothekar zu absolvieren?«

»Sie scherzen wohl.«
Joe stöhnte so inbrünstig, daß er Victor von Damm alle Ehre machte. »Eigentlich nicht. Ich würde den ganzen widerlichen Kram hier am liebsten sofort hinschmeißen. Eine nette, ruhige Universität irgendwo in Alaska ... oder Utah ... «
»Warum machen Sie es nicht einfach?«
Sie erreichten die Lobby. Joe hatte sein Alter ego vergessen. Der schwarze Umhang hing schlapp und faltig auf seinen eingesunkenen Schultern. Er schlurfte beim Gehen. »Ich kann nicht. Ich kann Ihnen nicht einmal sagen ... He. Hat Dubretta nicht gesagt, daß Sie eine Freundin von VV sind?«
»Hat sie gesagt. Und ich habe es geleugnet.«
»Ja, aber ... Ich erkläre Ihnen jetzt etwas«, sagte Joe langsam. »Sie sprechen mit VV. Es gibt eine unglückliche unter den Damen, verstehen Sie? Sagen Sie ihr, daß ich ... Sprechen Sie einfach mit ihr. Kommen Sie, ich bezahle Ihren Drink.«
»Tut mir leid, aber ich kann nicht.« Die Erwähnung von Jeans Namen erinnerte Jacqueline daran, daß sie ihre frühere Schulkameradin ja noch treffen wollte. Da sie nicht die Zeit gehabt hatten, sich gezielt zu verabreden, wußte Jean nicht, wo Jacqueline sich aufhielt. Am vernünftigsten war es sicherlich, in der Halle zu bleiben, bis Jean dort aufkreuzte. Was Jean vermutlich vermied, solange Jacqueline nicht allein war. Sie wollte Victor-Joe gerade fortschicken, als sie eine ihr bekannte Stimme vernahm, die sich zu lautem Protest erhoben hatte.
»Aber das ist entschieden zuviel. Hundertzehn Dollar pro Nacht kann ich mir nicht leisten! Sie haben doch gesagt, es wären nur ... «
Der Angestellte an der Rezeption unterbrach Sues Protest. Er sprach leise, doch Jacqueline schnappte ein paar Satzfetzen auf. »... begrenztes Sonderkontingent ... Reservierungsprobleme ... nicht zu ändern.«
Sues Kinn bebte. Eine einsame, kristallklare Träne funkelte in ihrem Augenwinkel und rollte dann langsam über ihre zarte Wangenhaut.

»Sehen Sie sich diese Träne an«, sagte Joe leise. »Wie ein Diamant. Sie hat noch nicht einmal ihr Make-up verwischt. Wer ist das?«

»Wer will das wissen, Joe oder Victor von Damm?«

»Ich«, sagte Joe mit festem Blick. »Sie ist mir bereits beim Mittagessen aufgefallen. Sie saß an einem Tisch in der Nähe der Tribüne. Stach dort hervor wie eine Rose aus einem Komposthaufen. Oder wie ein Kätzchen, das von streunenden Katzen umgeben ist.... Was ist los?«

»Ich«, sagte Jacqueline, »saß neben ihr.«

»Tatsächlich?« Joes Stimme wirkte entrückt. »Verflucht, sie weint. Und dieser Halunke von einem Bediensteten ... «

Weinende Frauen waren für den Hotelangestellten nichts Neues. Schulterzuckend wandte er sich ab. Joe trat impulsiv einen Schritt nach vorn.

Zu ihrem Entsetzen hörte sich Jacqueline selbst sagen: »Sue, wenn Sie eine Unterkunft suchen ... «

Die Verwandlung von tiefster Enttäuschung zu einem überglücklichen, freudestrahlenden Lächeln, das sich auf dem Gesicht des jungen Mädchens abzeichnete, machte Joes Verwirrung komplett. Jacqueline stellte ihn nicht vor, und er unternahm auch nicht den Versuch, Sue auf sich aufmerksam zu machen. Wortlos vor sich hin starrend, stand er einige Schritte entfernt, bis Sue gegangen war.

»Verflucht«, meinte Jacqueline. »Ich hasse mich dafür. Warum mache ich eigentlich solche Sachen?«

»Ich weiß es nicht«, erwiderte Joe. »Aber das war ein verdammt schmutziger Trick. Ich war schon drauf und dran ... «

»Vermutlich war das einer der Gründe«, sagte Jacqueline trokken.

»He, was meinen Sie damit? Meine Absichten waren absolut ehrenhaft. Sie ist mit Sicherheit keines von diesen oberflächlichen, leicht zu beeindruckenden jungen Mädchen. Sie ist ... Sie sieht aus ... Vermutlich kommt sie aus Utah ... oder Alaska ... «

Er seufzte. »Also, warum waren Sie ihr behilflich? Das kann nicht nur reine Menschenfreundlichkeit sein.«
»Mit Sicherheit nicht. Ich ... hm ... habe nur einen begrenzten Etat. Mein Zimmer kostet nicht mehr, wenn zwei Personen den Raum bewohnen; sie bezahlt die Hälfte, und ich habe etwas gespart.«
Das interessierte Joe herzlich wenig. »Ich sorge besser dafür, daß sie heil über die Straße kommt«, erklärte er.
»Selbst wenn sie aus Utah oder Alaska stammt, ist sie in der Lage, eine Straße allein zu überqueren.«
»Ja, aber ... hören Sie denn nicht den Lärm von draußen? Da gibt's irgendwelche Unruhen oder so etwas. Bis später, Miss ... hm ...«
»Kirby«, rief Jacqueline ihm nach. »Kirby. Der Name sollte Ihnen eigentlich geläufig sein.«
Das schwarze Cape blähte sich beeindruckend auf, als Joe Sue hinterherrannte. Zu Jacquelines Enttäuschung verfing es sich leider nicht in der Drehtür.
Sie verfluchte ihre unverbesserliche Neigung, sich in anderer Leute Angelegenheiten einzumischen, und stellte sich neben eine der vergoldeten Säulen, die die Empfangshalle zierten. Sie brauchte nicht lange zu warten. Jean hatte bereits versucht, ihre Aufmerksamkeit auf sich zu lenken. Eine blonde Perücke schnellte hinter der Schaufensterscheibe der Geschenkboutique, zwischen einem Ständer für Taschenbücher und einem Regal für T-Shirts, ständig hoch und wieder hinunter. Als Jacqueline ihr ein Zeichen gab, daß sie sie bemerkt hatte, verschwand sie.
Jean hatte sich in einem entlegenen Winkel der Geschenkboutique hinter einem Andenkentresen verkrochen. Als Jacqueline ihre Schulter berührte, zuckte sie verschreckt zusammen.
»Du brauchst einen Drink«, sagte Jacqueline. »Mit Sicherheit.«
»Aber nicht hier.«
»Wo denn?«

»Überall, nur nicht hier.« Jean rang die Hände.
»Mein Hotel ist auf der gegenüberliegenden Straßenseite.«
»In deinem Zimmer?«
»Nein, ich habe gerade eine Zimmernachbarin gefunden. Vermutlich ist sie jetzt dort. Aber, um Himmels willen, das ist doch lächerlich. Wir setzen uns in meinem Hotel an die Bar. Komm schon.«
Sie packte Jean am Arm und zerrte sie hinter sich her zur Tür. Im Schutz von Jacquelines Rücken schien sich Jean etwas zu entspannen. Als sie jedoch aus dem Hotel traten, bemerkte Jacqueline, daß Joes Hinweis auf einen Aufruhr tatsächlich begründet war. Im ersten Augenblick glaubte sie, Hattie hätte eine weitere Parade angezettelt. Allerdings beruhte das Chaos nicht auf zu hohem Verkehrsaufkommen. Menschenmassen bevölkerten die Gehsteige und blockierten die Straße. Protesttransparente wurden durch die Luft geschwungen, und Jacqueline vernahm immer wieder den rhythmischen Sprechchor: »Wir verabscheuen sexuelle Nötigung. Wir verabscheuen Frauenmißbrauch. Wir verabscheuen die Romantik-Schmutzfinken, denn sie stehen auf Vergewaltigung.«
»Ein wenig origineller Sprechrhythmus«, sagte Jacqueline. »Aber der Zweck heiligt die Mittel.«
Jean, die mehrere Zentimeter kleiner und wesentlich verwirrter als Jacqueline war, hielt sich aufgrund des Demonstrationsanlasses immer noch in deren Deckung. Zu ihrer Erbauung las ihr Jacqueline unumwunden einige der Transparente vor. »Nieder mit der Lust.« »Nieder mit Valentine, Frauenmißbrauch und Sexismus.« »Die Liebesromanautoren sind Verräter an den Frauen.« »Ah, und da ist noch ein Plakat, das besagt: ›Valeries, schert euch zum Teufel.‹ Ich schätze, das gilt auch für dich.«
Schlagartig begriff Jean, was sich da zusammenbraute. »O Gott«, schrie sie. »O Gott, ich muß sofort von hier verschwinden! O Gott!«
»Sie können dich ja überhaupt nicht sehen«, sagte Jacqueline, die

sich auf Zehenspitzen gestellt hatte. »Um Himmels willen. Sieh mal, ist das nicht Betsy Markham?«

Hin und her gerissen zwischen der Bedrohung, die sie aufgrund der auf der Lauer liegenden Dubretta und ihrer umtriebigen Schriftstellerkollegen hinter sich gelassen hatte, und dem vor ihr entstehenden Tumult war Jean wie gelähmt von dieser neuesten Katastrophe. Die von Jacqueline erwähnte Frau war tatsächlich ihre frühere Klassenkameradin – lang und schlaksig, grauer Bubikopf und ziemlich unscheinbares Gesicht. Entweder hatte sie Jacquelines Worte gehört, da diese sich keineswegs einer sanften, damenhaften Stimmlage erfreute, oder sie hatte einen sechsten Sinn für die Extremsituation entwickelt, ihre Anschuldigungsobjekte zu wittern. Betsy blickte geradewegs zu Jacqueline, grinste, winkte und schmetterte ihr Plakat einem Polizisten auf den Kopf, der gerade versuchte, sie von der Straße zu entfernen. Ihr Transparent trug die Aufschrift: »Valeries, schert euch zum Teufel.«

Betsy und der Polizist wurden vom Strom der aufgebracht protestierenden Menge mitgerissen. Jacqueline führte ihre aufgelöste Freundin fort.

Erst im Schutz der dämmrigen Hotelbar erwachte Jean aus ihrer Benommenheit. Nachdem der Kellner ihre Getränke gebracht hatte, sagte Jacqueline: »So. Und was soll das Ganze?«

Jean griff nach ihrem Gin Tonic und nahm einen langen Schluck. Dann sagte sie mit schwacher Stimme: »Das brauchtest du nicht zu fragen, wenn du auch nur eines meiner Bücher gelesen hättest.«

»Habe ich, *Sklave der Wollust.* Heute morgen im Flugzeug.«

»*Sklave der*...«, Jean zuckte zusammen. »O mein Gott.«

»Es war so herrlich makaber«, sagte Jacqueline begeistert. »Großartig, schrecklich verabscheuungswürdig. Davon einmal abgesehen, war doch mindestens die Hälfte abgekupfert, insbesondere die Beschreibungen der männlichen Anatomie. Du glaubst doch nicht etwa, daß ich jemals den *Wollüstigen Tyrannen* vergessen würde, oder?«

Jeans Reaktion bestand in einem gezwungenen Lächeln. Sie schob die Perücke aus ihrem Gesicht, nahm einen weiteren Schluck und sagte dann in wesentlich ruhigerem Ton: »Außer dir kennt den doch niemand. Du und vielleicht noch ein paar verknöcherte Spezialisten auf dem Gebiet der viktorianischen Pornographie.«

»Und da hast du angenommen, daß keiner von denen, einschließlich meiner Wenigkeit, jemals dein Buch lesen würde?«

»Das wäre mir auch egal gewesen.« Der Alkohol oder die Erleichterung hatten Jean wieder mutiger gemacht. »Ich habe weder Urheberrechte noch sonst irgend etwas verletzt. Wer sollte mich belangen?«

»Ich mit Sicherheit nicht, meine Liebe. Das schmale Bändchen hat meine Jugend bereichert. Hast du jemals deinen Magister gemacht?«

Ihre Frage war vollkommen harmlos und besänftigend gemeint gewesen, bewirkte jedoch das genaue Gegenteil. Jeans Blick nahm einen gehetzten Ausdruck an. »Meinen Doktor«, flüsterte sie.

»Herzlichen Glückwunsch.«

»Ich bin Lehrbeauftragte.«

Jacqueline beließ es bei ihren zuvor geäußerten Glückwünschen, da Jeans Tonfall eher nach Bedauern klang.

»In diesem Jahr«, fuhr Jean fort wie das Orakel von Delphi, das soeben den Untergang Athens verkündet, »bin ich im Gespräch für einen Lehrstuhl.«

»Was?« Dann begriff Jacqueline. »Ach so.«

Jean nickte. »Wenn man jemals herausfindet, daß ich... du weißt schon...«

Dank ihrer Anstellung an der Universität war Jacqueline in der Lage, ihren merkwürdigen Ausführungen und der noch seltsameren Logik zu folgen. Sie rekapitulierte. »Wenn deine Kollegen also herausfänden, daß du Softpornos schreibst, dann bekämst du den Lehrstuhl nicht. Jean, glaubst du das wirklich? Wir befinden uns doch nicht im Jahre 1850 und auch nicht mehr in der Nachkriegszeit.«

»Den Lehrstuhl nicht bekommen? Ich würde meinen Job verlieren! Du weißt doch, wie das System funktioniert. Nach einigen Jahren Berufserfahrung wirst du entweder befördert, oder du guckst dich anderweitig um. Ich bin aber fast ... nun, du weißt ja, wie alt ich bin. Was glaubst du, wie das ist, in meinem Alter noch nach einem neuen Job zu suchen ... und sich mit all den jungen Klugscheißern, die frisch von der Uni kommen, zu bewerben?«

Jacqueline fand das nicht unbedingt überzeugend. Allerdings war sie bestens vertraut mit den verschlungenen und heimtückischen Pfaden, deren einziges Ziel die Sicherheit im Akademiebetrieb darstellte. Der Wettbewerb war mörderisch. Für jede Position bewarben sich Dutzende hochqualifizierter Kandidaten, und häufig war ein scheinbar unbedeutender Faktor ausschlaggebend für das Resultat. Was noch wesentlicher war, Jean glaubte sich in Gefahr, und nichts und niemand hätte sie davon überzeugen können, daß sie sich im Irrtum befand.

Jacqueline versuchte es mit einem weiteren Argument. »Was wäre denn so tragisch daran, wenn du deinen Job verlierst? Du verdienst doch sicherlich eine Menge Geld mit deinen Büchern.«

»Das ist«, sagte Jean traurig, »tatsächlich der Fall.«

»Dann kannst du doch darauf pfeifen. Wen interessiert schon die Meinung von einem Haufen verschrobener Akademiker?«

»Mich.«

»Oh.«

»Ich liebe es, Vorlesungen zu halten. Ich mag die Atmosphäre – die Ruhe, den Respekt .... Ach, du kannst das nicht verstehen. Du warst immer schon eine Rebellin.«

»Ich?« Jacqueline war bestürzt. »Ich bin doch die spießigste ...«

Jean kicherte. »Erinnere dich mal daran, wie du alle farbigen Fußballspieler aus dem Washington Park dazu gebracht hast, sich in die erste Reihe zu setzen, als Professor Hoffmeyer einen Vortrag über Vererbung und Rassenlehre hielt.«

Jacqueline überging ihren Einwurf. »Dein Problem ist, daß du dich deiner Bücher schämst. Und deine Verachtung projizierst du auf deine Kollegen, egal, ob das zutreffend ist oder nicht. Wenn du das Schreiben so verabscheust, warum läßt du es dann nicht sein?«

»Ich kann nicht.«

»Um Gottes willen, warum denn nicht?«

»Nun...« Jeans Augenlider zuckten. »Ich verdiene damit viel Geld. Man gewöhnt sich an einen gewissen Lebensstandard...«

»Wofür gibst du denn das Geld aus? Für Kleidung?«

Jean errötete und zupfte nervös an ihrer Perücke. »Wie diese Garderobe hier? Du weißt doch, daß ich mich nur so anziehe, wenn es unbedingt sein muß. Ich meine...«

»Wofür gibst du es denn aus?«

»Oh... irgendwelche Dinge. Ich kaufe sehr viele Bücher...«

»Warum tue ich mir das an?« fragte Jacqueline rein rhetorisch. »Ich muß verrückt sein. Vor kaum einer halben Stunde habe ich Victor von Damm erklärt, daß mich Geständnisse langweilen, und jetzt sitze ich hier...«

»Victor? Was hat er dir erzählt?«

»Nichts. Ich bin ihn losgeworden, bevor er... Nun«, gab Jacqueline zu, »es gab noch ein weiteres Ablenkungsmanöver. Ich frage mich, wie Sue sich ihm entwunden... Du meine Güte. Das *war* ein Freudscher Versprecher. Wovon sprach ich gerade?«

»Von Victor.«

»Joe.«

»Hat er dir gesagt, daß das sein richtiger Name ist?«

»Nicht direkt. Ich erfuhr es von jemand anderem. Joe erklärte mir, daß er gern Bibliothekar werden würde.«

»Der arme Joe«, murmelte Jean.
»Er meinte auch, daß du die eine unglückliche Dame seiest. Er deutete an, daß ihr beiden irgendein schreckliches Geheimnis teilt. Daß ich mit dir sprechen sollte. Daß entsetzliche Enthüllungen folgen würden. Aber ...« Jacqueline hob abwehrend eine Hand. »Aber ich will sie gar nicht hören. Ich habe nicht das Verlangen, mir das kindische Gejammer zweier Typen anzuhören, denen überhaupt nicht klar zu sein scheint, daß sie auf der Straße des Erfolges mit Leichtigkeit das große Geld machen. Wo liegt euer Problem, Leute? Du brauchst mir nicht zu antworten.«
Sie glitt zum Rand der Sitzbank. Jean hielt sie fest.
»Bitte, Jake ... «
»Geschenkt«, meinte Jacqueline mit einem abfälligen Schnauben. »Wenn du meinst, daß du mich mit alten und geschmacklosen Spitznamen besänftigen kannst ...« Trotzdem hielt sie in ihrer Bewegung inne.
Kurzes Schweigen trat ein. Schließlich sagte Jean: »Ich habe von diesem Fall in Rom gelesen. In irgendeinem Magazin stand ein Artikel darüber.«
Vollkommen überflüssig, die Frage »Welchen Fall?« hinterherzuschicken. Die Angelegenheit war erschöpfend behandelt worden, da zu den Beteiligten unter anderem auch ein Wissenschaftler gezählt hatte, der der akademischen Fachwelt ebenso bekannt gewesen war wie den breiten Massen; und der Polizeichef der Carabinieri, Signor di Cavallo, hatte Publicity ebenfalls nicht negativ gegenübergestanden. Ein wehmütiges Lächeln umschmeichelte Jacquelines Lippen. Capri – das kleine Hotel in der Nähe der Palastruinen des Tiberius, der einsame Strand, den sie dort gefunden hatten ...
»Und dann war da noch dieses andere Mal, in England ... irgend etwas über die Vereinigung, die den guten Namen von König John wiederherstellen wollte ...«, fuhr Jean fort.
»König Richard. Wie hast du davon erfahren?«

»Auf einer Party traf ich Nigel Strangways, den Historiker. Wir plauderten, tauschten Erinnerungen aus, und er ... «
»Was hat er über mich erzählt?« Jacquelines Augen verengten sich zu Schlitzen.
Jean zögerte lange genug, um Jacqueline davon zu überzeugen, daß Strangways Kommentare von fulminanter Bedeutung waren. »Es gab einen Mordfall, beziehungsweise einen Mordversuch, und du warst verantwortlich für die Aufklärung des Verbrechens. Er meinte, daß du ... daß du eine bemerkenswerte Frau seiest.«
»Hmmmm«, sagte Jacqueline.
»Hast du den Fall aufklären können?«
»Ja«, entgegnete Jacqueline.
»Dann kennst du dich in solchen Dingen also aus.«
»In solchen Dingen? Du leidest unter Gehirnschwund, Jean. Wie bist du jemals an deinen Universitätsjob gekommen?«
Jeans Gesicht wirkte angespannt. »Verbrechen«, sagte sie. »Erpressung ist ein Verbrechen, nicht wahr?«
»Wirst du denn erpreßt?«
Als sie mit dieser direkten Frage konfrontiert wurde, reagierte Jean ausweichend. Jacquelines Blick vermeidend, starrte sie wie gebannt auf eine Person oder eine Sache hinter ihrer Freundin. Mit entsetztem Gesichtsausdruck sprang sie plötzlich vom Tisch auf und verschwand.
Jacqueline hatte damit gerechnet, Dubretta zu sehen, war sich allerdings nicht sicher, ob sie erleichtert sein sollte, als sie die schlaksige Gestalt ihrer früheren Klassenkameradin wahrnahm. Als Betsy sie entdeckt hatte, winkte sie und kam auf sie zu.
»Dachte ich's mir doch, daß ich dich in der Hotelbar finde«, sagte sie und setzte sich auf den von Jean fluchtartig verlassenen Platz.
»Spar dir deine Ausreden. Du hast doch sicherlich nicht mich gesucht. Warum bist du eigentlich nicht im Knast?«
Betsy fuhr sich mit den Fingern durch ihr graues Haar. »Auch in

Ordnung, ich war auf der Suche nach einem Gin. Kellner! Knast? Meine Liebe, mich haben sie seit 1978 nicht mehr eingebuchtet. Man lernt gewisse Techniken ... Ja, Kellner, ich nehme Gin mit Eis. Überflüssige Frage.«

»Schätze, ich habe zu lange in der tiefsten Provinz zugebracht«, meinte Jacqueline. »Ich dachte immer, wenn man einem Polizisten eins über den Schädel haut ... «

»Ich habe nicht fest zugeschlagen.« Damit war dieses langweilige Problem für Betsy erledigt, und sie lächelte Jacqueline voller Herzlichkeit an. »Wie lange ist das nun schon her? Du siehst großartig aus. Und wer war die Frau, die gerade so fluchtartig aufgebrochen ist? Sie kam mir bekannt vor.«

»Ungefähr zwanzig Jahre«, sagte Jacqueline. »Was machst du eigentlich ... «

»Sie war wie eine dieser Kitschroman-Miststücke angezogen. Wie kommt's, daß du dich auf sie einläßt?«

»Wie kommt's, daß du ihnen gegenüber so abfällig reagierst?«

Betsy grinste. »Soll das hier ein Quiz werden? In Ordnung, wenn du es mir nicht sagen willst, es zwingt dich keiner. Aber wer ihre schmuddeligen Titel gelesen hat, sollte eigentlich wissen, warum ich sie ablehne. Hast *du* schon irgendwas von ihnen gelesen?«

»Ja, zwei Titel. Hast *du* schon irgendwas von ihnen gelesen?«

»So kriegst du mich nicht zu fassen«, erwiderte Betsy freundlich. »Ich habe nicht zwei, sondern schätzungsweise zweihundert gelesen. Davon erhole ich mich vielleicht nie mehr in meinem ganzen Leben. Um Himmels willen, Jake, du warst doch immer eine aufgeklärte Frau. Wie kannst du diesen Unfug ertragen?«

»Wie kommst du zu der Annahme ...« Jacqueline brach ab. Sie hatte keine Lust mehr auf irgendwelche Streitereien und fragte sich, ob sie jemals wieder eine unverfängliche Äußerung von sich geben könnte. Sie unternahm den Versuch, deutete auf die Frau, die neben ihrer Sitzecke stand, und sagte: »Das ist Dubretta Duberstein. Dubretta, das ist Betsy Markham. Betsy, Dubretta.

Dubretta, sind Sie ... Nein, streichen Sie das. Ich stelle keine weiteren Fragen.«

»Ich finde keinen freien Tisch«, erklärte Dubretta. »Macht es Ihnen etwas aus, wenn ich mich zu Ihnen setze?«

Vielleicht entsprach das wirklich der Wahrheit. Die Bar hatte sich erheblich gefüllt, und sie hatte schon eine ganze Zeitlang im Eingangsbereich gestanden. Jacqueline war sich allerdings nicht sicher, wie lange. Vielleicht hatte sie Jean, alias Valerie Vanderbilt, überhaupt nicht bemerkt. Betsy war ein dankbares Streitobjekt für eine Journalistin, und Dubretta zückte sogleich ihr Notizbuch.

»Sie gehören zu den Demonstranten?« fragte sie.

»Brillante Logik«, sagte Jacqueline mit einem Blick auf Betsys überdimensionales Armeehemd, das von bedruckten Anstekkern übersät war.

»Was war für Sie der Anlaß, Betsy?« fragte Dubretta.

Betsy erzählte es ihr mit leuchtenden Augen, denn Gratis-Publicity war der Traum eines jeden Rebellen. »Die Liebesromanautoren verbreiten ein Frauenverständnis, das archaisch, sexistisch und verletzend ist«, spulte sie herunter. »Das ist der alte ›Frauen-wollen-vergewaltigt-werden‹-Ansatz. Männer glauben das teilweise immer noch. Und Frauen, die diese entsetzliche Perversion unterstützen, sind nicht nur geschmacklos, nein, sie sind gemeingefährlich.«

Dubretta kritzelte mit. »... geschmacklos, nein ... gemeingefährlich«, wiederholte sie.

»Männer hängen sich immer noch an dem alten *Wollüstigen-Tyrannen*-Image auf«, sagte Betsy. »Sie ... Jake? Was ist los mit dir?«

»Nichts«, erwiderte Jacqueline.

»Du erinnerst dich noch an dieses Buch, nicht wahr? Wir haben es alle gelesen. Wie lautete noch der Name dieses Mädchens, das der englische Hauptmann ...«

»*Der wollüstige Tyrann* taucht sicherlich in vielen zeitgenössischen Liebesromanen wieder auf«, warf Jacqueline hastig ein. »Du hast recht, Betsy. Die Tatsache, daß die Heldin von einem sexuell anziehenden, gutaussehenden Mann überwältigt wird, der sich schließlich in sie verliebt, ändert nichts an den unsäglichen Begleitumständen.«

»Genau!« rief Betsy.

Jacqueline entspannte sich. Ihr Ablenkungsmanöver hatte Erfolg gehabt, zumindest vorübergehend.

Betsy fuhr erregt fort: »Ein Großteil der Gegenwartsliteratur macht Frauen zu Opfern. Wer wird denn in den Horror- und Kriminalromanen verheizt? Wer wird terrorisiert, verfolgt und brutal abgeschlachtet? Genau, immer sind es schöne junge Mädchen!«

Dubretta warf ihren Stift auf den Tisch. »War es das?«

»Zum Teufel, nein«, sagte Betsy aufgebracht. »Das kann ich beliebig fortführen.«

»Noch mehr davon? Das ist ja soweit ganz nett, meine Liebe, aber ich kann mich doch in der Kolumne nicht ständig wiederholen. Haben Sie denn gar nichts Konkretes über diese Leute zu berichten?«

»Etwas Konkretes? Wie meinen Sie das?«

Jacqueline unterdrückte ein Lächeln, während Dubretta wütend schnaubte. »Das macht mich so fertig an euch Weltverbesserern. Ihr seid so verflucht naiv! Ihr protestiert, brüllt Schlagwörter über Gerechtigkeit, Anstand und Gleichberechtigung, haut hier und da einem Polizisten eins über die Rübe – ja, Schätzchen, ich habe genau gesehen, daß Sie den armen, alten Jackson Billings angegriffen haben –, und was erreicht ihr damit? Verflucht, rein gar nichts! Begreifen Sie denn nicht, daß Sie, wenn Sie diese Leute festnageln wollen, einen schmutzigen Kampf führen müssen – genau wie die es tun?«

Betsy, die kein unflätiges Schimpfwort jemals zum Erröten gebracht hätte, lief bei dem Vorwurf der Naivität puterrot an. Da sie eine potentielle Mitstreiterin witterte, lehnte sie sich ver-

schwörerisch vor. »Sie würden also versuchen, sie festzunageln?«
»Sie müssen sich die Leute an der Spitze vornehmen«, sagte Dubretta. »Die meisten Autoren sind doch arme, ehrliche Trottel wie Sie und ich. Sie versuchen bloß, die schnelle Mark zu machen. Sie sind die eigentlichen Ausbeutungsopfer – werden gezwungen, irgendwelchen Mist zu schreiben, den sie verabscheuen, und dann von den Verlegern und Agenten auch noch um ihre lumpigen paar Kröten betrogen.«
»Lumpige paar Kröten?« entfuhr es Betsy. »Wissen Sie zufällig, wieviel von Damm, Valentine und Vanderbilt verdienen?«
»Dann halten Sie sich an die«, sagte Dubretta. »Aber Sie vergessen die eine Person, die hinter der ganzen Sache steckt – die Spinne inmitten ihres undurchlässigen Netzes. Harriet Foster. Die gute alte Tante Hattie, auch als Fünfundzwanzig-Prozent-Hattie bekannt. Die meisten Agenten nehmen zehn, vielleicht fünfzehn Prozent. Und wer weiß, wieviel sie ansonsten noch einstreicht. Ich gäbe alles dafür, wenn ich diese zuckersüß lächelnde alte Hexe bloßstellen könnte. Wenn ich doch nur ... «
Sie war zunehmend kurzatmig geworden. Jetzt brach sie, nach Luft ringend, ab. Betsy wollte ihr fürsorglich auf den Rücken klopfen. »Nein«, sagte Jacqueline rasch. »Laß das. Dubretta?«
Nach einer Weile beruhigte sich die Kolumnistin wieder. Sie nahm eine kleine Plastikflasche aus ihrer Handtasche und schluckte eine der darin enthaltenen Tabletten. »Ständig vergesse ich, diese verfluchten Pillen einzunehmen«, sagte sie verschämt.
»Geht es Ihnen wieder besser?« fragte Jacqueline.
»Na klar. Drei Pillen am Tag, und die alte Pumpe ist wieder flott. Hören Sie, Betsy, lassen Sie sich von mir ein paar Tips geben. Vergessen Sie Ihre albernen Transparente und Ihren allgemeinen Rochus. Was Sie tun müssen, ist, sich auf bestimmte Leute zu konzentrieren. Die stärkste Waffe auf dieser Welt ist, den anderen lächerlich machen zu können. Wenn Sie es schaffen,

diese Idioten bloßzustellen, ihre Ambitionen und Lügen aufzudecken ...«

»Fahren Sie fort«, ereiferte sich Betsy.

Die beiden grauhaarigen Frauen steckten die Köpfe zusammen und beachteten Jacqueline nicht weiter. Sie hörte eine Weile zu, verlor allerdings bald das Interesse, da Dubretta keine Namen nannte und sich lediglich auf die Grundprinzipien der Skandalaufdeckung beschränkte.

Dubrettas Feindschaft gegenüber Hattie Foster besaß den extremen Charakter einer Privatfehde. Die Allüren von Hattie und ihrem Autorenstamm – insbesondere auch, was ihren Geschmack hinsichtlich Innendekorationen anbelangte – waren herrlich belustigend und lieferten die Liebesromanfraktion schonungslos dem Satiregenre aus, auf das Dubretta spezialisiert war. Doch Lächerlichkeit allein war nicht skandalös. Jacqueline fragte sich, ob die Ungereimtheiten, die Dubretta ans Licht bringen wollte, in irgendeiner Beziehung zu den Hinweisen standen, die Joe und Jean ihr gegenüber angedeutet hatten. Ganz eindeutig lag Erpressung in der Luft. Aber was konnte Hattie Foster gegenüber einem so harmlosen, oberflächlichen Schmierenkomödianten wie Joe in der Hand haben?

Die Erkenntnis, daß Dubretta und Betsy plötzlich schwiegen und sie anklagend anstarrten, riß sie schließlich aus ihren Überlegungen.

»Jake, wir versuchen, ein Gespräch zu führen«, sagte Betsy.

»So, und wer hält euch davon ab? Ich habe doch keinen Ton gesagt.«

»Du hast gesungen.«

»Ich habe was?«

»Ich hatte gehofft, du hättest es dir mittlerweile abgewöhnt.« An Dubretta gerichtet, erklärte Betsy: »Das hat sie früher schon gemacht. Immer, wenn sie Langeweile hatte.«

»Was habe ich denn gesungen?« fragte Jacqueline interessiert.

Betsy seufzte. »Zuerst ›Love in Bloom‹. Dann kam ›Love's Old Sweet Song‹ und schließlich ›As Time Goes By‹.«

»Nun gut.« Jacqueline griff nach ihrer Handtasche und stand auf. »Da ich den intellektuellen Anspruch der Diskussion zu gefährden drohe, verlasse ich euch jetzt. Auf Wiedersehen.«

Leise summend nahm sie ihren Zimmerschlüssel und schlenderte in Richtung Aufzug. »Mondlicht und Liebespaare kommen niemals aus der Mode; Herzen voller Leidenschaft ... «

Herzen voller Leidenschaft, Eifersucht und Haß waren ihr nicht fremd. Für diese Empfindungen gibt es keinen fruchtbareren Nährboden als den frustrierenden und scheinheiligen Universitätsbetrieb. Doch obwohl sie schon mehrmals unfreiwillig Zeugin von gewaltsamen Todesfällen geworden war, hatte sie sich noch niemals in einem so extrem von unterschwelliger Brutalität gekennzeichneten Umfeld wie diesem bewegt. Jeder haßte jeden, und das aus unerfindlichen Gründen.

Was schließlich bewies, so sinnierte sie, daß die Autoren von Liebesromanen nicht besser und nicht schlechter als jeder andere Durchschnittsmensch waren. Es war einfach der Gegensatz von glitzernden Papiergirlanden auf der einen Seite und den grotesken Wortgefechten auf der anderen, der die Situation so bizarr gestaltete.

Die Insassen des Fahrstuhls waren erleichtert, als sie, immer noch vor sich hin trällernd, ausstieg.

Ihr Zimmer war leer, doch Sue mußte bereits dagewesen sein. Ihr schäbiger Koffer war notdürftig in einer Ecke verstaut worden, und ihre Kleidung nahm ungefähr ein Viertel des Kleiderschranks in Anspruch. Auf dem Nachttisch zwischen den beiden Betten lag eine Nachricht. Jacqueline griff nach dem Zettel.

»Bin mit Victor ausgegangen! Vielen herzlichen Dank – komme bald zurück – kann Ihnen gar nicht sagen, wie sehr ich Ihre Freundlichkeit zu schätzen weiß! Sue.«

»Pah«, murmelte Jacqueline.

Auf dem Nachttisch lag ebenfalls ein Stapel Taschenbücher. Auf dem Einband des obersten war ein außergewöhnlich hübsches, junges Mädchen in den Armen eines großen, gutaussehenden Indianers abgebildet. Ihre schulterfreie Bluse drohte hinabzurutschen, und sie hatte sich in einer für die menschliche Wirbelsäule vollkommen unmöglichen Pose zurückgelehnt. Jacquelines mürrischer Gesichtsausdruck hellte sich etwas auf. Sie streifte ihre Schuhe ab, warf sich auf ihr Bett und griff nach *Stürme der Leidenschaft*.

»Schneller Pfeil streifte Köcher und Bogen von seinen breiten Schultern. Die Muskeln seines bronzefarbenen Brustkorbs spannten sich an. ›Ich werde dich Anemone nennen‹, sagte er in seinem kehligen Englisch. ›So heißt in meinem Stamm die Blume der Liebe, denn sie beugt sich den Stürmen der Leidenschaft.‹

›Nein‹, flüsterte Flame. Sie schrak zurück und versuchte mit zitternden Händen, ihre üppigen weißen Brüste mit ihrer zerrissenen Bluse zu bedecken. Die Augen des jungen Kriegers leuchteten auf.

›Komm zu mir, Anemone.‹ Er schob seinen Lendenschurz aus gegerbtem Leder beiseite. Wie hypnotisiert starrte Flame auf…«

»Jacqueline?«

»Verflucht«, sagte Jacqueline. Das Öffnen der Tür hatte sie überhaupt nicht bemerkt. Sue lächelte sie unsicher an.

»Ich wollte Sie nicht stören.«

»Ist schon in Ordnung.« Jacqueline markierte ihre Seite und klappte dann das Buch zu. Schließlich konnte sie sich sehr gut vorstellen, was Flame da hypnotisiert hatte. Kein Leser des *Wollüstigen Tyrannen* hätte an diesem Objekt noch Zweifel gehabt.

»Ich dachte, Sie wären mit Victor zum Abendessen ausgegangen«, sagte sie.
»Ich habe es mir anders überlegt.«
Jacqueline hatte das Gefühl, einem Kätzchen gegenüberzustehen, das wie eine Löwin zu wirken versuchte. Das Resultat war so verwirrend, daß sie ihre sich selbst auferlegte Zurückhaltung vollkommen vergaß. »Was ist passiert?« fragte sie statt dessen neugierig.
Sue schlenderte zum Fenster und blickte nachdenklich auf den Central Park hinunter. »Eigentlich nichts«, sagte sie mit einem aufgesetzten Lachen. »Ich meine … ich wußte ja, auf was für einen Typ Mann ich mich einließ. Die auffällige Art und Weise, wie er sich kleidet, und er genießt es auch noch, wenn er von diesen albernen Frauen umgarnt wird. … Also, ich meine, ich wußte, daß er ein eitler Selbstdarsteller ist, ich habe nur zugesagt, weil ich ihn so lustig fand …« Ihr versagte die Stimme.
Jacquelines mütterliche Instinkte waren stärker entwickelt, als sie zuzugeben bereit war, doch Schulterklopfen, tröstliche Worte und dabei eine tränennasse Bluse zu bekommen, entsprachen nicht ihrer Vorstellung von Therapie. Sie beobachtete Sues zukkende Schultern und sagte schroff: »Da Sie gerade stehen, könnten Sie mir bitte ein Glas Wasser besorgen?«
Sue schlurfte mit abgewandtem Gesicht ins Badezimmer. Als sie mit dem Wasser wieder heraustrat, waren ihre Stirnlocken feucht, und sie lächelte gequält.
Jacqueline nahm das Glas Wasser. »Danke. Ich hoffe, es macht Ihnen nichts aus … ich habe mir eines Ihrer Bücher ausgeliehen.«
»Oh, bitte … ich wünschte, ich könnte noch mehr für Sie tun. Ich kann Ihnen gar nicht sagen, wie sehr ich es schätze …«
»Nicht der Rede wert. Ich freue mich über die Gelegenheit, meine Lektüre auszuweiten. Taschenbücher sind mittlerweile so teuer geworden.«
Sue ließ sich auf ihr Bett fallen. »Ich schätze Ihr Taktgefühl.

Aber Sie brauchen nicht vom Thema abzuschweifen. Ich bin nicht aufgebracht, und es macht mir auch nichts aus, darüber zu reden.«

Als ihr klar wurde, daß sie so oder so zur Vertrauten auserkoren war, ließ sich Jacqueline resigniert in ihre Kissen zurücksinken. »Ist er zudringlich geworden?« fragte sie. »Entschuldigen Sie die altmodische Floskel, aber ich habe noch nicht genug Liebesromane gelesen, um die aktuellen Formulierungen zu beherrschen.«

»Ach du meine Güte, das hätte mich nicht gestört.« Sue zwang sich zu einem weiteren Lächeln. »Mit so etwas kann ich umgehen.«

»Ich bin sicher, daß Sie das können«, murmelte Jacqueline. Joe war also nicht zudringlich geworden, und deshalb war Sue enttäuscht.

Einen Augenblick später platzte das Mädchen heraus: »Zuerst war er so nett. Wir waren in einer kleinen Bar, die er kennt, tranken etwas und unterhielten uns... Wußten Sie, daß er erst neunundzwanzig ist? Ich habe ihm gesagt, wie toll ich es finde, daß er so erfolgreich ist, aber er erwiderte, daß ihm das Geld egal sei. Er hat genug von der Speichelleckerei und dem gekünstelten Gehabe, möchte das alles aufgeben und ein einfacheres, ehrlicheres Leben führen. Ich habe ihm von Finn's Crossing erzählt, und er sagte, es klänge wunderschön...«

Ihr Kinn zuckte verdächtig, und Jacqueline sagte: »Und was ist passiert, daß diese romantische Aura zerstört wurde?«

Ihr Einwurf wirkte wie ein kalter Guß. Das Kinn wurde starr, und Sue warf ihr, bevor sie weiterredete, einen ziemlich betretenen Blick zu. »Was passiert ist? Er hat kein einziges Wort davon ernst gemeint. Wir saßen da, und plötzlich tauchte diese Frau – Hattie – auf. Sie hatte ihn gesucht. ›Ach ja, Victor, dacht' ich mir's doch, daß ich Sie hier finden würde – in Ihrer kleinen Lieblingskneipe‹, sagte sie. ›Haben Sie diese Verabredung mit Barton und Reed denn völlig vergessen?‹«

»Verleger?« fragte Jacqueline.
»Ja. Victor starrte sie überaus unhöflich an. Dann fiel ihr Blick auf mich, und sie sagte – äußerst liebenswürdig: ›Ich hoffe, daß Sie mir das hier verzeihen, Schätzchen. Ich kann verstehen, warum Victor dieses langweilige, steife Geschäftstreffen vergessen hat. Warum gehen wir nicht alle zusammen hin? An Ihrem niedlichen kleinen Papierherz sehe ich, daß Sie ebenfalls Schriftstellerin sind, und es kann Ihrer Karriere sicherlich nicht schaden, wenn Sie Mr. Barton kennenlernen.‹«
»Hätte es sicherlich auch nicht«, warf Jacqueline ein. »Offen gestanden bin ich überrascht, daß Hattie das angeboten hat. Sie ist nicht unbedingt als Menschenfreund bekannt.«
»Und in diesem Augenblick zeigte Mr. Victor von Damm sein wahres Gesicht! Er sprang wie von der Tarantel gestochen auf, packte Hatties Arm und verschwand. Er hat sich nicht einmal entschuldigt, murmelte lediglich irgend etwas wie ›Man sieht sich‹. Hattie war wütend. Das ist mir aufgefallen, obgleich er sie ins Freie bugsierte, ehe sie noch irgend etwas sagen konnte.«
»Sehr ungewöhnlich«, murmelte Jacqueline.
»Nein, ist es nicht. Er ist nur ein selbstgefälliger, egoistischer Bursche, das ist alles. Ich meine, was die Frau gesagt hat, entspricht den Tatsachen – Hattie ist die renommierteste Agentin auf diesem Gebiet, und das wäre meine Chance gewesen, sie auf mich aufmerksam zu machen. Aber der feine Victor kann nicht einmal eine Konkurrenz wie die meine ertragen.«
»Das ist eine Interpretation«, sagte Jacqueline.
»Nun, ich habe meine Lektion gelernt. Ein weiteres Mal falle ich nicht darauf herein ... Haben Sie schon zu Abend gegessen, Jacqueline? Falls nicht, könnte ich Sie vielleicht einladen?«
»Danke, aber ich bin heute abend bei Freunden eingeladen. Du lieber Himmel, wieviel Uhr ist es eigentlich? Ich werde noch zu spät kommen.«
Als sie kurze Zeit später das Zimmer verlassen wollte, klingelte das Telefon. »Das ist vermutlich für Sie«, sagte Sue.

»Ich hab' jetzt nicht die Zeit. Ich muß aufbrechen. Vielleicht«, fügte Jacqueline hinzu, »ist es Victor, der sich entschuldigen möchte.«

»Ha«, meinte Sue. Doch bevor Jacqueline die Tür hinter sich schloß, sah sie, wie das Mädchen rasch nach dem Hörer griff.

Als Jacqueline durch die Empfangshalle eilte, hörte sie, wie jemand ihren Namen rief, doch sie nahm sich nicht die Zeit, sich umzusehen. Sie hielt pünktliches Erscheinen für zwingend, wenn Freunde ein Essen kochten, und die Liebesromanautoren und ihre Probleme hingen ihr mittlerweile zum Halse heraus. Sie hatte sich auf die Absurditäten des Literaturbetriebs gefreut und war sogar bereit gewesen, etwas dazu beizusteuern. Aber eine Gruppentherapie durchzuführen entsprach keineswegs ihrer Vorstellung von amüsanter Zerstreuung.

Es war bereits spät, als sie zurückkehrte, doch Sue war immer noch wach. Jacqueline warf einen Blick auf den Einband des Titels, den das Mädchen las. »*Anne of Green Gables*? Das darf nicht wahr sein. Sicherlich eine neue Version, in der Gilbert, der erotische junge Arzt, Anne in einem Veilchenbeet verführt.«

»Es fiel mir heute abend in einer Buchhandlung auf, als ich unterwegs war, um mir einen Hamburger zu besorgen«, sagte Sue. »Nach diesen ganzen Liebesromanen mußte ich mir mal wieder etwas anderes zu Gemüte führen. Waren Sie einkaufen?«

Jacqueline warf die Kleidertasche auf ihr Bett und reckte ihre schmerzenden Arme. »Sie ist nicht schwer, aber furchtbar unhandlich. Ich war nicht einkaufen. Meine Freundin hat mir ein paar Sachen geliehen. Meine Garderobe ist einfach unpassend für diesen Anlaß.«

Sie öffnete die Kleidertasche und entnahm ihr ein Kleid. Unmengen weichfließenden, lavendelfarbenen Voilestoffs bauschten sich auf.

Sue hielt den Atem an. »Es ist traumhaft. Ist das echte Brüsseler Spitze?«
»Ich denke schon.« Jacqueline runzelte die Stirn. »Das Kleid ist etwas aus der Mode. Joan hat es vor zwei Jahren auf der Gartenparty von Königin Elizabeth getragen. Aber der dazugehörige Hut ist einfach göttlich.«
»Er ist ganz schön riesig«, meinte Sue skeptisch, während sie das blumengeschmückte Wagenrad begutachtete.
»Wir haben noch mehr Schleifen und Blumen darauf festgesteckt.« Jacqueline setzte den Hut auf. Sue brach in schallendes Gelächter aus und legte rasch eine Hand vor ihren Mund. »Es tut mir leid ... ich wollte nicht ... «
Jacqueline schien begeistert. »Das ist genau die Wirkung, die ich erzielen will, meine Liebe. Warten Sie, bis Sie die Garderobe erst mal komplett gesehen haben. Es gibt auch noch einen niedlichen kleinen Sonnenschirm, lange weiße Handschuhe und ähnliche Accessoires.«
»Was haben Sie sich noch geliehen?« fragte Sue.
»Lassen Sie sich überraschen.« Jacqueline klappte die Kleidertasche zu und zwinkerte kokett. »Joan hat das meiste Geld und von allen meinen Freunden den ausgefallensten Geschmack. Ich bin ein Glückspilz, daß ich solche Freunde habe.«
»Sie sind verrückt«, sagte Sue bewundernd.
»Danke. Ich werde mich jetzt in die Federn begeben. Zum morgigen Frühstück möchte ich ausgeruht und strahlend schön erscheinen.«
Vorsichtig hängte sie das Kleid in den Kleiderschrank und schlenderte dann ins Bad.
»Der Telefonanruf war für Sie«, sagte Sue.
»Wer war es?« meinte Jacqueline beiläufig.
»Er wollte seinen Namen nicht nennen. Vor ungefähr einer Stunde hat er erneut angerufen ...« Jacqueline verschwand im Badezimmer. Sue erhob ihre Stimme. »Als ich sagte, daß Sie noch nicht zurückgekehrt seien, beschimpfte er mich.«

Jacquelines Kopf tauchte hinter der Badezimmertür auf. Sie trug eine weiße Plastikduschhaube mit der Aufschrift »Coldwater College Schwimmteam«. »Sie beschimpft?«

»Im übertragenen Sinne. Ich fragte ihn, ob er eine Nachricht hinterlassen wolle, und er brüllte: ›Sagen Sie ihr, daß sie sich nicht ständig verleugnen lassen kann‹. Dann hängte er auf.«

Die weiße Plastikduschhaube wippte hin und her. »Tenor oder Bariton?«

»Eine ziemlich tiefe Stimme.«

»Aha.« Jacquelines Kopf verschwand. »Verflucht«, meinte Jacquelines Stimme.

»Wissen Sie, wer es war?«

Wasser rauschte und plätscherte. Sue wandte sich erneut *Anne of Green Gables* zu.

Jacqueline drehte sich vor dem Spiegel. »Nun?«

»Es ist großartig«, sagte Sue. »Der Sonnenschirm ist das Tüpfelchen auf dem i. Aber ich dachte, Sie würden es für die Cocktailparty am morgigen Abend aufheben.«

»Ich nehme an, daß auf der Cocktailparty ähnlich auffallende Kleider anzutreffen sind. Das würde nur die Wirkung beeinträchtigen. Beim Frühstück werde ich vermutlich der Solitär sein. Beeilen Sie sich. Ich möchte einen Platz in der Nähe des Podiums ergattern.«

Sie rammte zwei säbelähnliche Haarnadeln durch das Wagenrad, griff nach ihrer Handtasche und drängte Sue, die ihr mit einem amüsierten Grinsen folgte.

Man drehte sich nach ihnen um, als sie die Hotelhalle durchquerten, und ein Taxifahrer brüllte über die Sixth Avenue: »He, junge Dame, wo haben Sie denn diesen Hut her?« Jacqueline winkte ihm zu.

Sie trafen sehr früh ein, doch einige Gäste hatten bereits ihre Plätze eingenommen. Jacqueline belegte zwei Stühle in der

ersten Reihe unterhalb der Rednertribüne und setzte sich anmutig hin. Eine staunende junge Frau näherte sich ihr verstohlen und bat sie um ein Autogramm. Jacqueline unterschrieb mit einem schwungvollen Valerie von Hentzau.
»Das ist gemein«, entfuhr es Sue, als die Autogrammjägerin zurücktrat und dabei weiterhin fasziniert auf den Hut starrte. »Sie sind nicht...«
»Von diesem Augenblick an bin ich es.« Jacqueline öffnete ihre Handtasche, entnahm ihr einen Stenogrammblock, einen Kugelschreiber und eine kleine Thermosflasche. Sie schraubte den Verschluß ab und füllte ihre und Sues Tasse. »Ich beabsichtige, einen historischen Liebesroman zu schreiben. Wenn ich geahnt hätte, daß der Reichtum hinter solchem Schund lauert, wäre mir diese Idee schon viel früher gekommen. Entschuldigen Sie mich kurz. Vermutlich habe ich das erste Kapitel noch vor Beginn der Veranstaltung abgeschlossen.«
Sie begann, fieberhaft auf ihrem Block herumzukritzeln. Sue versuchte, das Geschriebene zu entziffern, doch der Hut versperrte ihr die Sicht.
Jacqueline hatte bereits ein halbes Dutzend Seiten mit ihrer großen, ausladenden Schrift gefüllt, als ihre literarischen Anwandlungen von einem Seufzer Sues unterbrochen wurden. Es war nicht ihr erster Seufzer. Als die Flamme der Eingebung lichterloh brannte, hatte Jacqueline ihren Hut in den Nacken geschoben, so daß Sue ihre Zeilen lesen konnte. Doch dieser Seufzer hatte wesentlich eindringlicher geklungen. Jacqueline sah von ihrer Tätigkeit auf und bemerkte Victor von Damm, der sich beeindruckend vor ihnen aufbaute.
Seine Kostümierung verstärkte den Effekt – auf Hochglanz polierte Stiefel, schmalgeschnittene, schenkelbetonte Hose, goldene Knöpfe, goldene Borten und eine pelzverbrämte Pelerine. Während er schweigend vor ihnen stand, bemerkte Jacqueline zu Sue: »Protzig ist nicht der richtige Ausdruck für seine Klamotten, oder? Meine Generation würde sie kitschig

nennen, aber ich bin sicher, die Ihre kennt bessere Umschreibungen.«
Victor sank in sich zusammen. »Ich muß mit dir reden«, sagte er an Sue gerichtet. »Ich muß dir etwas erklären ...«
»Jede Erklärung ist überflüssig. Ich habe schon verstanden. Ich möchte nicht, daß du dich für mich verbiegen mußt. Ich bin für deine Karriere nicht förderlich, nicht wahr? Verzeihen Sie, Jacqueline, aber ich muß zur Toilette. Zuviel Kaffee ...«
Sie sprang mit einer solchen Schnelligkeit auf und verschwand, daß Victor ihr nur noch fassungslos nachblicken konnte. Er drehte sich um, woraufhin Jacqueline einwarf: »Sie wollen ihr doch wohl nicht auf die Damentoilette folgen?«
»Dann erklären Sie es ihr. Sagen Sie ihr, daß ich ...« Seine Stimme erstarb. Mit Ausnahme des Stuhls zur Rechten Jacquelines waren mittlerweile alle Plätze am Tisch besetzt; sie hatte ihre Tasche und den riesigen Hut dort abgelegt, und niemand brachte den Mut auf, Jacqueline aufzufordern, beides zu entfernen. Allerdings war Victors Anwesenheit inzwischen aufgefallen, und die übrigen Teilnehmer starrten ihn an. Eine ältere Dame streckte mit schmachtendem Blick ihre zitternde Hand aus.
»Verzeihen Sie ... Victor ...«
Ohne seinen Blick von Jacqueline abzuwenden, ergriff Victor die Hand und hauchte einen gefühlvollen Kuß in den darüber befindlichen Luftraum.
»Ihre Technik läßt zu wünschen übrig«, sagte Jacqueline. »Und Ihre Pelerine auch. Der Gurt scheint ...«
»Ach, verflucht. Victor zerrte den schiefhängenden Umhang wieder an Ort und Stelle. »Ich haue besser ab, bevor ... Sprechen Sie mit Sue. Sie versteht das alles nicht. Ich konnte nicht zulassen, daß sie ... Ach, verflucht.«
Er warf den schmachtenden Matronen einen melancholischen Blick zu. Mehrere waren inzwischen aufgestanden und näherten sich ihm mit ihrer erhobenen Rechten. »VV hat mir eine Nachricht für Sie gegeben«, sagte er rasch. »Rufen Sie sie an – Zim-

mer 1215 – nach dem Frühstück. O Gott, da kommen sie auch schon!« Er stürmte los, wobei seine Pelerine erneut auf Halbmast hing.

Jacqueline räusperte sich. Sie goß sich eine weitere Tasse Kaffee ein und widmete sich wieder ihrem Romanmanuskript.

Kurze Zeit später wurde sie erneut unterbrochen. Eine Hand entfernte ihre Handtasche von dem freien Stuhl, und eine Stimme erklang: »Danke, daß du mir einen Platz reserviert hast.«

Jacqueline runzelte die Stirn. »Hallo, Betsy. Ich habe ...«

»Erzähl mir nicht, daß du ihn für jemand anderen freigehalten hast. Ich kenne diese Tasche, und ich kenne diesen Trick.«

Jacqueline schloß ihr Notizbuch. »Was soll das darstellen, Unterwanderung von Feindesgebiet?«

»Dubretta gab mir den Tip. Hätte aber eigentlich selbst darauf kommen müssen.«

»Spione«, schlug Jacqueline vor, »bleiben länger unerkannt, wenn sie die Uniform des Feindes tragen.«

Betsy trug das khakifarbene Hemd mit passender Hose vom Vortag. Mit ihren breiten Schultern, den muskulösen Unterarmen und ihrem Kurzhaarschnitt wirkte sie wie ein Junge – genauer gesagt, wie ein Mann in mittleren Jahren, der sich in hervorragender körperlicher Verfassung befand, denn ihr durchtrainierter Körper deutete auf unzählige Liegestütze und Gewaltmärsche hin.

»Ich habe meine Sticker entfernt«, entgegnete Betsy. Sie inspizierte Jacqueline von ihrem Hut bis hin zu ihrem ausladenden Kleid und schüttelte den Kopf. »Du hast allen Grund, mich zu kritisieren. Das ist der geschmackloseste Aufzug, den ich jemals gesehen habe.«

»Vielen Dank. Warum gehst du nicht einfach auf irgendeinen Protestmarsch?«

»Deshalb bin ich ja hier.« Betsy lehnte sich mit verschränkten Armen zurück. »Oh, keine Sorge, ich werde keinen Ton sagen. Ich bin nur hier, um mich *umzuschauen.* Woher hast du den Kaffee?«

»Den habe ich mitgebracht.« Betsy griff nach der Tasche. Jacqueline sagte: »Die Kanne ist leer. Es geht sicher auch bald los. Da ist Hattie.«
»Ah.« Betsy setzte sich aufrecht hin.
Sue glitt auf ihren Stuhl. Neugierig blickte sie zu Betsy, und Jacqueline machte die beiden miteinander bekannt. »Dann gehören Sie also auch zu diesen Schmutzfinken«, sagte Betsy, als sie Sues rotes Namensschild bemerkte. »Wie sind Sie denn zu diesem Haufen gestoßen, Sue? Sie scheinen mir doch einigermaßen intelligent zu sein.«
Jacqueline seufzte. »Ich liebe deine Art der Unterwanderung«, meinte sie. »Wie ein Bulldozer.«
»Waren Sie auch auf dem gestrigen Protestmarsch?« fragte Sue.
»Ich habe ihn organisiert«, erklärte Betsy stolz. »Hier – nehmen Sie einen Anstecker.« Aus ihrer Hemdtasche zauberte sie einen hervor. Leuchtendgrüne Lettern auf knallgelbem Hintergrund verkündeten: STOPPT VERGEWALTIGUNG.
»Kommen Sie, nehmen Sie ihn schon«, drängte Betsy. »Oder stehen Sie etwa auf Vergewaltigung?«
»Selbstverständlich nicht!«
»Ich nehme ihn.« Jacqueline befestigte den Button am Dekolleté ihres lavendelfarbenen Kleides und betrachtete wohlgefällig das Ergebnis. Der Anstecker paßte wie die Faust aufs Auge. »Ich hätte meinen DIE-ZUKUNFT-BEGINNT-JETZT-Sticker mitbringen sollen«, bemerkte sie. »Auf jeder Seite einen ...«
Sue und Betsy zeigten keine Reaktion. Sue war zu dem Schluß gelangt, daß die Radikale eine weitere von Jacquelines exzentrischen Freundinnen sein mußte, und Betsy glaubte, daß Sue ein potentielles Bekehrungsopfer darstellte. »Ich wette, Sie schreiben diesen Dreck noch nicht lange«, sagte sie einlenkend. »Überlegen Sie, was Sie da tun. Noch ist es nicht zu spät, um damit aufzuhören.«
»Und Erlösung in den Armen der Bewegung zu finden«, deklamierte Jacqueline. »Halleluja ...«

»Halt den Mund«, fiel ihr Betsy ins Wort. »Wir unterhalten uns später, Sue. Die alte Schachtel hält gerade ihre Eröffnungsrede, und ich will mir Notizen machen.«

Hattie blies in ihr Mikrophon. »Eins, zwei, Probe ...« An diesem Morgen war das Podium weniger großzügig mit Autoren bestückt; lediglich Victor von Damm und Emerald Fitzroy waren anwesend. Als Hattie sich dem Publikum zuwenden wollte, beugte sich Victor über den freien Stuhl, der ihn von Hattie trennte. Rasch bedeckte ihre Hand das Mikrophon, doch die versammelten Teilnehmer hatten bereits mitangehört: »Zum Teufel, ich will hier raus. Ich werde nicht ... «

Hatties aufgesetztes Lächeln wurde starr. Ihre Antwort war für die Anwesenden unverständlich. Einen Augenblick später lehnte sich Victor erneut zurück, und Hattie begann mit ihrer Ansprache.

Konzentriert übertrug Betsy jedes Wort von Hattie in ihren offensichtlich funkelnagelneuen Stenogrammblock. Jacqueline fühlte sich an den alten Akademikerwitz erinnert, der die Mitschrift als den Informationstransfer zwischen den Notizen des Professors und den Heften der Studenten bezeichnet, ohne daß einer von beiden seinen Verstand bemüht hätte. Hatties Rede basierte lediglich auf wiederholten Begrüßungsfloskeln und einer kurzen Auflistung der weiteren Tagesaktivitäten. Dann nahm sie ihre Gabel in die Hand, und die Kellner servierten das Frühstück.

Jacqueline stürzte sich heißhungrig auf ihr übergartes Rührei, das kalte Würstchen und ebensolchen Toast, bevor sie das Stück Käsekuchen vertilgte, das sie vorsorglich mitgebracht hatte.

»Wo ist denn der Rest abgeblieben?« fragte Betsy.

»Ich habe nur ein Stück gekauft.«

»Verflucht, ich meine nicht den Käsekuchen, sondern die Autoren. Die, die ich sehen wollte, sind gar nicht hier – die Valeries.«

»Valentine wäre ohnehin nicht gekommen«, informierte sie Sue.

»Sie ist der große Star. Soviel ich weiß, hat sie sich lediglich zu einem Auftritt pro Tag bereiterklärt. Vermutlich nimmt sie an der Cocktailparty teil.«

»Was ist mit der anderen?«

»Vielleicht ist sie krank.«

Jacqueline befürchtete insgeheim, daß diese Vermutung zutraf, allerdings nicht in dem Sinne, wie Sue es gemeint hatte. Jeans Nerven hatten unter der Anspannung vielleicht nicht mehr mitgespielt. Oder – eine wesentlich interessantere Vorstellung – war eine Rebellion im Gange? Jacqueline war sich sicher, daß Jean dazu gezwungen worden war, an der Konferenz teilzunehmen, vermutlich sogar von Hattie. Jean würde alles tun, um die Öffentlichkeit zu meiden. Sie war das perfekte Erpressungsopfer.

Das bedeutete aber nicht zwangsläufig, daß die übrigen Schriftsteller dem gleichen Druck unterlagen. Die meisten von ihnen gaben offenherzig zu, daß sie ausgebeutet wurden. Allerdings ließ das veränderte Verhalten Victors darauf schließen, daß auch er auf dem Wege zum potentiellen Rebellen war. Am Tag zuvor hatte er sich während der absurden Paradevorstellung aufgelehnt. Jetzt, nach seinem Protest gegenüber Hattie, war er in brütendes Schweigen verfallen und hob den Blick nicht mehr von seinem Teller.

Jacqueline überlegte, ob sie Betsy diese rätselhafte Feststellung mitteilen sollte, entschied sich dann aber dagegen. Warum sollte sie Betsys Arbeit erledigen?

Reden von zwei anwesenden Gästen – einem Rezensenten für Liebesromane und einem Verleger, der seine Autoren lobend erwähnte, da sie ihm viel Geld einbrachten – rundeten das Frühstück ab. Victor wollte schließlich zu Jacquelines Tisch stürmen, doch Hattie packte ihn an seiner Pelerine und zerrte ihn fort.

»Kennst du ihn?« fragte Betsy, der dieses Zwischenspiel nicht entgangen war.

»Wen?«

»Den prachtvollen Adonis in dem Operettenkostüm. Ich weiß auch nicht, warum das so ist«, fuhr Betsy bedauernd fort, »aber die anziehendsten Mannsbilder sind immer Chauvinistenschweine.«
»Gott sei Dank, daß es Alan Alda gibt«, meinte Jacqueline.
Betsys Gesichtsausdruck hellte sich auf. »Genau.«
Jacqueline flüchtete. Sue schloß sich ihr an. »An welchem Workshop nehmen Sie teil?« fragte sie.
Jacqueline überflog ihr Programmblatt, das selbstverständlich auf rosafarbenem Papier gedruckt war. »Ich kann mich einfach nicht zwischen ›Wie schreibe ich einen erotischen historischen Liebesroman‹ und ›Die führenden Männer auf dem Sektor romantischer Literatur‹ entscheiden. Victor wird vermutlich bei letzterem anwesend sein.«
»Dann besuche ich den anderen.« Sues Lippen wurden schmal.
»Es gibt noch weitere Alternativen. Wie wär's mit ›Romantische Garderoben für Heldinnen und Autorinnen‹? Oder: ›Stimmungsvolle Szenerien: Mondlicht, gepuderte Perücken und Ritterspiele‹. Ritterspiele?«
»Ihre Freundin hat recht«, schnaubte Sue. »Es ist geschmacklos. Ausbeuterisch, obszön, eklig ... Ich gehe spazieren. Ich brauche frische Luft.«
Sie war bereits verschwunden, noch ehe Jacqueline darauf hinweisen konnte, daß es gar nicht so einfach war, in Manhattan frische Luft zu bekommen. Jacqueline wandte sich wieder ihrem Programm zu. »Stimmungsvolle Szenerien« klang am idiotischsten und versprach von daher der interessanteste Workshop zu werden. Andererseits hatte sie es sich ja zum Ziel gesetzt, einen erotischen Liebesroman zu schreiben. Auch wenn sie vollstes Vertrauen in ihre Fähigkeit setzte, ohne jede weitere Hilfe einen Bestseller zu verfassen, vermittelte ihr dieser Workshop vielleicht nützliche Anregungen.
Sie schob ihre lavendelfarbenen Stoffmassen durch den Gang

und nahm unterwegs noch einige Prospekte von den Verlegerständen mit. Kurze Zeit später gesellte sich Dubretta zu ihr. »Ich kann es kaum fassen, daß Sie es sind«, sagte die Kolumnistin. »Macht es Ihnen etwas aus, wenn ich Sie fotografiere?«
»Ganz und gar nicht.«
Jacqueline stellte sich bereitwillig in Pose. Hattie schritt zum Podium. Mit kokett über die Schulter geschwungenem Sonnenschirm, den Hut sinnlich in die Stirn gezogen, drehte sie sich affektiert lächelnd und blickte schmachtend in die Kamera, bis Dubretta schließlich meinte: »Das sollte genügen. Für die meisten meiner Leser ist die Satire ohnehin verlorene Liebesmüh, doch einige werden sie vielleicht verstehen. ›Eine der Autorinnen anläßlich des . . .‹«
»Ich will gar nicht anonym bleiben«, protestierte Jacqueline. »Mein Autorenname lautet Valerie von Hentzau.«
»In Ordnung.« Dubretta kritzelte mit. Jacqueline blickte ihr hemmungslos über die Schulter, worauf Dubretta boshaft einwarf: »Sie müssen warten, bis es abgedruckt wird. Außer mir kann niemand meine Kurzschrift entziffern. Haben Sie meine heutige Kolumne gelesen?«
»Ja. Wie schaffen Sie es eigentlich, solches Gift zu versprühen?«
»Warten Sie nur ab. Ich glaube, daß ich einer ganz großen Sache auf der Spur bin. Das wird diesem ganzen Haufen die Luft abdrücken . . . Was ist denn mit Ihnen los, ein Fall von Hypnose? Bin ich der einzige arme Tropf, der Ihnen sein Herz ausschüttet?«
»Nein. Geht es Ihnen heute morgen wieder besser?«
»Ich fühle mich großartig. Warum fragen Sie . . . Ach so. Kein Problem. Es handelt sich um einen Geburtsfehler, aber ich habe die Sache unter Kontrolle.«
Jacqueline wunderte sich. Mit ihrem grauen Hosenanzug aus Leinen und dem stahlgrauen Haar wirkte Dubretta an diesem Morgen grau in grau, einschließlich ihrer Gesichtsfarbe.

»Vertrauen Sie sich nicht mir an«, sagte sie beiläufig. »Ich habe kein Interesse.«
»Ich sollte Sie vielleicht warnen«, erklärte Dubretta ruhig, »daß ich alles über Ihre Freundin weiß. Oh, sehen Sie mich nicht so verstört an. Ich spreche von Valerie Vanderbilt, deren adlige Familie sie aufgrund ihres ausschweifenden Sexuallebens enterbt hat. Und die eigentlich Jean Frascatti heißt, eine zurückhaltende Professorin für Anglistik ist und vermutlich seit dreißig Jahren keinen Mann mehr geküßt hat.«
»Wie haben Sie das herausgefunden?«
»Das war in der Tat verflucht genial.« Dubretta grinste selbstgefällig. »Sie beide sind in etwa gleichaltrig. Ich hatte die Eingebung, daß Sie vielleicht gemeinsam die Schulbank gedrückt haben. Ihre Freundin Betsy erzählte mir wo. Ich setzte mich mit einer früheren Klassenkameradin in Verbindung, die alle Schuljahrbücher gesammelt hat, und – *voilà.*«
»Nicht schlecht«, gab Jacqueline zu.
»Das sind dann schon zwei«, sinnierte Dubretta. »Jean und Joe – beides Betrüger, die unsere liebe alte Tante Hattie in Szene gesetzt hat. Aber das sind kleine Fische. Hattie ist der dicke Brocken, und ich glaube ... Verflucht, ich fange schon wieder damit an. Ich verschwinde besser, bevor ich noch alles ausplaudere.«
Jacqueline hielt sie nicht davon ab. Sie marschierte in Richtung von Saal C, da sie sich entschlossen hatte, das Seminar zu besuchen, das Aufschlüsse über das Verfassen erotischer Romane versprach. Sie war allerdings kaum einen Schritt gegangen, als eine Hand ihren Arm packte und sie herumwirbelte.
»Ich habe Ihnen doch gesagt, daß Sie sich von dieser Schlampe fernhalten sollen! Wer sind Sie, vielleicht zufällig auch eine von ihren Spitzeln?«
Lauries verpickeltes Gesicht war nur Zentimeter von ihr entfernt, und ihre Stimme klang schrill und hysterisch.
Jacqueline reagierte prompt. »Also, Laurie, was für ein tolles

Kleid. Das ist ja noch schöner als das, was Sie gestern getragen haben. Wo haben Sie es gekauft?«
Lauries Mund blieb offenstehen, doch sie setzte ihre Schimpftirade nicht fort, sondern schluckte und murmelte stockend: »Ich habe es selbst genäht.«
Jacquelines Reaktion kam für das Mädchen überraschend, und sie beruhigte sich – zumindest für den Augenblick. Allerdings war Jacquelines Kompliment ehrlich gemeint. Das Kleid, ein zarter Hauch aus Spitzen, Rüschen und Tüll, paßte zwar überhaupt nicht zu Lauries Leibesfülle, war aber trotzdem wunderschön, auch wenn der blasse Rosendruck bereits verschwitzt und das Oberteil mit Schokoladenflecken übersät war.
»Wirklich?« entfuhr es Jacqueline. »Sie sind sehr talentiert. Wo haben Sie denn das Schnittmuster her?«
»Ich habe es nach einem Bild im Museum gearbeitet«, murmelte Laurie.
»Ohne Schnittmuster? Das ist wirklich beeindruckend.«
Der erfreute Stolz in Lauries Gesichtszügen erregte ungewollt Jacquelines Mitleid, obgleich die kräftige Hand des Mädchens immer noch ihren Arm umschlossen hielt. Sie wußte, daß ihre Überlegenheit nicht von langer Dauer sein würde. Sie hatte die Zeichen von Drogensucht schon häufig genug gesehen, um zu wissen, daß sich der Gefühlsumschwung von Abhängigen heftig und unvorhersehbar vollzog. Der Gang hatte sich geleert. Die Seminare mußten bereits angefangen haben.
»Ich nähe alles selbst«, brüstete sich Laurie. »Sogar für Valentine habe ich ein Kleid geschneidert ...«
Der Name ihres Idols führte zu dem von Jacqueline befürchteten Stimmungsumschwung. Ihr Gesicht wurde zornesrot. Ihre Hand packte noch fester zu.
»Ach, gehen Sie zum Teufel«, sagte Jacqueline. Sie rammte ihre wie üblich schwer bepackte Handtasche in Lauries Magengegend.
Wie ein getretener Hund heulte Laurie auf. Sie hielt sich den

Bauch, beugte sich vor und drückte Jacqueline gegen die Wand. Tränen liefen über ihre Wangen.
Jacqueline hätte sich losreißen können, aber es erschien ihr unmöglich, das Mädchen in dieser Gemütsverfassung allein zu lassen. Sie zwängte sich unter Lauries Gewicht hervor und tätschelte deren breite Schultern. »Beherrschen Sie sich. So fest habe ich doch gar nicht zugeschlagen.«
Lauries hemmungsloses Weinen erregte Aufmerksamkeit. Neugierige Gesichter erschienen in den offenen Türen, und einige Teilnehmer kamen verstohlen näher. Unter ihnen befand sich auch Hattie. Sie übernahm die Aufgabe des Tröstens und funkelte Jacqueline an.
»Was haben Sie mit dem armen Kind angestellt? Ja, ja, Schätzchen, beruhige dich doch.«
»Was ich mit ihr angestellt habe? Wenn Sie irgendeinen Einfluß auf diese verstörte Person haben, dann empfehlen Sie ihr, einen Arzt zu konsultieren. Das Mädchen ist drogenabhängig.«
»Sie hat mich geschlagen«, jammerte Laurie. »Ich wollte nur mit ihr reden, und sie hat mich geschlagen!« Hektisch klammerte sie sich an Hattie.
»Ja, ja.« Tätschel, tätschel. »Ja, ja. Du gehst dir jetzt dein Gesicht waschen, Schätzchen, und dann beruhigst du dich wieder. Tante Hattie wird sich um die böse Frau kümmern.«
Schniefend verschwand Laurie, während sie sich die Nase an ihrem Handrücken abwischte.
Jacqueline schürzte die Lippen. »Das Mädchen ist drogenabhängig«, wiederholte sie. »Sie ist ja völlig aus den Rudern gelaufen. So kann das doch nicht weitergehen. Anders gesagt, sie braucht dringend Hilfe.«
»Ich weiß«, murmelte Hattie. »Sie müssen irgend etwas getan haben, was sie furchtbar aufgeregt hat ... «
»Kommen Sie mir nicht mit dieser Taktik«, sagte Jacqueline in scharfem Ton. »Das Mädchen hat eindeutig mich angegriffen. Sie tut mir leid, aber die Schuld liegt nicht bei mir.«

»Ich bin nicht ihr Aufpasser«, sagte Hattie. »Wenn Sie irgendwelche Beschwerden haben ... Augenblick mal. Ich habe Sie doch schon irgendwo gesehen. Im Gespräch mit Dubretta Duberstein.«

»Ich kenne sie flüchtig«, entgegnete Jacqueline vorsichtig.

Ein breites, wenig überzeugendes Lächeln glitt über Hatties Gesicht. »Schätzchen, das alles hier tut mir ja so leid. Sie müssen mir verzeihen, wenn ich grob geworden bin. Ich habe vielleicht etwas überreagiert. Ich nehme an, wir sind alle etwas angespannt. Warum besuchen Sie mich nicht auf ein Täßchen Tee in meiner Suite?«

Jacqueline ließ sich nicht lange bitten. Schließlich versprach das noch interessanter zu werden als der Workshop über Mondenschein und Ritterspiele.

Hattie redete ununterbrochen in ihrem lautstarken Südstaatenakzent. »Na, was für ein hübsches Kleid. Sie sind mir schon beim Frühstück aufgefallen, und ich dachte, na, ist das ein Prachtstück. Ich kann Ihnen gar nicht sagen, wie leid mir dieser Zwischenfall tut. Das arme Kind hat ständig irgendwelche Probleme. Ich versuche ja schon, ihr zu helfen, aber was soll ich denn tun? Wissen Sie, sie stammt sogar aus einer ganz netten Familie. Geld wie Heu. Aber das ist eine dieser entsetzlichen Konstellationen unserer Zeit – Alkohol, Vernachlässigung – Sie wissen schon, was ich meine. Nun, wir sind da. Machen Sie es sich doch hier in diesem schönen, bequemen Sessel gemütlich, und ich setze schnell den Kessel auf.«

Sie trabte aus dem Zimmer.

Falls Jacqueline Dubrettas Feststellung, daß Hattie viel Geld mit ihren Liebesschnulzen machte, bezweifelt hatte, so belegte die luxuriöse Umgebung die Aussage der Kolumnistin. Wohnraum mit angrenzendem Balkon, Schlafzimmer und Bad, Küche ... Wenn Einzelzimmer bereits auf über hundert Dollar pro Nacht kamen, dann mußte diese Suite Hattie noch einiges mehr kosten.

Hattie rauschte mit einem Tablett herein.

»Ich halte Sie nur unnötig von Ihren Workshops ab«, sagte Jacqueline, die das Wort ergriff, bevor sich nie wieder eine solche Gelegenheit bot.

»Aber Schätzchen, machen Sie sich deswegen keine Gedanken. Ich bin zwar nicht verantwortlich für Laurie – absolut nicht –, aber für sie stelle ich wohl eine Art Mutterersatz dar. Und ich denke, man sollte anderen helfen, soweit man kann.«

Die Vorstellung war so unglaubwürdig, daß Jacqueline beinahe laut gelacht hätte. Hattie verkörperte das Nette-alte-Tanten-Image eher schlecht. Ihre Augen wirkten so leer wie die Fenster eines verlassenen Hauses, und falls sie überhaupt über Mutterinstinkte verfügte, ähnelten sie denen einer Schwarzen Witwe. Fraßen Spinnen eigentlich ihre Nachkommen? Während Jacqueline noch über dieses naturgeschichtliche Problem nachdachte, schwatzte Hattie unermüdlich weiter.

»Seit kurzem wirkt sie eigentlich noch verstörter. Natürlich hat das Zusammentreffen mit der Valentine das arme Ding durcheinandergebracht. Die Valentine ist ihr absolutes Idol. Ich werde mit ihr sprechen und sie ermahnen, sich anständig zu benehmen.«

Das war zwar nicht die Lösung, die Jacqueline vorschwebte, doch sie wußte, daß es reine Zeitverschwendung gewesen wäre, Hattie irgendeine sinnvolle Aktivität vorzuschlagen. Sie fragte sich, wann Hattie auf den Punkt kommen würde. Feinsinnigkeit war nicht gerade ihre Stärke.

»Kennen Sie Dubretta schon lange?« fragte Hattie beiläufig.

Jacqueline lächelte. »Erst seit kurzem.«

»Eine so intelligente Frau. Fast schon zu intelligent, meinen Sie nicht? Wirklich, beinahe maskulin. Ich schätze, ich sollte die ganzen Gemeinheiten, die sie über mich und meine Freunde verbreitet, anfechten, aber ich kann sie trotzdem nicht hassen, Schätzchen. Sie ist einfach bemitleidenswert. Es ist der schlichte Neid, mehr nicht. Sie hat niemals die Freuden der Liebe kennengelernt und lehnt jeden ab, dem das widerfahren ist.«

»Kennen Sie Dubretta denn schon lange?« fragte Jacqueline. Es war ein Zufallstreffer, der eigentlich auf Hatties unerträgliche Scheinheiligkeit abzielte, aber sie hatte damit einen empfindlichen Nerv berührt. Die kurzen grauen Wimpern zuckten, und die Agentin meinte brüsk: »Nein.«

»Sie sagte irgend etwas, was mich zu dem Gedanken verleitete, daß Sie alte Bekannte sind«, murmelte Jacqueline. Sie nippte an ihrem Tee. Er schmeckte entsetzlich – billigste Teebeutelqualität und dazu noch dünn. Hattie hatte vermutlich nur einen Beutel für die ganze Kanne verwendet.

»Was hat sie denn gesagt?« Hattie setzte ihre Tasse mit einem entschiedenen Klirren auf der Untertasse ab und verzichtete auf ihren gekünstelten Akzent. »Was hat sie Ihnen erzählt, Miss ... Mrs .... Wie heißen Sie überhaupt?«

Jacqueline deutete mit ihrer Fingerspitze auf ihr Namensschild. Sie hatte die Nägel passend zum Kleid lackiert. Ihre Hände wirkten wie die einer Leiche im Frühstadium der Verwesung.

»Kirby«, sagte Hattie. »Müßte ich Sie kennen?«

»Noch nicht. Ich schreibe«, meinte Jacqueline bescheiden, »an meinem ersten historischen Liebesroman. Wenn Sie interessiert sind, schicke ich Ihnen nach Fertigstellung des Manuskriptes eine Kopie ... «

»Oh, ich bekomme es sowieso.« Hattie grinste boshaft. »Nun, vielleicht sind Sie sogar talentiert. Sie haben ein Gefühl für ... für ... «

»Spannung«, warf Jacqueline ein.

»Handlungsdichte«, korrigierte Hattie. »In Ordnung, ich werde Ihr Manuskript lesen – wenn Sie mir im Gegenzug einen winzigen Gefallen tun.«

»Ich kann Ihnen nichts über Dubretta mitteilen. Sie mag Sie nicht – aber ich nehme an, daß das für Sie nichts Neues ist.«

»Mit Sicherheit nicht.«

»Und sie würde Sie gern – ich glaube, sie nannte den Begriff ›bloßstellen‹. Aber das ist für Sie ebenfalls keine Neuigkeit.

Und«, fügte Jacqueline hinzu, »es dürfte Sie keineswegs beunruhigen, da Sie ohnehin nichts zu verbergen haben.«
»Gott sei Dank nicht.« Hattie lachte fröhlich. »Ich nehme an, sie hat Ihnen alle nur möglichen Gemeinheiten und Verleumdungen über mich und meine Autoren erzählt?«
»Oh, ja.« Jacqueline lachte fröhlich.
Schweigen folgte. Als sie begriff, daß ihre versteckten Andeutungen nicht fruchteten, ließ Hattie jede Vorsicht außer acht.
»Was?«
»Wie bitte?«
»Was hat sie gesagt? Ich habe ein Recht, das zu erfahren.«
»Aber Sie haben nicht das Recht, es von mir zu erfahren. Ich bin lediglich eine Außenstehende«, erklärte Jacqueline. »Eine Unbeteiligte, wenn Sie so wollen. Ich mische mich nicht in anderer Leute Angelegenheiten ein.«
Sie hatte natürlich bereits Partei ergriffen. Hattie war eine widerliche, hinterlistige alte Betrügerin. Die Frau konnte nicht einmal eine anständige Tasse Tee aufbrühen.
»Laurie behauptet, daß es Dubretta auf die Valentine abgesehen hat«, sagte Hattie. »Natürlich ist das Mädchen verrückt, aber ... «
»Ich muß aufbrechen«, erklärte Jacqueline. »Vielen Dank für Ihre reizende Einladung zum Tee.«
Hattie blickte sie unter ihren dichten Brauen an. »Ich würde mir Ihr Manuskript gern anschauen, Schätzchen, aber ich bin sehr beschäftigt. Vielleicht finde ich doch nicht die Zeit, es zu lesen.«
»Verstehe.«
»Ich wußte, daß Sie das verstehen würden.«
Jedes Mißverständnis war eigentlich ausgeschlossen. Hattie hätte ihren Standpunkt kaum brutaler vertreten können: Finden Sie heraus, was Dubretta im Schilde führt, und ich lanciere Ihr Buch. Hatties offensichtlicher Bestechungsversuch überraschte Jacqueline nicht. Was sie irritierte, war, daß Hattie in ihrer Ver-

zweiflung sogar auf einen Außenstehenden zutrat. Vielleicht hatte Hattie ihr nicht abgenommen, daß ihre Beziehung zu Dubretta eher flüchtiger Natur war. Von Hatties Standpunkt aus war es den Versuch wert; sie würde ihren Teil der Vereinbarung selbst dann nicht einhalten, wenn sie die gewünschten Informationen bekommen hätte.

Jacqueline lächelte ihr süßestes Lächeln. »Vielleicht sehen wir uns bald wieder«, sagte sie bedeutungsvoll.

»Das hoffe ich doch.« Hatties Lächeln war ebenfalls zuckersüß und vielsagend. Dann erhob sie sich schwerfällig. Die Audienz war beendet.

Doch bevor sie ihren Gast zur Tür begleiten konnte, wurde eine weitere Tür aufgerissen, und eine aufgebrachte Stimme brüllte: »Ich sag's dir, das mach' ich nicht mehr mit. Ich werde mit Hattie sprechen ... Hattie?«

Valerie Valentine – denn es war (wie sich Jacqueline vergewisserte) in der Tat die Königin der Liebe – blieb abrupt stehen. Sie sah aus wie die Heldin eines ihrer Romane. Ihre rotgoldenen Locken wurden von einem weißen Seidenband gebändigt, und ihr schlanker Körper war in ein großzügig geschnittenes Negligé gehüllt, das aus Unmengen weißen Chiffons bestand, der gut und gerne eine Tagesdecke für ein Doppelbett abgegeben hätte. Als sie Jacqueline bemerkte, riß sie ihre veilchenblauen Augen auf.

»Valentine, meine liebe ...« Ein Mann tauchte hinter ihr auf und legte ihr die Hände auf die Schultern. Im Vergleich zu Valentines Schönheit war er zwar nicht als häßlich zu bezeichnen, trotzdem wurde man an den alten Spruch erinnert, daß sich Gegensätze anziehen.

Der Neuankömmling, der Jacqueline zuletzt im Wagen mit Valentine und Hattie aufgefallen war, sprach als erster. »Es tut mir leid, Hattie. Sie haben Besuch?«

»Wie Sie sehen«, schnaubte Hattie. »Herzlichen Dank für Ihren Besuch, Mrs. Kirk.«

»Kirby«, stellte Jacqueline richtig. Sie überhörte Hatties Aufforderung und blieb hartnäckig stehen. »Ich weiß, daß Sie alles mögliche zu besprechen haben, aber ich kann mich einfach nicht losreißen, solange ich Valentine nicht gestanden habe, wie sehr ich sie verehre. Das ist so atemberaubend – das können Sie sich gar nicht vorstellen!«

Valentine schoß vor, als hätte man sie von hinten gestoßen. »Und ich freue mich, meine Leser zu treffen«, sagte sie teilnahmslos. »Sie regen mich dazu an, noch besser zu werden. Ich habe immer das Gefühl ... Sagten Sie Kirby?« Sie versuchte, die Hände abzuschütteln, die sie zurückhielten, und eilte auf Jacqueline zu.

Zähneknirschend machte Hattie sie miteinander bekannt. Der rundliche kleine Mann war Max Hollenstein, Valentines Manager. Er nahm Jacquelines Hand, und als sich ihre Blicke trafen, erkannte sie, daß er auf seine Art ein ähnlich gefährlicher Widersacher sein konnte wie Hattie. Seine forschenden, unruhigen braunen Augen machten einen beängstigend intelligenten Eindruck, und seine schmalen Lippen deuteten sowohl auf Humor als auch auf Selbstverachtung hin. Oder war er bereits ihr Feind? Jedenfalls wußte er, daß sie nicht nur einer von Valentines Fans sein konnte. Fans wurden von der berühmten Hattie nicht zum Tee eingeladen.

»Welches von Valentines Büchern ist denn Ihr Lieblingstitel, Mrs. Kirby?« fragte er skeptisch grinsend.

»Ich mag sie einfach alle«, erwiderte Jacqueline.

Das Grinsen des kleinen Mannes wurde breiter. Bevor er jedoch seine hintergründige Inquisition fortsetzen konnte, erklärte Hattie: »Mrs. Kirky hatte einen kleinen Zusammenstoß mit der armen Laurie. Ich mache mir ernsthaft Sorgen um die Kleine.«

»Sorgen? Zusammenstoß?« Max' Lippen zuckten. »Sie sprechen in Rätseln, Hattie. Mrs. Kirby, ich hoffe, daß Sie lediglich Erste Hilfe brauchen.«

»Mir ist nichts passiert, Mr. Hollenstein.«

»Ich kann dieses Mädchen nicht ausstehen«, brauste Valentine auf. »Sie ist geschmacklos. Sie bereitet mir Übelkeit. Ich habe Ihnen bereits gesagt, Hattie, daß Sie sie von mir fernhalten sollen.«

»Und ich habe Ihnen erklärt...« Hattie biß die Zähne zusammen. »Nun, Schätzchen, ich werde sehen, was ich machen kann. Jetzt muß ich mich aber beeilen. Ein Termin mit einem Verleger.«

»Es war mir ein Vergnügen, Sie kennenzulernen«, fügte Max hinzu.

Jacqueline blieb keine andere Wahl, als zu verschwinden. Sie drehte sich zu Valentine um. »Es war ganz phantastisch.«

»...mich gefreut...«, murmelte Valentine. Sie warf Jacqueline einen Blick zu, der auf dem Gesicht einer weniger jungfräulichen Unschuld vielleicht als verschlagen gedeutet worden wäre. »Darf ich Ihnen eines meiner Bücher schenken?«

»Oh, wie wunderbar«, kreischte Jacqueline.

»Es ist nur ein Taschenbuch, aber... Warten Sie hier.« Valentine verschwand durch die Tür, durch die sie gekommen war. Die Suite war offenbar noch größer, als Jacqueline ursprünglich angenommen hatte. Hinter der für sie sichtbaren Tür befand sich kein weiteres Zimmer, sondern ein Gang, der in weitere, unbekannte Regionen führte. Hattie hatte ihre Topautorin und deren Manager sprichwörtlich in ihrem Stall untergebracht.

Kurze Zeit später kehrte Valentine mit einem Buch in der Hand zurück. Einbandmotiv und -schrift entsprachen den Jacqueline bereits bekannten. Im vorliegenden Fall trug der muskelbepackte Held Teile einer Uniform – Stiefel und enge, blaue Hose mit einem Längsstreifen an der Seitennaht. Als Valentine es Jacqueline überreichte, griff Max danach.

»Hast du etwas Reizendes hineingeschrieben, mein Schatz?«

Valentines Gesicht wurde starr. Noch ehe Max ihr das Buch entreißen konnte, schnappte Jacqueline danach. Sie öffnete es und überflog die Widmung.

»Oh, Valentine, wie süß! Ich werde sie immer wie einen Schatz hüten und niemandem auch nur einen Blick darauf gönnen – meine ganz intime, persönliche Botschaft. Und jetzt müssen vielbeschäftigte Menschen wie Sie sicher wieder an ihre Arbeit gehen.«

Hattie begleitete sie zur Tür. Jacqueline spähte zurück. Valentine hatte sich in einen Sessel fallen lassen, doch Max stand da und beobachtete sie mit einem schwachen, rätselhaften Lächeln auf den Lippen.

Jacqueline verstaute das Buch vorsichtig in ihrer Tasche. Die Mitteilung war tatsächlich vertraulich und persönlich gewesen. Sie lautete: »Helfen Sie mir – bitte, helfen Sie mir.« Und darunter, ziemlich unstimmig und pathetisch – »Mit besten Wünschen, Ihre Valerie Valentine.«

Jacqueline erreichte das Seminar für den erotischen Liebesroman gerade noch rechtzeitig, um sich den letzten Vortrag anzuhören – »Der Liebesakt: Seien Sie originell«. Sie widmete den Beispielen des Redners nur gelinde Aufmerksamkeit. Nichts davon war originell, schon gar nicht für einen Leser des *Wollüstigen Tyrannen.*

Bevor sie zu diesem Seminar gegangen war, hatte sie noch in Jeans Zimmer angerufen, aber niemand hatte abgehoben. Vielleicht war Jean des Wartens müde geworden und hatte ihr Zimmer verlassen – oder sie versteckte sich in ihrem Bad, kaute an den Nägeln und murmelte in regelmäßigen Abständen »O Gott«. Jacqueline schüttelte angewidert den Kopf. Jean war so schlapp wie ein nasser Waschlappen. Sie hatte sich geradewegs im Mittelpunkt des Netzes verfangen, das Hattie wie eine alles vernichtende Spinne bewachte …

Eigentlich waren es doch die Männchen, die die Gattung Schwarze Witwe verspeiste, und nicht ihre Nachkommen? Auch egal. Das Beispiel paßte trotzdem. »›Komm in mein Haus‹, sagte die Spinne zur Fliege …« Jean war vorbehaltlos eingetreten und hatte Hattie das Druckmittel geliefert, mit dem diese sie erpressen konnte. Jacqueline hoffte nur, daß die Bloßstellung an der Universität Hatties einzige Waffe war. Die meisten Menschen hätte das ohnehin nicht gestört, aber Jean war schon immer ein Angsthase gewesen.

Jacqueline dachte voller Belustigung an jenen Abend, als die Zimmeraufsicht Jean beinahe mit dem *Wollüstigen Tyrannen* ertappt hatte – oder war es ein anderes Meisterwerk viktorianischer Pornographie gewesen, das sie, in Packpapier eingeschlagen, von einem Zimmer zum anderen geschmuggelt hatten? Jedenfalls hatten sie zwei Stunden und eine halbe Flasche billigen Rotwein, den sie immer in ihren Schreibpulten versteckten, gebraucht, um Jean zu beruhigen. Sie hatten viele Dinge gemeinsam gemacht – lange, ernsthafte Gespräche über das Leben, die Männer und den Sex geführt, Freßorgien und fanatische Diäten durchgestanden ...

»Erdbeermarmelade und Schlagsahne«, sagte der Vortragsredner. Dieser Satz erregte Jacquelines Aufmerksamkeit, doch die weiteren Ausführungen erschienen ihr eher eklig als erotisch. Erneut schweiften ihre Gedanken ab.

Sie sollte so schnell wie möglich Schritte unternehmen, um Jean aus Hatties Klauen zu befreien. Irgend etwas an diesem Geschäft mit historischen Liebesromanen war faul, zumindest der Teil, der Hatties Einfluß unterlag. Alles deutete auf diese Schlußfolgerung hin – Victors vehemente Hinweise, Hatties plumper Bestechungsversuch, Valentines Hilferuf, Lauries merkwürdiges Verhalten. Das Mädchen litt offensichtlich unter einer Geisteskrankheit, die vermutlich bereits latent vorhanden und möglicherweise von ihrem Drogenkonsum ausgelöst worden war. Selbst wenn sie keine Ahnung von den sonderbaren Machenschaften hatte, spürte sie trotz ihrer geistigen Umnachtung doch die unterschwellige Angst ihres Idols. Und Valentine mußte ebenfalls etwas vertrottelt sein, sonst hätte sie sich nicht dieser abgedroschenen Methode bedient, eine Mitteilung in ein Buch zu kritzeln. Vermutlich hatte sie über Jean von Jacquelines anerkannter detektivischer Begabung erfahren. Waren alle Topautoren von Hattie in diese Geschichte verwickelt? Und

welche Rolle spielte dieser lächelnde, rätselhafte kleine Mann namens Max Hollenstein?
Jacqueline war glücklich. Alte Verbundenheit und Freundschaft erforderten Aktivitäten von ihrer Seite. Allerdings mußte sie offen zugeben, daß ihr vorrangiges Motiv Vergeltung war. Hattie hatte ihr nicht nur dünnen Tee serviert, sie hatte auch die Stirn besessen, sie, Jacqueline Kirby, zu bestechen. Es mußte ein Vergnügen sein, Hattie auf der Nase herumzutanzen und sie schließlich kleinzukriegen. Eine dunkle, schreckliche Aura umfing diese Frau wie der Schleim einer Schnecke... Nicht schlecht, dachte Jacqueline und griff zu ihrem Notizbuch. Das eignet sich hervorragend, um Sir Wilfred Blackthorn, den Schurken, zu umschreiben.

Sue knallte die Tür zu. »Sie waren nicht bei der Preisverleihung.«
Jacqueline blickte nicht von ihrem Buch auf. »Wurde ich denn vermißt?«
»Möchten Sie wissen, wer gewonnen hat?«
»Nicht unbedingt.«
»Valerie Valentine!« Sue trat vor den Bettpfosten. »Valerie Valentine, Valerie Valentine. Drei Preise in drei unterschiedlichen Kategorien. Und Sie – Sie lesen auch noch eines ihrer Bücher!«
»Hätte ich das gewußt, hätte ich diese Sünde nicht begangen«, sagte Jacqueline sarkastisch. »Eigentlich habe ich an meinem Manuskript gearbeitet, aber der Ideenfluß ist versickert. Ich brauche Zündstoff für neue Anregungen.«
»Geschmacklos«, murmelte Sue.
Da sie das Kapitelende erreicht hatte, schloß Jacqueline *Eine Weide in ihrer Hand.*
»Nein«, erwiderte sie. »Das ist es nicht. Es ist gut. Es ist sogar hervorragend geschrieben. Was Charaktere, Stil, Erzähltempo

und alle weiteren literarischen Kriterien anbelangt, übertrifft das Buch alle bislang von mir gelesenen Liebesromane. Es sollte nicht einmal in dieser Kategorie geführt werden. Und dieses billige Cover ist ein vollkommener Fehlschlag hinsichtlich Handlung, Sprache und Atmosphäre.«

»Ich weiß«, gab Sue kleinlaut zu. »Es waren ihre Bücher, die mich zum Schreiben animiert haben. Verflucht, verflucht! Es ist einfach ungerecht. Sie hat alles – ein gutes Aussehen, Begabung, Ruhm, Reichtum ...«

»Aber keine Liebe«, sagte Jacqueline. »Der Graf von Sowieso ist offensichtlich ein Publicity-Einfall. Der einzige Mann im Leben der armen Valentine scheint ihr angejahrter Manager zu sein.«

»Wenn sie keinen Partner hat, dann will sie sicherlich auch keinen.« Sue trat vor das Tischbein. »Schließlich könnte sie jeden Mann bekommen, der ihr gefällt. Alle sind verrückt nach ihr.«

Plötzlich dämmerte es Jacqueline. »Victor ist nicht verliebt in Valentine«, sagte sie.

»Wenn Sie die beiden heute zusammen gesehen hätten, wären Sie sich da nicht so sicher.« Jean trat vor den Schreibtisch. »Er scharwenzelte um sie herum, verbeugte sich vor ihr, küßte ihre Hand und ... Hattie streute ständig Hinweise über eine königliche Liebesgeschichte – der König und die Königin der Liebe ...«

»Ach, das ist also Hatties neueste Taktik«, sinnierte Jacqueline. »Der Graf von Sowieso hat sich wohl als Blindgänger erwiesen.«

Ihre Erklärung machte auf Sue keinen Eindruck. »Ich hasse dieses Mädchen«, knurrte sie. »Valentine, Valentine ... Ihr fällt alles in den Schoß. Ich könnte sie umbringen.«

»Sagen Sie so etwas nicht«, sagte Jacqueline in scharfem Ton.

Sue sackte in sich zusammen. Sie setzte sich auf die Bettkante. »Ich habe das nicht so gemeint.«

»Das weiß ich. Trotzdem sagt man so etwas nicht. Wer erhielt die weiteren Preise?«

»Valerie gewann die drei Hauptauszeichnungen – Historischer Liebesroman, Historischer Roman und Klassischer Historischer Liebesroman.«
»Die Kategorien scheinen sich irgendwie zu überschneiden«, meinte Jacqueline. »Ist sonst niemand geehrt worden?«
»Victor erhielt den Preis für den führenden Autor auf dem Sektor romantischer Literatur.« Sue lachte zynisch. »Und Valerie Vanderbilt für die Historische Saga. Rundweg alle Hatties Autoren, ein merkwürdiger Zufall.«
»Dabei fällt mir etwas ein.« Jacqueline griff zum Telefonhörer. »Entschuldigen Sie mich eine Minute ... Jean? Wo zum Teufel hast du gesteckt? Ich versuche schon den ganzen Tag, dich anzurufen ... Nun, mehr oder weniger den ganzen Tag. Ich habe die Spur verloren ... Was? Ich dachte, du wolltest ... Ich weiß, daß es schon spät ist. Ich habe versucht ... Ja, ich werde dort sein. Ich möchte auch mit dir reden. Danach? ... In Ordnung. Wir treffen uns dann.«
Sie hängte ein. »Wir sollten uns besser für die Cocktailparty zurechtmachen. Ich habe gar nicht bemerkt, wie spät es schon ist.«
»Ich gehe nicht hin.«
»O doch, das werden Sie. Schmollen ist kindisch.«
»Ich schmolle nicht!«
»Außerdem brauche ich eine Tarnung – irgend jemanden, der normal wirkt. Enttäuschen Sie mich nicht. Ich spendiere Ihnen ein, zwei Drinks, dann essen wir zu Abend und lästern über die anderen Gäste.«
Schwaches Interesse glitt über Sues Gesichtszüge. »Das wird eine große Sache«, murmelte sie. »Die Getränke sind ohnehin frei.«
»Sie armes Dummerchen.« Jacqueline schwang ihre Füße vom Bett und erhob sich. »Ich habe schon ähnliche Feste besucht. Ihre teure Einlaßkarte berechtigt Sie zu einem Gratisgetränk. Jedes weitere geht auf Ihre Kappe, und Hattie erhält ihren Anteil an jedem Tropfen, den Sie trinken.«

»Nun gut... Was ziehen Sie denn an?«
»Das von heute morgen. Ich habe es allerdings etwas verändert.«
Der Hut wurde nun von einem zehn Zentimeter breiten Spitzenband geschmückt, dessen Enden über Jacquelines Augenbrauen hingen. Inmitten der Blumen und Schleifchen thronte ein ausgestopfter Kakadu mit ausgebreiteten Flügeln. Er hatte ein rotes Glasauge. Das andere fehlte. Kaskaden offensichtlich falscher Amethysten baumelten an Jacquelines Ohren und reichten bis auf ihre Schultern. Ihre grauen Seidenstrümpfe waren an den Knöcheln mit winzigen Herzen bestickt.
Großzügig verteilte sie Make-up auf ihrem Gesicht. Ihre Wangenknochen waren auch ungeschminkt unübersehbar; dem Rat des Vortragsexperten folgend, »modellierte« sie sie so intensiv, daß sie aus ihrem Gesicht hervortraten wie schneebedeckte Inseln aus dem Meer. Dichte, falsche schwarze Wimpern ließen ihre Augenlider schmachtend auf Halbmast sinken.
Unter dem Spitzenband und den Augenwimpern hervorblinzelnd, zog Jacqueline ihre Lippen mit einem violetten Lippenstift nach und wandte ihr Gesicht dann vom Spiegel ab. »Na, wie sehe ich aus?«
»Sie wollen doch nicht etwa so dorthin gehen!«
»Warum denn nicht? Beeilen Sie sich und ziehen Sie sich an. Oder wollen Sie in Ihrem Unterrock dort auftauchen? Wissen Sie«, meinte Jacqueline nachdenklich, »daß das eigentlich gar keine schlechte Idee ist?«
Sue riß ihr Kleid vom Bügel und wich zurück, als befürchtete sie, daß Jacqueline sie in ihrer Unterwäsche aus dem Zimmer jagen würde. »Sie scherzen doch wohl, oder?«
»Bei näherer Überlegung wäre es auf dem morgigen Ball sicherlich wirkungsvoller. Sie wissen, daß das ein Kostümball ist. Die anderen Teilnehmer werden sich in Krinolinen zwängen und in Rüschen versinken. Wir werden das Spitzenhemdchen und den Unterrock an einigen strategisch günstigen Stellen aufschlitzen,

und dann können Sie als Blaze, ihrerseits Protagonistin in *Sklave der Wollust,* auftreten, die ihre weißen Blößen vor den lustvollen Blicken des Sultans zu verhüllen versucht. Wir könnten auch eine Ihrer Haarsträhnen bleichen. Blaze hatte eine silberne Strähne, die im Glanz des Mondlichts ...«

»Hören Sie auf mit diesem Unsinn!« Sue streifte ihr Kleid über und zerrte so heftig an dem Reißverschluß, daß dieser klemmte.

»Drehen Sie sich um«, sagte Jacqueline. Nachdem sie den Reißverschluß repariert hatte, meinte sie: »Ihr Problem ist, daß Sie keinen Sinn für Humor haben.«

»Habe ich wohl!«

»So, lassen Sie sich einmal anschauen.«

Sue zog ihr Kleid gerade und stellte sich selbstbewußt in Pose.

»Hmhm«, meinte Jacqueline.

»Mein Kleid gefällt Ihnen wohl nicht?«

Jacqueline schüttelte den Kopf. »Sexy steht Ihnen nicht. Schwarz ist nicht Ihre Farbe. Der Halsausschnitt ist zu weit. Der Rock zu lang. Darüber hinaus ...«

Als Sue sie anfunkelte, meinte Jacqueline anerkennend: »Gut. Wenn jemand Ihnen gegenüber unverschämt ist, heulen Sie nicht, sondern fluchen Sie. Was ich mit meiner Kritik lediglich zum Ausdruck bringen wollte, ist, daß Sie zu den wenigen anwesenden Schriftstellerinnen gehören, die wirklich tragen könnten, was Hattie unter romantischer Garderobe zu verstehen scheint. Rüschen und Spitze und Tüll wirken an alternden Koryphäen wie Valerie Vanderbilt und Emerald Wie-war-noch-gleich-ihr-Name lächerlich. Aber zu Ihnen würde dieses Image passen. Und nehmen Sie Ihre Brille ab.«

»Dann kann ich nichts sehen.«

»Ganz offensichtlich haben Sie nicht am Seminar für Selbstinszenierung teilgenommen. Wollen Sie nun eine erfolgreiche Liebesromanautorin werden?«

»Ich fange an, mich damit auseinanderzusetzen, daß ich es vielleicht nicht will.«

»Tatsächlich? Nun, darüber sprechen wir später. Es wird höchste Zeit zum Aufbruch.«

Wie Jacqueline es vorausgesagt hatte, waren einige der von den Gästen getragenen Ensembles beinahe ebenso aufsehenerregend wie das ihre. Emerald Fitzroy stellte ihre vorstehenden Schlüsselbeine in einem schulterfreien Kleid aus dunkelrotem Taft zur Schau, dessen lebhafter Farbton einen entsetzlichen Kontrast zu ihrer fahlen Gesichtsfarbe bildete. Eine weitere, Jacqueline nicht bekannte Autorin hatte ihr Kleid offenbar selbst geschneidert – pinkfarbener Musselinstoff übersät mit pinkfarbenen, roten und violetten Herzen. Sie hatte vergessen, die Heftfäden zu entfernen. Jacquelines Kakadu sorgte allerdings für Furore. Er ragte über den Köpfen der Menge und blinzelte mit seinem verbliebenen roten Glasauge.

Am Eingang tauschten Jacqueline und Sue ihre Eintrittskarten gegen andere aus, die sie in den Genuß eines Gratiscocktails brachten. »Habe ich Ihnen doch gesagt«, bemerkte Jacqueline, während sie sich in der Schlange vor den Barkeepern anstellten, die willkürlich irgendwelche Flüssigkeiten in kleine pinkfarbene Plastikbecher abfüllten.

Nachdem sie diese vordringliche Angelegenheit hinter sich gebracht hatte, inspizierte Jacqueline die Anwesenden. Ein Streichquartett war in den hintersten Winkel des Saals verbannt worden; die Ergebnisse seiner Bemühungen verklangen ungehört, sofern man sich nicht in unmittelbarer Nähe befand. Alle Leute in dem überfüllten Raum führten Gespräche, in einigen Fällen sogar Selbstgespräche. Letztere schienen Fans zu sein, die nervös die wohlüberlegten Floskeln wiederholten, mit denen sie ihre Lieblingsautoren ansprechen wollten, sobald sie den Mut dafür fanden. Die Klassifizierung aufgrund der bunten Namensschildchen war überflüssig. Man konnte Verleger, Autoren, Fans und Publizisten schon anhand ihrer Kleidung unterscheiden. Die älteren Fans hatten die Standardgarderoben ihrer Jugend angelegt – »Nachmittags«- oder »Cocktailkleid« aus Leinen, Seide beziehungsweise Leinen- oder Seidenimitat. Einige schwitzten tapfer in ihren Felljäckchen.

Das Gros der Autorinnen versuchte, ein romantisches Image zu verkörpern. Es gab sogar einige beeindruckende Hüte – obgleich keiner davon, so stellte Jacqueline mit Genugtuung fest, die Ausmaße des ihren besaß. Die Verleger, Publizisten und Agenten hatten sich teilweise dem Grundtenor der Veranstaltung angepaßt und trugen pinkfarbene Oberhemden oder Kleider, doch die meisten hatten sich für die stinknormale New Yorker Geschäftskleidung entschieden, die zu den langweiligsten überhaupt zählt.

Auf diese Teilnehmer konzentrierte Jacqueline ihre gnadenlose Aufmerksamkeit. Sie hatte noch nicht entschieden, welchen Verlag sie mit ihrem fertigen Manuskript beehren sollte – wenn sie es schließlich fertiggestellt hatte. Im Verlauf der letzten Tage hatte sie die großen Namen herausgefunden.

Die attraktive Blondine, die den Heldinnen der von ihr so erfolgreich repräsentierten Liebesliteratur ähnelte, war Verlagsleiterin für eine der ganz großen Serien – die ›Verlorenes-Glück-Liebesromanzen‹. Die große, breitschultrige Frau im Nadelstreifenanzug war Margo Barrister, Cheflektorin für ›Unerfüllte Liebe‹. Ihr Begleiter, ein gutaussehender junger Mann mit schulterlangen blonden Locken, war Robin Bernstein, der den Rivalen ›Kerzenscheinromantik‹ vertrat. Es kursierte das Gerücht, daß ›Kerzenscheinromantik‹ entscheidende Marktanteile an ›Rokoko-Romanzen‹ verloren hatte und sich nun auf frühere historische Perioden konzentrierte, insbesondere auf die Frühsteinzeit.

Aus der aufgesetzten Freundlichkeit der beiden Verlagsmitarbeiter schloß Jacqueline, daß sie krampfhaft versuchten, höflich miteinander umzugehen, und sie fragte sich, ob ihre Antipathie vielleicht irgend etwas mit der Tatsache zu tun hatte, daß ›Unerfüllte Liebe‹ vor kurzem einen Bestseller lanciert hatte, dessen Held ein Neandertaler mit seiner Cro-Magnon-Gespielin gewesen war. (»Aus unserer Vereinigung, Flinke Gazelle, wird ein neues Volk entstehen.«) Vielleicht, sinnierte Jacqueline, kann ich meine Handlung vom Frankreich des fünfzehnten Jahrhunderts ins Paläolithikum verlegen. Das dürfte nicht allzu schwierig sein. Steinäxte statt Schwertern, Pfahlbauten am See statt eines Palastes. Der Schurke konnte ein grausamer Medizinmann sein...

»Ich möchte noch etwas trinken«, meldete sich Sue zu Wort und zupfte Jacqueline am Ellbogen. »Wie kriege ich das geregelt?«

Verärgert über die Unterbrechung ihres literarischen Ergusses, reagierte Jacqueline ziemlich unfreundlich. »Sie kaufen eine Getränkemarke. Wenn Sie wollen, können Sie mir gleich eine mitbringen.« Sie nahm eine Zwanzig-Dollar-Note aus dem fliederfarbenen Seidentäschchen, mit dem sie widerstrebend ihre praktische Handtasche ersetzt hatte. Ohne diese Tasche fühlte sie sich nackt und unwohl. Aber zu ihrem Gesamtkunstwerk hätte die Tasche einfach nicht gepaßt.

»Danke.« Sue nahm die Geldnote und verschwand in der Menge. Unter ihrem Spitzenband runzelte Jacqueline die Stirn. Dann zuckte sie die Schultern. Sie hatte diese unschuldig Verblendeten satt, die permanent vor sich selbst und den anderen geschützt werden mußten.

An einer Saalwand waren weißgedeckte Tische mit der üblichen Dekoration aufgebaut, wo der Werbefirlefanz der Verleger, die die Cocktailparty finanziert hatten, gut sichtbar ausgestellt war. Unter dem ganzen Plunder befand sich auch eine um ein Vielfaches vergrößerte Schutzumschlagversion von Valentines letztem Titel – dem, den Jacqueline gerade las. Nicht weit davon entfernt stand Valentine selbst, und während sie das Arrangement betrachtete, verzogen sich Jacquelines violett bemalte Lippen zu einem wissenden Grinsen.

Es war eine Meisterleistung romantischen Kitsches, hatte

jedoch den praktischen Sinn, die Königin der Liebe vor ihren Verehrern abzuschirmen, die – so hoffte Hattie jedenfalls – sie sonst überrannt hätten. Ein weißer Lattenzaun, um den sich künstliche Weinreben und Rosen rankten, umschloß eine Fläche, die einen hübschen Garten darstellen sollte. Der Boden war mit Rollrasen ausgelegt, wie er auch für Fußballstadien verwendet wird. Schmiedeeiserne Gartenmöbel und Topfpflanzen rundeten das Gesamtbild ab. In dieser Enklave hatten Hattie und ihr Gefolge ihre malerischen Plätze eingenommen. Ein wackliger Bogen aus grünen Plastikranken umrahmte die barocke Bank, auf der Valentine saß, und neben ihr der »Graf von Devonbrook«, steif wie eine Wachsfigur. Victor von Damm, der wieder einmal seine aus schwarzer Hose und wehendem weißem Hemd bestehende Abenteurer-Robe trug, lehnte an der Rückseite der Bank. Hattie, in grauer Seide mit einer riesigen Korsage aus Plastikröschen, die ihren Brustkorb wie ein Panzer umschloß, saß an einem Tisch in ihrer Nähe. Ihre Blicke hingen ständig an Valentine. Zunächst dachte Jacqueline, daß VV eine Entschuldigung eingefallen war, um nicht erscheinen zu müssen. Dann entdeckte sie plötzlich eine unbewegliche Gestalt, die sich hinter dem dürftigen Grün unechter Rosen und einem eingetopften Gummibaum zu verstecken versuchte.

Nachdem sie die Stars des Abends lokalisiert hatte, wandte Jacqueline ihr Adlerauge (kritische Stimmen neigten dazu, diesen Begriff mit einem anderen, eher unrühmlichen Vogel zu umschreiben) auf die Menge und war erleichtert, so viele vertraute Gesichter zu sehen. Die freundliche Dame aus Boston, die hoffnungsvoll in Richtung des Gärtchens schlenderte – und damit zu Victor von Damm; Emerald, die wütend in Richtung des Gärtchens blickte – sie hatte man nicht zur Elite gebeten; die verhärmte Agentin, die nach Klientinnen Ausschau hielt; die Glatze des Posaunenengels Max Hollenstein, der den Cheflektor der ›Mondenschein-Liebesromanzen‹ umgarnte. Und das war mit Sicherheit Betsy, kaum wiederzuerkennen in ihrem

geblümten Seidenkleid, den goldfarbenen Sandaletten und einer honigblonden Perücke, die eine exakte Kopie von Jeans Modell war. Vermutlich der absolute Verkaufshit in diesem Jahr!
Betsys Blick schweifte unablässig durch den Raum. Als sie Jacqueline bemerkte, verzog sie das Gesicht zu einer boshaften Grimasse und versteckte sich hinter einem großgewachsenen Verleger.
Ein weiteres bekanntes Gesicht ließ in Jacqueline den Wunsch aufkeimen, auch einen Hünen von Verleger als Tarnung zu finden. Laurie trug einen weiten pinkfarbenen Kaftan, der großzügig mit goldenen Bändern bestickt war. Als ihre schwarzumrandeten Augen Jacqueline erspähten, befiel letztere der törichte Impuls wegzulaufen. Doch Lauries Begrüßung war überaus freundlich, um nicht zu sagen liebenswürdig.
»Hallo, Mrs. Kirsky. Wissen Sie, es tut mir wirklich leid, was da passiert ist. Mir ging es nicht gut. Ich hatte Magenschmerzen. Nachher mußte ich mich noch übergeben.«
»Tut mir leid, das zu hören«, sagte Jacqueline ernst.
»Oh, jetzt geht es mir wieder gut. Ich habe häufig Magenschmerzen, aber das ist nie von langer Dauer. Sobald ich mich übergeben habe ...«
»Vielleicht sollten Sie nicht trinken«, meinte Jacqueline mit einem Blick auf Lauries pinkfarbenen Plastikbecher. (Irgend etwas mußte ihr doch einfallen, um das Thema zu wechseln.)
»Das ist nur Diät-Ginger-ale. Ich mache gerade eine Diät. Außer einem Müsliriegel und etwas Hüttenkäse habe ich den ganzen Tag nichts gegessen.«
»Sehr positiv.«
»Also, Hattie hat gesagt, daß ich mich entschuldigen soll. Sie sagt, daß Sie eine Freundin von Valentine sind. Ich schätze, Sie wollten diese Frau nur aushorchen, um herauszufinden, was sie will, um es dann Valentine zu berichten.«
Ihre Neugier besiegte den Widerwillen, den Lauries Nähe unwillkürlich auf sie ausübte, deshalb sagte Jacqueline: »Kann ich Sie etwas fragen, Laurie?«

»Klar.«
»Was versucht Dubretta Duberstein Valentine eigentlich anzuhängen?«
»Sie schreibt Lügen über sie«, erwiderte Laurie. »Sie kennen doch das Notizbuch, das sie mit sich herumträgt und in das sie ständig hineinkritzelt? Darin stehen lauter Lügen über Valentine. Beispielsweise, daß sie lesbisch ist oder frigide oder früher einmal drogenabhängig war. Solche Sachen.«
»Aber welchen Unterschied ... Würde es Sie berühren, wenn eine dieser beziehungsweise alle Aussagen der Wahrheit entsprächen?«
»Sie sind aber nicht wahr!«
»Natürlich nicht. Warum regen Sie sich dann über die Lügen solcher Leute auf?«
Lauries Blick wanderte zu dem Gärtchen, in dem Valentine thronte. »Sie ist das schönste Geschöpf auf der ganzen Welt«, murmelte das Mädchen. »Wie ein Engel. Jemanden wie sie in den Schmutz zu ziehen ist ... ist ... «
»Blasphemie?«
»Ja. Ja, genau das ist es.« Laurie nickte zustimmend. »Sie verstehen das.«
»Doch, ich verstehe.«
Laurie grinste sie an. »Valentine hatte recht. Sie sind eine nette Person. Deshalb bin ich froh, mit Ihnen gesprochen zu haben. Ich muß jetzt zurück zu Valentine. Auf Wiedersehen, Mrs. Kirky.«
Mit ernstem Gesichtsausdruck beobachtete Jacqueline, wie das Mädchen in einer pinkfarbenen Wolke davonrauschte. Die seltsame Mischung aus Abneigung und Mitgefühl, die Laurie vermittelte, bereitete ihr Unbehagen.
»Sie wissen aber ganz genau, wie man sich von der Menge abhebt«, sagte eine Stimme in der Nähe ihres Ellbogens. »Wo haben Sie denn die tote Taube aufgetrieben?«
»Das ist ein Kakadu«, erklärte Jacqueline, während sie sich

umdrehte und ihr Blick auf Dubretta fiel. »Sie sind ebenfalls kostümiert, wie ich sehe.«
Dubretta zerrte an der riesigen Röschenkorsage, die die Vorderfront ihrer Anzugjacke bedeckte. »Sie ist genau wie die von Hattie, nur doppelt so groß. Ich weiß gar nicht, wieso ich versuche, witzig zu sein. Sie sind erst die zweite, die den Scherz verstanden hat.«
Sie fing an, in ihrer Schultertasche herumzuwühlen, die fast so groß war wie die, die Jacqueline normalerweise bei sich trug. Die Flüssigkeit in ihrem Glas schwappte bedrohlich hin und her, und Jacqueline meinte: »Wonach suchen Sie eigentlich? Vielleicht kann ich ... «
»Oh, nein.« Dubretta preßte die Tasche fest an sich. »Niemand, absolut niemand, geht mir an diese Tasche. Heute abend ist sie voller Leckerbissen. Wenn Sie wollen, können Sie mein Glas festhalten.«
Jacqueline tat, wie ihr geheißen. Dubretta durchwühlte mit beiden Händen ihre Tasche und kramte schließlich eine Zigarette daraus hervor. Sie zündete sie an und nahm ihr Glas wieder an sich. Jacqueline schaute sehnsüchtig auf die Zigarette. In ihrem violetten Unterarmtäschchen war kein Platz für die Packung gewesen, die sie sich schuldbewußt gekauft hatte, und so hatte sie entschieden, daß es wieder einmal Zeit zum Abgewöhnen war. Ihre Nasenflügel vibrierten bei dem Versuch, Dubrettas ausgeblasenen Rauch zu inhalieren.
»Sie erscheinen mir heute abend recht ausgelassen«, sagte sie.
»Ich bin nicht betrunken, falls Sie das meinen. Das ist erst mein dritter. Einen schaff' ich schon noch. Ich habe etwas zu feiern, und meine Mama hat mich gelehrt, spendierte Drinks niemals abzulehnen.«
»Spendiert, soso.«
»Seine Getränke nicht selbst bezahlen zu müssen ist einer der Grundsätze meines Berufs«, meinte Dubretta grinsend. »Meine Opfer versuchen ständig, mich betrunken zu machen, weil sie hoffen, daß ich dann den Überblick verliere.«

»Funktioniert das?«
»Was glauben Sie?« Dubretta deutete auf die nur notdürftig versteckte Gestalt von Valerie Vanderbilt. »Haben Sie Ihre Freundin schon begrüßt?«
»Warum lassen Sie sie nicht in Ruhe?« fragte Jacqueline.
»Sie ist eine Hochstaplerin«, erwiderte Dubretta. »Der Mist, den sie verzapft, zerstört das Gehirn genauso wie Drogen den Körper. In gewisser Weise ist sie die Schlimmste von allen. Die anderen geben ihr Bestes, was ziemlich schauderhaft ist, aber sie erkennen den Unterschied nicht – im Gegensatz zu ihr.«
Die brutale Genauigkeit dieser Analyse ließ Jacqueline verstummen. Es war schwer zu glauben, daß Dubretta wirklich so edelmütig und objektiv war, wie sie sich gab, trotzdem hatte die Kolumnistin den Grund für Jeans augenblickliche Furcht zweifellos klar erkannt. Sie wußte es einfach besser, da sie unter der qualvollen Selbstzerstörung einer Gleichgesinnten litt, die Verrat an der Sache begangen hatte.
»Pah«, sagte Jacqueline.
»Pah? Ich dachte, Sie stimmten mir zu. Auf welcher Seite stehen Sie eigentlich?«
»Ich stehe auf gar keiner Seite. Ich verabscheue die Qualität solcher Bücher ebensosehr wie den Beigeschmack der Zensur. Wer sind Sie eigentlich, daß Sie sich erdreisten, Menschen vorzuschreiben, was sie lesen oder nicht lesen sollten? Außerdem sind nicht alle Titel schlecht. Haben Sie Bücher von Valentine gelesen?«
»Valentine.« Dubrettas Blick hing an der schlanken Gestalt mit dem goldenen Diadem im Haar. »Sie ist wirklich phänomenal, nicht wahr? Schön, erfolgreich, anziehend ... O ja, ich habe alle ihre Bücher gelesen. Sie ist gut. Wenn Hattie sie nicht geködert und sie zur Königin der Liebesliteratur hochstilisiert hätte, hätte sie sich einen Namen als ernsthafte Schriftstellerin machen können.«
In ihrer Stimme schwang ein merkwürdiger, beinahe schadenfroher Unterton mit. Sie schob die Handtasche vor ihre Brust

und wiegte sie in den Armen, als hielte sie ein Baby. »Sehen Sie sie einmal an«, sagte sie sanft. »Ihre Schönheit ist einfach unwirklich. Sie ist wie eine Sagengestalt – Ginevra und die schöne Rosamunde, die trojanische Helena ...«
Jacqueline erschauerte. War es reiner Zufall, daß alle von Dubretta angeführten Frauen aufgrund ihrer Schönheit zum Tod oder zum Unglücklichsein verdammt gewesen waren? Die Kolumnistin hatte vielleicht nicht zuviel getrunken, trotzdem verhielt sie sich überaus merkwürdig.
Sue kam auf sie zu. Sie reichte Jacqueline ein Glas und nippte so vorsichtig an dem ihren, daß Jacqueline der Verdacht beschlich, sie habe bereits einen Drink Vorsprung.
»Wer sind Sie?« fragte Dubretta. »Eine aus Hatties Stall?«
»Unglücklicherweise nicht«, sagte Sue mit einem bitteren Unterton.
»Da wäre ich mir nicht so sicher, Schätzchen. Noch bevor dieser Abend vorüber ist, werden Sie Gott danken, daß Sie nicht zu diesem Haufen gehören.«
Victor beugte sich zu Valentine hinunter, um ihr etwas zu sagen, und sie himmelte ihn an. Sue schnaubte. »Was für ein Mistkerl«, sagte sie voller Abscheu.
»Victor? Natürlich ist er das«, stimmte Dubretta zu. »Besser, Sie fallen nicht auf ihn rein, Schätzchen. Alles nur Fassade, einschließlich seines gutaussehenden Gesichts. Wenn Sie mich fragen, viel zu hübsch für einen Mann ... Aber da – da steht ein gutaussehender Kerl. Und er starrt Sie an.«
»Der ist mir zu alt«, sagte Sue, während sie zu dem von Dubretta gemeinten Mann blickte.
»Er ist schon sehr früh grau geworden«, sagte Jacqueline. »Trotzdem ist er entschieden zu alt für Sie.«
»Ein Freund von Ihnen?« fragte Dubretta neugierig.
»Nicht mehr.« Jacqueline hob ihr Glas zu einer ironischen Begrüßung. Vom gegenüberliegenden Saalende begrüßte sie Professor James Whittier mit vermutlich noch größerer Ironie.

Jacqueline winkte. James schüttelte den Kopf. Jacqueline zuckte die Schultern. James steuerte auf sie zu.
Erheitert über diese Form der Kommunikation beobachtete Dubretta, wie er näherkam. »Genau mein Typ«, erklärte sie. »Was für eine tolle Mähne! Ein paar Gesichtsfalten verleihen Männern Ausstrahlung. Darüber hinaus wirkt er intelligent.«
»Das bin ich auch«, sagte James, der fast alles mitbekommen hatte. »Und ich habe einen ausgeprägten Sinn für Humor. Wer sind Sie denn, Sie scharfsichtige Person?«
»Das ist Dubretta Duberstein«, sagte Jacqueline. »Tu doch nicht so, als wüßtest du nicht, wer das ist. Du liest doch jeden Tag ihre Kolumne. Dubretta, darf ich Ihnen Professor James Whittier, Dekan für Sprachwissenschaft am Coldwater College in Nebraska, vorstellen? Er ist ein renommierter Wissenschaftler und ein verdammter Heimlichtuer.«
Dubretta schob die Tasche wieder auf ihre Schulter, um ihm die Hand schütteln zu können. Der Schulterbügel blieb an ihrer Korsage hängen und riß sie herunter. James bückte sich, um sie aufzuheben. Ihre Hände trafen sich, poetisch gesprochen, in einem Blütenmeer, doch James stach sich voller Verwirrung mit einem losen Drahtende in den Daumen, woraufhin Dubretta der zerstörten Korsage noch einen bedauernden Blick zuwarf, bevor sie sie in ihrer Tasche verschwinden ließ.
»Sind Sie ihr Freund?« fragte sie.
»Nein«, erwiderten Jacqueline und James gleichzeitig.
»Rein zufällig ist er zur gleichen Zeit in New York wie ich«, fügte Jacqueline hinzu. »Zweifellos ein spontaner Entschluß.«
»Seit wann bin ich verpflichtet, dir meine Entscheidungen mitzuteilen?«
»Ich habe dir *meine* genannt.«
»Und mir klargemacht, daß meine Gesellschaft unerwünscht war. Ich habe den Hinweis schon verstanden«, meinte James hochmütig. »Du wolltest allein sein; ich habe dich alleingelassen. Es ist wirklich purer Zufall, daß wir uns hier . . . «

»Du hast nicht zufällig gestern in der Hotelhalle versucht, meine Aufmerksamkeit auf dich zu lenken?« wollte Jacqueline wissen. »Du hast nicht zwei... nein, sogar dreimal angerufen?«
James' Gesichtsausdruck wirkte ehrlich entrüstet. »Ich wollte von Anfang an an diesem Debakel teilnehmen. Es versprach ein Ereignis zu werden, das jedem Kenner von Schundliteratur das Herz höher schlagen läßt. Bislang wurden alle meine Erwartungen übertroffen, und ich hoffe... Wo zum Teufel hast du eigentlich diesen Hut her?«
»Ich muß dich eines Besseren belehren«, sagte Jacqueline zärtlich. »Ich habe dich nicht absichtlich ignoriert, James.«
»Hast du nicht?«
Die beiden blickten sich schmachtend an. »Sollen wir Sie beide allein lassen?« fragte Dubretta.
»Nein«, entgegnete Jacqueline. James machte ein langes Gesicht. Schließlich fügte sie hinzu: »Aber vielleicht verdient er eine Wiedergutmachung für meine Unfreundlichkeit. Kommen Sie, wir stellen ihn Hattie und ihrem Gefolge vor.«
»Gute Idee. Ich hab' noch einiges mit Hattie zu klären.«
Als sie das Podium betraten, spielte das Ensemble »So ein Tag, so wunderschön wie heute«. James stieß Jacqueline an. »Tu's nicht. Fang nur ja nicht an zu singen.«
»›So ein Tag, der dürfte nie vergehn...‹ Nun, in Ordnung. Du bist ein richtiger Spielverderber, James.«
Das Publikum außerhalb des Lattenzauns hatte sich verflüchtigt, während sich die Leute vom Fach dem wahren Anlaß des Abends widmeten – dem Trinken und Verhandeln. Nur einige schüchterne alte Damen standen noch herum und beäugten Victor von Damm, und eine Frau mit dem frustrierten Gesichtsausdruck einer konkurrierenden Agentin versuchte, Valentines Aufmerksamkeit zu erregen. Hattie, ständig auf der Hut, vereitelte diesen Versuch.
Als sie näherkamen, entfuhr James ein profaner Aufschrei. »Was, in Gottes Namen, ist das denn?« wollte er wissen, wäh-

rend er auf die zusammengekauerte Gestalt auf dem Boden vor dem Lattenzaun deutete.

Dort saß Laurie im Schneidersitz und hatte die Stoffmassen ihres pinkfarbenen Kaftans wie geschmolzenes Erdbeereis um sich herum verteilt. Wie immer mißtrauisch und wachsam beäugte sie die Ankömmlinge. Dann hellte sich ihr Gesicht auf.

»Hallo, Mrs. Kirsky.«

»Hallo«, sagte Jacqueline.

»Eine Freundin von dir?« fragte James.

Hattie bemerkte die auf sie zustrebende kleine Gruppe. Sie verabschiedete sich von ihrer abgeschmetterten Rivalin, straffte ihre Schultern und bereitete sich auf diese neuerliche Bedrohung vor.

»Na, sieh mal, wer da gekommen ist. Dubretta, Schätzchen, wie schön von Ihnen, sich zu uns verabscheuungswürdigen Menschen zu gesellen! Und Victors aufgeweckte kleine Freundin! Und Mrs. Kirk!«

»Sie heißt Kirby«, korrigierte Dubretta. »Genau wie Joe.«

Hattie ignorierte ihren Einwurf. »Wer ist Joe?« wollte James von Sue wissen. Sie zuckte hilflos die Schultern. »Ich weiß eigentlich gar nicht, was hier vorgeht«, gab sie zu.

»Und wer ist dieser attra-a-aktive Mann?« fragte Hattie kokett. »Ich wette, er ist ein ganz großer wichtiger Verleger oder ein Investor.«

»Er ist Dozent«, sagte Dubretta, als James selbstbewußt seine Krawatte geraderückte. »Dozent für englische Sprachwissenschaft, Hattie. Falls er Geld zu investieren hat, werde ich ihm raten, es woanders zu versuchen.«

»Dubretta mag uns einfach nicht, Professor.« Hattie lächelte breit. »Dabei ist unser Segment das wachstumsintensivste der gesamten Verlagsbranche. Wir beherrschen mehr als vierzig Prozent des Taschenbuchmarktes, und ich selbst . . .«

»Das ist die Sachlage von heute, Hattie«, unterbrach sie Dubretta und umklammerte ihre Tasche. »Heute. Warten Sie besser bis morgen, bevor Sie investieren, Professor.«

»Sie planen sicherlich, weitere Gemeinheiten über uns zu verbreiten.« Hatties Lächeln war wie eingemeißelt. »Machen Sie, was Sie wollen, Dubretta, Schätzchen. Sie kennen doch die alte Regel, wenn es um Publicity geht ... «

»›Erwähnen Sie meinen Namen, egal wie.‹ Aber es wird Ihnen nicht gefallen, in welchem Zusammenhang Ihr Name in meiner nächsten Kolumne erscheint, Hattie. Ich habe Ihnen gesagt«, erklärte Dubretta mit ernstem Gesichtsausdruck, »daß ich meine Revanche eines Tages bekomme. Es ist zwar schon lange her, aber ich habe es nicht vergessen.«

Für Sekundenbruchteile wirkte Hatties Gesichtsausdruck ebenso heimtückisch wie der von Dubretta. Ehe sie jedoch auf die Drohung der Kolumnistin reagieren konnte, rief eine sanfte Stimme: »Mrs. Kirby. Hallo, Mrs. Kirby.«

Valentine erhob sich mit einer solch grazilen Anmut, daß die Blicke aller auf ihrer schlanken, weißgekleideten Gestalt ruhten. James schluckte unüberhörbar. Jacqueline funkelte ihn an.

»Kommen Sie doch herein«, sagte Valentine. »Gesellen Sie sich zu uns.«

Hattie wirkte schockiert, hatte sich jedoch gleich wieder im Griff. »Was für eine reizende Idee. Wir werden nett und angenehm miteinander plaudern.«

Dubretta war die erste, die durch das von Hattie geöffnete Gartentor eintrat. James folgte ihr und trat Jacqueline dabei heftig auf den Fuß, als er fasziniert auf die lächelnde Königin der Liebe starrte. Die Fans seufzten vor Neid und Bewunderung, als Victor sich über Jacquelines Hand neigte.

»Wo waren Sie?« murmelte er. »VV hat Sie gesucht.«

»Sie kann mich aber nicht sehr ausdauernd gesucht haben«, entgegnete Jacqueline. Der ausgestopfte Kakadu wackelte, als nickte er zur Bekräftigung.

Victor gab ihr keine Antwort, sondern wandte sich hoffnungsvoll Sue zu. Das Mädchen ignorierte die ausgestreckte Hand und marschierte hocherhobenen Hauptes an ihm vorbei. Sie

folgte James, der auf Valentine zustrebte. Victor folgte Sue und ließ Jacqueline allein mit dem Kakadu zurück.
Sie schürzte ihre Lippen, während sie beobachtete, wie James zur Tat schritt. Seine Vorstellung, die aus einem intensiven, heißblütigen Blick, einer tiefen, wohlklingenden Stimme und dem Vortragen elisabethanischer Gedichte bestand, war ihr nur allzu vertraut. »Ist dies das Antlitz, welches Tausenden von Schiffen ihren Kurs wies?« fragte er und nahm Valentines Hand in die seine. »Und die Dächer Trojas lichterloh brennen ließ?«
Valentine machte große Augen – verständlicherweise, dachte Jacqueline säuerlich. Sue ignorierte Victor weiterhin so demonstrativ, daß es fast schon an Lächerlichkeit grenzte. Niemand schenkte dem »Grafen« auch nur die geringste Beachtung, und auch er schien ihre Anwesenheit nicht zu bemerken. Zwangsläufig mußte man sich wirklich fragen, welche Gedanken ihm durch seinen attraktiven Kopf schossen (sofern er überhaupt in der Lage war zu denken).
Valentines Hilferuf hatte Jacqueline nicht kaltgelassen. Ihr fiel nur einfach nicht ein, wie sie darauf reagieren sollte. Valentine lebte im Grunde genommen wie eine Gefangene in Hatties Suite. Jacqueline sah keine Möglichkeit, an sie heranzukommen, ohne die Geheimhaltung zu gefährden, auf die Valentine offensichtlich Wert legte. Auch wenn Val selbst ans Telefon kam, konnte sie nicht offen mit ihr reden, da die Gefahr des Abhörens gegeben war. Jacqueline hatte entschieden, daß sie warten mußte, bis das Mädchen Kontakt zu ihr aufnahm. Wenn das alles war, was Valentine tun konnte, war es zumindest augenblicklich nicht besonders sinnvoll. Zu viele Leute standen um sie herum. Obgleich Hattie mit Dubretta ins Gespräch vertieft war – nach ihren grimmigen Gesichtern zu urteilen kein sehr freundschaftliches Gespräch –, wandte sie ihren Blick nicht von Valentine ab.
Jacqueline beschloß, daß sie, solange sich die anderen auf die Königin der Liebe konzentrierten, die Situation ebenso dazu

nutzen konnte, das längst überfällige Gespräch mit Jean zu führen. Doch als sie sich der Ecke zuwandte, wo sich ihre Freundin hinter einer Topfpflanze zu verstecken versuchte, begegnete sie dem fragenden Blick von Max Hollenstein.

»Wie nett, Sie wiederzusehen, Mrs. Kirby. Vielleicht können Sie VV überreden, herauszukommen und ihre Fans zu begrüßen.«

Der Gummibaum schwankte bedenklich, und ein dünnes Stimmchen krächzte: »Er kennt mich! Wir haben uns vor zwei Jahren auf der MLA-Tagung kennengelernt.«

»James? Er würde dich vermutlich nicht wiedererkennen, Jean. Er hat ein entsetzlich schlechtes Personengedächtnis, und so, wie du aussiehst ... «

Mit einem flinken Satz sprang Jean über den Zaun und verschwand in der Menge. Max entfuhr ein leiser, anerkennender Pfiff, und Jacqueline sagte: »In unserem Schlafsaal war sie der Champion für den Sprung aus dem Stand.«

»Aha, von daher kennen Sie sich. Sie wissen die verborgene Wahrheit über unsere VV.«

»Ich weiß gar nichts«, erwiderte Jacqueline. »Vermutlich wissen Sie mehr als ich. Macht es Ihnen etwas aus, mich über die Mondfinsternis aufzuklären, die diese schillernde Versammlung überschattet? Was zum Teufel ist hier eigentlich los?«

Max' Augen weiteten sich vor gespieltem Entsetzen. »›Wolken und Finsternis senken sich über Sonne und Mond ...‹«

»›Und widerliche Verderbnis steckt in der süßesten Knospe.‹ Sie wollen Hattie doch nicht als süße Knospe bezeichnen, oder?«

Im Gespräch mit Dubretta war Hatties Gesichtsausdruck alles andere als süß zu bezeichnen. Max schmunzelte. »Sie sieht wütend aus. Vielleicht hat sie Dubrettas kleinen Scherz verstanden. Ich weiß nicht, warum ihr Dubretta so unter die Haut geht.«

»Ihnen machen Dubrettas Attacken nichts aus?« fragte Jacqueline.

»Ich sollte es eigentlich nicht zugeben«, murmelte Max mit einem schuldbewußten Seitenblick auf Hattie, »aber ich genieße Dubrettas zynische Kommentare. Sie verfügt über einen scharfen Verstand und eine ausdrucksstarke Persönlichkeit. Ihre Attacken, wie Sie sie nennen, richten keinen Schaden an, sie sind lediglich unterhaltsam.«

»Warum sind Hattie und Jean dann so aufgebracht?«

»Meine liebe Mrs. Kirby«, meinte Max in ernstem Tonfall, »Sie haben sich von VV's extremer Launenhaftigkeit anstecken lassen. Ich habe sie zu überzeugen versucht, daß sie sich unnötig Sorgen macht. Selbst wenn der akademische Zirkel von ihrer Nebenbeschäftigung erfährt, ist sie doch schlimmstenfalls leichtem Spott ausgesetzt.«

»Allein diese Vorstellung ist für Jean bereits Bedrohung genug.«

Max zog die Brauen hoch. »War sie immer schon so ... äh ...« Er hielt feinfühlig inne.

»Neurotisch? Nein. Schüchtern, unsicher, spießbürgerlich, ja. Aber ich habe sie noch nie in einem so entsetzlichen Zustand erlebt.«

»Das hier ist allerdings ihr erster Auftritt in der Öffentlichkeit«, warf Max ein. »Selbst erfahrene Darsteller leiden unter Lampenfieber. Und dann ist da selbstverständlich auch noch Laurie. Valentine ist nicht die einzige, deren Nervenkostüm von diesem armen Geschöpf strapaziert wird. ›Fankult‹, so nennt man das, glaube ich, befällt meist unausgeglichene Personen – in unserer Branche zwar nicht so häufig anzutreffen wie beispielsweise in Film und Fernsehen, aber ...«

»Aber Hattie hat ihr Geschäft mit Elementen aus dem Showbusiness angereichert«, sagte Jacqueline. »Das ist einer der Gründe für ihren Erfolg als Agentin.«

»Sicher. Das hat zu ihrem Erfolg beigetragen, allerdings, wie es häufig der Fall ist, auch zu negativen Begleiterscheinungen geführt. Laurie ist eine davon.«

»Verstehe. Alles in Ordnung bis auf ein paar Verrückte.«
»Sehr treffend geschildert.« Max lachte. »Aber ich vergesse meine guten Manieren, und unsere liebste Hattie kennt vermutlich keine. Ich hole Ihnen ein Glas Wein.« Er deutete auf einen Tisch hinter ihm, wo Flaschen und Gläser aufgereiht standen.
Hattie besaß allerdings Manieren, vielleicht hatte sie aber auch entschieden, daß sie am besten mit Dubretta fertigwurde, wenn sie sie betrunken machte. Sie und Max stießen auf ihrem Weg zu dem Tisch zusammen – sehr zu Ungunsten von Max. Nachdem sich der kleine Mann wieder aufgerappelt hatte, erklärte er kurzatmig: »Ich wollte Mrs. Kirby gerade ein Glas Wein anbieten.«
»Wir trinken alle ein Glas«, sagte Hattie. Sie und Max tauschten vielsagende Blicke aus. Dann griff Hattie nach der Weinflasche, und Max sagte beiläufig: »Ich mach's schon, Hattie.«
Als es im nachhinein extrem wichtig wurde, den genauen Verlauf der Ereignisse zu rekonstruieren, hätte Jacqueline nicht beschwören können, in welchem Maße die entstandene Verwirrung beabsichtigt oder rein zufällig eingetreten war. Bis auf Valentine, die auf ihrem Platz sitzenblieb, schlenderten alle anderen zum Tisch. Selbst der »Graf« erhob sich zu Jacquelines Erleichterung. Sie hatte sich insgeheim schon gefragt, ob er vielleicht tot sei.
Die pinkfarbene Masse auf dem Boden vor dem Lattenzaun bewegte sich langsam keuchend wie ein Lavastrom, der sich über den Rand eines Vulkans wälzt. »Sie haben gesagt, daß ich ihr den Wein bringen darf.«
»Also, Laurie«, setzte Hattie an.
»Sie haben es aber gesagt.«
»Nun gut. Aber Sie müssen vorsichtig sein.«
»Ich werde vorsichtig sein.« Laurie machte sich an der Gartenpforte zu schaffen.
»Ich möchte keinen Wein«, sagte Valentine schnell. »Wirklich, ich möchte nichts.«

»Ich werde vorsichtig sein«, flötete Laurie mit schmachtendem Hundeblick. Sie stapfte zum Tisch.

James trat ihr aus dem Weg, als sie auf ihn zukam, und suchte Zuflucht an Jacquelines Seite. »Das Mädel ist nicht mehr bei Sinnen«, sagte er tonlos. »Was für ein Hexensabbat ist das hier eigentlich?«

Trotz seiner Verwirrung war sich James seiner Sache sicher. Jacqueline sagte: »Sie war – für ihre Verhältnisse – ganz in Ordnung, als ich vor einer halben Stunde mit ihr sprach.«

»Tut mir leid, aber wir können nur Wein anbieten«, sagte Max, der versuchte, die gesellschaftlichen Konventionen zu wahren, während sich Laurie schwer atmend auf ihn stürzte. »Dieser hier ist Valentines Lieblingswein. Ein recht angenehmer Bordeaux, und Rotwein paßt natürlich zum Grundtenor der Veranstaltung.«

»Ich hätte einen Rosé erwartet«, sagte Jacqueline. Max grinste, und Hattie erklärte in ernstem Ton: »Das wollte ich ja, aber Val mag überhaupt keinen Roséwein, und Max hat sie darin unterstützt. Er hat einfach kein Gespür für das richtige Ambiente.«

Die Flasche, nach der Max gegriffen hatte, enthielt gerade genug Wein, um ein Glas zu füllen. Er stellte es beiseite. »In dieser scheint Weinstein zu sein. Ich werde eine weitere Flasche öffnen. Nein, Laurie, nicht dieses Glas. Valentine möchte das da nicht.«

Laurie glotzte verständnislos. Erneut griff sie nach dem Glas, das Max auf dem Tisch abgesetzt hatte. Er fing an, eine neue Flasche zu entkorken, und wiederholte dabei geduldig: »Nicht dieses Glas, Laurie. Hier ist ein anderes. Nehmen Sie das. Der Wein ist besser.«

Laurie schien ihn nicht zu hören. Ihre Hand umklammerte weiterhin das erste, von ihm gefüllte Glas. Max goß Wein in mehrere andere Gläser. Dabei handelte es sich nicht um billige Einweg-Plastikbecher, wie die Barkeeper sie benutzt hatten, sondern um Kristallpokale, die die rubinrote Farbe des Weines besonders zur Geltung brachten.

»Nehmen Sie dieses«, sagte Max mit der gleichen schleppenden, geduldigen Stimme. Er suchte ein Glas aus, das nur halb gefüllt war, da er vermutlich wenig Vertrauen in Lauries ruhige Hand hatte.
Laurie hing wie elektrisiert an dem ersten Glas. Sie machte keinerlei Anstalten, das von Max angebotene zu nehmen. Bevor sie es sich anders überlegen konnte, glitt Valentine zum Tisch. »Ich nehme dieses hier«, sagte sie und griff willkürlich nach einem der Gläser. »Ich möchte nicht, daß die anderen auf mich warten müssen. Ich nehme mir selbst eins.«
Laurie verzog ihr Gesicht, woraufhin unaufhaltsame Tränen ihr Make-up verschmierten. »Sie haben gesagt, daß ich es ihr geben kann! Sie haben es mir versprochen!«
»Ach, zum Teufel!« Hattie entriß Valentine das Glas und stellte es wieder auf den Tisch. »Dann geben Sie es ihr schon. Nehmen sie eins – irgendeins – meinetwegen dieses hier, Laurie. Machen Sie schon, geben Sie es ihr.«
Der Austausch wurde vorgenommen, obgleich Valentines hübsches Gesicht voller Abscheu war und sie so widerwillig Lauries Hand berührte, daß sie beinahe den Kelch fallengelassen hätte. Auf ein Zeichen von Hattie schleppte sich Laurie wieder zu ihrem Platz zurück, und die anderen, die Zeugen einer überaus unangenehmen Situation geworden waren, nahmen ihre Gläser.
Jaqueline war sich nie ganz sicher, was in den nächsten kritischen Sekunden geschah. James und Max hatten ihre Köpfe zusammengesteckt und diskutierten über Wein. Sue und Victor-Joe zogen sich in eine Ecke zurück, wo sie ungestört miteinander reden konnten. Valentine blickte auf ihr unberührtes Glas, als trüge es die sichtbaren Abdrücke von Lauries Hand. Dubretta und Hattie standen schweigend nebeneinander und nippten an ihrem Wein. Der »Graf« – sie hatte nicht die leiseste Spur einer Ahnung, was er gerade tat und wo er sich befand.
Der Pokal fiel aus Dubrettas Hand. Er traf unversehrt auf dem grasähnlichen Kunststoffboden auf. Die Hände in ihre Magen-

gegend pressend, sackte Dubretta in sich zusammen. Hattie, die ihr am nächsten stand, wandte sich augenblicklich ab, und Dubretta stürzte zu Boden.

Ihr zusammenbrechender Körper, vielleicht aber auch die Eile der anderen, die ihr helfen wollten, brachte das kleine, wacklige Tischchen zu Fall. Wein ergoß sich in einem blutroten Strom über den künstlichen Rasen. Gläser sausten in makabrer Fröhlichkeit durch die Luft.

Jacqueline erreichte die gestürzte Frau als erste. Dubrettas Atem ging in unregelmäßigen Stößen. Sie versuchte zu sprechen. »Habe vergessen ... Pillen ... «

Jacqueline löste die Schulterbügel der Tasche von Dubrettas Arm und drehte diese dann um. Geldstücke sowie weitere kleinere Gegenstände kamen zum Vorschein. Einer war die kleine Flasche mit den Pillen. Jacqueline fing sie noch vor dem Fallen auf und machte sich an der Verschlußkappe zu schaffen, während sie die gutgemeinten Vorsichtsmaßnahmen der Pharmaindustrie verfluchte. Als sie den Deckel schließlich geöffnet hatte, nahm sie eine der Pillen heraus und schob sie in Dubrettas schmerzverzerrten Mund. Jemand reichte ihr ein Glas. Wein. Vermutlich nicht ratsam, aber das war die einzige Flüssigkeit, die sofort verfügbar war. Sie hob Dubrettas Kopf an, um ihr das Schlucken zu erleichtern.

»Holen Sie einen Arzt, aber machen Sie schnell«, befahl sie.

»Ich werde eine Durchsage machen.« Der Sprecher – Max Hollenstein – stürzte zum Gartentor. Hattie stellte sich ihm in den Weg. »Das werden Sie verflucht noch mal nicht tun. Die Leute starren schon hierher. Hebt sie auf und schafft sie von hier weg.«

»Beeilen Sie sich«, sagte Jacqueline, die Dubrettas Puls fühlte. Er ging schwach und unregelmäßig. Dubrettas Blick wirkte leer. Dann glitt ein überraschter Ausdruck über ihr Gesicht. »Bl...u...«, stöhnte sie. »Es ist ... Bl...u...«

Der unregelmäßige Pulsschlag unter Jacquelines Fingern flakkerte und wurde schwächer.

Jacqueline öffnete Dubrettas Puderdose, wischte den Spiegel an ihrem Ärmel ab und hielt ihn vor die Lippen der Kolumnistin. »Wo bleibt nur dieser verfluchte Arzt?« schrie sie.
»Victor ist auf der Suche nach ihm.« Blaß, aber gefaßt kniete Sue auf der anderen Seite der Kolumnistin. »Sehen Sie irgendwas?«
»Nein.« Jacqueline warf die Puderdose beiseite und riß Dubrettas Jacke auf. Eine ihrer Handflächen legte sie flach auf deren reglosen Brustkorb, dann hämmerte sie mit der geballten Faust ihrer anderen Hand darauf ein, wartete einen Augenblick und wiederholte den Vorgang erneut.
»Keine Reaktion«, murmelte sie. »Sue – kennen Sie sich in Wiederbelebungsmaßnahmen aus?«
Das Mädchen nickte stumm. Jacqueline legte eine Hand mitten auf Dubrettas Brustkorb. Sue drehte Dubrettas Kopf zur Seite und beugte sich darüber, ihre Lippen bedeckten die der liegenden Frau, ihre Hand verschloß deren Nasenlöcher. Jacqueline fing an zu massieren. »... vier ... fünf ... jetzt, Sue ...«
Beiden erschien es, als hätten sie die Bewegungen mindestens tausendmal wiederholt, bevor Victor schließlich in Begleitung eines hochgewachsenen Mannes mit Brille und leuchtendroter, karierter Weste zurückkehrte. Sie hatten sich ihren Weg durch

die flüsternde, gaffende Menge bahnen müssen, und als der Arzt sie schließlich erreichte, kratzte er sich am Kopf und fragte: »Wo ist denn der Patient?« Seine Verwirrung war verständlich. Valentine hatte einen Schwächeanfall erlitten und wurde von Max und dem Grafen gestützt. Laurie bemühte sich, zu ihrem zusammengebrochenen Idol zu gelangen, und wurde von Hattie und James gewaltsam davon abgehalten.

»Hier.« Jacqueline erhob sich. »Ich glaube, es ist ihr Herz.«

»Das ist es in den meisten Fällen«, lautete die trockene Antwort. Der Arzt zog pedantisch seine Hosenbeine hoch und kniete sich hin. Nach einer kurzen Untersuchung sagte er: »Nun, Sie scheinen richtig zu liegen, Madam. Hatte sie irgendwelche Herzprobleme?«

»Das spielt doch jetzt keine Rolle.« Hattie hatte James die Aufgabe, mit Laurie fertigzuwerden, allein überlassen und sich über den Arzt gebeugt. »Ist sie nun tot oder nicht?«

»Ja«, erwiderte der Mediziner schroff. Er stand auf und glättete die Knie seiner Hose. Dann tätschelte er Sues Arm und fuhr in sanfterem Tonfall fort: »Es tut mir leid, mein Kind, aber es hat keinen Sinn.«

»Sie hat die Frau überhaupt nicht gekannt«, sagte Hattie. »Ich weiß gar nicht, weshalb sie flennt. Sehen Sie, Doktor, wir müssen dieses ... dieses Subjekt von hier fortschaffen. Es ruiniert die Party.«

Als er erkannte, daß er sich im Mittelpunkt unzähliger neugieriger Gesichter befand, trat der Arzt zurück. »Ich bin kein Kardiologe«, sagte er schnell. »Ich bin Dermatologe, und ich ... Es gibt nichts, was ich für Sie tun kann. Ich habe eigentlich auch nichts *getan* – wie Sie sicherlich bemerkt haben. ... Es wäre besser, wenn Sie die ... äh ... Polizei benachrichtigten. Bitte, entschuldigen Sie mich.«

Er machte sich mit einer Geschwindigkeit aus dem Staub, die nichts mit Berufsethos zu tun haben konnte. Ein Hotelangestellter, dessen vorrangige Sorge genau wie die Hatties darin bestand, das Chaos so rasch wie möglich zu beseitigen, gesellte sich statt dessen zu ihnen. Die diskret in eine Decke gehüllte Leiche wurde durch einen Personaleingang fortgeschafft. Dann atmete Hattie tief ein und überlegte, was als nächstes zu tun sei.

Valentine lehnte blaß und zitternd an Max' Schulter. James und Laurie hatten sich ineinander verkeilt und erinnerten Jacqueline an zwei Sumo-Ringer. Sue, die herzzerreißend weinte, hatte in Joe-Victors Umarmung Zuflucht gesucht, dessen Gesichtsausdruck gleichermaßen Genugtuung wie unterschwellige Trauer spiegelte. Durch eine Lücke in der Rosenhecke nahm Jacqueline den Schimmer einer honigblonden Perücke wahr. Sie bewegte sich darauf zu, doch als Hattie sich räusperte, verschwand die falsche Haarpracht.

»Alles der Reihe nach«, meldete sich Hattie zu Wort. »Professor... was zum Teufel machen Sie da? Ich habe Ihnen doch gesagt, Sie sollen das Mädchen fortschaffen.«

James verdrehte die Augen, wurde jedoch zu sehr bedrängt, um etwas erwidern zu können. Hattie fuhr fort: »Victor, lassen Sie sofort das Mädchen los und helfen Sie Max, Val auf ihr Zimmer zu bringen. Sie...« Sie blickte zu Jacqueline, doch noch ehe sie irgend etwas äußern konnte, erklärte diese: »Ich werde die Polizei benachrichtigen. Oder ist das bereits geschehen?«

Mit ironisch fragendem Blick wandte sie sich dem Hotelangestellten zu. Er nickte mürrisch. »Ja, gnädige Frau, ich kümmere mich darum.«

»Aber...«, setzte Hattie an.

»Das läßt sich nicht verhindern, Madam. Die Bestimmungen sind eindeutig. In plötzlichen Todesfällen...«

»Sie ist an einem Herzanfall gestorben«, beharrte Hattie. »Das hat der Doktor doch gesagt.«

»Eine reine Formsache... unangenehm, aber obligatorisch... den Vorschriften zufolge...«

»Verfluchter Mistk...«, fing Hattie an. Sie bremste sich gerade

noch rechtzeitig und bemühte sich, ihr angeschlagenes Image wieder aufzubauen. »Ach, ich weiß gar nicht, was ich da rede. Ich bin so bestürzt«, erklärte sie dem Publikum vor dem Lattenzaun. »Valentine, Schätzchen, gehen Sie und legen Sie sich hin. Tante Hattie ist wieder bei Ihnen, sobald sie diesen reizenden Menschen alles erklärt hat.«
Vorsichtig kletterte sie über den Zaun und ging in Richtung des Podiums, wo die Musiker mit bewundernswertem Pflichtbewußtsein eine getragene Version von »Das ist die Liebe, Liebe, Liebe« spielten. Max verschwand in Begleitung von Valentine. Die Anweisungen seines Generals offensichtlich nicht befolgend, führte Joe Sue mit sanfter Entschlossenheit durch die Menge. Laurie entließ James aus ihrem Würgegriff und nahm die Verfolgung von Valentine auf. James ließ sich rücklings auf einen Stuhl fallen, wo er in kurzen, heftigen Stößen nach Atem rang. Und Jacqueline mußte entsetzt feststellen, daß sie die unpassende Melodie des Quartetts miträllerte. »Dein Herz macht bumm-bi-di-bumm, bi-di-bumm-bumm-bumm . . .«
Sie hörte auf zu singen. Erneut zeigte sich ein Schimmer goldenen Kunsthaars hinter dem Rosenspalier, und diesmal verschwand die Perücke nicht, als sie darauf zuschoß. Sie spähte durch den Lattenzaun und fragte: »Wie lange hockst du da eigentlich schon?«
»Ich habe alles mitangesehen«, erwiderte Jean zähneklappernd.
»O Gott, o Gott. Was passiert wohl als nächstes?«
»Wie soll ich das wissen? An deiner Stelle würde ich schleunigst verschwinden.«
»Komm doch mit.« Eine zitternde Hand griff durch eine Lücke im Zaun nach ihr.
»Jetzt nicht. Wir unterhalten uns später.«
Der Klang der Geigen wurde von Hatties Stimme übertönt, die ihren pathetischen Akzent wieder einwandfrei beherrschte. »Liebe Freunde, es ist abscheulich, daß sich ein solcher Schatten über diese fröhliche Veranstaltung gelegt hat . . .«

Jean verschwand, und als sich Jacqueline umdrehte, bemerkte sie, daß sich ein Geschwader von Kellnern darum bemühte, wieder Ordnung zu schaffen. Der umgestürzte Tisch war wieder aufgestellt, die geschlossenen Weinflaschen darauf verteilt und die benutzten Weingläser abgeräumt worden. Ein Kellner kniete und tupfte die Weinpfützen auf, während ein anderer Glassplitter zusammenkehrte. Irgend jemand mußte einen oder mehrere Pokale zertreten haben. Jacqueline erinnerte sich noch genau daran, daß sie unversehrt zu Boden gegangen waren.
Eile war angesagt. Rasch griff sie nach einer Glasscherbe auf der Kehrschaufel und hielt sie vorsichtig fest, damit die wenige darauf haftende Flüssigkeit nicht hinuntertropfen konnte. Dann stürzte sie sich auf den Mann, der den Boden wischte. »Ich nehme das an mich«, herrschte sie ihn an. Zu überrascht, um zu protestieren, ließ er sich von ihr den schmutzigen Lappen entreißen.
Beide Hände voll und die lavendelfarbene Tasche unter ihren Arm geklemmt, sah sie sich nach Hilfe um. Sie hatte doch gewußt, daß ihr die große Handtasche fehlen würde!
Bis auf James waren alle verschwunden. Jacqueline trat auf ihn zu, und er blickte von der betrüblichen Untersuchung einer gerissenen Schulternaht seines Sakkos auf.
»Nimm das«, wies sie ihn an. »Nein, nicht das. Dies hier. Nein, das nicht! Wie begriffsstutzig bist du eigentlich, James. Was ist los mit dir?«
Mit seiner um den Hals gewundenen Krawatte und der zu Berge stehenden, schneeweißen Mähne war James viel zu aufgebracht, um irgend etwas zu erwidern, selbst wenn Jacqueline ihm die Gelegenheit gelassen hätte. »Nimm meine Handtasche«, sagte sie. »Zieh sie unter meinem Arm weg. Öffne sie. Nimm mein Taschentuch raus. Falte es auf. ... In Ordnung. Hervorragende Arbeit, James.«
Der betörende Veilchenduft, der dem Taschentuch entströmte, ließ James' Nasenlöcher wie die eines Kaninchens vibrieren. »Ich

werde nicht fragen, was du vorhast«, murmelte er. »Ich werde einfach nicht fragen.«
Jacqueline legte die Glasscherbe auf das spitzenumsäumte, mit violetten Veilchen bestickte Taschentuch. Der weindurchtränkte Wischlappen wanderte in einen Plastikmüllsack, den sie von dem Reinigungswagen der Putzkolonne organisiert hate. Dann wickelte Jacqueline das Taschentuch vorsichtig um die Glasscherbe mit dem winzigen, dunkelroten Tropfen.
»Danke, James.«
»Ich werde nicht fragen, was du vorhast«, wiederholte James.
»Das solltest du auch nicht nötig haben. Ein Mann von deiner überragenden Intelligenz ... «
»Bist du jetzt fertig, daß wir gehen können, oder willst du noch mehr Müll einsammeln?«
»James, wir können nicht aufbrechen. Die Polizei wird gleich hier sein.«
»Die Polizei? Gütiger Himmel, laß uns verschwinden.«
»Es ist die Pflicht eines jeden Bürgers, die Polizei zu unterstützen, James.«
Einer der Kellner trat auf sie zu. »Verzeihen Sie, gnädige Frau, gehört das Ihnen?«
Jacqueline murmelte ein abwesendes Dankeschön, schlang die Tasche über ihre Schulter und fuhr mit ihrem Vortrag fort. »Wir sollten den Tatort nicht verlassen. Die Polizei wird die Zeugen verhören wollen.«
»Alle anderen sind gegangen«, bemerkte James.
»Um so mehr Grund für uns, unsere Pflicht zu erfüllen.«
»Großer Gott, bist du entsetzlich in deiner Selbstgerechtigkeit. Kommst du nun mit oder nicht?«
»Nein.«
James marschierte davon. Jacqueline rückte ihre Schultertasche in eine bequemere Position. Dann dämmerte ihr schlagartig die Realität. Sie hatte doch gar keine Schultertasche bei sich getragen. Diese hier mußte Dubretta gehört haben.

Jacqueline brach rasch und – wie sie hoffte – unbemerkt auf und mischte sich unter die hinausströmenden Gäste. Nachdem sie ein freies Sofa in einer Ecke der Hotelhalle gefunden hatte, ließ sie sich dort nieder und entleerte den Inhalt der Tasche auf dem Platz neben ihr.

Ob der Kellner alle verstreuten Gegenstände eingesammelt hatte, wußte sie nicht, nahm es jedoch an. Der Putzvorgang schien rasch und gründlich verlaufen zu sein. Dubrettas Handtasche enthielt beinahe ebensoviel Gerümpel wie die ihre. Der unordentliche Haufen war zudem voller Tabakkrümel. Jacqueline säuberte jeden Gegenstand, ehe sie ihn wieder in die Tasche zurücklegte. Papiertücher, Kamm, Lippenstift, Puderdose, Schlüssel, Zigaretten, Streichhölzer, Brieftasche, Geldbörse, Briefe und Rechnungen, Scheckbuch, die ramponierte Korsage, eine Tube Zahncreme ...

Sie behielt nur wenige Dinge zurück, die einer genaueren Untersuchung bedurften. Die Brieftasche enthielt einige Quittungen, die sie sich unverhohlen genauer anschaute, mehrere Kreditkarten sowie eine Schwarzweiß-Fotografie eines hübschen jungen Mädchens. Es handelte sich um ein älteres Foto; das dunkle Haar des Mädchens war zu einem Pagenkopf frisiert, wie er in Jacquelines Jugend modern gewesen war. Sie fragte sich, ob es vielleicht ein Foto von Dubretta war, denn Augen- und Nasenform ähnelten der der Kolumnistin. Als sie sich erneut an Dubrettas totenstarres, verlebtes Gesicht erinnerte, erschauerte sie und schloß die Brieftasche.

Das Pillenröhrchen war halb gefüllt mit kleinen gelben Tabletten. Das Etikett trug den Markennamen, Indikation und Dosierungshinweise. Jacqueline nahm Dubrettas Füllhalter und ein Stück Papier – den Kassenbon eines Gemüsegeschäfts – und notierte sorgfältig die Information, bevor sie das Fläschchen wieder in Dubrettas Tasche gleiten ließ.

Es gab nur einen persönlichen Brief. Er war an »Dubretta« adressiert, so wie sie auch in ihrer Zeitungskolumne ausgewiesen

wurde, und begann mit den Worten: »Du skandalgeile, alte Schlange.«
Augenscheinlich einer von Dubrettas Verehrern. Jacqueline legte den Brief zurück in die Tasche.
Blieb noch ein weiterer Gegenstand. Jacqueline überflog die Seiten des Stenogrammblocks. Es war genau der, in den die Kolumnistin seit einigen Tagen ihre Notizen eingetragen hatte. Ungefähr achtzehn bis zwanzig Seiten waren mit Dubrettas merkwürdiger und für Jacqueline unleserlicher Kurzschrift gefüllt.
Unter erheblichen Schwierigkeiten gelang es Jacqueline, den Notizblock in ihre lavendelfarbene Abendtasche zu quetschen. Sie wölbte sich merklich, doch daran ließ sich nichts ändern. Sie stand auf und klopfte die Tabakkrümel von ihrem Kleid.
»Ekelerregend«, bemerkte eine in ihrer Nähe sitzende Frau.
Jacqueline blickte auf den beschmutzten Teppich. »Da kann ich Ihnen nur zustimmen«, sagte sie und griff nach ihrer Brille, die von der Nasenspitze abzurutschen drohte. Als sie sie wieder an Ort und Stelle gerückt hatte, machte sie sich auf die Suche nach irgend jemandem, den sie davon überzeugen konnte, daß er ihr die gewünschten Informationen mitteilte.
Dieses Vorhaben führte sie zu einem Büro im Verwaltungsbereich des Hotels. Da sie annahm, bei ihrem Anklopfen gleich abgewimmelt zu werden, drückte sie die Türklinke und trat einfach ein.
Vier Augenpaare starrten sie an. Dubrettas Kopf war zur Seite gerutscht. Die Tränenflüssigkeit in ihren Augäpfeln war noch nicht völlig ausgetrocknet; sie schimmerten im Licht, als wollten sie dem Neuankömmling zur Begrüßung zuzwinkern.
Einer der drei Männer sagte: »He!« Ein weiterer setzte an: »Wer zum Teufel ... «
Jacqueline streckte ihre Hand aus und schloß Dubrettas Augenlider.
»Wer von Ihnen ist hier der Verantwortliche?« fragte sie barsch.

Der Mann, der Sie mit »He« angesprochen hatte, legte die Dekke stirnrunzelnd wieder über das Gesicht der Toten. Der zweite war nach Jacquelines Eintreten aufgesprungen. Auch er blickte finster. Der dritte Mann blieb sitzen. Von der Zigarette, die er zwischen seinen Finger hielt, zog ein dünner Streifen Rauch langsam zur Decke.
Er war gepflegt, beinahe elegant gekleidet, obgleich sich Jacqueline sicher war, daß sein Anzug von der Stange eines Billigkaufhauses für Herrengarderobe stammte. Seine weinrote Krawatte war passend zu dem Brusttuch in seiner Jackentasche und den Socken gewählt, die seine ausgestreckten Beine freigaben. Graumeliertes Haar fiel ihm in die hohe Stirn. Die dichten Augenbrauen waren schwarz und wohlgeformt und bildeten eine exakte Linie zu seinen Denkerfalten. Lediglich zwei unstimmige Merkmale beeinträchtigten seine elegante Erscheinung: eine helle Narbe, die seine linke Wange vom Jochbogen bis zum Augenlid teilte, und eine pinkfarbene Plastikrose in seinem Knopfloch.
»Mein Name ist O'Brien«, sagte er. »Und mit wem haben wir das Vergnügen, meine Dame?«
Jacqueline runzelte angewidert die Stirn. »Die Rose paßt nicht zu Ihrem Anzug, Mr. O'Brien.«
»Um genau zu sein, ist sie vollkommen geschmacklos«, stimmte ihr O' Brien zu. »Hing an Dubrettas Jackenärmel. Wo haben Sie ihre Tasche gefunden?« fügte er mit einer Grimasse hinzu, die seiner rechten Wange ein Grübchen verlieh, das von der Narbe ablenkte. »Sie paßt nicht zu Ihrer Garderobe.«
Jacqueline setzte sich auf den Stuhl, den der andere Mann verlassen hatte. Seine Augen weiteten sich vor Unmut, doch ehe er etwas einwenden konnte, sagte O'Brien: »An die Arbeit, Kelly. Hier gibt es nichts mehr für Sie zu tun.«
»Ich verschwinde ebenfalls«, knurrte der dritte. »Reine Zeitverschwendung, und die kann ich mir nicht leisten. Außer Ihnen hätte niemand die Stirn besessen, mich hierher zu bestellen, um

mir dann mitzuteilen, daß Dubrettas Pumpe schließlich ihren Dienst quittiert hat.«

Als die beiden anderen gegangen waren, richtete O'Brien seine kühlen grauen Augen auf Jacqueline, die sich zurückgelehnt hatte, als plane sie einen längeren Aufenthalt ein. Er streckte seine Hand aus. Jacqueline reichte ihm die Tasche. »Danke. Wo haben Sie sie gefunden?«

»Der Kellner glaubte, es sei meine.«

»Sind Sie eine Angehörige?«

»Nein. Ich dachte, daß ich Ihnen die Tasche unverzüglich bringen müßte.«

»Das haben Sie hiermit getan. Dann sehe ich eigentlich keinen weiteren Grund«, sagte O'Brien abwesend, »warum Sie noch hier sind.«

»Wollen Sie mir denn gar keine Fragen stellen?«

Die zur Grimasse verzerrten Wangen waren offensichtlich O'Briens einzig sichtbares Anzeichen eines Grinsens. Jacqueline lächelte zurück. »In ihrer Tasche befinden sich Tabletten. Ein Digitalis-Präparat.«

»Jeder wußte, daß Dubretta ein schwaches Herz hatte.«

»Dann glauben Sie also, daß sie eines natürlichen Todes gestorben ist?«

»Ich glaube an gar nichts«, meinte O'Brien wehmütig. »Weder an den Weihnachtsmann noch an den Osterhasen noch an Gerechtigkeit und Wahrheit. Sobald ich den offiziellen Bericht des Gerichtsmediziners in den Händen halte, kann ich mir ein klares Bild machen, wie sie gestorben ist. Zum jetzigen Zeitpunkt weiß ich nichts, was meine Meinung widerlegen könnte, daß sie an einem Herzanfall gestorben ist. Können Sie mir einen triftigen Grund nennen, warum ich hier mit Ihnen sitzen und darüber diskutiern sollte?«

»Nein«, gab Jacqueline zu.

»Na, kommen Sie schon. Denken Sie sich einen Grund aus. Verglichen mit dem, was in dieser Nacht noch vor mir liegt, ist das

hier ein angenehmer Zeitvertreib. Den würde ich gerne ausdehnen.«
Jacqueline brummte leise vor sich hin. O'Brien legte seinen Kopf schief. »Was haben Sie gesagt?«
»Nichts.«
»Es klang aber wie ›Klug...‹«
»Das entspringt einzig Ihrer schmutzigen Phantasie«, sagte Jacqueline spröde. Sie nahm ihre Brieftasche aus der ausgebeulten Abendtasche, wobei sie sorgfältig darauf achtete, daß O'Brien nicht sehen konnte, was diese noch enthielt. Dann zog sie eine Karte aus der Brieftasche und reichte sie O'Brien. »Was halten Sie von diesem Grund?«
Die Karte war zwar an den Ecken etwas abgenutzt, doch ihr scheinbares Alter trug zu ihrer barocken Eleganz bei. Mit den handgedruckten Goldlettern in kunstvoller Antiquaschrift gehörte sie zu Jacquelines Lieblingsstücken. O'Brien hielt sie auf Armeslänge von sich und übersetzte sie mühelos.
»›Der Inhaber dieser Karte, Mrs. Jacqueline Kirby, ist Ehrenmitglied der Carabinieri von Rom und bekleidet den Rang eines Hilfskommissars.‹ Alles gestempelt und mit dem Siegel und der Unterschrift von Guido di Cavallo versehen.«
»Kennen Sie ihn?«
»Ich habe ihn als Vortragsredner bei einer Polizeikonferenz erlebt. Der absolut aufsteigende Stern.«
»Aha, ich verstehe.«
»Ein Ehrenpolizist«, wunderte sich O'Brien. »Sind Sie denn auch Autorin für historische Liebesromane?«
Er blickte nicht auf ihr Namensschild, sondern auf ihren Hut. Jacqueline rückte ihn zurecht. »Ich bin Bibliothekarin. Am Coldwater College in Nebraska.«
»Verfluchte Scheiße!« O'Brien brach in schallendes Gelächter aus, das er ebenso rasch beendete, wie er es begonnen hatte. »Verzeihen Sie, Mrs. Kirby.«
»Der Ausdruck ist mir nichts Neues«, sagte Jacqueline sanft.

Sich der Konsequenzen dieser trügerischen Nachsichtigkeit nicht bewußt, fuhr O'Brien fort: »Sie sind eine unterhaltsame Frau, und ich habe unser kurzes Zusammentreffen genossen, aber leider muß ich jetzt aufbrechen. Sie wissen selbstverständlich, daß Sie diese Karte zu einem höflichen ›Guten Tag‹ der New Yorker Polizei berechtigt – aber zu sonst nichts.« Er reichte sie ihr zurück.

»Dessen bin ich mir bewußt«, sagte Jacqueline. »Ich dachte nur, daß sie Ihre Aufmerksamkeit wecken würde.«

»Sie waren sich meiner Aufmerksamkeit bereits gewiß«, versicherte ihr O'Brien. »Es tut mir leid, daß ich wegen zwingender Gründe anderweitig beansprucht werde.«

Jacqueline senkte demütig den Kopf und stand, den grünen Plastikbeutel unter ihren Arm geklemmt, auf. Diese Sanftmut war ein irgendwie unheilvolles Zeichen. Vielleicht beschlich O'Brien genau dieser Verdacht, denn er erreichte die Tür noch vor Jacqueline und ergriff die Klinke.

»Wollten Sie mir sonst noch irgend etwas mitteilen, Mrs. Kirby?«

Jacqueline blinzelte ihn unter ihrem Spitzenband an. »Nein, O'Brien. Verflucht, rein gar nichts.«

»Ich hielt Sie für eine dieser Schreiberinnen, die auf Publicity aus sind«, erklärte O'Brien und widerstand ihrem Versuch, die Tür zu öffnen. »Ich brauche keinen selbsternannten Privatdetektiv, um zu erfahren, daß Dubretta unbeliebt war. Aber wenn Sie stichhaltiges Beweismaterial haben, bin ich bereit, Ihnen zuzuhören.«

»Wenn ich irgend etwas Derartiges entdecke, werde ich es Ihnen mit Sicherheit mitteilen«, erwiderte Jacqueline in ernstem Ton.

O'Brien öffnete die Tür, und Jacqueline verließ den Raum mit ihrem Müllbeutel unterm Arm. Sie drehte sich um und winkte ihm zum Abschied schüchtern zu. O'Brien nahm die Rose aus seinem Revers und schwenkte sie als Reaktion darauf.

Als sie die Hotelhalle betrat, war Jacqueline keineswegs überrascht, daß James sie bereits erwartete.

»Ich habe mich entschlossen, dein unverschämtes Verhalten zu entschuldigen«, teilte er ihr mit.

»Deine Großherzigkeit überwältigt mich. Entschuldige mich bitte, James. Ich möchte mich umziehen. Dieses Kleid macht mich rasend.«

»Ich komme mit dir.«

»Nein, das wirst du nicht tun.«

»Dann werde ich hier unten auf dich warten«, erklärte James wenig erfreut.

»Mach dir keine Mühe.«

»Ich habe einen Tisch im Le Perigord reserviert.«

Jacqueline zögerte. James spielte seine Trumpfkarte aus. »Ich bezahle.«

»Also ...«

James mußte sich eingestehen, daß niemand außer Jacqueline den Mut besessen hätte, mit einem grünen Plastikmüllsack unterm Arm und einem pittoresken, lavendelfarbenen Hut von einem Meter Durchmesser ein elegantes französisches Restaurant zu betreten. Er konnte sie davon überzeugen, den Hut abzulegen, sie weigerte sich jedoch standhaft, sich von dem Müllbeutel zu trennen. James wartete, bis sie das teuerste Menü auf der Karte ausgewählt hatte. Dann deutete er auf den Müllsack, auf den Jacqueline schützend einen ihrer eleganten violetten Schuhe gesetzt hatte.

»Was hast du eigentlich vor?«

»Du hast doch gesagt, daß du mich das nicht fragen wolltest.«

»Und du hast mir richtigerweise zu verstehen gegeben, daß es offensichtlich ist. Um ehrlich zu sein, weiß ich, was du vorhast. Detektiv spielen.«

Jacquelines Augen funkelten wie zwei Smaragde und voller hintergründiger Ironie, die James bezaubernd fand – sofern sie auf Dritte gerichtet war. »Mein lieber James, das willst du doch auch.«

»Ich hatte vor, dich von meinem beträchtlichen Erfahrungsschatz profitieren zu lassen...« Das klang so pathetisch, daß selbst James nicht ernst bleiben konnte. Er bedachte Jacqueline mit seinem berühmten, verschlagenen Lächeln. »In Ordnung, ich will es auch. Aber wenn du vorhast, Sherlock Holmes zu spielen, und mir die Rolle des Watson zugedenkst, dann mach' ich verflucht noch mal nicht mit.«
»Ich hatte wirklich fest vor, deinen Rat in Anspruch zu nehmen, James.«
»Das wäre wenigstens ein... In Ordnung. Frage. Ich bin ganz Ohr.«
Während sie den Schnecken in ihren Häusern zu Leibe rückte, schilderte Jacqueline James die Situation bis zum Tode Dubrettas. »Die Atmosphäre war absolut gereizt und gespannt, James«, endete sie. »Ich hatte keine Ahnung, daß Autoren so mißgünstig und egoistisch sind. Sie sind genauso schlimm wie Akademiker.«
»Zweifellos. Aber wir bringen uns nur in Ausnahmefällen gegenseitig um.«
»Ich glaube nicht, daß das bei Schriftstellern häufiger vorkommt«, gestand Jacqueline ein. »Und natürlich darf man auch die übersteigerte Ausdrucksweise nicht überbewerten – du weißt, was ich meine – ›Ich könnte diese Frau umbringen‹, ›Ich wünschte, sie wäre tot‹ und so weiter. Jeder von uns sagt solche Sachen. Aber in diesem Fall hatten mehrere Menschen guten Grund, Dubretta den Tod zu wünschen. Sie war schon seit Jahren hinter Hattie Foster her; das hat sie heute abend gesagt. Sie sagte auch, daß sie Beweise gefunden hätte, die Hattie zerstören oder zumindest empfindlich bloßstellen würden. Die von ihr gestreuten Andeutungen waren so markant wie Hatties Hüften, und sie umklammerte ihre Tasche wie einen Goldbarren. Ich bin davon überzeugt, daß sich ihr Beweismaterial in diesem Buch befindet.«
Sie zog den Notizblock aus ihrer Abendtasche und reichte ihn

James. Als er erkannte, worum es sich handelte, verwandelte sich der Amateurdetektiv sogleich wieder in den furchtsamen, gesetzestreuen Professor. Er stotterte: »Hast du das von Dubretta gestohlen? Heiliger Herrgott, Jacqueline, das kannst du doch nicht machen!«

»Ich habe es nicht gestohlen. Er befand sich in ihrer Tasche, die mir der Kellner irrtümlich gegeben hatte.«

»Aber... aber... Du hättest ihn der Polizei übergeben müssen.«

Jacqueline biß herzhaft in die letzte der unglückseligen Schnekken. »O'Brien glaubt, daß Dubretta eines natürlichen Todes gestorben ist. Er hat mich herablassend behandelt, James. Er hat mir quasi einen Klaps auf den Hintern gegeben und mir empfohlen, mich zu Hause wieder meinem Strickzeug zu widmen.«

»Tatsächlich? Das erklärt einiges... Nun, Jacqueline, vielleicht hat er recht. Bislang bezieht sich deine ganze Argumentation auf das Motiv. Wie wir beide wissen, ist das der schwächste Faktor in einem Fall. Was ist mit der Tatwaffe und... äh... der Durchführung?«

Er wirkte so selbstzufrieden, daß Jacqueline es nicht übers Herz brachte, ihn zu kritisieren. »Was soll damit sein, James?«

»Ich war so intensiv mit dieser jungen Walküre beschäftigt, daß ich nicht alles nachvollziehen konnte«, sagte James. »Aber wenn Dubretta umgebracht worden ist, dann muß es sich um Gift gehandelt haben, das man in ihren Wein mischte. Der Wein... Warum siehst du mich so an?«

»Ich stimme deiner ersten Schlußfolgerung zu, aber findest du nicht, daß die zweite auf tönernen Füßen steht? Wir wissen nicht, was sie am Abend sonst noch gegessen oder getrunken hat. Manche Gifte wirken nicht sofort.«

James gefiel weder ihre Unterbrechung noch ihre Logik. »Wenn du nicht glaubst, daß der Wein vergiftet war, warum hast du dann Proben davon mitgenommen?«

»Ich habe nicht behauptet, daß er nicht vergiftet war. Ich habe lediglich darauf hingewiesen, daß es auch noch andere Möglichkeiten geben könnte. Eine sorgfältige Überprüfung von Dubrettas Tod würde sicherlich eine Untersuchung der Weinreste beinhalten. Leider war es mir nicht möglich, die benutzten Gläser einzusammeln. Als mir die Idee kam, hatte der Kellner sie bereits entfernt, und ich konnte ihm doch nicht hinterherrennen und ihm das Tablett entreißen. Allerdings«, fuhr Jacqueline vergnügter fort, »ist das zerbrochene Weinglas das wichtigste. Wir anderen hielten unsere Gläser jeweils in der Hand, als der Tisch umfiel, deshalb muß das zerbrochene Glas Dubretta gehört haben. Die anderen, die mitsamt dem Tisch umgestürzt sind, waren unbenutzt. Außerdem zerbrach Dubrettas Glas nicht, als es ihr entglitt. Ich habe genau gesehen, wie es gefallen ist.«
»Jemand muß es vorsätzlich zertreten haben«, entfuhr es James.
»Das ist durchaus möglich. Der Wein, den der Kellner aufwischte, war aus der Flasche. Den sollten wir ebenfalls untersuchen lassen.«
»Ich kenne einen Chemiker an der Columbia«, bot sich James eifrig an.
Jacqueline wollte gerade erwidern: »Ich auch«, entschied sich dann aber dagegen. Im Hinblick auf ihre Vergangenheit wäre es doch etwas merkwürdig, wenn sich ihr Chemiker und der von James als ein und dieselbe Person entpuppten. Außerdem fühlte sich James geschmeichelt, wenn sie ihm diese Aufgabe überließ. Vielleicht gab er sich sogar der Illusion hin, ihr ebenbürtiger Partner in einem Fall zu sein, den Jacqueline längst als den ihren betrachtete.
Sie nahm ihren Fuß von dem Müllsack und schob ihn James zu. »Versuch ihn davon zu überzeugen, daß er das morgen früh als erstes erledigt«, drängte sie.
»Versprochen. Jacqueline, ich sehe keinen Grund, warum wir weitere Möglichkeiten in Betracht ziehen sollten, wie das Gift

in ihren Körper gelangt sein könnte. Die Party begann um fünf, also konnte sie nicht zu Abend gegessen haben. Alles, was sie am Mittag zu sich genommen haben könnte, hätte bereits vorher Wirkung gezeigt.«

Jacqueline wurde klar, daß er in seine Theorie und den makabren Reiz, tatsächlich einen Mordfall aufgespürt zu haben, verliebt war. Deshalb erhob sie keine weiteren Einwände. Andere Hypothesen in Erwägung zu ziehen wäre ohnehin müßig gewesen; denn nach allem, was sie und James in Erfahrung gebracht hatten, hätte die Hälfte der New Yorker Bevölkerung Dubretta Duberstein den Tod gewünscht, und wiederum fünfzig Prozent dieser repräsentativen Gruppe hätten im Laufe des Nachmittags dazu Gelegenheit gefunden. Es war ohnehin nicht besonders produktiv, überhaupt zu spekulieren, solange sie nicht die Ergebnisse der Analyse des Chemikers erhalten hatten, doch diese Überlegung hatte auf die beiden keinen Einfluß.

»Das Kernproblem ist nicht die Methode, sondern die Gelegenheit«, sagte Jacqueline. »Wie gelangte das Gift in Dubrettas Glas?«

Nach einer ziemlich erhitzten Diskussion gelang es ihnen, sich auf einige wenige Fakten zu einigen. Die erste Flasche hatte lediglich Wein für ein Glas enthalten. Die zweite Flasche war verkorkt und versiegelt gewesen; sie hatten beide beobachtet, wie Max sie geöffnet hatte. Es war unwahrscheinlich, nahezu unmöglich, daß diese Flasche im nachhinein noch mit irgendeiner Substanz präpariert worden war. Außerdem wäre es unzweckmäßig gewesen – warum eine ganze Flasche vergiften, wenn der Mörder nicht beabsichtigte, ein allgemeines Massaker anzurichten?

Uneinig waren sie sich in der Verteilung der Gläser, die Max mit Wein gefüllt hatte. James beharrte darauf, daß irgend jemand – er konnte sich nicht erinnern, wer – das Glas an sich genommen hatte, das Max unter der Behauptung beiseite gestellt hatte, es enthielte Weinstein. Jacqueline war sich sicher, daß das Glas nicht angerührt worden war. Sie konnten sich nicht einmal auf ihre eigenen Gläser einigen. James behauptete, er hätte das ihm von Max gereichte Glas an Jacqueline weitergegeben. Sie erinnerte sich genau, daß sie ihres von Max bekommen hatte. Valentine hatte, scheinbar zufällig, nach einem Glas gegriffen, das ihr Hattie entrissen hatte, und hatte dann – wiederum über Hattie – ein zweites von Laurie bekommen. Laurie hatte nicht nur das erste, mit Weinstein versetzte Glas, sondern auch mehrere von den anderen angefaßt. Die von Max gefüllten Gläser hatten während Lauries Wutanfall auf dem Tisch gestanden, und in diesem Zeitraum hätte ein Dritter, unbemerkt von den anderen, ein bestimmtes Glas mit Gift versetzen können. Das einzige, worin die beiden Amateurdetektive übereinstimmten, war die Tatsache, daß sie nicht die leiseste Ahnung hatten, wo und wie Dubretta an ihr Glas gelangt war.

»Diese Detektivgeschichten, in denen jeder Partygast hinterher genau weiß, wo sein oder ihr Glas zu einem bestimmten Zeitpunkt gestanden hat, haben mich schon immer stutzig gemacht«, knurrte James. »Aber was soll's, wir einigen uns darauf, daß es so gewesen sein könnte. Komm, laß uns jetzt eine Liste der Verdächtigen aufstellen.«

Hattie führte die Auflistung an. Das stand vollkommen außer Frage. Sie war diejenige, die sich vor Dubrettas Enthüllungen fürchtete – worum auch immer es sich dabei handelte –, und sie hatte die Weingläser durcheinandergebracht. Die von ihr forcierte Problematik zwischen Valentine und Laurie hatte für Verwirrung gesorgt und ihr vielleicht eine Gelegenheit geboten, sich an Dubrettas Glas zu schaffen zu machen.

»Außerdem kocht sie saumäßigen Tee«, bemerkte Jacqueline.

James ließ sich von ihrem Einwurf nicht beirren, war sich allerdings nicht sicher, was sie meinte. Aufgrund ihrer Loyalität gegenüber Jean war Jacqueline über die merkwürdige Beziehung Hatties zu ihren Autoren hinweggegangen und hatte lediglich erwähnt, daß die Agentin in dem Ruf stand, diese finanziell aus-

zubeuten. Er blickte sie fragend an, zuckte die Schultern und wandte sich dem nächsten Verdächtigen zu.
Seine Favoritin als Hauptverdächtige war Laurie. Jacqueline stimmte mit ihm überein, daß das Mädchen labil war und in Dubretta eine Widersacherin sah, die sie auch bereits bedroht hatte. Sie ließ allerdings nicht verlautbaren, daß sie das Gefühl hatte, James' Antipathie gegenüber Laurie rühre teilweise von persönlichen Ressentiments her und teilweise von seiner buchstäblichen Neigung, die naheliegendste Verdächtige zu entlasten – nämlich Hattie.
Sie stimmten darin überein, daß Max die beste Gelegenheit gehabt hatte, eines der Gläser zu vergiften. Er hatte den Gastgeber gespielt und verschiedenen Leuten Gläser in die Hand gedrückt. Falls Dubretta irgendeinen Skandal bezüglich Valentine aufgedeckt hatte, hätte deren Manager triftige Gründe gehabt, die Kolumnistin zum Schweigen zu bringen.
Valentines Name wurde als nächster von Jacqueline genannt. James strich sie rundweg aus dem Kreis der Verdächtigen. »Sie hat das gleiche Motiv wie Max«, warf Jacqueline ein.
»Lächerlich«, behauptete James.
Victor und Sue fanden als letzte Erwähnung. Aus nicht näher erläuterten Gründen meinte James, daß Victor vielleicht kein unbeschriebenes Blatt sei, beharrte jedoch auf Sues offensichtlicher Schuldlosigkeit. Jacqueline blieb hartnäckig und setzte die beiden auf ihre Liste.
»Das sind dann alle Verdächtigen«, sagte James und bat den Kellner, seine Kaffeetasse aufzufüllen. »Laß uns über das Motiv sprechen.«
Es gab noch eine weitere Verdächtige, wenngleich Jacqueline es nicht für angeraten hielt, James darauf hinzuweisen. Es war zu unwahrscheinlich, daß Jean die Täterin war. Wie sie demonstriert hatte, waren die Lücken im Zaun breit genug, um einen Arm durchzuschieben, und der Tisch befand sich in ihrer Reichweite; aber selbst wenn Jean die offene Flasche oder auch nur

eines der Gläser vergiftet hätte, hätte sie keinen Einfluß darauf gehabt, daß die tödliche Substanz die richtige Person erreichte. Trotzdem setzte Jacqueline Jean auf ihre persönliche Liste. Irgend etwas an diesem Liebesroman-Geschäft war faul, und solange sie nicht wußte, welche Geheimnisse in den Herzen von VV und Victor von Damm schlummerten, konnte sie nicht sicher sein, daß Jean aufrichtig war.

»Die Rechnung, bitte«, rief sie dem Kellner zu und wandte sich dann wieder an James: »Das Motiv befindet sich irgendwo in diesem Notizblock. Ich muß mich umgehend damit beschäftigen.«

James blickte betrübt. Er nahm die Rechnung, die diskret auf den Tisch gewandert war, und sein Gesichtsausdruck verwandelte sich in tiefste Empörung. Er schluckte schwer und griff nach einer Kreditkarte. »Seit wann bist du eigentlich Kryptographin? Ich möchte ...«

»Der Begriff lautet meiner Meinung nach Kryptoanalystin. Und seit wann beschäftigst du dich damit?«

Sie erklärte sich jedoch mit James' Vorschlag einverstanden, zu Fuß zu gehen und auf das Taxi zu verzichten. Für Manhattan war es ein herrlicher Abend. Gelegentlich wehte eine frische Brise durch die Straßenfluchten, und der Vollmond schwebte dicht über dem Rockefeller Center. Jacqueline hatte sich fest vorgenommen, Jean gleich nach ihrer Rückkehr ins Hotel anzurufen. Gewissensbisse sowie detektivischer Spürsinn verlangten das einfach von ihr. Als der Hotelbedienstete ihr den Zimmerschlüssel allerdings zusammen mit einer schriftlichen Mitteilung überreichte, entschied Jacqueline, daß ihre Verpflichtung gegenüber Jean ein weiteres Mal zurückstehen mußte.

Frustriert von ihrem Hut legte James sein Kinn auf ihre Schulter, um die Notiz lesen zu können. Jacqueline hielt sie ihm vor die Nase. »Valentine möchte mich sehen.«

»Wirst du zu ihr gehen?«

»Es ist schon ziemlich spät ...«

»Eigentlich nicht. Seit fünf Uhr ist eine Menge passiert, deshalb kommt es uns so spät vor. Außerdem steht hier: ›Jederzeit, sobald Sie zurückkehren.‹«
»Ich kann lesen.« Jacqueline zuckte die Schultern und schüttelte James' Kinn ab.
»Ich denke, wir sollten zu ihr gehen.«
»Wir?«
Als sie sich ihm frontal zuwandte, wich James der Hutkrempe aus. »Das hier ist eine gleichberechtigte Partnerschaft, oder etwa nicht?«
Jacqueline überhörte die Frage. »Das ist nicht der Grund, weshalb du mitgehen willst. Valentine ist nichts für dich, James. Sie ist ein unerreichbarer, leuchtender Stern, geschützt vor dem Zugriff der Sterblichen.«
Nachdem er Jacquelines seltsame Art des Einverständnisses begriffen hatte, nahm James ihren Arm und schlenderte mit ihr durch die Schwingtür. »Swinburne? Keats ... in der Blüte seiner Jugend?«
»Kirby. Ich übe mich in romantischen Klischees.« Sie erklärte ihm nicht warum, und James war so klug, nicht danach zu fragen.

Jacqueline hatte kaum die Klingel betätigt, als die Tür zu Hatties Suite auch schon aufgerissen wurde. Als er sie sah, hellten sich Max' müde, braune Augen auf. »Es ist gut, daß Sie gekommen sind, Mrs. Kirby. Valentine ist sehr bedrückt. Sie hat irgendeine Wahnvorstellung ...«
»Ist sie es? Max, ist es Mrs. Kirby?« Valentine rannte auf sie zu. Ihre wehenden Gewänder sanken wie leblose Flügel zu Boden, als er sie aufhielt und schützend einen Arm um sie legte. »Val, meine Liebe, laß Mrs. Kirby doch erst einmal zu Atem kommen. Wollen wir nicht hineingehen und uns setzen?«
Als sie den Salon der Suite betraten, befiel Jacqueline das unan-

genehme Gefühl eines Déjà-vu-Erlebnisses. Die riesigen Rosendrucke auf den Tapeten und Polsterbezügen erinnerten sie unwillkürlich an die scheußlichen Plastikblumen in dem Gärtchen, und die gleichen Beteiligten erwarteten sie bereits. Valentine und Max, Hattie und Victor von Damm, der Graf, der mehr denn je einer entflohenen Wachsfigur von Madame Tussaud ähnelte, und Jean, die sich erbarmungswürdig in einen Sessel gekauert hatte. Lediglich Sue fehlte. Offenbar hatte Hattie ihr Lasso festgezurrt und Victor in den Stall zurückgezerrt.
Hattie sprach als erste. Ihre zuckersüße Stimme weckte die schlimmsten Vorahnungen in Jacqueline.
»Meine Liebe, ich schätze es natürlich sehr, daß Sie uns helfen. Warum haben Sie mir denn nicht gesagt, daß Sie eine berühmte Detektivin sind?«
Jacqueline räusperte sich. »Wer hat Ihnen das erzählt?« fragte sie höflich.
Die eingesunkene Gestalt von Valerie Vanderbilt zitterte. Hattie blickte anklagend zu ihr hinüber und meinte dann: »Nun, natürlich niemand, das weiß man einfach. Also, Mrs. Kirby, Sie sind gerade rechtzeitig gekommen. Dieser Polizist kann jeden Augenblick eintreffen ...«
»O'Brien?«
»Ja, ich glaube, so hieß er. Er wird gleich hier sein, und Valentine hat diese Wahnvorstellung ...«
»Es ist keine Wahnvorstellung, sondern die Wahrheit.« Wie eine rosige Wolke in der Morgendämmerung löste sich Valentine von Max und schwebte zu Jacqueline. »Sie müssen mir helfen, Mrs. Kirby. Irgend jemand versucht, mich umzubringen!«

Jacqueline ergriff die zitternden Hände des Mädchens. »Setzen Sie sich«, sagte sie ruhig. »Hier, auf das Sofa. Sie sind verwirrt, Valentine. Es war Dubretta, die gestorben ist.«
»Dabei handelte es sich um einen Irrtum.« Während sie Jacque-

lines Hände umklammert hielt, rang Val zitternd nach Atem. »Das Gift war für mich bestimmt.«
»Gift?« Jacquelines Augenbrauen verschwanden unter dem Spitzenband ihres Hutes. »Dubretta starb an Herzversagen, Valentine. Zumindest nach Meinung der Polizei. Warum sollte man Ihnen Böses wollen?«
Noch ehe das Mädchen antworten konnte, entfuhr es Hattie heftig: »Also, Schätzchen, so leid es mir tut, aber das ist eine dumme Frage. Eine junge Frau wie Valentine macht sich schon aufgrund dessen, was sie darstellt, Feinde. Jede andere Autorin in diesem Geschäft ist grün vor Neid, und es gibt vermutlich Hunderte von Männern, die ...
»Jede andere Autorin?« wiederholte Jacqueline.
»Oh, Sie habe ich damit nicht gemeint, VV.« Mit einer Vorsätzlichkeit, die an Peinlichkeit grenzte, starrte Hattie zu Jean, die sich zitternd erhoben hatte. »Sie sind eine gute Schriftstellerin, aber Sie können Val nicht das Wasser reichen, und Sie sind schlau genug, das zu wissen.«
»Verzeihen Sie.« James fühlte sich übergangen. Er blickte zu Jean. »Haben wir uns nicht schon einmal gesehen? Natürlich – Sie sind Dr. Jean Frascatti. Wir haben uns vor zwei Jahren auf der MLA-Konferenz in Los Angeles kennengelernt. Ich dachte, Ihre Ausarbeitung über Richard den Zweiten sei ... Dr. Frascatti?«
Er beeilte sich, um die schwankende Jean, die eine Hand an ihre Schläfe gepreßt hatte, zu stützen. »Es ist zu spät«, sagte sie hysterisch. »Die Würfel sind gefallen, die Schlacht verloren ... Wo ist der Becher? Es wird noch Gift darin enthalten sein ...«
Mitleidig schüttelte James den Kopf, als er ihr in einen Sessel half. »Seien Sie nicht töricht. Es war für uns alle ein anstrengender Tag, aber ... VV? Hat Mrs. Foster Sie nicht eben VV genannt? Sind Sie die Autorin von *Sklave der Wollust*?«
Jean bebte am ganzen Körper. Ihr verzweifelter Blick blieb auf James fixiert.

»Wie bewundernswert«, entfuhr es dem Professor. »Was für eine kluge Frau! Ich wette, Sie sind das einzige Mitglied unseres unterbezahlten Standes, das immer flüssig ist.«
»Bewundernswert?« wiederholte Jean trübsinnig. »Bewundernswert? Klug?«
»Wer von uns besitzt denn schon den Weitblick, sein bescheidenes Einkommen mit Hilfe dieses vernachlässigten Literaturzweiges aufzubessern?« James stützte sich auf Jeans Sessellehne auf und setzte sein verführerisches Lächeln ein. Jeans bleiche Wangen nahmen wieder Farbe an, und sie betrachtete ihn mit hingebungsvoller Bewunderung.
Da diese prekäre Situation unter Kontrolle gebracht war, wandte sich Jacqueline erneut Valentine zu. »Ich bin sicher, daß Sie eine Menge Leute um Ihre Schönheit und Ihren Erfolg beneiden, Valentine. Aber deshalb bringt man sich doch nicht gleich um.«
»Normale Menschen nicht«, erwiderte Valentine. Ihre Stimme klang grob und schneidend.
»Laurie!« Hattie schlug sich in einer theatralischen Geste vor die Stirn. »Was ist mit Laurie!«
»Was soll mit ihr sein?« fragte Jacqueline.
»Selbstverständlich habe ich Mitleid mit diesem Geschöpf, aber wir wissen doch alle, daß sie nicht ganz richtig im Kopf ist. Ich mache mir Vorwürfe«, meinte Hattie edelmütig. »Ja, wirklich. Ich hätte es vorhersehen müssen.«
»Seien Sie nicht albern, Hattie«, schnaubte Valentine. »Ich kann das Mädchen nicht ausstehen... sie bereitet mir Übelkeit... aber sie würde mir niemals weh tun. Sie bewundert mich.«
»Liebe verwandelte sich in Haß«, murmelte Hattie beiläufig. »Ich will damit nicht sagen, daß es Laurie gewesen sein muß. Was ist mit dem anderen Mädchen – dieser kleinen Lehrerin...«
»Das ist ein Haufen Scheiße, und das wissen Sie auch!« Victors schwarzer Umhang flatterte, als er auf Hattie zustürmte. Selbst als er sie mit seiner Faust bedrohte, wich sie nicht zurück.

»Oh, ich verabscheue es, die kleine Sue zu verdächtigen. Aber Sie waren nicht nett zu ihr, Victor ... na, seien Sie mal ehrlich? Erst mit ihr ausgehen und sie dann fallenzulassen ... Sie weiß sicherlich, wie es um Val und Sie steht.«

Victors vor Entrüstung und Entsetzen weit aufgerissene Augen verwandelten ihn wieder in Joe Kirby. »Ich ... Val ... seit wann haben wir ... ich nicht ... und sie niemals ... «

»Um Himmels willen, Hattie, beherrschen Sie sich«, entfuhr es Max. »Was Sie sagen, ist doch Unfug. Wir reden heute abend alle ziemlichen Blödsinn – was nach dem Vorgefallenen auch kein Wunder ist. Ich bin sicher, daß wir die Dinge morgen früh in einem anderen Licht sehen werden.«

»Aber dieser Polizist ist doch auf dem Weg hierher«, sagte Hattie. »Mrs. Kirby, ich brauche Sie ... «

Es läutete. Jacqueline sagte: »Sie brauchen mich nicht. Ich weiß nicht, was zum Teufel Sie wirklich brauchen. Vielleicht einen Anwalt?«

»Gütiger Himmel, nein.« Hatties Nasenlöcher bebten, während sie langsam und tief einatmete. »Warum sollte ich einen Anwalt benötigen? Ich werde an die Polizei appellieren, daß sie die arme kleine Valentine beschützt.«

Sie ging zur Tür.

Es bereitete Jacqueline keine Mühe, Hatties plötzliche Verhaltensänderung in bezug auf Dubrettas Tod im allgemeinen und auf sie selbst im besonderen zu verstehen. Der große Dämon Publicity lauerte, und Hattie war intelligent genug, die verborgenen Möglichkeiten vorauszuahnen. Jacqueline sah schon die Schlagzeilen: »Königin der Liebe bedroht. Wer versuchte, Valerie Valentine zu ermorden? Berühmte Privatdetektivin auf der Spur ...« Und ihr Foto, ein grinsendes Gesicht unter der Krempe eines lavendelfarbenen Hutes.

Jacqueline hatte absolut nichts dagegen, in den Zeitungen zu erscheinen, aber sie ließ sich unter gar keinen Umständen von Hattie manipulieren! Sich absichtlich und vergnügt selbst zum

Narren zu machen, das ist eine Sache; sich von jemand anderem zum Idioten abstempeln zu lassen, eine andere.

Bevor sie einen Entschluß fassen konnte, wie sie sich verhalten sollte, war O'Brien schon eingetreten.

Sein Blick wanderte geradewegs zu Jacqueline. »Na, wenn das nicht Mrs. Kirby ist. Nett, Sie wiederzusehen, gnädige Frau. Und Miss Valentine – Mr. von Damm – Miss Vanderbilt – Ihre Lordschaft...« Die unverhohlene Belustigung in seiner Stimme bei der Erwähnung dieser Namen fand ihren Höhepunkt, als er den Grafen anredete, der so unbeteiligt wie immer wirkte. O'Brien blickte zu James. »Und Mr....?«

James baute sich vor ihm auf. »Professor James B. Whittier. Ich bin Dekan der Englischen Fakultät am Coldwater College.«

»Richtig.« O'Briens Blick fiel auf den Müllsack, den James unterm Arm trug. Er äußerte sich jedoch nicht dazu. Dann fuhr er fort: »Es tut mir leid, Sie zu dieser späten Stunde stören zu müssen, Mrs. Foster. Ich habe ein kleines Problem, und ich hoffe, Sie können mir dabei behilflich sein.«

»Gott sei Dank, daß Sie hier sind, Inspektor.« Hattie ergriff seine Hand.

»Kommissar«, korrigierte O'Brien sie mit ruhiger Stimme.

»Wo liegt da der Unterschied? Sie sind Polizist, und es ist Ihre Pflicht, uns unbescholtene Bürger zu beschützen. Sehen Sie sich das arme Kind an...« Das arme Kind war Valentine, die nervös zu Hatties ausgestrecktem Zeigefinger hinüberblickte. »Inspektor, Sie müssen sie vor dem Attentäter schützen, der versucht hat, sie zu töten. Er wird es bestimmt erneut versuchen, und...«

»Einen Augenblick, gnädige Frau«, unterbrach O'Brien. »Das ist das erste Mal, daß ich von einem Anschlag auf das Leben von Miss Valentine erfahre. Wann ist das passiert?«

»Nun, heute abend natürlich. Dubrettas Tod war ein Versehen. Das Gift war für Valentine bestimmt.«

O'Brien blickte zu Jacqueline. Sie schüttelte den Kopf. »Damit habe ich nichts zu tun, O'Brien. Habe ich jemals das Wort ›Gift‹ erwähnt?«

»Das ergab sich doch aus ...«

»Ich habe lediglich«, sagte Jacqueline in energischem, durchdringendem Ton, den sie immer anschlug, wenn sie ein Gespräch zu dominieren versuchte, »gefragt, ob Sie davon ausgehen, daß Dubretta eines natürlichen Todes gestorben ist. Das hier war Valentines Idee.«

O'Briens Blick wanderte zu Valentine. Obgleich seine Haltung so unerschütterlich wie ein Bollwerk wirkte, zeigte die Schönheit des Mädchens ihre Wirkung. Als er sie ansprach, war seine Stimme ungewöhnlich sanft. »Erzählen Sie mir davon, Miss Valentine.«

Wie viele Autoren war Valentine keine geübte Rednerin. »Nun ... hm ... es gab eine Verwechslung mit den Gläsern. Ich sollte ein bestimmtes bekommen, nahm dann aber ein anderes, und das Glas, aus dem ich schließlich trank, war keines von den beiden. Dubretta nahm das für mich bestimmte.«

O'Brien blinzelte verwirrt. »Können Sie das noch einmal vertiefen, Miss?«

Valentine blickte ihn furchtsam an. Sie hatte die Situation geschildert, so gut es ihr eben möglich gewesen war, war aber offensichtlich nicht in der Lage, zur Klärung beizutragen. Max kam ihr zu Hilfe. »Tatsache ist, Kommissar O'Brien, daß niemand mit Sicherheit sagen kann, wer welches Glas bekommen hat.«

»Ich hatte Sie gar nicht bemerkt«, sagte O'Brien verärgert. »Wer sind Sie?«

Max grinste. »Die meisten Menschen übersehen mich, Kommissar. Deshalb bin ich aber noch lange keine unbedeutende Person. Ich bin Max Hollenstein, Miss Valentines Manager. Ich schenkte den Wein ein, und ich denke, ich weiß ebensoviel wie alle anderen – was eher wenig ist.« Er fuhr fort, O'Brien von dem Vorfall zu berichten, ging taktvoll über Hatties Hartnäckigkeit hinweg, daß Laurie Valentine ihr Glas reichen durfte, und endete schließlich: »Ehrlich gesagt, ich verstehe nicht, wie sich irgend jemand an einem speziellen Glas zu schaffen gemacht haben könnte, wenn das Ihr Problem ist. Sie wurden wie neugeborene Babys hin und her gereicht.«

»Aber sie hat mein Glas genommen«, beharrte Valentine. »Das, was mir Hattie entrissen hat. Hattie stellte es auf den Tisch, und Dubretta nahm es. Sie trank es nur halb leer, und dann brach sie auch schon zusammen.«

Die Folgen dieser offenherzigen und naiven Erklärung waren Hattie nicht bewußt. Sie erwiderte O'Briens fragenden Blick mit einem verwirrten Stirnrunzeln.

»Nun, Miss Valentine«, sagte O'Brien, »ich habe den Bericht des Gerichtsmediziners noch nicht erhalten, aber es hat den Anschein, daß Dubretta einen Herzanfall erlitt. Das sollte Sie beruhigen. Es sei denn, Sie haben einen Feind.«

»Nicht einen, sondern Hunderte«, schrie Hattie. Sie ließ sich lang und breit über das Thema aus, doch als O'Brien sie darum bat, ins Detail zu gehen, rollte sie mit den Augen und wurde einsilbig. »Dubretta gehörte auch zu denen, die Valentine haßten«, warf sie ein.

»Und ist dann in ihre eigene Falle getappt?« O'Brien verzog abfällig die Lippen. »Das wäre Dubretta niemals passiert. Sie war viel zu intelligent, um einen so dummen Fehler zu begehen. Tatsache ist, Miss Valentine – und natürlich auch die übrigen Anwesenden –, daß keinerlei Hinweis auf eine Mordabsicht oder einen Anschlag vorliegt. Hat jemand von Ihnen irgendwelche Einwände, die diese Theorie widerlegen?«

Alle schwiegen. »Ach, kommen Sie schon«, sagte O'Brien. »Keine Drohbriefe, keine ... Ja, Mrs. Kirby?«

»Vermutlich ist es belanglos ...«, begann Jacqueline.

Statt dieser beiläufigen Bemerkung auf den Grund zu gehen, stimmte O'Brien ihr zu. »Vermutlich. Also, meine Damen und Herren, ich verlasse Sie jetzt wieder. Oh, beinahe hätte ich den

eigentlichen Grund meines Hierseins vergessen. Etwas aus Dubrettas Besitz fehlt. Hat jemand von Ihnen heute abend ihr Notizbuch gefunden?«
Die Haltung der Beteiligten veränderte sich nicht. O'Brien wurde deutlicher. »Sie hatte immer einen Stenogrammblock dabei. Mit einem roten Deckblatt. Sie meinte, daß die auffällige Farbe ihr erleichtern würde, ihn wiederzufinden.«
»Richtig«, sagte Jacqueline. »Während des gestrigen Vortrags hat sie Notizen gemacht.«
Dieser ungeheuerlichen Bemerkung folgte Schweigen. Niemand schien ein Interesse daran zu haben, dem etwas hinzuzufügen, bis Joe zaghaft erklärte: »Vielleicht war er in ihrer Tasche. Ich erinnere mich, daß sie diese mit beiden Armen festhielt, als befürchtete sie, sie könnte ihr gestohlen werden.«
»Das stimmt«, ereiferte sich Max. »Haben Sie ihre Handtasche denn nicht gefunden, Kommissar?«
»Wir haben die Tasche«, sagte O'Brien. »Aber das Notizbuch fehlte.«
»Aber das ist doch ...« Hattie unterbrach sich.
»Ja, Mrs. Foster?«
»Das ist merkwürdig. Vielleicht hat sie es heute nicht mitgebracht. Das Notizbuch, meine ich.«
»Dubrettas Notizbuch war ein Teil von ihr«, sagte O'Brien. »Es war für sie ebenso obligatorisch wie ihre Bekleidung.«
»Ach, wen interessiert schon ein dummes Notizbuch?« schnaubte Hattie. »Kommissar O'Brien, ich verlange Polizeischutz für die arme kleine Valentine.«
»Wenn ich meinte, daß sie Schutz brauchte, würde sie ihn bekommen«, erwiderte O'Brien kurzangebunden. »Kann mir also niemand von Ihnen etwas über den Verbleib von Dubrettas Notizbuch sagen? Also gut. Mrs. Kirby, mit Ihnen würde ich gern noch kurz unter vier Augen reden.«
Alle Blicke wanderten zu Jacqueline. James trat einen Schritt vor. »Was beabsichtigen Sie damit, Kommissar? Wenn Sie Mrs.

Kirby irgend etwas zu sagen haben, bestehe ich darauf, zugegen zu sein.«

»Sei doch nicht albern, James.« Jacqueline stand auf und klemmte ihre Abendtasche fest unter den Arm. »Der Kommissar und ich hatten heute abend bereits das Vergnügen. Zweifellos möchte er, daß ich verschiedene von mir ins Gespräch gebrachte Punkte näher ausführe.«

Sie fixierte James mit einem eisigen Blick. Jean legte ihm schüchtern eine Hand auf den Arm. »Bitte, gehen Sie nicht, Professor Whittier.«

Hin und her gerissen zwischen zwei Frauen, von denen eine seine Gesellschaft rundweg ablehnte und die andere ihn zum Bleiben animierte, war die Entscheidung für James nicht schwierig.

»Aber Mrs. Kirby ...«, setzte Valentine an.

»Machen Sie sich keine Sorgen, meine Liebe«, sagte Jacqueline. »Sie befinden sich absolut in Sicherheit. Ich bin entschlossen, den Fall zu übernehmen.«

O'Brien öffnete die Tür für sie, und sie schlüpfte anmutig hindurch. »Welchen Fall?« wollte er wissen, wobei sich die beiden Mundfalten in seinen eingefallenen Wangen vertieften.

»Wenn es keinen Fall gibt, warum sind Sie dann so hinter Dubrettas Notizbuch her?«

»Sie glauben, den Kampf ins feindliche Lager ziehen zu können, nicht wahr? Warum geben Sie mir nicht einfach das Notizbuch, Mrs. Kirby?«

Sie betraten den Aufzug. »Wieso denken Sie, daß ich es habe? Dieses Gespräch führt doch zu nichts«, fuhr Jacqueline erbittert fort. »Fünf Fragen hintereinander und keine einzige Antwort.«

»Sie haben zwei davon gestellt. In Ordnung, ich werde Ihnen eine Antwort liefern. Diese Riesentasche von Dubretta ist durchsucht worden. Sie war Raucherin, benutzte aber nie ein Zigarettenetui. Der Boden ihrer Tasche und jeder darin enthal-

tene Gegenstand hätten mit Tabak bedeckt sein müssen. Sie war einfach zu sauber.«
»Sehr gut«, sagte Jacqueline in bewunderndem Ton. »Ihre Begründung enthält allerdings einige Schwachstellen.«
»Versuchen Sie nicht, es dem Kellner anzuhängen«, warnte O'Brien. »Sie trug mehr als hundert Dollar Bargeld bei sich. Ein Dieb hätte es an sich genommen.«
»Vielleicht hat sie die Tasche saubergemacht«, schlug Jacqueline vor. »Bevor sie die Party besuchte. Ist das alles, was Sie auf dem Herzen haben, O'Brien?«
»Eigentlich wollte ich Sie um einen Gefallen bitten. Wenn Sie noch nicht zu müde sind, würde ich Sie gern mit jemandem bekanntmachen.«
»In Ordnung.«
»Es ist nicht weit von hier und dauert sicherlich ... Sagten Sie ›In Ordnung‹?«
»Ja.«
»Keine Gegenfragen, keine Einwände, keine Besorgnis?«
»Ich bin keineswegs besorgt. Und ich schätze, Sie werden mir rechtzeitig sagen, um wen es sich handelt.«
»Sie sind eine verflucht hartnäckige Frau«, sagte O'Brien.
»Das sagt man mir nach.«
O'Briens Wagen war nicht als Polizeifahrzeug zu erkennen, da er jedoch definitiv im Parkverbot stand, wurde sein offizieller Status von daher deutlich.
Als sie losgefahren waren, sagte O'Brien: »Ich fahre mit Ihnen zu Dubrettas Schwester. Sie möchte mit dem Menschen sprechen, der ihre Schwester zuletzt lebend gesehen hat.«
»Ich muß sagen, Sie haben Nerven. Und eine Menge Informationen, die ich Ihnen gar nicht zugetraut hätte.«
»Ich habe bereits mit einer Reihe von Zeugen gesprochen. Das ist Routinearbeit, Mrs. Kirby, reine Routine.« O'Brien bog nach rechts in die 54. ab. Dieses Manöver endete mit quietschenden Bremsen und lautem Geschrei vom Fahrer des Wagens, den er

beinahe übersehen hätte, so daß er mit deutlicher Zurückhaltung sagte: »Würde es Ihnen etwas ausmachen, Ihren Hut abzunehmen, Mrs. Kirby? Auf meiner rechten Seite sehe ich verflucht nichts.«

»Entschuldigung.« Jacqueline griff nach oben. O'Brien beobachtete argwöhnisch, wie sie die beiden langen Stahlhaarnadeln aus dem Wagenrad zog.

»Würden Sie sie bitte weglegen?«

Jacqueline stach sie durch den Hut und warf ihn auf den Rücksitz. Aus einem Reflex heraus duckte sich O'Brien. Seine Verärgerung führte vielleicht zu seinem Sarkasmus. »Sind Sie sicher, daß Sie nicht eines dieser Mordinstrumente in Dubrettas Luftröhre gebohrt haben?«

Jacqueline blieb ihm eine Antwort schuldig.

Die spätabendlichen Jogger und Gassi-Gänger befanden sich in großer Zahl auf den Straßen, letztere sogar mit der Ausrüstung, die der letzten Stadtverordnung zum Thema »Hundebesitzer, haltet unsere Wege sauber« zugrunde lag. Es hatte Jacqueline schon immer verwundert, daß die New Yorker, deren Wohnfläche vermutlich weltweit zu den mietpreisintensivsten zählte, große Hunde wie Retriever, Dobermänner und Bernhardiner bevorzugten. Ein älteres Paar mit zwei irischen Wolfshunden zog vorüber – mag sein, daß sie auch gezogen wurden.

Kurze Zeit später parkte O'Brien vor einem Wohnblock ein, der einer der phantasievolleren architektonischen Epochen entstammte. Türmchen und Stuck verzierten eine Fassade aus Fachwerk und Backsteinen im Tudorstil. Das Bollwerk war beeindruckend; nachdem O'Brien an der Eingangstür geläutet hatte, erschien ein Wachmann, der ihn so lange mißtrauisch musterte, bis er seinen Polizeiausweis zückte.

Die Frau, die ihnen die Tür zu Dubrettas Apartment öffnete, war untersetzt und weißhaarig. Sie versuchte zu lächeln, obgleich ihre Lippen zitterten und ihre Augen vom Weinen gerötet waren.

»Es tut mir leid, daß ich so spät noch vorbeikomme, Anne«, sagte O'Brien.

»Tag und Nacht sind eins für uns, Patrick. Das sollten Sie doch wissen.«

»Wie geht es ihr?« fragte O'Brien leise.

Die Frau zuckte resigniert die Schultern. »Zum ersten Mal danke ich Gott dafür, daß sie so ist, wie sie ist. Glücklicherweise ist sie nicht ... Pst.«

»Wer ist da, Anne?« Die helle, jugendliche Stimme kam aus einem Zimmer am Ende des Flurs. Dann erschien die Sprecherin in der offenen Tür. Das Gesicht war das des Mädchens auf dem Foto in Dubrettas Brieftasche, doch wenn Jacqueline diese Gesichtszüge nicht schon einmal gesehen hätte, hätte sie sie niemals wiedererkannt, da sie von Fettleibigkeit entstellt waren. Dubrettas Schwester war nur einen Meter fünfzig groß und litt unter ausgesprochenem Übergewicht. Trotzdem war ihre Haut frisch und rosig, und das Lächeln, mit dem sie die beiden begrüßte, war überaus freundlich.

O'Brien beugte sich zu ihr hinunter und küßte ihre Wange. »Das ist die Dame, von der ich dir erzählt habe«, sagte er. »Mrs. Kirby, ich darf Sie mit Dubrettas Schwester Prudence bekanntmachen.«

»Kommen Sie ins Wohnzimmer, Mrs. Kirby. Möchten Sie eine Tasse Kaffee oder etwas anderes zu trinken?«

»Nein, danke.« Jacqueline folgte ihr in einen gemütlichen, wenn auch billig möblierten Raum. Er diente als Arbeits- und Wohnraum; Bücherregale säumten die Wände, und zwei Schreibtische standen sich gegenüber.

»Bitte, setzen Sie sich doch, Mrs. Kirby«, sagte Prudence.

»Nennen Sie mich Jacqueline. Ich habe Ihre Schwester erst vor wenigen Tagen kennengelernt, doch ich mochte und bewunderte sie sehr. Es tut mir sehr, sehr leid.«

Prudence ließ sich auf einem Sofa nieder, dessen abgewetzte Kissen darauf hindeuteten, daß das ihr Lieblingsplatz war. Trä-

nen strömten über ihre Wangen. »Sie haben versucht, ihr zu helfen. Ich wollte Ihnen danken und Sie fragen, ob Sie... ob sie...«
»Es ging alles sehr schnell«, sagte Jacqueline sanft. »Sie hatte keine Schmerzen. Da war lediglich ein Augenblick der... Überraschung.«
»Überrascht war sie sicherlich«, murmelte Prudence. »Sie hat immer geglaubt, daß ihr nichts zustoßen könne. Hat sie noch irgend etwas gesagt? Ich hatte gehofft, sie hätte nach mir gerufen.«
»Sie sagte etwas... den Anfang eines Wortes, um genau zu sein, den sie zweimal wiederholte. In dem Augenblick hatte es keine Bedeutung für mich, aber... Es muß sich um Ihren Namen gehandelt haben... Ihren Spitznamen. Prue.«
Prudence nickte. Nach den Andeutungen der Haushälterin hatte Jacqueline erwartet, daß Dubrettas Schwester unter irgendeiner Behinderung litt. Doch abgesehen von ihrem Übergewicht schien sie weder mentale noch physische Probleme zu haben.
Der Haushälterin entfuhr ein unterdrücktes Schluchzen. »Warum weinen Sie, Anne?« fragte Prudence.
»Es tut mir leid, Prue...«
»Ich kann mir keinen Grund vorstellen, warum Sie weinen sollten.« Prudences Stimme klang schneidend. Sie fing an, mit rascher, kurzatmiger Stimme zu monologisieren. »Da kommt einer meiner Fans zu Besuch, und Sie stehen da und heulen. Möchten Sie sehen, wo ich arbeite, Mrs. Kirby? Das da ist mein Schreibtisch, neben dem von Dubretta. Ich schreibe gerade an einem Buch. Mein neuestes Werk. Mein Verleger bedrängt mich pausenlos, denn er möchte es im Herbstprogramm haben. Es wird sein Toptitel, und er steckt eine halbe Million in die Werbung.«
Trotz des Entsetzens, das sich ihrer bemächtigte, war sich Jacqueline der aufmerksamen Blicke O'Briens und seiner angespannten Haltung bewußt. Der lange Monolog des Mädchens

gab ihr genug Zeit, um sich wieder zu fangen. Als Prudence mit überraschender Leichtigkeit und Schnelligkeit aufstand und sie zu ihrem Schreibtisch hinüberwinkte, folgte ihr Jacqueline bereitwillig und ohne jeglichen Kommentar.

»Das sind alle meine Titel«, sagte Prudence mit einer ausholenden Geste. Das Regal, auf das sie gedeutet hatte, war voller Taschenbücher. Jacqueline kannte einige der Autorennamen. »Ich schreibe natürlich unter verschiedenen Pseudonymen«, fuhr Prudence rasch fort. »Die Nachfrage nach meinen Büchern ist immens. Das nimmt den Großteil meiner Zeit in Anspruch. Nicht nur das Schreiben, sondern auch die öffentlichen Auftritte und Autogrammstunden, die Essenseinladungen von den Verlegern und so weiter. Und die Fanpost! Ich fühle mich verpflichtet, jeden einzelnen Brief zu beantworten. Dubretta hilft mir dabei. Sie ist mir eine große Hilfe. Das ist ihr Schreibtisch, da neben meinem. Sie wird sicher bald hier sein. Sie ist spät dran. Es ist wirklich sehr unüberlegt von ihr, sich zu verspäten. Ich muß noch so viele Briefe beantworten. Anne, haben Sie Kaffee gekocht? Sie wissen, daß Dubretta immer einen Kaffee möchte, wenn sie nach Hause kommt. Wir werden noch lange arbeiten müssen. Ich muß so viel Fanpost beantworten.«

»Dann möchte ich Sie nicht länger aufhalten«, sagte Jacqueline. »Vielen Dank. Ich bin so froh, daß ich hier sein durfte.«

»Es macht mich immer wieder glücklich, meine Fans zu sehen.« Ein unsicheres Lächeln glitt über Prudences Gesicht. »Ich wünschte, Dubretta würde endlich nach Hause kommen. Sie ist spät dran. Sie weiß doch, daß ich mir Sorgen mache. Und ich habe so viel zu tun ...« Sie wandte Jacqueline den Rücken zu und fing an, die Papiere auf ihrem Schreibtisch zu sortieren.

Die Haushälterin begleitete sie in den Flur. »Kommen Sie damit klar?« fragte O'Brien sanft.

»Oh, ja. Das ist ...« Die Haushälterin lächelte betrübt. »Das ist normal. Sie ist immer so, wenn Dubretta sich verspätet. Machen

Sie sich keine Sorgen, Patrick. Im Umgang mit ihr bin ich einiges gewohnt.«

»Rufen Sie mich an, wenn Sie irgend etwas brauchen.«

Beide schwiegen, bis sie im Wagen saßen und O'Brien den Motor angelassen hatte.

»Wie lange kannten Sie Dubretta?« fragte Jacqueline.

»Fast zwanzig Jahre. Sie war eine junge Reporterin bei der alten *New York Post,* als ich noch ein unerfahrener Polizist war. Sie machte mich wahnsinnig. Wann immer es eine Schlägerei oder einen Mord oder eine Drogengeschichte gab, war Dubretta zur Stelle, schwenkte ihr verfluchtes Notizbuch und fragte einen mit ihrer durchdringenden Stimme Löcher in den Bauch.« O'Brien schwieg einen Augenblick. »Typisch Frau«, sagte er.

»Sie wurden Freunde.«

»Ja«, sagte O'Brien.

»Und Prudence?«

»Sie war das hübscheste Geschöpf, das Sie jemals gesehen haben. Klein und zierlich und immer fröhlich. Stipendiatin am New Yorker College. Sie hatte jede Menge Verehrer, doch Dubretta paßte auf wie ein Luchs.«

»Sie hätten mich vorwarnen sollen. Ihretwegen, nicht wegen mir.«

»Ich hätte schon dafür gesorgt, daß Sie nichts ins Gespräch brachten, was sie beunruhigt hätte.« Das Weiße seiner Augäpfel schimmerte, als er sie betrachtete.

»Brrr«, sagte Jacqueline und schüttelte sich.

»Sie haben es hervorragend bewältigt«, gab ihr O'Brien seufzend zu verstehen.

Sie hielten vor einer Ampel an der 54., die gerade auf Rot umschlug. Die Park Avenue lag ruhig und friedlich im Schein der Straßenlaternen.

Die Ampel schaltete erneut. O'Brien gab Gas. »Es geschah während der sechziger Jahre – wenn Sie sich noch an den Höhepunkt der Drogenkultur erinnern. An dem Abend, als der Anruf kam, hatte ich Innendienst. Irgendein Kind mit einer Überdosis Heroin und LSD. Nur eins von Hunderten ... aber ich kannte den Namen. Es hätte ein Unfall gewesen sein können – irgendein Dosierungsfehler. Aber sie hatte das Zeug noch nie angerührt. ›Ich bin einfach ein Angsthase‹, sagte sie immer. Vielleicht gelegentlich Haschisch, zum Entspannen, aber nie harte Drogen. Warum hatte sie das also getan? Sie konnte oder wollte es nicht sagen. Aber sie hatte versucht, ein Buch zu veröffentlichen. Sie haben heute abend gesehen, welche Formen ihre Verwirrtheit annimmt.«

»Ich sehe ebenfalls, worauf Sie hinauswollen«, erklärte Jacqueline. »Aber selbst wenn sie eine schlimme Enttäuschung erlebt hätte oder zum Opfer eines – nennen wir es einmal so – nicht näher bekannten Mitglieds des Verlagswesens geworden wäre, wäre das doch kein stichhaltiger Grund für einen Selbstmord.«

»Sie wissen doch ganz genau, wie die Dinge liegen, Mrs. Kirby. Gütiger Himmel, sie fallen wegen Rockstars in Ohnmacht und hungern bis zur Magersucht, um irgendeinem dummen Schönheitsideal nachzueifern. Und Prue litt schon vorher – sagen wir – unter emotionalen Problemen. Es hat alles seine Vorgeschichte – Dubretta deutete es mir gegenüber einmal vertraulich an – Vernachlässigung, Kindesmißbrauch, wer weiß, was sonst noch. Die Überdosis hat vermutlich eine Störung zum Vorschein gebracht, die früher oder später ohnehin zum Tragen gekommen wäre.«

»Das klingt wahrscheinlich.« Keiner von beiden erwähnte die logische Konsequenz: Wo auch immer der wirkliche Grund für Prudences Krankheit lag, Dubretta hatte in Hattie stets den Sündenbock gesehen. Sie mußte jemanden zur Verantwortung ziehen, und der wirkliche Übeltäter befand sich vielleicht außerhalb ihres Zugriffs.

O'Brien hielt vor dem Hotel an. Er ließ den Motor laufen. »Was ist mit den Drohbriefen, Mrs. Kirby?«

Jacqueline hatte diese Frage schon erwartet. Ihre Bekanntschaft mit Patrick O'Brien war zwar kurz, doch sie hatte bereits gelernt, seine Fähigkeiten und seinen Verstand zu respektieren. Sie drehte sich um, um ihren Hut vom Rücksitz zu nehmen. »Dubretta hat mehrere erhalten. Es waren nur Notizen, unzusammenhängend und hingeschmiert. Sie sagte, daß sie von dem Mädchen stammten, das Präsidentin des Valentine-Fanclubs ist.«

»Wie heißt sie?«

»Laurie Schellhammer«, sagte Jacqueline zögernd. »Aber die Notizen sind belanglos, O'Brien. Laurie ist siebzehn und nicht ganz – äh – «

»Ich kann mir ein Bild machen.«

»Sie hätte Dubrettas Wein nicht vergiften können.«

»Beharren Sie immer noch auf Gift, Mrs. Kirby?«

»Gute Nacht, O'Brien.«

»Gute Nacht, Mrs. Kirby.«

Jacqueline gelang es, sich, ihre ausladenden Röcke und ihren Hut ohne fremde Hilfe aus dem Wagen zu manövrieren. Nach einem raschen, prüfenden Blick hatte sich der Nachtportier von ihnen abgewandt. Sie war so beschäftigt, daß sie dem Mann, der sie in der Empfangshalle ansprach, kaum Beachtung schenkte. Jacqueline sah durch ihn hindurch und stürmte an ihm vorüber, bevor er irgend etwas sagen konnte.

Am Empfangstresen, wo sich zwei Frauen zu ihnen gesellten, hatte er sie eingeholt. Mit einem einzigen Blick begriff Jacqueline, was sie direkt hätte bemerken müssen, noch ehe sie alle auf einmal redeten. »Mrs. Kirby, ich vertrete den *Daily Bugle*...« »Mrs. Kirby, ich frage mich, ob Sie vielleicht...« Und die dritte, offensichtlich eine Anfängerin, fragte sie: »Sind Sie Mrs. Jacqueline Kirby?«

»Nein«, antwortete Jacqueline.

Sie riß dem Hotelangestellten ihren Zimmerschlüssel aus der Hand und marschierte in Richtung Fahrstuhl. Das Reporter-

Trio blieb ihr auf den Fersen und bedrängte sie mit Fragen. Jacqueline setzte zum Spurt an. Mit ihren drei Verfolgern im Schlepptau stürmte sie durch die Hotelhalle und zwängte sich in einen Aufzug, dessen Türen sich gerade schlossen.
Ihr war klar, daß sie mit Hilfe eines weiteren Aufzugs dicht auf ihrer Fährte blieben, deshalb eilte sie, den Zimmerschlüssel in der Hand, durch den Hotelflur. Vor ihrem geistigen Auge sah sie schon den Tumult vor ihrer Tür, doch keiner der Reporter hatte daran gedacht beziehungsweise ein entsprechendes Trinkgeld für einen Bestechungsversuch zur Verfügung gehabt. Sie öffnete die Tür und warf sie hinter sich ins Schloß. Der Raum war stockfinster. Während sie Sues für den Mittelwesten typische Sparsamkeit verfluchte, tastete sie nach dem Lichtschalter.
Für Sekundenbruchteile stand sie wie erstarrt.
Der Raum war ein einziges Schlachtfeld. Jedes Bekleidungsstück war aus dem Schrank herausgezerrt und auf den Boden geworfen worden. Man hatte ihren und Sues Koffer geöffnet. Die Matratzen beider Betten waren herausgerissen, Kissen und Decken zerwühlt worden; alle Schubladen in sämtlichen Möbelstücken standen offen.
Jacqueline wiegte ihre violette Abendtasche von einer Hand in die andere. Bis zu diesem Augenblick hatte sie doch tatsächlich nicht mehr an Dubrettas Notizbuch gedacht.

»Voller Entsetzen blickte Blaze auf die Verwüstungen in ihrem Zimmer. Für sie war es wie ... eine Entweihung, eine Schändung. Grobe, brutale Hände hatten ihre Schätze durchwühlt, berührten ihre seidenen ...«

Jacqueline schüttelte den Kopf. Sie hatte inzwischen einfach zu viele Liebesromane gelesen.

Ihre erste Handlung bestand darin, ihr für den Ball vorgesehenes Abendkleid aufzuheben. Verwünschungen fluchend, hängte sie es wieder auf einen Bügel und glättete die zerknitterten Stoffmassen. Dann wandte sie sich der nächsten, vordringlichsten Aufgabe zu und durchsuchte rasch das Zimmer. Sie fand den Eindringling jedoch nicht. Das hatte sie auch nicht erwartet; aber sie befürchtete schon fast, Sue ohnmächtig oder in noch schlimmerer Verfassung vorzufinden. Sue befand sich weder unter dem Bett noch in der Badewanne, und Jacqueline war sich sicher, daß ihr ein im Kleiderschrank verstauter Körper aufgefallen wäre.

Nachdem sie das lästige violette Kleid gegen einen Morgenmantel ausgetauscht und den Raum wieder halbwegs aufgeräumt hatte, setzte sich Jacqueline gemütlich ins Bett, stopfte sich alle vier Kopfkissen in den Rücken und zündete sich (nach einem schuldbewußten Blick durch das leere Zimmer) eine Zigarette an.

Außer etwas Modeschmuck fehlte nichts von ihren Sachen. Sie hoffte nur, daß Sue nicht so töricht gewesen war, größere Geldsummen oder wertvollen Schmuck in ihrem Koffer zu lassen. Die wären vermutlich auch verschwunden.
Den Modeschmuck mitzunehmen war ohnehin ein Ablenkungsmanöver gewesen. Kein professioneller Dieb – nicht einmal ein Anfänger – hätte ihre Perlenimitat-Ohrringe und die vergoldete Kette für echt gehalten, auch wenn die Schmuckindustrie diesen Fälschungen wohlklingende Bezeichnungen verlieh. Und nur ein professioneller Dieb hätte sich Einlaß in ihr Zimmer verschaffen können, ohne Spuren zu hinterlassen.
Wutschnaubend blickte Jacqueline zur Tür, die jetzt verschlossen und mit einer Kette versehen war. Der Dieb hatte diesen Eingang benutzen müssen. Es gab keine Balkone oder Feuerleitern in der Nähe ihres Fensters. Das Schloß war weder beschädigt noch in irgendeiner Form manipuliert worden. Die alte Kreditkartentechnik, die allen Thrillerlesern und Zuschauern spannender Fernsehkrimis bekannt war, hätte bei diesem Schloß nicht funktioniert. Vermutlich gab es kein einbruchsicheres Schloß, aber in diesem Fall bestand die naheliegende Erklärung... Jacqueline griff nach dem Telefonhörer.
Die erste Reaktion des stellvertretenden Nachtmanagers bestand in fieberhafter Aufregung, doch als Jacqueline ihm versicherte, daß sie nicht bestohlen worden war, schlug diese in Empörung um. Es stand vollkommen außer Frage, daß ihr Schlüssel der falschen Person ausgehändigt worden sei. Das Hotelpersonal war darauf geschult zu beobachten...
Jacqueline dankte ihm und legte auf. Wenn einer der Hotelangestellten ihren Schlüssel einem Fremden ausgehändigt hatte, würde er es mit Sicherheit nicht zugeben. Sie hatte schon immer ihre Zweifel an diesem System gehabt. Keiner der Bediensteten hatte sie jemals nach ihrem Paß gefragt, sondern ihr schlicht und einfach den verlangten Schlüssel gereicht. Aufgrund der täglich an- und abreisenden Menschenmassen

war es unmöglich, sich die Gesichter der einzelnen Gäste zu merken.
Sie griff nach Dubrettas Notizbuch. Sie war froh, daß sie nicht die Zeit gefunden hatte, sich am Abend noch umzuziehen, denn sonst hätte sie sich vermutlich entschlossen, das Notizbuch in ihrem Zimmer zu lassen. Positiv war ebenfalls, daß sie den Abend in Begleitung eines Polizeibeamten verbracht hatte. Wenn sie ganz allein einen Schaufensterbummel oder einen Spaziergang unternommen hätte ...
Morgen früh würde sie das Notizbuch O'Brien aushändigen. Jacqueline hatte sich noch nie zu den Krimiheldinnen hingezogen gefühlt, die sich rücksichtslos und schwachsinnig an Beweismaterial klammerten, das (a) bereits auf Seite 50 des Buches zur Lösung des Falles geführt hätte, sofern die Polizei es besessen hätte, und das (b) besagte Heldin Entführung, Mordversuch und Körperverletzung aussetzte. Allerdings war es jetzt bereits zu spät; O'Brien (der Ärmste) hatte einen langen, anstrengenden Arbeitstag hinter sich, und es wäre grausam, ihn noch zu stören.
Nachdem sie ihr Gewissen so weit beruhigt hatte, zündete sich Jacqueline eine weitere Zigarette an und ging an die Arbeit.
Ihre Erfahrung hinsichtlich Kodierungen und Verschlüsselungen beruhte auf Standardwerken wie dem von Dorothy Sayers oder dem aufschlußreichen Titel Friedmans über berühmte Shakespeare-Anagramme. Das mußte ihrer Meinung nach ausreichen.
Und tatsächlich bewies ihr ein rasches Überfliegen des Notizbuch-Inhalts, was sie von Anfang an angenommen hatte. Dubrettas Stenogramm war nicht gebräuchlich, sondern, wie sie selbst zugegeben hatte, eine willkürliche und ganz persönliche Form der Kurzschrift. In einer Zeit aufgewachsen, in der Frauen Sekretariatstechniken lernten, um einen angemessenen beruflichen Aufstieg absolvieren zu können, hatte sich auch Jacqueline kurzzeitig mit der Stenographie abgequält, bevor sie entschied,

daß sie statt dessen lieber Böden schrubben würde. Sie erkannte einige der gebräuchlichen Kürzel in Dubrettas Heft, konnte sich aber mit Ausnahme des Zeichens für »Sehr geehrter Herr« nicht mehr entsinnen, was sie im einzelnen bedeuteten. Statt darüber erheitert zu sein, verfiel sie in tiefes Grübeln. Es war nicht nur unwahrscheinlich, daß Dubretta in ihrem Notizbuch Briefentwürfe niederlegte, nein, das Symbol tauchte darüber hinaus auch, umgeben von anderen, mitten auf einer Seite auf. Offensichtlich bedeutete es nicht »Sehr geehrter Herr«. Wenn Dubretta dieses allgemeine Kürzel abseits von seiner ursprünglichen Bedeutung verwendet hatte, war sie vermutlich mit anderen Symbolen ebenso verfahren. Selbst ein Fachmann in Kurzschrift wäre keine große Hilfe beim Entziffern gewesen.

Bescheidenheit gehörte nicht zu Jacquelines vorrangigen Tugenden, trotzdem erkannte sie, wenn sie sich geschlagen geben mußte. Sie war davon überzeugt, das Buch entziffern zu können, wenn man ihr genug Zeit ließ. Erst einmal die einzelnen Symbolgruppen auflisten, dann deren Häufigkeit vergleichen, und dann ... Irgend etwas in der Art. Aber wenn sie dazu in der Lage war, konnte es ein Fachmann mit Hilfe eines Computers noch wesentlich schneller.

War O'Brien deshalb hinter dem Notizbuch her, oder suchte er lediglich logische Verknüpfungen? Alles, was er gesagt hatte, vermittelte den Eindruck, daß die Polizei sich mit der natürlichen Todesursache Dubrettas zufriedengab. Jacqueline wurde das Gefühl nicht los, daß sich O'Brien selbst damit nicht zufriedengab. Er konnte das zwar vehement verleugnen, trotzdem hatte er seine Verdachtsmomente. Nicht, daß er jemals zugegeben hätte, daß sie im Recht war. Sorgenvoll ihren Kopf über das Geltungsbedürfnis des Mannes im allgemeinen und über O'Brien im besonderen schüttelnd, versteckte Jacqueline das Notizbuch unter ihrem Kopfkissen und wandte sich erneut dem Titel *Eine Weide in ihrer Hand* zu.

Es war bereits nach zwei, als sie das Licht löschte. Sue war nicht zurückgekehrt. Jacqueline hoffte, daß sie sich amüsierte, was immer sie auch tat. Sie fiel in einen tiefen, unschuldigen Schlaf und träumte, daß sie von Patrick O'Brien, der einen wehenden Burnus, Uniformhose mit Längsstreifen an der Seite und einen violetten Hut mit Kakadu trug, in die Wüste entführt wurde. Er ritt mit ihr auf einem riesigen Straußenvogel...

»Haben Sie schon die Zeitung gelesen?« »Wie können Sie um diese Uhrzeit von Zeitungen reden?« murmelte Jacqueline, in O'Briens gebräunte Arme geschmiegt. »Würde es Ihnen etwas ausmachen, diesen Hut abzulegen?«

»Oh, Entschuldigung. Haben Sie geschlafen?«

Jacqueline öffnete ein Auge. Das Sonnenlicht schmerzte. Sie schloß es wieder.

»Brillante Logik«, knurrte sie.

»Ihr Foto ist auf Seite drei«, rief Sue. Sie warf Jacqueline die zerknitterte Zeitung aufs Bett.

Jacqueline setzte sich aufrecht hin. Sie hatte am Abend zuvor vergessen, ihr Haar zu flechten, und die gewellte, kupferfarbene Mähne fiel ihr ins Gesicht, kitzelte ihre Nase und ihren Mund. Verwirrt strich sie sie zurück. Sue lachte.

»Sie sehen aus wie eine von Valentines Heldinnen«, sagte sie. »Wunderschön zerzaust und erschöpft von der Liebe.«

»Erschöpft nach nur fünf Stunden Schlaf, meinen Sie wohl. Wie können Sie es überhaupt wagen, mich um diese Uhrzeit so fröhlich anzusprechen?«

»Ich habe Ihnen Kaffee mitgebracht.« Sue setzte sich auf das andere Bett und brachte einen Plastikbehälter zum Vorschein. »Meine Mutter ist morgens auch immer so. Ich dachte mir...«

Zu aufgebracht, um etwas zu erwidern, griff Jacqueline nach dem Kaffee und nahm einen Schluck.

»Ich war mit Joe zusammen«, sagte Sue errötend. Mit halbgeschlossenen Lidern blickte sie verträumt zur Decke. »Er ist wundervoll, Jacqueline. Wissen Sie, was er wirklich vorhat? In eine nette, kleine Stadt irgendwo im Mittelwesten zu ziehen und sich dort niederzulassen. Er will, daß ich ...«

»Ich weiß, was er will«, brummte Jacqueline. »Und ich will nichts mehr davon hören.«

»Oh, nein, Sie irren sich! Joe ist nicht so. Wir haben nicht ... wir haben nur geredet.«

»Die ganze Nacht?«

»In einer durchgehend geöffneten Kaffeebar. Dort habe ich auch Ihren Kaffee gekauft.«

»Das war nett von Ihnen«, gab Jacqueline zu, nachdem das Koffein endlich Wirkung zeigte. »Lassen Sie mich einen Blick in diese Zeitung werfen.«

Es gab zwei Zeitungen, die *Times* und die weniger renommierte Tageszeitung, in der Dubrettas Kolumne erschien. Die *Times* hatte »die Affäre« der Liebesromanautoren mit der nötigen Zurückhaltung kommentiert; doch der *Daily Blank,* der sich noch nie der Verschwiegenheit rühmen konnte, hatte sämtliche Tabus gebrochen. Hattie wälzt sich vor Begeisterung sicherlich auf dem Boden, dachte Jacqueline. Sicherlich hatte sie noch nie so viel Publicity für so wenig Einsatz geerntet.

Sie waren zwar nicht in den Schlagzeilen, aber ein Kasten auf Seite 1 wies die Leser auf den Bericht hin. Er bediente sich genau der Phrasen, die sich Jacqueline insgeheim vorgestellt hatte. »Wer versuchte, Valerie Valentine zu ermorden? Königin der Liebe bedroht. Berühmte Privatdetektivin auf der Spur.«

Als sie die Seite 3 aufschlug, wollte Jacqueline gerade anmerken: »Wer ist denn diese schlampig wirkende Vogelscheuche in dem ...«, als sie sich selbst erkannte. Das Foto hatte Dubrettas Kameramann am Vorabend aufgenommen. Den Sonnenschirm über der Schulter, den Hut keck über die Brauen gezogen, grinste Jacqueline die Leser an. Die Überschrift lautete: »Berühmte Privatdetektivin?« Sie konnte dem Redakteur das

von ihm hinzugefügte Fragezeichen wirklich nicht übelnehmen.
Des weiteren waren Fotos von Valentine und Victor von Damm abgebildet. Der Bericht war ein Meisterwerk an Allgemeinplätzen und Trugschlüssen und hängte sich im großen und ganzen an den bedeutungsvollen Fragen auf: »Wer reichte Dubretta das verhängnisvolle Glas?« »War der Wein wirklich vergiftet?« »Gibt es in der Vergangenheit dieser außergewöhnlich talentierten, jungen Autorin einen Mann, der von Eifersucht und blinder Leidenschaft getrieben wurde?«
»Und warum und weshalb und wenn nicht, wieso nicht?« murmelte Jacqueline.
»Was haben Sie gesagt?«
»Ach, nichts.«
Die Geschichte ging weiter, indem Jacquelines Name falsch gedruckt, sie als Professorin für Astrophysik an einer renommierten Oststaaten-Universität und als Schriftstellerin ausgewiesen wurde, »deren Bestseller-Romane unter Pseudonym erschienen sind. Sie verabscheut Publicity und zieht es vor, der Polizei den Ruhm zuzugestehen, der ihr aufgrund der von ihr gelösten Fälle eigentlich gebührt.« Als sie sich daraufhin O'Briens Reaktion vorstellte, grinste Jacqueline schadenfroh.
Der Reporter hatte versucht, das Beste aus seinem nicht zustande gekommenen Interview zu machen. »Auf die Frage des Reporters erwiderte Ms. Kirky in ihrer leisen, kehligen Stimme, daß sie zum gegenwärtigen Zeitpunkt noch keinerlei Angaben zu diesem Fall machen könne. Gerüchten zufolge arbeitet sie eng mit der New Yorker Polizei zusammen. Auf die Beziehung Ms. Kirskys zu seiner Abteilung angesprochen, verweigerte Hauptkommissar Patrick O'Brien jegliche Stellungnahme.«
Jacqueline lachte schallend.
»Was ist denn daran so lustig?«
»Alles. In dieser ganzen Geschichte gibt es keinen Satz, der nicht zur Legendenbildung beiträgt.«

»Sind Sie denn Professorin für Astrophysik?« fragte Sue mit weitaufgerissenen Augen.
Zum ersten Mal war Jacqueline nicht versucht, mit einer handfesten Lüge aufzuwarten. »Mein liebes Mädchen, Sie wissen doch, wer und was ich bin. Das habe ich Ihnen doch bei unserem ersten Zusammentreffen geschildert.«
»Ich dachte, Sie arbeiteten vielleicht verdeckt«, erklärte das Mädchen.
»Verd... Sie glauben doch nicht etwa an diesen Unsinn, daß ich Detektivin sein soll, oder? Hat man Ihnen am College nicht beigebracht, daß das gedruckte Wort kein Allheiligtum ist? Mit anderen Worten, glauben Sie nicht alles, was in der Zeitung steht!«
»Joe hat gesagt, daß Sie Privatdetektivin sind. Er sagte, daß Valerie Vanderbilt behauptet...«
»Machen Sie sich nichts draus. Was hat Joe denn noch gesagt?«
»Inwiefern?«
»Er hat Ihnen gestanden, daß sein richtiger Name Joe Kirby lautet.«
»Ja. Sind Sie sicher, daß Sie beide nicht...« begann Sue.
»Absolut sicher. Er hat Ihnen auch gestanden, daß die Victor-von-Damm-Titel nicht von ihm, sondern von einigen Hausfrauen aus Brooklyn geschrieben werden?«
»Nun...«
»Beschäftigt Sie das?«
»Joe hat mir erklärt, wie das zustande gekommen ist«, sagte Sue, Jacquelines Blick ausweichend. »Das Ganze war Hattie Fosters Idee. Viele Bücher werden von Ghostwritern geschrieben. Sie wissen doch, die von den berühmten Hollywoodstars, den Politikern und... Der eigentliche Autorenname erscheint nicht, aber jeder weiß... So wird es ständig gemacht. Daran gibt es nichts Verwerfliches...«
»Trotzdem ist es eine Form von Betrug«, erwiderte Jacqueline

ernst. »Vielleicht nicht im rechtlichen Sinne, aber moralisch und ethisch. Außerdem sind die von Ihnen erwähnten Beispiele nicht vergleichbar. Die Leute kaufen die Memoiren einer berühmten Schauspielerin nicht, weil sie von ihr selbst verfaßt wurden, sondern weil sie von ihr handeln. Darin besteht eigentlich kein Widerspruch. Aber Victor von Damms Ruhm und Bekanntheitsgrad basieren auf seinen Romanen. Und Victor von Damm ist ein Nichts. Er existiert überhaupt nicht.«

»Er verabscheut das alles«, murmelte Sue. »Er möchte aufhören.«

»Warum tut er es nicht?«

»Er wird aufhören. Aber es dauert noch eine Weile, bis er alle Verpflichtungen erfüllt hat. Er kann nicht einfach verschwinden.«

»Warum nicht? Ach, vergessen Sie es«, meinte Jacqueline, als sie Sues tränenfeuchten Blick bemerkte. »Ich schätze, er hat mit keinem Wort erwähnt, daß ... «

Das Telefon klingelte. Jacqueline blickte betreten dorthin. »Wer zum Teufel kann um diese Uhrzeit anrufen?«

»Es ist halb neun«, sagte Sue.

»Mein Gott.« Das Telefon läutete erneut. Jacqueline schnappte nach dem Hörer. »Ja?«

Taktvoll verschwand Sue im Bad, damit Jacqueline ihren Gefühlen freien Lauf lassen konnte. »Nein, James, du hast mich nicht geweckt. Tut mir leid, daß ich dich enttäuschen muß. Das heißt aber nicht, daß ich schon in aller Herrgottsfrühe mit dir diskutieren will.«

»Was heißt denn hier früh?« wollte James wissen. »Es ist halb neun.«

»Wenn ich Urlaub habe, bedeutet halb neun für mich früh.«

»Wann bist du zu Bett gegangen?«

»Das geht dich nichts an.«

»Ich wollte mich nicht nach deinen gesellschaftlichen Aktivitäten erkundigen, Jacqueline. Meine Frage hatte lediglich mit

meiner Stellung als frischernannter Ko-Detektiv zu tun, da ich wissen möchte, welche Informationen du O'Brien entlockt hast.«
»Ich habe nicht den Wunsch auf eine Diskussion in aller Herrgotts ... «
»Dann treffen wir uns zum Frühstück.«
»Was für ein widerlicher Vorschlag.«
»Dann zum Mittagessen.«
»Wo?«
»Im Algonquin. Um zwölf.«
»Nun ... «
»Ich dachte, das hilft dir auf die Beine, du gräßlicher Snob.«
Jacqueline warf den Hörer auf die Gabel. Kaum hatte sie aufgelegt, da klingelte es erneut. Jacqueline riß den Hörer hoch. »Was willst du denn jetzt noch?« brüllte sie.
»Sue«, sagte eine eingeschüchterte Stimme. »Ist sie ... «
»Sie haben sich doch erst vor einer halben Stunde von ihr verabschiedet.«
»So? Ist das ein Grund, weshalb ich nicht ... «
»Warum haben Sie ihr nicht die Wahrheit gesagt?«
Er schwieg. Dann sagte die steife, vornehme Stimme Victor von Damms: »Ich weiß gar nicht, wovon Sie reden.«
»Ich auch nicht«, gestand Jacqueline. Sie rieb sich die Stirn. »Sue ist im Augenblick beschäftigt. Rufen Sie später noch einmal an.« Dann legte sie auf.
Aufgrund dieser schroffen Abfuhr rechnete sie bereits mit Joes Protest und war deshalb nicht überrascht, als das Telefon erneut klingelte. Bevor sie jedoch ihren vernichtenden Kommentar loswerden konnte, säuselte eine Stimme: »Guten Morgen, Mrs. Kirby. Ich hoffe, ich habe Sie nicht geweckt.«
»Sie wissen verflucht ... «, fing Jacqueline an.
»Oh, wie gut«, sagte Hattie. »Ich dachte mir schon, daß Sie bereits mit Ihren Enthüllungen beschäftigt sind. Haben Sie heute morgen schon unsere Publicity gesehen?«

»Ja, habe ich, und ich denke, es war die absolut ...«
»Die Jungs und Mädels bei diesen New Yorker Zeitungen sind wirklich tüchtig, nicht wahr? Der Grund für meinen Anruf, Mrs. Kirby, ist, daß ich Sie auf meine für elf Uhr anberaumte Pressekonferenz hinweisen möchte. Ich denke, das ist der einfachste Weg, um mit dieser Angelegenheit fertigzuwerden. Ich meine, Reporter können einen verrückt machen, wenn man nicht kooperationsbereit ist. Schließlich machen sie nur ihren Job. Zimmer 415 in meinem Hotel – um exakt elf Uhr. Verspäten Sie sich nicht.«
»Nein.«
»Was haben Sie gesagt?« fragte Hattie verwirrt.
»Nein. Soll heißen, ich werde nicht dort sein.«
»Aber ... aber ... Sie müssen kommen. Ich habe dem Mann von der *Times* erklärt ...«
»Tante Hattie – wenn ich Sie so nennen darf –, Sie sollten sich eine Sache vor Augen führen. Ich weiß nicht, womit Sie Ihre unterdrückten Autoren terrorisieren, bei mir jedenfalls funktioniert der Trick nicht. Die springen vielleicht, wenn Sie mit der Peitsche knallen. Ich nicht.«
Vom anderen Ende der Leitung drangen alarmierende Geräusche an ihr Ohr. Dann sagte eine weitere Stimme völlig außer Atem: »Mrs. Kirby.«
»Mr. Hollenstein?«
»Bitte nennen Sie mich Max. Ich habe Hatties Argumentation mitangehört, und ich kann Ihnen nicht verdenken, wenn Sie ihre Einladung ablehnen ...«
»Wie üblich haben Sie ein feineres Gespür für das treffende Wort, Mr. ... Max.«
Der Manager schmunzelte. »Nehmen Sie es nicht persönlich. Sie verhält sich immer so. Aber ich würde es begrüßen, wenn Sie sich zu uns gesellten, schon Ihretwegen, und natürlich auch wegen Valentine. Gott bewahre, was Hattie verlautbaren wird, wenn Sie nichts zu Ihrer Verteidigung beisteuern können.«

Jacqueline hörte Hatties empörtes Gezeter: »Also, Max, Sie sollten sich schämen!« – und Max' Antwort: »Seien Sie still, Hattie. Mrs. Kirby?«
»Ich habe heute morgen einiges zu erledigen«, sagte Jacqueline.
»Ich denke, Sie sollten teilnehmen.«
»Ist irgend etwas passiert?«
»Das möchte ich am Telefon lieber nicht näher ausführen.«
»In Ordnung. Ich werde kommen. Richten Sie Hattie in meinem Auftrag aus, daß sie sich zum Teufel scheren soll, ja?«
Sie warf den Hörer auf die Gabel. Die Badezimmertür wurde geöffnet, und Sues Kopf erschien. »Ist irgend etwas nicht in Ordnung?«
»Warum fragen Sie?«
»Sie haben so laut gebrüllt.«
»So, habe ich das.« Lächelnd reckte sich Jacqueline. »Nun, das hat richtig gutgetan. Ist noch Kaffee da?«
»Tut mir leid ... «
»Ist schon in Ordnung. Würden Sie sich da drinnen bitte etwas beeilen?«
Sues Kopf verschwand. Jacqueline goß den Rest ihres Kaffees hinunter und schaute betrübt in die leere Tasse. An diesem Morgen würde sie noch mindestens drei bis vier Tassen brauchen. Sie wandte ihren Blick zum Telefon, doch es blieb still. Schließlich warf sie die Bettdecke zurück, stand auf und öffnete vorsichtig die Tür.
Der Flur war leer. Soviel zu Hatties Einschätzung, daß die Presse scharf auf die ganz große Story war. In einer Welt voller Kriege, Korruption, Hunger und nuklearer Bedrohung war der Tod einer Kolumnistin eine extrem unbedeutende Geschichte. Möglicherweise war sie innerhalb eines Tages bereits in Vergessenheit geraten, wenn Hattie ihre Finger aus dem Spiel ließ. Was Hattie mit Sicherheit nicht beabsichtigte.
Jacqueline griff zum Telefon, da es zum vierten Mal an diesem Morgen läutete. »Wer da?« fragte sie resigniert.

»Bist du's, Jake?«
»Wer denn sonst? Außer zum Telefonieren komme ich heute wohl zu rein gar nichts.«
»Ich bin's. Betsy.«
»Ist mir klar.«
Diese Reaktion führte zu einem Gesprächsleerlauf. Von Betsy kam keine Antwort. Einen Augenblick später fragte Jacqueline: »Also?«
»Hast du schon die Zeitungen gelesen?«
»Habe ich.«
»Ist das wahr?«
»Ist was ... Betsy, worauf zum Teufel willst du hinaus?«
»Ich war dort«, sagte Betsy.
»Ich weiß. Ich habe dich gesehen. Gütiger Himmel, komm endlich zur Sache.«
»War es wirklich ... Hat jemand versucht zu ... «
»Soweit ich weiß, lautet die offizielle Version, daß niemand versucht hat, irgend jemandem irgend etwas anzutun. Dubretta ist an Herzversagen gestorben.«
»Aber die Zeitung schreibt ... «
»Ein weiteres Beispiel für unser unzureichendes Bildungssystem.«
»Wie bitte?«
»Ich dachte, du wärest eine starke, aufgeklärte Radikale. Entdecke ich da etwa feige Züge?«
Im Gegensatz zu Sue war Betsy mit Jacquelines ungewöhnlichem Gesprächsstil bestens vertraut. Sie erwiderte wütend: »Bei Gott, ich wünschte, du würdest einmal wie ein normaler Mensch reden. Ich weiß ganz genau, daß dieser ganze Unfug über einen versuchten Mord an Valentine vermutlich nur eine Publicity-Finte ist. Aber wenn das nicht stimmt – ich war da, Jake, und schlich mit dieser abscheulichen Perücke und diesem widerlichen Kleid herum, als hätte ich etwas zu verbergen. Das war deine Idee, weißt du! Ein böswilliger Polizist könnte die

Dinge, die ich über die Königin des Kitsches gesagt habe, als Drohung werten.«

»Das ist ziemlich weit hergeholt, Betsy.«

»Ach ja? Hast du heute morgen Dubrettas Kolumne gelesen?«

»Ich hatte noch nicht die Zeit dazu. Ich telefoniere schon seit Stunden«, fügte Jacqueline ausdrücklich hinzu.

»Sie hat einige meiner Argumente zitiert. Vollkommen aus dem Zusammenhang gegriffen. ... Nenn mich einen Feigling, wenn du willst, aber ich ziehe es vor, Schwierigkeiten aus dem Weg zu gehen, statt damit konfrontiert zu werden. Kann ich auf dich zählen, Jake?«

»Ich werde mit dem größten Vergnügen als Leumundszeugin aussagen«, erklärte Jacqueline. »Ich werde sagen, daß du ein feiges Großmaul bist. Daß du grundsätzlich kneifst. Daß du ... «

»Zum Teufel mit dir, Jake!«

»In Ordnung, beruhige dich wieder. Du machst aus einer Mücke einen Elefanten, braust den Sturm im Wasserglas zusammen und streichst deine Flagge, bevor irgend etwas passiert ist. Ich habe ein Auge auf die Situation und lasse dich wissen, wenn irgend etwas Interessantes eintritt.«

Betsy dankte ihr überschwenglich, und Jacqueline hängte auf, während sie über die unbegreifliche Tendenz jener Menschen sinnierte, die sich von einer Reihe bedeutungsloser Aphorismen beruhigen ließen.

Betsy war unter ferner liefen durchgeschlüpft (sie hatte sie einfach vergessen). Doch Betsy hatte einen Grund. Ein böswilliger Ermittler hätte ihr möglicherweise ein Motiv unterstellen können. Jacqueline kramte ihr Notizbuch hervor und setzte Betsy auf die Liste, die sie und James zusammengestellt hatten. Nicht daß sie allen Ernstes glaubte, Betsy hätte den Wein vergiftet. Aber ein Detektiv mußte unparteiisch bleiben.

Sie hörte die Geräusche plätschernden Wassers aus der Dusche und kam zu dem Schluß, daß Sue in wenigen Minuten fertig sein müsse. Unter ihrem Kopfkissen zog sie Dubrettas Notizbuch hervor und öffnete es. Während der Nacht waren ihr mehrere Ideen gekommen.

Eine davon erwies sich als vielversprechend. Sie war so tief versunken, daß sie nicht rasch genug reagierte, als die Badezimmertür geöffnet wurde und Sue, hinreißend in ein Badetuch gewickelt, in den Raum stürmte.

»Alte Ganovin«, sagte Jacqueline, während sie versuchte, sich auf das Notizbuch zu setzen.

»Also, das ist doch ... ist das nicht das Buch, das der Detektiv gestern abend gesucht hat?«

»Nein.«

»Joe hat mir davon erzählt. Er sagte, es hätte einen roten Umschlag ... «

»Ich habe es zufällig gefunden«, behauptete Jacqueline.

Diese Erklärung war so schwach, daß selbst Sue sie ihr nicht abkaufte. Den Kopf schiefgelegt, blickte sie Jacqueline fragend an, die gedehnt sagte: »Ich werde es heute morgen der Polizei übergeben. Sobald Sie das Badezimmer verlassen haben und mir die Gelegenheit zum Duschen geben.«

»Ich habe meine Zahncreme vergessen«, sagte Sue und verschwand mit der Tube.

»Hmhm.«

Als Jacqueline zu ihrer Arbeit zurückkehrte, war die vielversprechende Eingebung verflogen. Sue hatte ihren Gedankenfluß unterbrochen – und ihr darüber hinaus das Versprechen abgerungen, das Notizbuch zurückzugeben. Sie hatte das zwar ohnehin beabsichtigt, aber jetzt war eine rasche Reaktion unvermeidlich. Sue würde das Notizbuch vermutlich gegenüber Joe erwähnen. Sie befand sich in einem Zustand törichter Verliebtheit, und selbst das Versprechen, Stillschweigen zu bewahren, hielte sie nicht davon ab, es ihrem Liebsten zu beichten. Vielleicht erzählte sie es auch anderen, was Joe mit Sicherheit tat, und über kurz oder lang wußte der allgegenwärtige O'Brien mit Bestimmtheit, was er bislang bereits vermutete.

Jacqueline hatte sich verschiedene Methoden überlegt, wie mit Dubrettas Eigentum zu verfahren sei. Die einfachste Lösung war, es in einen Umschlag ohne Absenderangabe zu stecken und diesen in einen Briefkasten zu werfen. Allerdings hatte sie nicht allzuviel Vertrauen in den postalischen Zustelldienst der Vereinigten Staaten. Das Buch konnte zwei Tage, aber auch zwei Wochen unterwegs sein, bis es die Polizei erreichte, vielleicht ging es sogar verloren. Außerdem war das ein eher feiger Ausweg. Sie ließ sich von Kommissar O'Brien nicht einschüchtern.

Die sicherste Methode bestand darin, es persönlich zu überbringen. Sie griff nach dem Telefon. Die Auskunft gab ihr die Nummer der örtlichen Polizeidienststelle, und beim nächsten Telefonanruf erfuhr sie, daß Kommissar O'Brien tatsächlich in dieser Dienststelle arbeitete. »Möchten Sie ihn sprechen, Ma'am?« fragte der Polizeibeamte.

»Nein«, erwiderte Jacqueline hastig.

Sie hatte nicht damit gerechnet, daß O'Brien schon so früh am Morgen wieder auf dem Posten war. Sie hatte ihn so verstanden, daß er Nachtdienst machte. Aber offensichtlich hatte der Besuch bei Prudence Duberstein in seiner Freizeit stattgefunden.

Sue war immer noch im Bad. Deshalb wandte sich Jacqueline erneut der Zeitung zu. Dubrettas Kolumne war an ihrem üblichen Platz erschienen. Sie enthielt keinerlei Enthüllungen. Jacqueline hatte auch nichts Derartiges erwartet; Dubretta hatte überhaupt nicht die Zeit gehabt, die neuesten von ihr gesammelten Informationen noch schriftlich niederzulegen. Statt dessen lieferte die Kolumne einen ironischen Überblick über die Aktivitäten des Vortages, einschließlich einer Beschreibung des Protestmarsches und eines Interviews mit Betsy, der »Präsidentin der Unabhängigen Frauen-Front gegen Sexismus«.

Jacqueline, die eine Vorliebe für Akronyme hatte, fügte insgeheim die Anfangsbuchstaben dieser Organisation zusammen

und kam zu dem Schluß, daß Betsy besser einen anderen Namen gewählt hätte.
Während sie las, runzelte sie die Stirn. Betsy und Dubretta mußten ganz schön einen gesoffen haben, nachdem sie die beiden verlassen hatte. Aber ob betrunken oder nüchtern, Betsy besaß die Angewohnheit, sich den Mund zu verbrennen. Äußerungen wie »Ungeziefer, das ausgerottet werden sollte«, oder »Schwachköpfiges Gesindel, das keiner vermissen würde« konnten in der Tat mißinterpretiert werden.
Sie wollte schon auf die Badezimmertüre hämmern, als Sue schließlich in einem Spitzennachthemd herauskam. Sie blickte Jacqueline mit ihren übernächtigten blauen Augen treuherzig an und sagte zerknirscht: »Es tut mir leid.«
»Hören Sie endlich auf, sich ständig zu entschuldigen«, brummte Jacqueline. »Gehen Sie jetzt etwa ins Bett?«
»Nur für ein paar Stunden. Dann treffe ich Joe. Wissen Sie, ob Hattie die heutigen Workshops gestrichen hat?«
»Ich kann mir nicht vorstellen, daß sie so etwas tun würde. Und um ehrlich zu sein, sehe ich auch keine Veranlassung dafür.«
»Nehmen Sie heute morgen an der Pressekonferenz teil?«
Das rote Notizbuch lag gut sichtbar auf dem Bett. Sue vermied sorgfältig, dorthin zu schauen. Jacqueline hob es auf und nahm es an sich. »Ich bringe das hier auf die Polizeidienststelle. Dann treffe ich mich mit einem Freund zum Mittagessen im Algonquin, falls das jemanden interessieren sollte. Aber zuallererst werde ich unten in der Cafeteria des Hotels zwei, drei Tassen Kaffee zu mir nehmen. Ich rufe Sie später an und lasse Sie wissen, was ich heute nachmittag vorhabe.«
»Ich wollte Ihnen nicht zu nahe treten. Es war nur eine Frage.«
»Schon gut, schon gut.«
Nachdem Jacqueline die Badezimmertür hinter sich geschlossen hatte, hörte sie, wie das Telefon erneut klingelte. Neugierig öffnete sie die Tür einen Spaltbreit und lauschte. Sie konnte die

Worte nicht verstehen – Sue war wohl mit dem Telefonhörer unter ihrer Bettdecke verschwunden –, doch das sanfte, vertrauliche Gemurmel des jungen Mädchens brachte Jacqueline unwillkürlich zum Lächeln. Es war so lange her, daß sie ähnlich empfunden hatte, und in ihrer Erinnerung lag es bereits eine Ewigkeit zurück, doch es war ein wunderschönes Gefühl, solange es anhielt. Sie hoffte, daß diese Liebesgeschichte von längerer Dauer war. Joe meinte es vielleicht ernst mit Sue, vielleicht aber auch nicht. Er war so angewidert von den Liebesromanautorinnen, daß ihm jede Frau außerhalb dieses Geschäfts attraktiv vorkam, und Sue war so leichtgläubig, daß sie ihm alles abnahm, was er ihr erzählte. Er war nicht ehrlich zu ihr gewesen. Zweifellos erpreßte ihn Hattie, genau wie Jean, aber solange sie keine stichhaltigeren Beweise hatte als nur seine von-Damm-Maskerade, konnte Joe weiterhin seine Nase hochtragen und unbehelligt seiner Wege gehen. Außerdem war er nicht so ein Angsthase wie Jean, und was er tat, war nicht verboten. Es sei denn...

Jacqueline schloß die Tür und begann, ihre Zähne zu putzen. Sie war sich sicher, die Wahrheit aus Joe herauszubringen. Sie hatte schon stärkere Charaktere als ihn eingeschüchtert. Wenn sie doch bloß mehr Zeit hätte! Es ging alles so schnell, daß sie kaum noch Schritt halten konnte, und mittlerweile litt die Fertigstellung ihres eigenen Romans darunter.

So viel zu tun – und sie genoß jeden Augenblick. Das Gesicht, das ihr im Spiegel entgegenblickte, trug den Ausdruck strahlender Vorfreude. Nicht schlecht, dachte sie selbstgefällig, dafür, daß ich nur fünf Stunden geschlafen habe. Ich denke, ich werde meine Heldin etwas älter machen – Mitte Vierzig vielleicht. Diese Fans auf der Konferenz – viele von ihnen sind mittleren Alters, und ich wette, sie würden sich mit einer Protagonistin ihrer Alterskategorie eher identifizieren als mit irgendeinem unerfahrenen, jungen Ding um die Zwanzig. Die weise Frau des Stammes, Hohepriesterin der Göttin... (Welcher Göttin? Egal, das überlege ich mir später.) Von allen Männern begehrt, aber eine geweihte Frau. »Ihren geschmeidigen Körper in ein weiches Gewand aus Rehfellen gehüllt, schritt sie anmutig den Pfad zum Heiligtum hinunter. Sie im Schutz des Gebüschs beobachtend, leckte sich Lurgh, der Jäger, seine Lippen. Um diese Frau besitzen zu können, würde er den Zorn der Göttin in Kauf nehmen ... «

Während sie ihren Kaffee trank, schrieb Jacqueline nicht nur eifrig in eines, sondern in zwei Notizbücher. Zunächst überwältigte Oona, die Priesterin, Lurgh, den Jäger, wehrte seine schwitzenden Hände ab und streckte ihn mit den geweihten Waffen der Göttin nieder, bevor er mehr tun konnte, als nur das Rehfell von ihren strategisch wichtigen Körperteilen zu zerren. »Sie deutete mit zitterndem Finger auf den gekrümmten Körper, der sich stöhnend über den Pfad wälzte. ›Der Zorn der Göttin laste auf dir, Schänder der heiligen Jungfrau‹, schrie sie.«
Das zweite Notizbuch enthielt Jacquelines Überlegungen hinsichtlich des Falles. Sie war froh, daß Max Hollenstein Hattie den Telefonhörer aus der Hand gerissen hatte, denn sie brannte darauf, an der Pressekonferenz teilzunehmen. Es war reine Prinzipsache gewesen, Hattie nicht nachzugeben, und wenn Max sich nicht entschuldigt und sie inständig gebeten hätte, hätte sie sich eine andere Taktik ausdenken müssen. Allerdings bedeutete die Teilnahme, daß sie einige andere Unternehmungen, die sie sich für diesen Vormittag vorgenommen hatte, verschieben mußte.
Es war schade, daß sie nicht bis nach der Pressekonferenz warten konnte, bevor sie ihre anderen Aufträge erledigte. Sie sollte James um zwölf Uhr treffen. Das Algonquin lag westlich an der 44. Straße, nur drei Straßenzüge von der Bibliothek und vier von der Polizeidienststelle entfernt. Wenn sie das Notizbuch als erstes ablieferte, mußte sie zurück zur 41., dann zur 53. und dann zur 44. Straße. Da konnte sie allerdings Abhilfe schaf-

fen. Dubrettas Notizbuch zur Pressekonferenz mitzunehmen sorgte vermutlich für Aufregung. Die Person, die ihr Zimmer durchwühlt hatte, mußte nach dem Notizbuch gesucht haben. O'Brien hatte nicht nur dessen Bedeutung betont, er hatte sie, Jacqueline, praktisch bezichtigt, es zu besitzen. Der Personenkreis, der gegen 22 Uhr am Abend zuvor von diesen Tatsachen informiert worden war, würde an der Pressekonferenz teilnehmen oder sich im Hotel aufhalten, und sie hatte keinen Grund zu der Annahme, daß das Interesse an dem Notizbuch in der Zwischenzeit abgeebbt war. Das Notizbuch mußte so schnell wie möglich der Polizei ausgehändigt werden – das stand völlig außer Frage.

Nun ... so schnell es eben ging. Jacquelines Augen blitzten auf, als sie überlegte, was zu tun war.

Sie vermied die Versuchungen der Fifth Avenue, nahm statt dessen die 6. bis zur 42., schwenkte erneut in die Fifth Avenue ein und stieg die Treppe zwischen den edlen Steinlöwen hoch. Die Fotokopierer im zweiten Stock waren alle belegt; sie mußte warten. Als ein Gerät frei wurde, kopierte sie systematisch die von Dubretta beschriebenen Blätter. Dann stopfte sie den Stapel Papier in ihre Tasche und überließ den Kopierer einem ungeduldigen indischen Studenten mit Bart und Turban, der als nächster in der Warteschlange stand.

Die 42. Straße ist eine der Hauptverkehrsadern, die sich mitten durch Manhattan ziehen und zweispurig befahrbar sind. Selbst hartgesottene New Yorker achten auf die Ampeln auf der 42., obgleich sie das an Einbahnstraßen ansonsten nicht tun. Allerdings schieben und bedrängen sie sich, um eine günstige Position am Straßenrand zu ergattern, damit sie nur ja keine Sekunde verlieren, wenn der Autoverkehr stoppt. Jacqueline schlängelte sich zum Bordstein hindurch und bereitete sich auf den Sprint vor. Es war nach 10.30 Uhr, und sie mußte noch den Umschlag mit Dubrettas Notizbuch abgeben und dann vor 11 Uhr wieder die 53. erreicht haben.

Der Stoß, der sie nach vorn taumeln ließ, wurde in dem Augenblick ausgeführt, als die Ampel umschaltete. Das war immer noch schlimm genug – ihr Brustkorb prallte vor das Schutzblech eines Taxis, das mit quietschenden Reifen zum Stehen gekommen war, und sie rang nach Luft. Sie fiel ungeschickt und heftig, und unzählige Füße trampelten über sie hinweg.
Allerdings sind die New Yorker keineswegs gefühllose Roboter, wie ihnen das immer nachgesagt wird. Unzählige andere Füße trippelten rasch um sie herum, und mehrere Hände wollten ihr aufhelfen. »Tun Sie das nicht«, warfen mehrere Stimmen ein. »He, Lady, alles in Ordnung? Vielleicht hat sie eine Zerrung oder sich ein Bein gebrochen. He, Lady, bewegen Sie sich erst, wenn Sie sicher sind, daß Ihnen nichts passiert ist.«
Trotz ihrer Benommenheit entschied Jacqueline umgehend, daß es sicherer war, die Straße zu verlassen, statt neben der Karosserie eines Taxis liegenzubleiben mit der Gewißheit, daß noch weitere folgen würden. Von zwei Passanten gestützt, humpelte sie zum Bordstein zurück und lehnte sich gegen einen Laternenpfahl, um das Ausmaß des Schadens zu begutachten.
Das meiste war optischer Natur – Staub und Ölflecken bedeckten ihr blaßgrünes Kleid, ihre Knie waren aufgeschürft und bluteten, und ihre Strumpfhose war völlig ruiniert.
Einer der Samariter, eine untersetzte Farbige, versuchte, ihr Kleid abzuklopfen. »Sind Sie in Ordnung, meine Liebe? Vielleicht setzen Sie sich besser hin.«
»Meine Tasche«, sagte Jacqueline. »Ungefähr einen halben Quadratmeter groß, weiß, mit Schulterbügel ...« Der Verkehr hatte sich erneut in Bewegung gesetzt. Zwischen den anfahrenden Fahrzeugen war keine Handtasche zu erkennen. Das hatte sie auch nicht erwartet.
Die andere Frau schüttelte den Kopf. »Großer Gott, wozu manche Leute fähig sind. Bringen einen Menschen praktisch um, nur um dessen Tasche stehlen zu können. Wollen Sie, daß ich ...«

»Nein, danke. Ich schätze Ihre Hilfe wirklich sehr.« Jacqueline lächelte sie abwesend an. Sobald die Fußgängerampel auf Grün wechselte, spurtete sie über die Straße.

Die großzügige, parkähnliche Umgebung der Bibliothek bot wenig Möglichkeit, um sich zu verbergen. Es war eher wahrscheinlich, daß der Dieb die Tasche während ihres Sturzes an sich gerissen, sich unter die Menschenmasse gemischt hatte, die ihr nicht behilflich gewesen war, und dann bis zur 42. weitergelaufen war. Bürogebäude und Geschäfte säumten die gegenüberliegende Straßenseite. Wenn sie schnell genug war...

Sie fand die Tasche im dritten von ihr überprüften Hauseingang, einem Verwaltungsgebäude. Sie hatte damit gerechnet, daß der Dieb sie so schnell wie möglich wieder loswerden wollte – schließlich war sie groß und auffällig, und das war gefährlich –, aber trotzdem war sie gleichermaßen erleichtert wie überrascht, daß sie sie noch vor einem weiteren Dieb fand, der vielleicht hemmungsloser gewesen wäre. Mit Ausnahme des Notizbuches und der entsprechenden Kopien fehlte nichts.

Jacqueline blickte sich vorsichtig um. Der Dieb mußte sie bereits verfolgt haben, als sie das Hotel verließ. Wenn er ihre Kopiertätigkeit nicht genau beobachtet hätte, hätte er die Seiten nicht erkennen können, da sie sie so gefaltet hatte, daß die unbedruckte Seite jeweils nach außen zeigte.

Nervös blickte sie von einer Straßenseite zur anderen, während sie den Weg zurück zum Hotel nahm. Obgleich es nicht ihre Art war, die Schuld bei sich selbst zu suchen, war sie doch keineswegs stolz auf ihre morgendliche Glanzleistung. Sie hatte nicht nur einen vermutlich wertvollen Hinweis verloren, ihr standen auch noch harte Zeiten bevor, O'Brien glaubwürdig zu erklären, wie das passiert war. Wenn Sue am Morgen doch bloß nicht dieses verfluchte Notizbuch gesehen hätte – und aller Wahrscheinlichkeit nach diese Neuigkeit hinausposaunte –, könnte sie einfach leugnen, es jemals besessen zu haben. Vielleicht, dachte sie frustriert, sollte ich ein anderes Notizbuch kaufen, irgendwel-

chen Unsinn hineinkritzeln und so tun, als hätte Sue das gesehen.
Für die Entscheidung, diesem unrühmlichem Impuls nachzugeben oder nicht, blieb ihr allerdings keine Gelegenheit. Als sie ihr Hotel erreichte, schmerzten ihre aufgeschürften Knie, und der Blick des Portiers, der ihr pflichtschuldig zu Hilfe eilte, machte ihr klar, daß sie noch schlimmer aussah, als sie sich fühlte. So schnell sie konnte, ging sie in Richtung Fahrstuhl, war jedoch nur leicht überrascht, eine ihr bekannte Gestalt dort wartend vorzufinden.
O'Brien trug einen hellgrauen Anzug. Seine Krawatte, Socken und der Streifen auf dem Einstecktuch in seiner Brusttasche waren von einem tiefen Jagdgrün. Als er Jacqueline sah, veränderte sich sein beherrschter Gesichtsausdruck für Sekundenbruchteile, doch er sagte nur: »Sagen Sie jetzt nichts. Die bösen Buben haben es.«
»Kein Kommentar«, erwiderte Jacqueline.
O'Brien betrat hinter ihr den Fahrstuhl. Im Beisein der anderen Fahrgäste schwieg er diskret, stieg jedoch ebenfalls auf Jacquelines Etage aus.
»Scheren Sie sich zum Teufel, O'Brien«, sagte Jacqueline.
»Das wollten Sie mir schon immer sagen, nicht wahr?«
»Haben Sie nichts anderes zu tun?«
»Ich habe mit Ihnen zu tun.«
»Später. Wie Sie sehen, muß ich mich umziehen.«
»Ich komme mit Ihnen.« O'Brien nahm ihr den Zimmerschlüssel aus der Hand. Bevor Jacqueline etwas einwenden konnte, fügte er hinzu: »Ich denke, es wäre besser, wenn ich vorgehe.«
Jacqueline zuckte die Schultern. »Das ist nicht notwendig. Das Zimmer wurde bereits in der letzten Nacht durchsucht. Und heute morgen ... «
»Ja?«
»Später.«
O'Brien öffnete die Tür. Sue hatte die Vorhänge zugezogen, und

der Raum war in Dämmerlicht gehüllt. Jacqueline griff an O'Brien vorbei und schaltete das Licht ein. »Sehen Sie? Alles ruhig. Das ist Sue. Sie schläft.«

O'Brien betrachtete das reglose Bündel im Bett. »Sind Sie sicher, daß sie nicht tot ist?«

»Scheren Sie sich zum Teufel, O'Brien«, zischte Jacqueline aus dem Mundwinkel. So klang es noch beeindruckender.

O'Briens Gesicht verzog sich zu seinem seltsamem Lächeln. Er lehnte sich mit verschränkten Armen vor die Wand. »Ich warte hier draußen, Mrs. Kirby. Schreien Sie einfach, wenn jemand mit der Axt aus dem Kleiderschrank springt und über Sie herfällt.«

Jacqueline schlug ihm die Tür vor der Nase zu. Sue zuckte zusammen. »Was ist denn?« fragte sie schläfrig.

»Schlafen Sie weiter«, schnaubte Jacqueline.

Zehn Minuten später trat sie mit säuerlichem Gesichtsausdruck, heftpflasterbeklebten Knien und einem marineblauen Kostüm aus dem Zimmer.

»Das ging aber schnell«, sagte O'Brien. »Darf ich Ihnen meinen Arm anbieten?«

»Dürfen Sie nicht.« Jacqueline zerrte ihre Schultertasche fest an ihren Körper und marschierte los. O'Brien hielt mit ihr Schritt.

»Auf dem Weg zur Pressekonferenz?«

»Ich bin spät dran. Wenn Sie mich also bitte entschuldigen ...«

»Solche Veranstaltungen beginnen nie pünktlich. Wollen Sie nicht wissen, warum ich in diesem kritischen und dramatischen Augenblick auf Sie gewartet habe?«

»Sie wollten mich sehen«, sagte Jacqueline. »Ich war nicht in meinem Zimmer. Sie wußten, daß ich um elf an der Pressekonferenz teilnehmen wollte – Sie scheinen alles zu wissen –, deshalb hingen Sie da herum und hofften, daß ich mich vor Beginn noch umziehen würde. Haben Sie keine anderen Verpflichtungen?«

»Sie sind eine wortgewandte Frau, Mrs. Kirby, aber so leicht bringen Sie mich nicht vom Thema ab. Ihre Vermutungen sind soweit richtig, aber Sie haben einen entscheidenden Punkt ausgelassen. Das Notizbuch. Bitte, verschwenden Sie jetzt nicht meine Zeit, indem Sie leugnen, daß es sich in Ihrer Tasche befand. Ich und eine ganze Reihe anderer Leute wissen, daß Sie es hatten.«

»Was wiederum Ihnen zu verdanken ist«, erwiderte Jacqueline giftig. Der Aufzug erreichte die Hotelhalle. Sie stieg aus, und O'Brien blieb ihr dicht auf den Fersen.

»Dafür bin ich Ihnen etwas schuldig«, sagte er ernst. Jacqueline blickte ihn überrascht an. »Aber gewissermaßen ist es Ihr eigener Fehler«, beharrte O'Brien. »Ich hielt Sie für eine dieser Liebesroman-Irren, die ihre übersteigerte Phantasie ausspielte. Ich habe nicht geglaubt, daß das Notizbuch von Bedeutung ist, aber es wurmte mich, daß Sie die Dreistigkeit besaßen, einfach damit zu verschwinden. Später habe ich dann darüber nachgedacht ...«

»Daß Dubrettas Tod doch Mord hätte sein können?«

O'Brien packte Jacqueline am Arm und drehte sie frontal zu sich herum. »Eine Minute. Nur eine Minute.«

»Autsch«, Jacqueline zuckte zusammen. »Donnerwetter, Herr Kommissar, Sie machen mir richtig angst. Ich glaube, das ist Nötigung durch die Polizei. He, alle mal hersehen ...«

»Mrs. Kirby.« O'Brien lockerte seinen Griff. Es dauerte circa weitere zwanzig Sekunden, bis er seine Stimme wieder im Griff hatte. »Gönnen Sie mir eine Verschnaufpause, ja? Lassen Sie mich kurz ausführen, weshalb ich gekommen bin, und dann können Sie gehen.«

»In Ordnung.«

»Alles, was ich will, ist ... In Ordnung?«

»In Ordnung.«

Ihre Auseinandersetzung war nicht unbemerkt verlaufen. Die Leute starrten zu ihnen hinüber, und ein Hüne von Mann kam langsam in ihre Richtung. O'Brien lächelte. Jacqueline lächelte. Ihr Lächeln war wenig überzeugend, doch der Koloß blieb stehen, blickte O'Brien nachdenklich an und ließ sich dann von einer Frau wegzerren, die seine bessere Hälfte zu sein schien. O'Brien zupfte an seiner Krawatte. »Eines Tages«, zischte er leise und immer noch verbissen lächelnd, »wird Ihnen jemand den Hals umdrehen, Mrs. Kirby.«

»Spucken Sie's aus, Kommissar. Ich bin spät dran.«

»Wo war ich stehengeblieben? Ach so. Ich fing an nachzudenken. Nicht, daß Dubrettas Tod Mord war; nein, Ma'am. Aber daß ihr Notizbuch gefährlich sein könnte, aus Gründen, die nichts mit Mord zu tun haben. Sie sammelte Schmutzgeschichten, und sie war hinter den Skandalen der Liebesromanautoren her. In den dunklen Gefilden der Nacht fiel mir schlagartig ein, daß ich Sie vielleicht damit in Gefahr brachte, als ich Sie bezichtigte, Dubrettas Notizbuch gestohlen zu haben. Ich bin heute morgen hierhergekommen, weil ich dachte, vielleicht... Und«, schloß O'Brien mit einem Blick auf Jacquelines verbundene Knie, »ich hatte recht. Nicht wahr?«

Jacqueline blickte ostentativ auf ihre Armbanduhr. »So sehr ich diese verbalen Ringkämpfe mit Ihnen auch schätze, ich muß mich auf den Weg machen. Deshalb fasse ich mich kurz. Zu meinem größten Erstaunen mußte ich feststellen, daß Dubrettas Notizbuch auf wundersame Weise den Weg in meine Handtasche gefunden hatte.«

»Und Sie haben es nicht bemerkt, bis Sie gestern nacht wieder ins Hotel zurückkehrten?« folgerte O'Brien höflich.

»Woher wissen Sie das? Irgend jemand war während meiner Abwesenheit in mein Zimmer eingedrungen und hatte das Unterste zuoberst gekehrt. Ich nahm an, es handle sich um einen Gelegenheitseinbrecher...«

»Zum Teufel damit, das taten Sie nicht.«

»...und da nichts Wertvolles fehlte, beschloß ich, das Ganze zu vergessen. Erst viel später begriff ich, daß ich das Notizbuch hatte. Ich wollte Sie um diese Uhrzeit nicht mehr stören, doch wie Ihnen meine Zimmernachbarin bestätigen wird – falls sie das nicht längst getan hat –, hatte ich die feste Absicht, es Ihnen heute morgen auszuhändigen. Tatsächlich war ich auf dem Weg zu Ihrer Dienststelle ...«

»Der Scheck ist in der Post«, murmelte O'Brien.

Angestrengt versuchte Jacqueline, keine Miene zu verziehen. »Exakt. Ich war im Begriff, die 42. Straße zu überqueren, als ich von hinten angerempelt wurde. Glücklicherweise hielt der Verkehr bereits, doch ich lief vor ein Taxi und fiel geradewegs auf ... meine Knie. Als ich wieder alle fünf Sinne beieinander hatte, war meine Handtasche verschwunden. Ich fand sie kurz darauf in einem Eingang, wo der Dieb sie hingeworfen hatte. Das Notizbuch fehlte.«

Sie sah überhaupt keinen Sinn darin, den Verlust der von ihr kopierten Seiten zu erwähnen. Sie waren mitsamt dem Notizbuch verschwunden, weshalb sollte sie sie also ins Gespräch bringen?

»Der Verkehr hielt bereits«, wiederholte O'Brien.

»Sie denken überaus logisch, Kommissar. Dieser Gedanke kam auch mir. Man kann sich natürlich nie ganz sicher sein, aber falls es sich nicht um einen zeitlichen Koordinierungsfehler gehandelt hat, darf ich annehmen, daß der Übeltäter nicht beabsichtigte, mich ernsthaft zu verletzen. Mich nur vorübergehend außer Gefecht setzte, um im Zuge der Verwirrung mit dem Beweisstück verschwinden zu können.«

Zu Jacquelines Verärgerung ließ O'Brien diese Überlegung irgendwie kalt. Er interessierte sich vielleicht nicht für ihre Blessuren oder ihren Beinahetod, trotzdem war es ihr wichtig.

»Haben Sie gelesen, was ... Natürlich haben Sie es gelesen. Was stand in dem Notizbuch?«

»Ich konnte es nicht lesen. Ob Sie es glauben oder nicht, O'Brien.«

»Ich glaube es Ihnen. Dubrettas Kurzschrift war eines ihrer

Markenzeichen. Mrs. Kirby, ist Ihnen klar, daß wir ihren Code vielleicht geknackt hätten, wenn wir das Notizbuch besäßen?«

»Aber warum regen Sie sich darüber auf?« fragte Jacqueline scheinheilig. »Es handelt sich doch nicht um einen Mordfall, oder?«

O'Brien trat einen Schritt zurück. »Scheren Sie sich zum Teufel, Mrs. Kirby.«

»In Ordnung.« Jacqueline strebte auf die Tür zu und blieb dann stehen. »Kommissar O'Brien.«

»Ja, Mrs. Kirby?«

»Ich möchte einen Überfall anzeigen. 42. Straße und Fifth Avenue. Jemand hat mich frontal vor ein Taxi gestoßen und dann meine ...«

»Scheren Sie sich zum Teufel, Mrs. Kirby«, zischte O'Brien aus dem Mundwinkel heraus.

So klang es noch beeindruckender.

Die Pressekonferenz entpuppte sich als Fiasko. Lediglich drei Reporter waren gekommen und kein einziger Fotograf. Jacqueline war keine Unterstützung. In ihrem strengen marineblauen Kostüm und mit einem Gesichtsausdruck ziemlicher Verblüffung wurde sie von den Reportern, einschließlich der jungen Frau, die sie bereits am Abend zuvor hatte interviewen wollen, ignoriert. Nachdem Hattie sie als die berühmte Detektivin vorgestellt hatte, die dem Anschlag auf Valentines Leben nachging, blickte sie so entsetzt, daß ebendiese Reporterin in schallendes Gelächter ausbrach und ihre Kollegen skeptisch grinsten. Einige gezielte Fragen verdeutlichten, daß Hattie keinerlei Beweise für einen Mord, beziehungsweise versuchten Mord, liefern konnte, woraufhin die Reporter ihre Notizbücher schlossen und auf der Suche nach neuen Sensationen das Weite suchten. Dieser Fall war einfach der Mühen nicht wert.

Hattie fixierte Jacqueline mit einem vernichtenden Blick. »Sie lassen mich hängen, Mrs. Kirsky.«
Wenigstens war man sich bei Hattie stets darüber im klaren, was sie von einem hielt. Im Gegensatz zu den anderen Persönlichkeiten, mit denen Jacqueline zu tun hatte, nahm sie kein Blatt vor den Mund. Eines der besten Beispiele für ihre feindselige Haltung war ihre Unfähigkeit, sich Jacquelines Namen zu merken. Solange sie keine Differenzen hatten, ging er ihr mühelos über die Lippen.
»Ich konnte Sie gar nicht hängenlassen«, erwiderte Jacqueline in scharfem Ton. »Sie sind bereits so weit unten, wie es tiefer gar nicht mehr geht. Was wollten Sie denn mit dieser albernen Vorstellung erreichen? Und wo ist Ihr Gefolge? Sie hätten einen stärkeren Eindruck hinterlassen, wenn Sie Valentine vorgeführt hätten, wie sie seufzend ihre lilienweißen Hände ringt.«
»Sie ist viel zu aufgelöst«, sagte Hattie. »Wenn Sie denken, daß das hier lediglich ein Publicity-Manöver ist ... «
»Ich weiß, daß es lediglich ein Publicity-Manöver ist. Wo ist Max?«
»Bei Val. Man kann sie nicht alleinlassen. Sie ... «
»Sie waren erst um Viertel nach elf hier. Wo waren Sie?«
»Einkaufen. Ich war im ... «
»Hat Sie jemand gesehen?«
Hatties Oberweite nahm beeindruckende Ausmaße an. »Was zum Teufel ist das hier, ein Verhör?«
»Wo ist Laurie?«
»Woher soll ich das wissen? Sie hängt in der Nähe der Rezeption in der Hotelhalle herum, bis Val ... «
»Ich möchte mit ihr reden.«
»Und wer hält Sie davon ab?«
Jacqueline stürmte zur Tür. Hattie sagte: »Max will Sie sehen.«
»Ich habe jetzt keine Zeit. Ich habe eine Verabredung zum Mittagessen.«

Hätte Hattie wieder einmal versucht, sie zu bevormunden, wäre Jacqueline schlicht und einfach gegangen. Hatties Schweigen jedoch beunruhigte sie. »Ist irgend etwas?« fragte sie.

Hatties Kinn zitterte. »Ach, zum Teufel«, brummte sie. »Was hat es für einen Sinn? Sie versuchen, diesen Kindern zu helfen, bieten ihnen alles nur erdenklich Mögliche, und was ist der Dank dafür? Man versetzt Ihnen einen Tritt. Man kann sich verflucht noch mal nicht ein einziges Mal auf sie verlassen.«

Ihr Tonfall drückte reines Selbstmitleid aus und war so beeindruckend wie ihr Südstaatenlady-Gehabe; doch Jacqueline ahnte ihren wahren Kummer. »Sagen Sie nichts, lassen Sie mich raten. Valentine ist zu dem Entschluß gelangt, daß sie letztlich niemand umbringen wollte. Und genau das will mir Max mitteilen.«

»Ich darf gar nicht daran denken, was mir das alles gebracht hätte«, brummte Hattie mit entrücktem Blick. »Manchmal möchte ich diese kleine Ratte umbringen.«

»Tatsächlich.«

»Ach, nur so eine Redensart«, sagte Hattie schnell. »Ich liebe dieses junge Mädchen wie mein eigenes Kind.«

»Kopf hoch«, meinte Jacqueline. »Ihre Publicity-Masche fällt leider momentan flach, doch sicherlich freut es Sie zu erfahren, daß ich auf Ihrer Seite stehe. Dubretta wurde ermordet. Sie wissen das, und ich weiß es auch, und ich werde herausfinden, wer es gewesen ist.«

Das war ein guter Abgang, und Jacqueline beschloß, ihn zu nutzen, bevor Hattie reagieren konnte. Zu ihrer übergroßen Besorgnis schien Hattie ihr Kooperationsangebot nicht zu schätzen.

Das Essen im Algonquin war hervorragend, aber das war nicht der Grund, warum Jacqueline diesen Ort mochte. Wie James es formulierte, war sie ein belesener Snob; und das alte

Hotel war zwar mittlerweile etwas angejahrt, doch es besaß immer noch den Glanz der frühen Tage des *New Yorker*, als Dorothy Parker, Thurber und Ross hier speisten und Skandalgeschichten austauschten. Der berühmte Hamlet war durch einen anderen Kater ersetzt worden, doch er besaß den gleichen erhabenen Gesichtsausdruck, während er vor dem Zeitungsstand saß, die Pfoten unter seiner schneeweißen Brust eingezogen.
Die Cocktailbar in der Empfangshalle war ein beliebter Ort für Literatur- und Theater-Prominenz oder wer sich dafür hielt. Jacqueline war erfreut, als sie bemerkte, daß James einen Tisch reserviert hatte. Er war nicht allein. Im ersten Augenblick erkannte sie die Frau an seiner Seite nicht. Ihr ergrautes Haar fiel glatt und strähnig über das ungeschminkte Gesicht, nur ihre Lippen waren mit dezentem, rosafarbenem Lippenstift betont. Sie trug einen strenggeschnittenen dunklen Hosenanzug und dazu eine weiße, bis zum Hals geschlossene Hemdbluse.
James schien ins Gespräch vertieft mit dieser unscheinbaren Frau, und Jacqueline ging stirnrunzelnd auf den Tisch zu. Erst als die Frau aufblickte und sie anlächelte, erkannte sie, daß es Jean war.
Nachdem sie sich relativ steif begrüßt hatten, sagte James: »Ich versuche, Jean davon zu überzeugen, mit uns zusammen zu Mittag zu essen.«
»Ich würde nicht im Traum daran denken, mich aufzudrängen«, sagte Jean. »Aber es erscheint mir eine gute Idee, um zu erklären ... Warum siehst du mich so an, Jake?«
»Ziehst du dich normalerweise so an?« fragte Jacqueline.
»Warum? Ja. Was stört dich daran?«
»Ich denke, ich ziehe Valerie Vanderbilt vor. Die hat wenigstens etwas Pep.«
Jean errötete verärgert, und James sagte: »Um Gottes willen, Jacqueline, behalte deine trivialen Vorstellungen für dich. Ich habe Jean sozusagen vom Kleiderschrank weggezerrt. Sie ist bereit, uns von ihrer Vereinbarung mit Hattie zu erzählen.«

»Das wird aber auch höchste Zeit«, sagte Jacqueline. »Entschuldigt mich eine Minute.« Sie streckte den Arm aus, hielt einen vorbeigehenden Kellner an und bestellte einen Martini. Dann lehnte sie sich zurück und blickte Jean erwartungsvoll an. »Leg los.«

»Ich habe mich überaus töricht verhalten«, fing Jean an. »James hat mir ins Gewissen geredet. Genau wie er sagt, handelt es sich um ein triviales Problem. Ich bin seinem Rat gefolgt, habe mit Hattie gesprochen, und jetzt ist – exakt wie er es vorausgesehen hat – alles in Ordnung.«

Mit bewunderndem Lächeln wandte sie sich James zu, der sich daraufhin räusperte und erfolglos versuchte, bescheiden zu wirken. Jacqueline lag es auf der Zunge, darauf hinzuweisen, daß James' Rat für jeden selbstverständlich gewesen wäre, der über einen Funken Verstand verfügte, und daß auch sie Jean nichts anderes empfohlen hatte. Jean gehörte offensichtlich zu diesen beschränkten Frauen, die nur auf Ratschläge von Männern reagierten. Da sie jedoch befürchtete, mit ihrer Kritik den Informationsfluß zu unterbrechen, hüstelte Jacqueline nur betont und schwieg.

»Erzähl ihr von deinem Gespräch mit Hattie«, drängte James.

»Oh. Nun, ich habe Hattie einfach erzählt, daß ich das Schreiben langweilig finde. Daß ich nicht mehr Valerie Vanderbilt sein will. Und wißt ihr was? Sie sagte – in Ordnung, wenn das mein Wunsch sei. Es täte ihr leid, mich zu verlieren, aber das Wichtigste sei doch, daß ich mich wohl fühlte. Und sie würde niemandem verraten, daß ich Valerie Vanderbilt gewesen sei!«

Aufgrund der Begeisterung in Jeans Stimme hätte man annehmen können, sie hätte soeben den Pulitzerpreis gewonnen. Der Kellner brachte das Getränk für Jacqueline, die in diesem Augenblick das Gefühl beschlich, es wirklich nötig zu haben.

»Einen Augenblick, bitte«, sagte sie. »Laß mich das einmal vertiefen. Hattie gibt dich frei. Für welche Gegenleistung?«

»Wieso, für gar keine.« Jean blinzelte verstört. »Oh, nun ja, ich habe ihr gestattet, den Namen Vanderbilt weiter zu verwenden. Sie wird einen anderen finden, der unter diesem Pseudonyn schreibt. Das passiert im Buchgeschäft doch ständig. Wie bei Alexandre Dumas oder den Nancy-Drew-Titeln.«

Schlagartig wurde Jacqueline bewußt, daß Hattie ein bewundernswürdiges Talent dafür besaß, fragwürdige Geschäfte legitim wirken zu lassen. Sie hätte Politikerin werden sollen.

Von ihrem Erfolg berauscht, monologisierte Jean weiter, bis Jacqueline sie erneut unterbrach. »Wie hoch ist der Prozentsatz, den sie dir dafür einräumt?«

»Prozentsatz?«

»Für den Gebrauch des Namens Vanderbilt. Du hast ihn schließlich geschaffen.«

»Eigentlich nicht. Hattie ...«

»Und ich dachte, die Akademikergemeinde sei ein scheinheiliger Haufen«, brummte Jacqueline halb zu sich selbst. »Erzähl uns alles von Anfang an, Jean. Wie kamst du ins Liebesroman-Geschäft?«

Das war eine lange, weitschweifige Geschichte, die sich aufgrund von Jeans Abneigung, über Hatties fragwürdige Taktiken sowie ihre eigene Dummheit, sich davon ködern zu lassen, zu diskutieren, noch schleppender hinzog. Jean hatte gelegentlich heimlich historische Liebesromane gelesen, bis sie sich schließlich entschloß, es selbst einmal mit der Schriftstellerei zu versuchen. Sie bestand darauf, es zum Spaß gemacht zu haben, doch als Jacqueline sie bedrängte, gestand sie, daß Geld eine Rolle gespielt habe. Zudem war da die unterschwellige Herausforderung, die die meisten Sprachwissenschaftler kennen: dieser Quatsch ist so schlecht, daß ich es sicherlich besser machen kann.

Nachdem sie ihr Manuskript mit Hilfe diverser Meisterwerke viktorianischer Pornographie fertiggestellt hatte, war Jean zu dem Entschluß gelangt, es Hattie zu schicken. Hattie reagierte begeistert, fand das Buch hinreißend. Es war eine Sensation. Es

wäre ihr eine Ehre, das Manuskript unter ihre Fittiche zu nehmen, und sie würde es ganz bestimmt verkaufen.
Es bereitete ihr keinerlei Schwierigkeiten, Jean davon zu überzeugen, ein Pseudonym zu verwenden. Irgendwie verwirrt über ihre Leistung, die eigentlich einer fixen Idee entsprungen war, aber auch von den Verlockungen des Geldes animiert, hatte Jean einen Vertrag mit Hattie unterzeichnet.
Aus Furcht, ihre Anonymität zu riskieren, wenn sie mit anderen Autoren in Kontakt trat, bemerkte Jean lange Zeit nicht, daß der von ihr unterschriebene Vertrag eine einzige Katastrophe war. Als es ihr schließlich dämmerte, kämpfte sie gegen die Erkenntnis an. Das war eine ganz normale Reaktion; Menschen resignieren meist lieber, statt sich einen dummen Fehler einzugestehen. Selbst jetzt versuchte Jean noch, Jacquelines Kritik zurückzuweisen. Schriftlich niedergelegte Verträge zwischen Autoren und Agenten sind im Verlagsgeschäft nicht unbedingt üblich, doch manche Agenten bestehen darauf; fünfundzwanzig Prozent Provision war zugegebenermaßen etwas mehr als der übliche Satz... In Ordnung, gemessen am Durchschnitt lag er mehr als doppelt so hoch. Nein, Hattie schickte ihr nie die Honorarabrechnungen des Verlegers, aber die Schecksummen wurden jedesmal höher, und es bestand kein Anlaß für einen Verdacht...
Jacqueline ließ das Thema fallen. Hattie hatte Jean für dumm verkauft, und daran konnte die kleine Jean jetzt nicht mehr viel ändern. Die Fünfundzwanzig-Prozent-Klausel war unverschämt, doch Jean hatte sich mit ihrer Unterschrift damit einverstanden erklärt. Hatties gelegentliches Zubrot aus den Honoraren wurde vermutlich als Werbungskosten deklariert. (Die Verwaltungsausgaben hatten sich erhöht, und jeder kennt doch die schwindelerregenden Portokosten heutzutage.) Könnte Jean die Honorarabrechnungen der Verlage mit den von ihr erhaltenen Schecks vergleichen, wäre sie möglicherweise in der Lage, einen Betrug festzustellen, doch das wiederum würde zu

einer langen, kostspieligen und erbitterten gerichtlichen Auseinandersetzung führen – dem Abschreckendsten, was sich ein Angsthase wie Jean vorstellen konnte, insbesondere, wenn sie dann offenlegen mußte, daß sie Valerie Vanderbilt war.
Jacqueline hatte keinen Zweifel daran, daß Hattie der Name Valerie Vanderbilt gehörte und vermutlich noch weitaus mehr. Sie hätte einiges dafür gegeben, den von Jean unterzeichneten Vertrag zu lesen. Vielleicht gab es sogar den kleingedruckten Passus, daß Jean ein Jahr in ein Bordell nach Hatties Wahl verbannt würde, falls sie ihrer Verpflichtung nicht nachkam, sechzehn weitere Titel aufgrund von Hatties Konditionen zu verfassen. Jean hatte das verfluchte Schriftstück offensichtlich nie gelesen. Das war für Jacqueline keineswegs überraschend. Intellektuelle waren in geschäftlichen Angelegenheiten auch nicht klüger als der Durchschnittsbürger, und ihre unzutreffende Annahme, klüger zu sein, machte sie um so verletzlicher.
Bis zu dem Zeitpunkt, als Hattie beschloß, daß Jean an der Konferenz für den Historischen Liebesroman teilnehmen sollte, hatte diese ihre Situation als gar nicht so unangenehm empfunden. Aber sie war völlig außer sich gewesen, als Hattie zum ersten Mal den Vorschlag ins Gespräch brachte. Als sie sich weigerte, schlug Hattie sie mit ihren eigenen Waffen. Wenn die Wahrheit herauskäme, würde sie ihren Job verlieren? Unsinn. Ihre Kollegen würden sie um so mehr schätzen, wenn sie von ihrem Erfolg als Schriftstellerin erfuhren. Sie war einfach zu bescheiden, das war ihr ganzes Problem. Wie schade, daß sie keinen einzigen Freund hatte, der allen erzählte, wie faszinierend sie doch war!
»Typisch Hattie, ganz klar«, sagte Jacqueline. »Du bist wirklich ein hoffnungsloser Fall, Jean. Warum hast du ihr nicht gesagt, sie soll ihren Vertrag nehmen und sich ihn sonstwohin stekken?«
»Jean steht nicht auf Unflätigkeiten«, warf James ein, der es satt hatte, von ihrer Unterhaltung ausgeschlossen zu sein. Er tät-

schelte Jeans Hand. Ein Hauch von Verzückung legte sich auf ihre ernsten Züge.

»Egal, jetzt ist ja alles in Ordnung«, murmelte sie. »Dank James und ...«, mit einem Blick auf Jacquelines zusammengezogene Brauen fügte sie hastig hinzu, »dir, Jake. Ich lasse mich zu schnell ins Bockshorn jagen. Das war immer schon eine meiner Schwächen. Wenn ich mich dem Problem dann stelle, löst es sich quasi von selbst, und Hattie hätte wirklich nicht freundlicher sein können.«

Jacqueline rümpfte die Nase. Sie war sich sicher, daß sie den Grund für Hatties Gesinnungswandel kannte. Das hatte beileibe nichts mit Freundlichkeit zu tun. Als Jean in ihrem Stall gelandet war, hatte Hatties rücksichtslose Karriere gerade erst begonnen. Es hatte mehrere Jahre gedauert, bis sie den genialen Ansatz für ihre Autorenpromotion entwickelt hatte. Der neue und lukrative Zweig hieß Schönheit, und die besaß Jean nicht. Von daher war sie eher eine Last als ein Gewinn. Die neue VV würde zweifellos ein atemberaubend attraktives Filmsternchen oder ein Model sein, das sich in der Öffentlichkeit produzieren und darstellen konnte.

»Jetzt muß ich aber wirklich gehen«, sagte Jean. »Ich habe eure kostbare Zeit lange genug beansprucht.«

»Warte eine Minute. Was ist mit den anderen Autoren, insbesondere mit Valentine und von Damm? Hat Hattie mit ihnen ähnliche Verträge abgeschlossen?«

»Ehrlich gesagt, Jake, ich weiß nichts über ihre Vereinbarungen mit Hattie – mit Ausnahme dessen, was jedem bekannt ist, beispielsweise, daß Joe Victor darstellt. Er sagt, daß er mit Hattie brechen will. Aber er hat nie Einzelheiten erwähnt.«

»Und Valentine?«

Jeans Gesicht verzog sich zur Grimasse. »Niemand redet mit Valentine, Jake. Hattie beobachtet sie ununterbrochen.«

»Du mußt mindestens einmal mit ihr gesprochen haben«, sagte Jacqueline unwirsch.

Jean errötete. »Oh – diese Detektivgeschichte … Das tut mir wirklich leid. Ich war so aufgebracht, daß ich gar nicht über meine Worte nachgedacht habe. Es war vor einigen Tagen. Hattie sprach mit irgendeinem Verleger, und Valentine hatte sich von ihr losgeeist. Sie sah, daß ich … nun, aufgebracht war … und fragte mich, was los sei. Nicht, daß es sie sonderlich berührte«, fügte Jean rasch hinzu. »Sie hatte einfach Langeweile und war neugierig. Ich weiß nicht mehr genau, was ich sagte, ich war einfach zu abgelenkt; aber vielleicht habe ich den Begriff ›Erpressung‹ erwähnt und ihr erklärt, daß ich beabsichtigte, dich um Rat zu fragen, und … Das war das einzige Mal, daß ich jemals mit ihr gesprochen habe. Ehrenwort.«
Der Oberkellner teilte James mit, daß sie ihren Tisch einnehmen konnten. Jean verließ sie, sichtlich erleichtert, daß sie Jacquelines bohrenden Fragen endlich entkam.
James und Jacqueline hatten sich kaum gesetzt, als ein Kellner zu ihnen trat. »Verzeihen Sie, aber ich glaube, Sie haben mit der Dame in dem grauen Hosenanzug zusammengesessen – am zweiten Tisch neben der Tür? Leider hat es einen Unfall gegeben.«
James sprang auf und brachte dabei die Gläser auf dem Tisch ins Wanken. Der Kellner sagte rasch: »Sie scheint unverletzt zu sein, Sir, nur vollkommen aufgelöst. Ich dachte, Sie würden vielleicht gern …«
»Ja, ja, selbstverständlich.« James rannte los. »Wo ist sie?«
Jacqueline folgte ihm in langsamerem Tempo. »Halten Sie unseren Tisch frei«, wies sie den Kellner an. »Wir sind gleich zurück.«
Jean hatte sich in einem Sessel zusammengekauert. Man kümmerte sich aufmerksam um sie. Der Portier tätschelte ihre Hand, ein Kellner reichte ihr ein Glas Wasser, und James stand händeringend vor ihr. Jacqueline traf gerade noch rechtzeitig ein, um mit anzuhören, wie er einen Arzt, den Manager, die Polizei und einen Drink verlangte – in dieser Reihenfolge.

»Ich will keinen Drink«, stammelte Jean und fuhr sich durch ihr zerzaustes Haar.
»Aber ich«, sagte James. »Alles in Ordnung? Was ist passiert? Warum holt denn niemand einen Arzt?«
Jacqueline sah mit einem Blick, daß die Diagnose des Kellners zu stimmen schien. Jean sah zwar ziemlich mitgenommen aus und hatte Schürfwunden, und ihr Kleid trug Schmutzspuren, die sicherlich vom Gehweg herrührten, doch ansonsten schien ihr nichts zu fehlen. Jacqueline schickte James zurück an ihren Tisch, um dort die Stellung zu halten – schließlich darf man nie den Blick auf das Wesentliche verlieren –, dann begleitete sie ihre Freundin in die Damentoilette.
»Meine Strümpfe sind ruiniert«, jammerte Jean.
»Und deine Handtasche ist weg«, sagte Jacqueline.
»O mein Gott.« Jean blickte sich aufgelöst um. »Tatsächlich. Tatsächlich! Sie enthielt alle meine Kreditkarten und mein Make-up ... «
»Irgendwelchen Familienschmuck? Unmengen an Bargeld?«
»In New York trage ich nie viel Bargeld bei mir. Ich ... «
»Dann ist es zwar unangenehm, aber kein Weltuntergang. Hast du die Person gesehen, die sie genommen hat?«
»Sie gesehen? Natürlich habe ich sie gesehen. Sie ist kaum zu übersehen. Es war dieses gräßliche Mädchen, diese Laurie.«

Jacqueline kehrte in den Oak Room zurück und griff nach der Speisekarte. »Ich verhungere. Laß uns direkt bestellen, wenn er unsere Getränke bringt. Ich frage mich, ob sie wohl Schnecken haben?«

»Wie kannst du in einer solchen Situation vom Essen reden?« entfuhr es James. »Wo ist Jean? Wo bleibt die Polizei? Was hast du mit ihr ...«

»Ich habe Jean in ein Taxi gesetzt. Sie fährt in ihr Hotel zurück. Sie ließe sich eher ihres ganzen Geldes berauben, als mit einer zerrissenen Strumpfhose in der Öffentlichkeit aufzutauchen. Sie wird die Polizei selbst anrufen und den Vorfall schildern ... Oh, toll, *Escargots à L'arlésienne.*«

»Du hast gestern abend bereits Schnecken gegessen.«

»Ich beabsichtige, heute abend wieder welche zu bestellen. In Coldwater bekomme ich nie Schnecken.«

»Was auch verflucht noch mal richtig ist, wenn du mich fragst.« James fuhr sich mit der Hand an seine Schläfe. »Warum lasse ich mich überhaupt über Schnecken aus? Was ist Jean zugestoßen? Warum zum Teufel erzählst du mir nicht, was los ist?«

»Ja, ja, mach' ich. Nur eine Minute.« Nachdem sie ihre Bestellung aufgegeben und James ebenfalls dazu gedrängt hatte, lehnte sich Jacqueline in dem gepolsterten Ledersessel zurück und gab James eine kurze, wohlüberlegte Zusammenfassung der letzten

Ereignisse. Ein Gutes hatte die Sache jedenfalls: Jeans Mißgeschick erlaubte ihr, ihr eigenes zu vertuschen und James' ironische Kommentare über ihren Verlust des Notizbuches zu übergehen.

»Das ist wieder typisch für dich«, bemerkte er. »Hättest du O'Brien das Notizbuch gestern abend gegeben oder mich darauf aufpassen lassen ...«

»Du schweifst vom Thema ab, James. Seit heute morgen halb elf besitzt der Dieb Dubrettas Notizbuch. Warum also ein Angriff auf Jean?«

Das erwies sich als wirkungsvolles Ablenkungsmanöver. James aß Leberpastete und grübelte. »Dafür gibt es zwei Erklärungen«, sagte er schließlich. »Entweder sind zwei oder noch mehr Leute hinter dem Notizbuch her oder gar keiner.«

»Sonst ist aber nichts aus meiner Tasche gestohlen worden«, argumentierte Jacqueline. »Das Notizbuch und die entsprechenden Kopien, die ich davon angefertigt hatte. Ich hatte zwei eigene Stenogrammblöcke dabei, und die sind noch da.«

»Der Dieb dachte, daß das Notizbuch vielleicht das für ihn Wichtige enthielt. Er fand heraus, daß das nicht der Fall war. Er sucht immer noch ...«

»Sie, nicht er. Jean ist absolut sicher, daß die Person, die sie niedergeschlagen und ihr die Handtasche entrissen hat, Laurie gewesen ist.«

»Wie steht's mit dir? Hast du deinen Angreifer nicht erkannt?«

»Nein. Und ich denke, Laurie wäre mir aufgefallen, wenn sie mich heute morgen verfolgt hätte. Wie Jean es treffend formulierte, ist sie schwer zu übersehen.«

»Also neigst du zu meiner ersten Theorie?«

Jacqueline war mit ihrer letzten Schnecke beschäftigt. »Ich neige dazu, bin mir allerdings nicht sicher. Was wäre, wenn das Notizbuch eine Finte ist? Ich gebe zu, daß es eine ganze Reihe von Leuten gibt, die Dubrettas Notizen liebend gern aus dem Verkehr ziehen würden, aber einmal angenommen, es gäbe noch etwas anderes, was jemand unbedingt haben will?«

»Wie beispielsweise?«

»Die Möglichkeiten sind endlos. Vielleicht hatte sie einen Mikrofilm in ihrer Zahncremetube versteckt. Vielleicht ...«

»Zahncreme? Warum sollte Dubretta eine Tube Zahncreme in ihrer Handtasche haben?«

»Ich weiß es nicht. Hatte sie aber. Vielleicht hatte sie die Marotte, sich nach jedem Essen die Zähne putzen zu müssen. James, du kommst wieder vom Thema ab.«

»Ich weiß nicht einmal, wie das Thema lautet«, sagte James.

»Mord«, sagte Jacqueline, während der Kellner ihren Teller abräumte. Er zuckte nicht mit der Wimper. Das Algonquin ist ein beliebter Aufenthaltsort für Krimiautoren.

»Genauer gesagt, Morde«, fuhr Jacqueline fort. Sie legte ihr Notizbuch auf den Tisch und nahm einen Stift aus ihrer Tasche.

»Aber es ist lediglich ein Mord passiert. Wenn es Mord gewesen ist.«

»Was ich damit meine, ist, daß Dubretta vielleicht nicht das beabsichtigte Opfer war. Valentine dachte, das Gift ...«

»Was für ein Gift?«

»James, du scheinst heute mit aller Macht Streit zu suchen. ›Was für ein Gift‹ ist deine Domäne. Hast du den mit dir befreundeten Chemiker getroffen?«

»Ja. Und es war ein verflucht peinliches Gespräch«, fügte James angewidert hinzu. »Erst einmal mußte ich mir jede Menge dummer Witze über mein Liebesleben anhören.«

»Was hat denn dein Liebesleben mit ... Oh, ich verstehe.«

»Ich habe mich geopfert«, meinte James mit Märtyrermiene. »Ich hielt es für besser, ihn in der Annahme zu lassen, daß eine meiner Geliebten versucht hat, mir etwas anzutun, statt ihm die genauen Fakten darzulegen.«

»Das war sehr klug von dir, James.«

»War es auch. Er wies mich langatmig und voller Sarkasmus darauf hin, daß es Hunderte von giftigen Substanzen gibt, die sowohl Männern als auch Frauen bekannt sind, und daß er ohne einen Anhaltspunkt, wonach er suchen soll ... «

»James, bitte verschone mich mit Dingen, die mir bereits bekannt sind. Fasse dich kurz. Wird er die Sache überprüfen?«

»Ja.«

»Und hör auf zu schmollen. Wann?«

»Es wird etwas dauern«, wiederholte James den Wortlaut des Chemikers.

»Dann bleib dran. Wo war ich stehengeblieben? Ach, ja. Valentine scheint einen Sinneswandel durchgemacht zu haben, was den Mord an ihr anbelangt, aber eine Überlegung ist die Sache trotzdem wert. Wenn es sich um einen Irrtum gehandelt hat, sind mehrere Leute mögliche Opfer. Hattie ist ein Mordopfer, wie es im Buche steht, und es hat Augenblicke gegeben, da hätte ich Laurie eigenhändig ins Jenseits befördern können.«

»Also wirklich, Jacqueline!«

»Deshalb werden wir Folgendes unternehmen.« Jacqueline schob den Block beiseite, damit der Kellner ihre *Rognons de veau* vor sie hinstellen konnte. Sie schrieb weiter, während sie die Gabel mit der linken Hand nahm. »Wir werden die Verdächtigen auflisten und ihre jeweiligen Motive hinsichtlich der möglichen Opfer durchgehen.«

»Das ist das Unlogischste ... «

»Hattie. Dubretta bedrohte sie. Wir stimmen darin überein, daß Hattie ein Motiv für den Mord an Dubretta hatte? Gut. Vielleicht wollte sie auch Laurie loswerden. Sie nutzt das Mädchen vielleicht für verschiedene unerlaubte Handlungen aus – wie Taschen stehlen, beispielsweise, oder Getränke vergiften. Laurie ist labil und kann eine Gefahr darstellen, falls sie ihr Wissen ausplaudert. Kommen wir zu Valentine. Eigentlich sehe ich keinen Grund, warum Hattie ihr den Tod wünschen sollte. Sie ist Hatties lukrativste Einnahmequelle. Aber man kann nie wissen. Valentine hat vor irgend etwas Angst. Vielleicht weiß sie von Hatties Betrügereien und hat damit gedroht, zur Polizei zu gehen.«

»Welche Betrügereien?«

»Ist doch jetzt egal. Dubretta. Sie konnte Hattie nicht ausstehen. Aber ich stimme O'Brien in diesem einen Punkt zu, daß Dubretta nicht den dummen Fehler begangen hätte, vergifteten Wein zu trinken, den sie für Hattie vorgesehen hatte. Außerdem hatte sie ihre Vergeltungswaffe ja bereits in der Tasche. Enthüllung, Gespött, vielleicht sogar ein Prozeß – alles weitaus befriedigender als ein rascher Tod.«

Als sie sah, daß James' Mund gefüllt war, hielt sie inne, um zu schlucken, und fuhr fort, bevor er zu Wort kommen konnte. »Dieser grundsätzliche Widerspruch läßt sich auf jedes mögliche Mordopfer Dubrettas übertragen. Sie hätte ihr tödliches Gebräu nicht selbst getrunken.

Valentine. Sie war eine von Dubrettas Zielscheiben. Sie ...«

»Das ist ja unerhört«, entfuhr es James. »Das Mädchen ist so unschuldig wie ein Lamm.«

»Ich bin sicher, Laurie würde dich mit Begeisterung in ihren Valentine-Fanclub aufnehmen«, sagte Jacqueline. »Wie gesagt – Valentine hatte eine hervorragende Gelegenheit, den Wein zu vergiften.«

»Wie? Ich verstehe überhaupt nicht, wie irgend jemand den Wein vergiftet haben sollte.«

»Mach dir nichts draus. Valentine wird von Laurie bedrängt. Laurie ist der Typ, der treu bis in den Tod bleibt. Die einzige Möglichkeit, das Mädchen loszuwerden, bestand für Val darin, sie umzubringen. Laurie trank an diesem Abend aber nur Ginger-ale, doch sie hätte alles getrunken, wenn Val sie dazu aufgefordert hätte. Und aufgrund ihrer Behauptung, sie selbst sei in Gefahr, enthebt sich Valentine jedes Verdachts.«

James schüttelte absolut ungläubig den Kopf. Jacqueline blätterte die Seite um.

»Max. Gleiches Motiv wie Valentine für einen Mord an Dubretta. Falls Dubretta seine Klientin bedrohte, die vermutlich seine Haupteinnahmequelle darstellt... Weder er noch Valentine hatten Grund, Hattie umzubringen – es sei denn, sie hätten sich ausgerechnet, daß sie mittlerweile ohne sie auskommen, da Val auf dem Buchmarkt etabliert ist. Ich frage mich, wieviel Provision Hattie von Valentine bezieht. Fünfundzwanzig Prozent können sich schnell summieren.

Joe, alias Victor von Damm. Dubretta kannte seine wahre Identität, und das machte ihm nichts aus. Aber ich befürchte, Hattie hat ihm gegenüber weitere Druckmittel. Vielleicht sucht man ihn in Indiana. Vielleicht ist er ein entflohener Axtmörder. Er würde Dubretta umbringen, damit er nicht in den Knast zurück muß. Oder Hattie, um sich ihrem Zugriff zu entziehen. Er wird zunehmend nervöser, und sie unterdrückt ihn immer stärker. Kein besonderes Motiv für einen Mord an Laurie, abgesehen von ihrem grundsätzlich abstoßenden Wesen. Armes Kind...«

»Armes Kind?« James erwachte aus seiner ungläubigen Starre, die Jacquelines wilde Theorien bei ihm verursacht hatten. »Sie ist die Tatverdächtigste von allen. Sie hat mit ihren Wurstfingern sämtliche Gläser angefaßt, und sie haßte Dubretta.«

»Oh, sie steht auch auf der Liste«, beruhigte ihn Jacqueline. »Aber nur, wenn Dubretta wirklich das Opfer war. Ich glaube nicht, daß Laurie Hattie oder Valentine töten wollte. Und jetzt Sue... Wolltest du etwas sagen, James?«

»Was hätte das für einen Sinn?« meinte James frustriert.

»Es ist unwahrscheinlich, daß sie zu den Verdächtigen zählt, aber ich kenne sie einfach nicht gut genug. Vielleicht ist bei ihr irgendeine Sicherung durchgeknallt. Aus beruflichen und persönlichen Gründen ist sie neidisch auf Valentine. Dann ist da noch Jean. Selbst ein Feigling schlägt zurück, wenn er sich bedrängt fühlt. Dubretta kannte Jeans wahre Identität. Hattie hat sie erpreßt. Valentine ist Hatties Topautorin und stellt Jean in den Schatten...«

»Aber das sind widersprüchliche Motive«, warf James ein. »Entweder will Jean das Liebesroman-Geschäft verlassen oder sie will die Nummer eins sein – beides geht nicht.«

»Das ist jeweils von der Identität des Opfers abhängig«, wies Jacqueline ihn in einem Ton zurecht, wie eine Mutter ein begriffsstutziges Kind. »Jean könnte vorgeschoben haben, daß sie sich davon lösen will, obgleich sie in Wirklichkeit die Königin der Liebe werden möchte. Rein theoretisch betrachtet, natürlich...«

Ihr nachdenklicher Blick ruhte auf James. Er wand sich. »Wenn du mich auf diese Liste setzt...«, fing er an.

»Eine plötzliche Faszination für Valentine. Eine edle Geste der Verteidigung gegenüber ihren Verleumdern.« Jacquelines Gesicht überzog ein Ausdruck der Verzückung. »Mir gefällt das, James.«

»Ich finde das keineswegs amüsant«, sagte James.

»Wir haben noch eine Person vergessen.«

»Den Bürgermeister von New York? Frank Sinatra? Bella Abzug?«

»Den Grafen von Devonbrook.«

»Du hast den Verstand verloren, mein Mädchen. Der Mann ist ein Androide. Hattie zieht ihn vermutlich jeden Morgen auf.«

»Er ist ein merkwürdiger Zeitgenosse«, murmelte Jacqueline. »Überaus merkwürdig.«

»Ich muß mit ihm reden. Ich sag' dir, was wir tun werden, James. Wir werden die Verdächtigen unter uns aufteilen. Du knöpfst dir die Frauen vor und ich mir die Männer.«

James' Gesicht hellte sich auf, doch dann verfinsterte es sich genauso rasch wieder. »Nicht, wenn ich Laurie übernehmen muß.«

»Wenn du Valentine willst, mußt du auch Laurie in Kauf nehmen.«

»Ich glaube nicht, daß sie mich mag«, sagte James.

»Feigling.«

»Exakt. Ich habe keine Lust auf weitere Spielchen.«
»Das ist kein Spiel, James.«
Ihre Lider waren gesenkt, und ihre Wimpern warfen Schatten auf ihre sanft geschwungenen Wangenknochen. Ihr Mund hatte einen weichen, nachdenklichen Zug angenommen. Sie sah nicht oft so aus, denn ihre grünen Augen strahlten selbst in zärtlichen Augenblicken leichte Ironie aus. James bemerkte, daß er den Atem anhielt. Aber er war ein Mann, der sich eisern unter Kontrolle hatte – sagte er sich –, und gegenwärtig war nicht der richtige Zeitpunkt, um ihr den Vorschlag zu machen, der ihm in den Sinn gekommen war.
Statt dessen sagte er: »Du glaubst wirklich, daß es Mord war.«
»Du etwa nicht?«
»Es ist schrecklich müßig, Jacqueline – Verdachtsmomente und Hypothesen, und ›Wenn‹ und ›Vielleicht‹ ... Als intellektueller Spaß ist es unterhaltsam, wenn auch irgendwie geschmacklos, aber ...« Er zuckte die Schultern.
»Es war Mord, James.«
»Wie wurde er ausgeführt?«
»Ich habe eine Reihe von Ideen, aber sie sind so weit hergeholt, und ich muß einige Nachforschungen betreiben, bevor ich sichergehen kann.« Sie sah zu ihm auf, und ihre grünen Augen funkelten ihn mit der ihm vertrauten Ironie an. »Der wahre Grund, warum Holmes Watson seine Überlegungen zu einem Fall nie anvertraute, lag darin, daß er die Lösung noch nicht kannte.«

Bevor James aufbrach, erklärte er sich mürrisch bereit, Jacqueline später auf der Konferenz zu treffen. »Die Liebeslotterie findet um vier Uhr statt«, erklärte sie ihm. »Der erste Preis ist ein Rendezvous mit Victor von Damm. Das willst du dir doch nicht entgehen lassen, oder?«
James' Antwort war ein erneutes Murren. Als ihn Jacqueline

jedoch darüber aufklärte, daß die meisten von Victors Fans alt genug waren, um seine Mutter zu sein, und ihn so verehrten, daß ihr bißchen Verstand in der Gegenwart ihres Idols wie Butter in der Sonne schmolz, stimmte er ihr zu, daß es vielleicht erheiternd sein könnte, Victors Techtelmechtel mit einer seiner ältlichen, sicherlich sprachlosen Bewunderinnen zu beobachten. Sie trennten sich in alter Freundschaft, und Jacqueline eilte zurück zur 53. Straße. Das Forum der Liebesromanverleger sollte um halb drei beginnen, und sie wollte sie sich vorher anschauen, bevor sie einen Verlag für ihr Buch auswählte.

Alle großen Verleger waren vertreten. Ungefähr ein Dutzend Stühle standen hinter einem langen Tisch aufgereiht. Hattie lief auf dem Podium hin und her und piesackte die Kellner, die Gläser und Wasserkaraffen, Notizblocks, Bleistifte und Mikrophone bereitstellten. Sie tat so, als bemerke sie Jacqueline nicht, bis ihr diese schließlich auf die Schulter klopfte.

»Oh, hallo, Mrs. Kirsky. Nehmen Sie am Forum teil? Sie suchen sich besser einen Platz, meine Liebe, denn das hier wird eine unserer aufsehenerregendsten Veranstaltungen.«

»Ich dachte, mein Lagebericht hinsichtlich Dubrettas Mord würde Sie vielleicht interessieren«, sagte Jacqueline.

»Pst.« Hattie schob sie beiseite. »Ich schätze keine Gespräche, die die Konferenz stören könnten. Wissen Sie, hierbei handelt es sich um eine professionelle Zusammenkunft. Wir können nicht zulassen, daß ein Trauerfall, wie betrüblich er auch immer sein mag, unsere Arbeit behindert.«

»Ach, du meine Güte.« Jacqueline blieb der Mund offenstehen. »Sie meinen, ich darf nicht mehr länger die berühmte Privatdetektivin sein?«

Hattie sah sie mißtrauisch an und kam schließlich zu dem Schluß, daß sie sich einen Scherz erlaubt hatte. Sie kicherte geziert. »Na ja, Sie wissen, daß ich Sie in diese Sache hineinmanövriert habe. Das war nicht nett von mir, nicht wahr? Aber es war nicht allein mein Fehler. Valentine war wirklich am Boden zerstört. Das arme Kind, sie ist ein so sensibles, übernervöses Geschöpf – das künstlerische Temperament, wissen Sie. Mittlerweile ist sie darüber hinweg.«

»Alles wieder in Ordnung? Keine weiteren Beunruhigungen?«

»Keine.« Hattie rückte ihre verrutschte Korsage aus weißen Orchideen wieder an ihren Platz.

»Dabei ist Ihnen vermutlich entfallen, Ihren neugewonnenen Seelenfrieden mit Laurie zu erwähnen.«

»Was in aller Welt meinen Sie damit, Schätzchen?«

»Vor kurzem hat sie Jean niedergeschlagen und ihre Handtasche gestohlen.«

»Was?« Hatties Überraschung war echt. Der Damenbart auf ihrer Oberlippe zitterte. »Dieses dumme, kleine… Sind Sie sicher?«

»Jean hat sie erkannt. Was hat sie gesucht, Hattie?«

»Woher zum Teufel soll ich wissen, was in diesem Hohlkopf von einem Mädchen vorgeht?« Hattie schüttelte den Kopf. »Ich kann mir nicht vorstellen, daß etwas mit ihr nicht stimmen sollte.«

»Wie steht es mit Drogen?«

»Sie nehmen sie doch alle«, sagte Hattie mit erschreckender Brutalität. »Nun, es sind ja nur noch ein paar Tage. Die Konferenz endet morgen abend und damit auch Lauries Auftritt. Sie entschuldigen, Mrs. Kirk, ich muß das Forum eröffnen.«

Jacqueline fand einen freien Platz. Mit Hatties wechselnden Launen klarzukommen war ein Vollzeitjob, aber augenblicklich war es Valentine und nicht Hattie, über die sie sich Gedanken machte. Hattie war eine pragmatische Seele. Das Publicity-Manöver war fehlgeschlagen, also wurde es fallengelassen. Aber warum hatte Valentine ihre Einstellung geändert? Oder mußte sie das?

Jacqueline ging über das Problem hinweg und konzentrierte sich statt dessen auf die Diskussion. Dieses spezielle Forum war in erster Linie für Autoren, beziehungsweise potentielle Autoren, und nicht für das Lesepublikum eingerichtet worden. Mehr als hundert Menschen nahmen daran teil. Offenbar glaubten alle, einen Liebesroman verfassen zu können. (Oder vielleicht hatte jeder von ihnen bereits ein Manuskript in der Tasche.) Die Verleger waren erfrischend aufrichtig mit ihren Anforderungen und so spezifisch, daß Jacqueline sich fragte, warum sie ihre Ideen nicht in einen Computer eingaben und ihn so programmierten, daß er die Namen der Protagonisten im Zuge neuer Titel immer wieder veränderte.

Die Heldinnen mußten schön, sinnlich und »üppig« sein. Die Reihe »Süße Sechzehn« wollte sie unerfahren, aber leidenschaftlich. »Reife Liebe« wollte sie leidenschaftlich Punkt. Helden konnten blondes, braunes oder schwarzes Haar haben, Hauptsache Haar. Graues Haar war in Ordnung für die »Reife Liebe«, aber der Cheflektor warnte davor, daß das riskant sei; graue Schläfen kämen besser an. Einige Reihen akzeptieren mollige Heldinnen, solange der Babyspeck sinnlich wirkte und sichergestellt war, daß sie ihn im Laufe der leidenschaftlichen Exzesse bis zum Ende des Buches verloren hatten.

Jacqueline schrieb fleißig mit. Insbesondere irritierte sie die Aussage eines jungen Cheflektors mit schütterem Haar, der warnte: »Ihre Heldin darf nicht wahllos ihre Liebhaber wechseln. Sie kann sich zwar alle vierzig Seiten mit einem anderen im Bett tummeln, aber sie muß ihn lieben. Oder, natürlich, vergewaltigt worden sein.«

Jacqueline hob den Kopf. »Was ist mit *Amber*?« fragte sie ernst.

Die Hälfte des Publikums lachte, die andere Hälfte blickte verständnislos. Ebenso wie der Cheflektor. »Es gibt immer Ausnahmen von der Regel, aber nur, wenn Sie genau wissen, was Sie tun«, sagte er. Diesen Hinweis notierte Jacqueline nicht.

Als das Forum sich seinem Ende zuneigte, wimmelte ihr Kopf vor Ideen, und sie beschlich das unangenehme Gefühl, daß Betsy und ihre PUFFS im großen und ganzen recht hatten. Mehrere Verleger hatten darauf hingewiesen, daß ihre Heldinnen »befreite«, unabhängige Frauen sein mußten, die stolz auf ihre Sinnlichkeit waren. So weit, so gut; Jacqueline hatte damit keine Probleme. Aber die gleichen Verleger hatten andererseits vor Promiskuität gewarnt. War es befreiter, gegen seinen eigenen Willen überwältigt zu werden, als amouröse Abenteuer (dieser Begriff war von einem der altmodischeren Cheflektoren ins Feld geführt worden) aus reinem Spaß an der Sache zu suchen? Das Wort »Liebe« klang abgedroschen. Die Heldinnen waren durchweg monogam, ob beabsichtigt oder unbeabsichtigt, und das Happy-End bestand darin, den Helden dingfest zu machen und ihn ebenfalls von der Monogamie zu überzeugen. Die Bücher *waren* anti-feministisch und frauenfeindlich, nicht nur aufgrund ihres unverhohlenen Interesses an sexueller Nötigung, sondern auch wegen ihrer längst überlebten, moralischen (von Männern erfundenen und von den meisten vehement vertretenen) Klischees, daß das einzig legitime Ziel im Leben einer Frau darin bestand, ihre gesamte Zeit, Energie und Sexualität auf einen Mann zu konzentrieren. Soweit Jacqueline sehen konnte, lag der einzige Unterschied zwischen den neuen Liebesromanen und den alten Liebesgeschichten darin begründet, daß »Liebe« die Ehe als Voraussetzung für Sex ersetzt hatte.

Leicht verstimmt machte sie sich auf den Weg zum Washington-Saal, wo Victor von Damm der Gewinnerin der Liebeslotterie überreicht werden würde. Aber dieses Schauspiel sollte ihr nicht vergönnt sein.

James wartete bereits auf sie. Sein schiefes Lächeln, für das er berühmt war, hatte erheblich Schlagseite bekommen. Seine Unterlippe war auf das Doppelte ihrer normalen Größe angeschwollen. Eine rot angelaufene Schwellung an der Schläfe paßte sich der aufgeplatzten Haut an seinem Kinn harmonisch an. Als Jacqueline langsam und vorsichtig näherkam, streckte er seine Arme aus. Beide Handgelenke waren rot und geschwollen.

»Oh, James«, hauchte Jacqueline.
»Ist das alles, was du dazu zu sagen hast?«
»Wann ist das passiert?«
»Gerade eben.«
»Sag jetzt nicht, daß es ...«
»Exakt so war es.«
»James, Schätzchen, du hyperventilierst.« Jacqueline nahm eine Papiertüte aus ihrer Handtasche, schüttelte deren Inhalt aus und bot sie ihrem leidgeprüften Freund an. »Atme hier hinein.«
James griff nach der Papiertüte und zerknüllte sie.
»Das ist eine ernste Sache, James«, entfuhr es Jacqueline. »Erzähl mir ...«
»Da hast du verdammt recht, daß es ernst ist! Das Mädchen gehört eingesperrt. Sie lauerte mir auf, als ich aus meinem Zimmer trat und mich auf den Weg hierher machen wollte. Sie drückte mich zurück ins Zimmer und ... und ...«
»Schlug dir auf den Kopf?«
»Nein, das ist aufgrund meines Sturzes passiert«, gestand James in ruhigerem Ton. »Verflucht, ich verlor das Gleichgewicht. Der Sturz irritierte mich für Sekundenbruchteile. Dann ... dann ... dann saß sie auch schon auf mir. Wenn du lachst, bringe ich dich um.«
»Ich lache nicht.« Und tatsächlich wurde Jacquelines Gesichtsausdruck nach einem kurzen Zucken wieder ernst. »Sie hat dich wirklich gefesselt?«
James nickte. »Mit meiner eigenen Krawatte. Hat mich halb erwürgt beim Ausziehen. Während ich dort lag und nach Luft schnappte, nahm sie das Zimmer auseinander. Warf alles auf den Boden, zog sämtliche Schubladen heraus ...«
»Hat sie unter der Matratze nachgesehen?«
»Welchen Unterschied macht das schon? Das verfluchte Notizbuch war ohnehin nicht da.«
»Ich wunderte mich nur. Sprich weiter, James.«
»Nein, sie hat nicht unter der Matratze nachgesehen. Es war

nicht das, was du unter einer sorgfältig organisierten Suche verstehen würdest.« James klang entspannter, nachdem er nun das Schlimmste gestanden hatte. »Es dauerte nur ein paar Minuten. Sie schaute ebenfalls in meinen Jackentaschen nach. Dann trampelte sie aus dem Zimmer und ließ die Tür offenstehen.«
»Hat dich jemand bemerkt und dir geholfen?«
»Nein. Ich habe mich allein befreit. Ich sage dir, Jacqueline, das Mädchen ist völlig durchgedreht. Ich werde die Polizei benachrichtigen.«
»Ja, das solltest du besser tun.« Jacquelines ernstes Gesicht nahm einen grimmigen Ausdruck an. »Versuche, möglichst zu O'Brien Kontakt aufzunehmen. Ich warte auf dich ... hier in der Bar ... in circa einer Stunde.«
»In circa einer Stunde bin ich sturzbetrunken. Wo gehst du hin?«
»Ich komme so schnell wie möglich wieder zurück.«
Jacqueline fand Hattie hinter der provisorischen Bühne, wo sie Victors Brusttoupet erneut anklebte. »Sie schon wieder?« entfuhr es der Agentin. »Legen Sie es darauf an, mich wahnsinnig zu machen?«
»Ich bin auf der Suche nach Laurie.«
»Ich weiß nicht, wo sie ist, und es ist mir auch egal. Bewegen sie sich nicht, Victor.«
»Es juckt«, klagte Victor. »Hallo, Mrs. Kirby. Wenn Sie Sue sehen, würden Sie ihr bitte sagen ... «
»Seien Sie still, Joe. Hattie, es ist mir wirklich ernst. Laurie hat gerade einen Freund von mir angegriffen und sein Zimmer verwüstet. Ich muß sie finden.«
Victor pfiff leise. »Ich habe Ihnen ja gesagt, Hattie, daß die Kleine verrückt ist.«
»Ich bin für ihre Handlungen nicht verantwortlich«, erwiderte Hattie. »Versuchen Sie nicht, mich da reinzuziehen, Mrs. Kirsky. Sie gehört in die Klapsmühle. Man kann ihr kein Wort glauben.«

»Es interessiert mich nicht, was Sie darüber denken«, konterte Jacqueline. »Ich will dieses Mädchen. Ich muß sie finden, bevor sie erneut jemanden – oder vielleicht sogar sich selbst – verletzt. Wo kann ich sie finden? Wie lautet ihre Adresse? Telefonnummer? Wer sind ihre Freunde?«

»Ich kenne ihre genaue Anschrift nicht. Ihr Nachname ist Schellhammer, und sie wohnt irgendwo in Höhe der Park oder der Fifth Avenue. Joe – ich meine, Victor –, hören Sie auf zu zappeln!«

»Ihre Freundinnen«, bohrte Jacqueline. »Sie ist doch Präsidentin des Valentine-Fanclubs, nicht wahr? Wo sind die anderen Mädchen?«

»Hängen vermutlich irgendwo draußen rum«, sagte Hattie desinteressiert. »Das tun sie meistens.«

Jacqueline begriff, daß sie alles Wissenswerte aus Hattie herausgeholt hatte, und machte sich erneut auf den Weg. Eine Gruppe von Fans wartete vor der Tür. Unter ihnen waren mehrere der Mädchen, die sich am Eröffnungstag um den Stand der Valentine-Verehrer geschart hatten. Jacqueline stürzte sich auf die erstbeste, ein nichtssagendes Gesicht mit vorstehenden, blauen Augen. »Ich suche Laurie.«

Das Mädchen riß die Augen so weit auf, daß sie ihr aus dem Kopf zu fallen drohten. »Ich weiß nicht . . . «

»Sie erwürgen sie ja«, meinte ein anderes Mädchen mit Brille und Übergewicht.

»Entschuldigung.« Jacqueline lockerte ihren Griff. Das glupschäugige Mädchen versteckte sich hinter einer Freundin. »Hat euer Club eine Vizepräsidentin?«

»Das bin ich«, sagte die Dicke. Als Jacqueline sich ihr zuwandte, plusterte sie sich auf.

»Sind Sie eine Freundin von Laurie?«

»Ich schätze, so könnte man es nennen«, lautete die vorsichtige Antwort. »Was hat sie jetzt wieder angestellt?«

Jacqueline nickte zufrieden. »Dann sind Sie diejenige, mit der

ich sprechen möchte.« Sie zog das Mädchen beiseite. »Wie heißen Sie?«
»Meredith. Meredith Katz. Wer sind Sie?«
»Mein Name ist Jacqueline Kirby.«
Merediths Lippen verzogen sich zu einem boshaften Grinsen und gaben den Blick auf eine glänzende Zahnspange frei. »Die berühmte Detektivin?«
Jacqueline grinste zurück. »Was machen Sie eigentlich in diesem Haufen von – äh – Fans?«
Meredith lieferte einen weiteren Beweis für ihre von Jacqueline bereits registrierte rasche Auffassungsgabe, indem sie das als Kompliment wertete. »Sie sind in Ordnung. Ich bewundere einfach Valentines Bücher.«
»Ich auch. Hören Sie, Meredith ... Ich nehme nicht an, daß Sie irgend jemand Merry nennt.«
»Da haben Sie verflucht noch mal recht.«
»Laurie befindet sich in ernsthaften Schwierigkeiten, Meredith. Ich möchte ihr helfen.«
»Was für Schwierigkeiten?«
»Tätliche Bedrohung.«
Meredith stutzte einen Augenblick lang, doch Jacqueline fiel auf, daß sie nicht überrascht zu sein schien. Schließlich sagte das Mädchen ruhig: »Ich schätze, Sie können Laurie als eine meiner Freundinnen bezeichnen, hauptsächlich deshalb, weil sie keine anderen Freunde hat, lediglich den Fanclub. Sie war schon immer ziemlich verrückt, aber in letzter Zeit ist sie noch extremer geworden. Ich meine, richtig verrückt. Es macht mir nichts aus, ihr zu helfen, aber ... woher weiß ich denn, daß Sie ihr helfen wollen?«
»Sie müssen mir einfach glauben«, sagte Jacqueline tonlos. »Reine Glücksache. Wie alles im Leben.«
»Ich muß darüber nachdenken.«
Meredith fing an zu grübeln. Während sie überlegte, blickte Jacqueline zur Tür des Washington-Saals, wo ein Platzanweiser die

Eintrittskarten kontrollierte. Die Gruppe der jugendlichen Verehrerinnen stand auf einer Seite zusammen.

»Warum gehen sie nicht rein?« fragte Jacqueline. »Warten ihre Freundinnen auf Sie?«

»Machen Sie Witze?« Meredith lachte zornig. »Die Eintrittskarten für diese Veranstaltung kosten dreihundert Dollar. Für die meisten von uns ist das ungeheuer viel Geld. Wir haben unsere Mitgliedsbeiträge zusammengeworfen, damit Laurie teilnehmen kann.«

»Laurie mußte ihre Eintrittskarte bezahlen?« wiederholte Jacqueline.

»Morgen nachmittag findet ein Gratisempfang für die Fans statt«, sagte Meredith in beiläufigem Tonfall. »Tee und Plätzchen und eine Rede von Tante Hattie.«

»Sagen Sie jetzt nichts, lassen Sie mich raten«, sagte Jacqueline. »Ein Teil Ihrer Mitgliedsbeiträge geht an Hattie.«

»Fünfzig Prozent. Sie gehen an die nationale Organisation, um genau zu sein. Sie dürfen ebenfalls raten, wer die Vorsitzende ist.«

»Ich hätte es wissen müssen«, seufzte Jacqueline. »Dieses alte Miststück arbeitet mit allen Tricks.«

Meredith sagte abrupt: »Wenn ich Laurie sehe, werde ich ihr ausrichten, daß Sie mit ihr reden wollen. Sie übernachtet gelegentlich bei mir. Ich weiß nicht, wo sie augenblicklich ist. Normalerweise lungert sie hier herum und wartet auf Valentine, um auf sich aufmerksam zu machen, wenn sie nicht gerade Besorgungen für Tante Hattie erledigt.«

Das Wort »Tante« war offensichtlich ironisch gemeint, und Jacqueline registrierte es mit einem sarkastischen Lächeln. »Besorgungen«, wiederholte sie. »Was für Besorgungen, Meredith?«

»Ach, wissen Sie – Kaffee holen oder Hatties Kleidung in die Reinigung bringen. Es würde mich nicht überraschen, wenn sie sogar ihre Schuhe putzt und ihre Unterwäsche wäscht.«

»Mich auch nicht.« So aufschlußreich dieses Gespräch auch war,

Jacqueline wußte, daß ihr die Zeit davonraste. »Meinen Sie, daß Laurie vielleicht zu Hause anzutreffen ist?«
Meredith spitzte ihre schmalen Lippen. »Außer dem Dienstmädchen ist wahrscheinlich niemand zu Hause. Ich bezweifle, daß Sie Laurie dort finden. Ihre Familie ist in Europa, wo sie sich normalerweise ständig aufhält.«
Jacqueline riß eine Seite aus ihrem Notizbuch und schrieb rasch etwas darauf. »Hier ist meine Zimmernummer und die Telefonnummer des Hotels. Meredith, das ist eine ernste Sache. Versuchen Sie, Laurie davon zu überzeugen, daß ich auf ihrer Seite stehe.«
»In Ordnung.« Meredith nahm das Stück Papier. Jacqueline griff erneut in ihre Handtasche. »Ich brauche meine Eintrittskarte für diese Veranstaltung nicht. Wollen Sie sie haben?«
»Ist das Ihr Ernst?«
Jacqueline gab ihr die Eintrittskarte. Meredith staunte sie für einen Augenblick an und meinte dann edelmütig: »Wir werden Streichhölzer ziehen. Danke.«
»Viel Spaß«, sagte Jacqueline.
Laurie war in keinem der öffentlich zugänglichen Räume des Hotels zu finden. Jacqueline benutzte das Haustelefon, um in Hatties Suite anzurufen. Max nahm ab. Als ihm Jacqueline erklärte, warum sie anrief, klang seine Stimme ähnlich besorgt wie die ihre.
»Ich hatte schon befürchtet, daß so etwas passieren würde. Erst gestern habe ich versucht, Hattie davon zu überzeugen, daß sie sich mit den Eltern des Mädchens in Verbindung setzt und diese informiert, daß sie sich merkwürdig verhält, aber ... «
»Sie kennen doch Hattie«, beendete Jacqueline den Satz für ihn. »Wie mir gesagt wurde, halten sich ihre Eltern ohnehin nicht in der Stadt auf, deshalb hätte es gar keinen Sinn. Haben Sie sie heute schon gesehen?«
»Nein. Warten Sie, ich frage Valentine.«
Jacqueline hörte Valentines ausdrückliche Verneinung, doch

Max wiederholte sie pflichtschuldig. »Seit gestern abend nicht mehr, sagt sie. Was kann ich für Sie tun?«
»Im Augenblick nichts. Wenn Sie sie sehen, nageln Sie sie fest und geben mir umgehend Nachricht.«
Nachdem sie aufgelegt hatte, schlenderte Jacqueline zu einem der öffentlichen Telefone und blätterte im Telefonbuch. Es gab nur einen Schellhammer auf der Fifth Avenue. Jacqueline wählte die Nummer.
Sie ließ das Telefon einige Minuten lang klingeln und gab schließlich auf. Einen Augenblick lang stand sie unentschlossen da und überlegte, was sie tun sollte. Es war absolut wichtig, sämtliche Stellen abzusuchen, wo Laurie sich aufhalten konnte, insbesondere, da ihr nur wenige bekannt waren. So sehr sie es auch verabscheute, ihre kostbare Zeit darauf zu verschwenden, aber sie mußte zum elterlichen Haus des Mädchens fahren.
Sie gewann den aufreibenden Kampf um ein freies Taxi, indem sie sich an die Spitze der Warteschlange vor dem Hotel stellte, »Dienstliche Angelegenheit« verkündete und dem gerade auf ein Taxi zustrebenden Paar ihre von der römischen Polizei ausgestellte Karte vor die Nase hielt. Wann immer das Taxi vor einer roten Ampel anhielt, schrieb sie in ihr Notizbuch. Sie hatte nicht die Hoffnung, Laurie zu Hause anzutreffen, doch sie konnte wenigstens eine Nachricht hinterlassen. Und diese Nachricht mußte so überzeugend und beruhigend wie irgend möglich sein.
Das Gebäude in der Nähe des Central Parks bestätigte Hatties Behauptung, daß Lauries Eltern wohlhabend waren. Einige der Apartments in dem gediegenen alten Wohnblock wurden innerhalb der Familie schon seit Generationen weitervererbt. Ob Mietwohnung oder Eigentum, sie kosteten mit Sicherheit jeden Monat astronomische Summen. Die Sicherheitsvorkehrungen waren entsprechend streng, doch aufgrund ihrer respektvollen Erscheinung und einer geschickten Lüge passierte Jacqueline den Wachmann und war bereits im Aufzug, als ihm einfiel, daß

er gar nicht nach dem Namen der Schule gefragt hatte, an der sie als Lehrerin tätig war.
Das Dienstmädchen war zu Hause. Sie hatte nur keine Lust gehabt, ans Telefon zu gehen. Trotz des Wachmanns in der Empfangshalle hatte das Apartment die üblichen Sicherheitsschlösser. Erneut gelang es Jacqueline mit ihrer Ausrede, eine von Lauries Lehrerinnen zu sein, ins Innere vorzudringen.
Das Dienstmädchen war eine Frau in den Vierzigern. Ihr widerspenstiges, schwarzes Haar war in einer dicken Flechte um ihren Kopf gesteckt, und sie trug ein hübsch bedrucktes Kittelkleid und bequeme Hausschuhe. »Laurie ist nicht da«, bemerkte sie. »Mister und Mrs. Schellhammer sind nicht da. Sie kommen aber bald zurück.«
Das war ganz offensichtlich ihre Standardfloskel, die keinen Aufschluß darüber gab, daß die Bewohner nicht in der Stadt weilten. Sobald Jacqueline der Frau Fragen stellte, schien deren englischer Wortschatz zu versiegen. Sie schüttelte den Kopf und wiederholte ihre einstudierten Sätze.
Jacqueline wechselte zu fließendem, wenn auch grammatikalisch nicht ganz einwandfreiem Spanisch über. »Wo ist Laurie? Ich muß unbedingt mit ihr reden. Es ist von äußerster Wichtigkeit.«
»Sie sind Spanischlehrerin, Señora?« fragte das Dienstmädchen mißtrauisch.
»Ich bin Englischlehrerin«, erwiderte Jacqueline. »Die junge Frau war die ganze Woche lang nicht in der Schule. Wann kommt sie denn normalerweise nach Hause?«
Schulterzuckend rollte das Dienstmädchen die Augen und entgegnete aufgebracht: »Woher soll ich das wissen? Hier in Amerika ist alles sehr merkwürdig. Es gibt keine Hochachtung vor dem Vater und der Mutter und keine Disziplin für das Kind. In meinem Land ist das ganz anders.«
Auf dem Flügel im Wohnraum bemerkte Jacqueline eine riesige Studioaufnahme, die einen Mann und eine Frau in vornehmer

Abendgarderobe zeigte. Sie schienen aus dem gleichen Holz geschnitzt, trugen dieselbe Haltung zur Schau und waren von den exklusivsten und renommiertesten Modehäusern ausstaffiert worden.
Sie gab dem Dienstmädchen die Notiz und wies darauf hin, daß es wichtig sei, sie Laurie gleich nach ihrem Auftauchen auszuhändigen.
Der Besuch war schon aus dem Grund sinnvoll gewesen, daß er ihr ein klareres Bild von Lauries Problemen vermittelt hatte. Hier schien der klassische Fall eines häßlichen Entleins vorzuliegen, das von seinen attraktiven Eltern verachtet und ignoriert wurde. Und je mehr sie sie wegen ihres Übergewichts und ihres Aussehens hänselten, um so mehr würde sich Laurie vollstopfen.
Da sie wußte, daß es aussichtslos war, um die Hauptverkehrszeit ein freies Taxi zu finden, ging Jacqueline zu Fuß. Es war nach sechs, als sie die Cocktailbar des Hotels erreichte, wo James bereits auf sie wartete.
»Ich kann nicht hierbleiben«, kündigte sie an. »Hast du O'Brien erreicht?«
»Er war nicht da.«
»Verflucht, James ...«
»Welche Nachricht sollte ich ihm denn hinterlassen? Du hast mir weder gesagt, wohin du gehen noch wann du zurückkom men würdest.«
»Du hast den tätlichen Angriff nicht gemeldet, nicht wahr?«
James senkte den Blick. »Ich will nicht, daß das Kind Ärger bekommt.«
»Zur Hölle mit dir. Du hast dich geschämt. Du wolltest nicht zugeben, daß dich eine Siebzehnjährige überwältigt hat. Von allen Perversitäten, die mir im Laufe eines langen, beschwerlichen Lebens begegnet sind, ist das männliche Ego die schlimmste. Mach dich auf die Socken.«
Sie zerrte ihn aus seinem Sessel und begleitete ihn zum Ausgang des Hotels, während sie unermüdlich auf ihn einredete. »Geh

sofort zum Polizeirevier. Es ist auf der 41. Straße West, kurz hinter dem Broadway. Du gehst besser zu Fuß, das geht schneller. Wenn O'Brien nicht dort ist, hinterlaß eine Nachricht für ihn, daß er mich anrufen soll. Aber egal, ob er da ist oder nicht, gib den Anschlag zu Protokoll und hau auf den Putz.«
»Ich dachte, das Mädchen täte dir leid. Gibt es denn keine weniger drastische Methode, um sie zu finden?«
»Nein, nicht, wo es so dringend ist. Selbst wenn ich sie als vermißt melden würde, wozu ich nicht berechtigt bin, würde es einige Tage dauern, bis die Polizei aktiv wird – und sie unternimmt relativ wenig, wenn es sich um verschwundene Jugendliche handelt. Anzeigen von Überfällen und Schlägereien zwingen sie jedoch zum Handeln.«
»Warum ist es denn so wichtig zu ...«
»James, gehst du jetzt endlich los? Wenn du die Dringlichkeit der Sache nicht begreifst, werde ich es dir später erklären.«
»Wo und wann?«
Jacqueline rollte ihre Augen himmelwärts. »Komm in mein Zimmer, wenn du auf dem Polizeirevier warst. Dann.«
»Das klingt schon besser«, sagte James. »Was werden wir in deinem Zimmer unternehmen?«
»Ich werde warten. Es ist mir egal, was du tust, solange du nicht erwartest, daß ich dir dabei Gesellschaft leiste.«
Ein durchtriebener Ausdruck glitt über James' Gesicht. »Ich werde sofort verschwinden, wenn du mir versprichst, mein Abendessen zu bezahlen. Du bist an der Reihe.«
»Ich habe nicht vor, zum Abendessen auszugehen.«
»Das kommt mir sehr entgegen«, sagte James.
»In Ordnung. Ich bezahle dein Abendessen. Und jetzt geh endlich.«
»Bis später.« Mit einem unbekümmerten Winken setzte er sich in Bewegung. Jacqueline sah ihm mit einem leicht hintersinnigen Lächeln noch einen Augenblick nach. Dann stürzte sie sich mitten in den Verkehr und überquerte die Straße.

Sie war erleichtert, als sie Sue unverletzt und unbehelligt vorfand. Das Mädchen machte sich gerade ausgehfertig. Apart und zierlich wandte sie sich in ihrem weißen Unterrock und einem Spitzen-BH vom Spiegel ab, um Jacqueline zu begrüßen.

»Geht es Ihnen besser?«

»Besser, wieso?« Jacqueline begriff, daß sie sich auf ihren frühmorgendlichen Koffeinmangel-Mißmut bezog. »Nein«, sagte sie schließlich nach reiflicher Überlegung.

»Was ist denn los?«

Jacqueline verspürte wirklich keine Lust, ihr das zu erklären. Sie bot ein reizendes Bild unschuldiger Liebe – glückseliger Gesichtsausdruck, schimmernde Augen mit diesem unbeschreiblichen Strahlen, das von Herzen kommt und den ganzen Körper durchflutet... Jacqueline zog ihr Notizbuch hervor und notierte den Satz.

Sue streifte ihr Kleid über und drehte sich vor ihr. »Wie gefällt es Ihnen?«

»Sie haben es gerade erst gekauft, nicht wahr?«

»Woher wissen Sie das?«

Jacqueline kramte eine Schere aus ihrer Tasche und entfernte die Schildchen, die vom Rückenetikett des Kleides hinunterbaumelten. Es war im »Antiklook« geschneidert, der dieses Jahr in Mode war. Das durchscheinende, weitausgeschnittene Oberteil war nach dem Muster eines viktorianischen Hemdchens gearbeitet. Der Rock bestand aus drei Lagen Tüll mit Rüschen- und Spitzeneinsätzen, die mit schmalen, blauen Bändern abgepaspelt waren. »Hatten Sie an so etwas gedacht?« fragte Sue lächelnd.

»Es ist einfach toll – für Sie, meine ich.« Jacqueline seufzte. »Ich wollte immer grazil aussehen«, sagte sie wehmütig.

»Aber ich bin sicher, Sie waren... ich meine, Sie sind immer noch...«

»Ich war nie grazil. Attraktiv, ja. Aber grazil, nein. Nun ja.« Jac-

queline seufzte erneut und wurde dann wieder sachlich. »Mit wem gehen Sie denn aus?«
»Mit Joe natürlich.« Sue wandte sich erneut dem Spiegel zu, um ihr ohnehin makelloses Gesicht einer kritischen Prüfung zu unterziehen.
»Ich dachte, er hätte heute abend ein Rendezvous.«
»Oh, er wird der Gewinnerin der Liebeslotterie einfach einen Drink ausgeben«, sagte Sue spöttisch. »Und sich dann so schnell wie möglich aus dem Staub machen.«
»Hmhm. Tun Sie mir einen Gefallen, bevor Sie aufbrechen?«
»Selbstverständlich.«
Jacqueline reichte ihr einen Plastikeiskübel aus dem Schrank. »Holen Sie mir etwas Eis. Ich erwarte einen Anruf, und ich möchte das Zimmer nicht verlassen.«
Sue zögerte. Mit dem Eiskübel in der Hand beobachtete sie, wie Jacqueline eine Flasche Scotch aus ihrem Koffer nahm und sich am Verschluß zu schaffen machte. »Wollen Sie den ganz allein trinken?« fragte Sue lachend.
»Glücklicherweise nicht.«
Als Sue zurückkehrte, hatte Jacqueline ihren pfauenblauen Morgenmantel übergezogen. Rock und Bluse hingen auf einem Kleiderbügel für den Ernstfall bereit. Ihre Schuhe standen auf dem Boden unter ihrer Kleidung. Die Arbeitsplatte ihres Schreibtischs war mit Knabbereien übersät – Tüten und Päckchen mit Chips, Erdnüssen, Crackern, Käsestangen. Jacqueline zog eine weitere Dose Knabbergebäck und einen Beutel Nüsse aus ihrer Tasche und legte sie zu dieser Sammlung.
»Danke«, sagte sie und nahm den Eiskübel in Empfang.
»Sie feiern eine Party«, schloß Sue, nachdem sie bemerkt hatte, daß die Zahnputzgläser das Gesamtbild abrundeten.
»Etwas in der Art. Bevor Sie gehen, muß ich Sie noch warnen. Haben Sie Laurie heute schon gesehen?«
»Laurie? Ach ... dieses Mädchen.«
»Genau, dieses Mädchen. Haben Sie sie gesehen?«

»Nein. Müßte sie mir aufgefallen sein?«
»Es ist vermutlich besser so, daß das nicht der Fall war.« Jacqueline klärte Sue darüber auf, was passiert war, und war erfreut, als sie erkannte, daß Sues Reaktion von reiner Menschenfreundlichkeit und rascher Auffassungsgabe zeugte. »Das arme Mädchen. Ich hoffe, Sie finden sie.«
»Vielleicht finden Sie sie noch vor mir«, sagte Jacqueline grimmig. »Beide Menschen, die sie – äh – aufgesucht hat, sind Freunde von mir. Ich bin nicht sicher, ob sie irgendeinem Verhaltensmuster folgt, deshalb weiß ich auch nicht, was sie als nächstes anstellt, aber Sie könnten ein weiteres Opfer sein. Seien Sie vorsichtig.«
»Ach, du meine Güte.« Sue riß die Augen auf. »Glauben Sie wirklich, daß ...«
»Ich weiß es nicht. Wo treffen Sie Joe?«
»Unten in der Halle.«
»Gut. Bleiben Sie im Hotel. Ich glaube nicht, daß sie im Innenbereich irgend etwas wagen würde, aber auf der Straße hat Sie leichtes Spiel mit Ihnen. Warnen Sie Joe. Erklären Sie ihm – und das ist wirklich sehr, sehr wichtig, Sue –, erklären Sie ihm, daß er Laurie unbedingt festhalten muß, wenn er sie bemerkt. Ihr einen Kinnhaken verpaßt oder sonst irgend etwas, aber sie nicht entkommen läßt. Ist das klar?«
Nachdem Sue gegangen war, ließ sich Jacqueline mit der Scotchflasche auf der einen und dem Telefon auf der anderen Seite nieder. Sie befürchtete, daß ihre Mission vermutlich vergebens war, wollte jedoch kein Risiko eingehen. Mit jeder Minute, die verstrich, fühlte sie sich unwohler. Ihre Besorgnis war logisch, wenn man Lauries Verhalten zugrunde legte, aber der wirkliche Auslöser war schwieriger zu definieren. Gefahr, Gefahr... Das Wort geisterte immer wieder durch Jacquelines Kopf.
Als James eintraf, hatte sie bereits die Hälfte der Nüsse und einen Beutel Kartoffelchips vertilgt. Sie ließ ihn herein und setzte sich wieder in ihren Sessel.

James legte sein Sakko ab, lockerte seine Krawatte und nahm dann die improvisierte Bar in Augenschein. »Cutty Sark? Ich dachte, du müßtest sparen?«

»Es gibt gewisse Standards, die ich nicht zu unterschreiten bereit bin. Bedien dich«, fügte sie ironisch hinzu, als James sein Glas füllte.

Er zog einen Sessel neben den ihren und sank hinein. »Ist das schön. Viel schöner, als zum Essen auszugehen.«

»Hast du O'Brien gesehen?« Jacqueline schob seine Hand von ihrer Schulter.

»Er war nicht da.«

»James ...«

»Ich habe ihm eine Nachricht hinterlassen«, sagte James schnell. »Und ich habe eine Anzeige zu Protokoll gegeben. Sie sagten, daß sie sich umgehend darum kümmern würden.«

»Haha.«

»Was kann ich denn noch tun?«

»Deine Hände bei dir behalten. Ich bin nicht in der Stimmung für Zweisamkeit, James. Du kannst dir immer noch kein Bild machen.«

»Nein, kann ich auch nicht. Weshalb bist du so aufgebracht? Ich bin schließlich derjenige, dem übel mitgespielt wurde.« James faßte sich an die Beule an seiner Denkerstirn. »Ich brauche Mitgefühl und Zärtlichkeit«, sagte er eingeschnappt.

»Der Schlag auf den Kopf muß deinen Verstand in Mitleidenschaft gezogen haben«, sagte Jacqueline. »Aber danach hast du Laurie ebensowenig gesehen wie ich. Während der letzten Tage hat sie heftige Stimmungsschwankungen gezeigt, von Aggressivität über Freundlichkeit bis hin zur Schwermut. Sie nimmt irgendeine Droge ...«

»Vielleicht ist sie nur psychotisch«, sagte James und legte seine Füße auf das Bettende.

»Nur? Tatsache ist, daß es immer schlimmer wird. Ihre Gewaltbereitschaft wird zunehmend extremer. Sie ist hinter irgend etwas her, und sie wird zum Äußersten gehen, um es zu bekommen. Wenn du ein gebrechlicher alter Mann mit einem schwachen Herzen gewesen wärest; wenn dein Kopf statt des Bodens eine Ecke des Schranks gestreift hätte ... «

»Ich verstehe, was du damit sagen willst.« James wirkte entsetzt. »Kannst du dir vorstellen, was sie sucht?«

»Vielleicht gar nichts. Eine Wahnvorstellung ihres gestörten Verstandes. Was mich wirklich beunruhigt, ist die Möglichkeit, daß ihr jemand diese fixe Idee suggeriert hat.«

»Hattie?«

»Sie ist sicherlich am naheliegendsten. Aber jeder könnte Laurie manipulieren, indem er ihr erklärte, Valentine sei in Gefahr. Einmal angenommen, der unbekannte Mörder hätte Laurie auf die Suche nach Dubrettas Notizbuch angesetzt. Herr oder Frau XY hat es jetzt, aber er oder sie war nicht in der Lage, Laurie zu erreichen und ihr mitzuteilen, daß sie ihre Suche beenden kann. Oder, anders betrachtet, sie ist bereits so weit gegangen, daß sie nicht mehr gebremst werden kann. Sie ist nicht nur eine Bedrohung für andere, sondern könnte auch selbst in Gefahr schweben. Wenn wir sie finden, gesteht sie uns vielleicht, wer sie auf die Spur des Notizbuches gesetzt hat.«

»Du hast nicht den geringsten Beweis zur Untermauerung dieser Theorie«, sagte James.

»Nein.«

»Klingt aber trotzdem plausibel«, gestand James großherzig. »Hast du die anderen davor gewarnt, daß sie handgreiflich wird?«

»Ich denke schon. Da ich keine Ahnung habe, welche Kriterien sie bei der Auswahl ihrer Opfer anwendet, bin ich mir natürlich nicht sicher, ob ich jemanden vergessen habe; aber ich habe Sue informiert, die wiederum Victor warnen wird. Hattie und Max wissen von dem Vorfall. Betsy habe ich ebenfalls angerufen. Sie war nicht zu Hause, aber ich habe ihr die Nachricht hinterlassen, daß es extrem wichtig ist, sich umgehend mit mir in Verbindung zu setzen.«

»Betsy?«
»Ich vergaß, du hast sie noch nicht kennengelernt.« Jacqueline schilderte ihm Betsy. »Ihre Beteiligung ist zwar nur marginal, aber so verbohrt, wie sie ist, erschiene es mir logisch, wenn sie Dubrettas Notizbuch hätte. Sie kannte Dubretta, sie verabscheut Valentine, und sie ist eine Freundin von mir.«
»Dann hast du ja alles in deiner Möglichkeit Stehende getan«, sagte James beruhigend. »Warum entspannst du dich nicht?«
Ein kleineres Handgemenge folgte. Es wurde von einem Klopfen an der Tür unterbrochen, das James verunsicherte und Jacqueline in die Lage versetzte, sich ihm ohne brutale Gewaltanwendung zu entziehen. Während sie ihr Haar glattstrich, schritt sie zur Tür und ließ O'Brien eintreten.
»Aber, Kommissar, wie nett von Ihnen vorbeizuschauen. Setzen Sie sich doch zu uns.«
»Danke.« O'Brien nickte James, der sich erneut in seinem Sessel niedergelassen hatte und sich den Anschein gab, ihn nie verlassen zu haben, höflich zu. »Wie ich höre, haben Sie mich gesucht, Professor.«
»Ich habe Sie nicht gesucht«, erwiderte James. »Ich war auf dem Polizeirevier, um Anzeige zu erstatten.«
»Ich weiß. Tut mir leid, von dieser Geschichte erfahren zu müssen. Sind Sie sicher, daß Sie völlig in Ordnung sind?«
Weder in seiner Stimme noch in seinem Gesichtsausdruck schwang die leichteste Spur von Belustigung mit, trotzdem lief James vor Zorn rot an. »Natürlich bin ich sicher. Sie hat mich nur aus dem Gleichgewicht gebracht.«
»Verrückte entwickeln manchmal ungeahnte Kräfte«, sagte O'Brien ernst. James antwortete ihm nicht. Mit der Gewißheit, die heimliche Situationskomik aus einer Unterhaltung herausgeholt zu haben, wandte sich O'Brien Jacqueline zu.
»Sie wollten mit mir sprechen, Mrs. Kirby?«
»Setzen Sie sich«, sagte Jacqueline. »Nehmen Sie einen Whisky.«

»Danke.« O'Brien goß etwas Scotch in ein Glas und fügte Eiswürfel hinzu.

James sagte: »Ich dachte, Sie dürften während Ihrer Dienstzeit nicht trinken.«

»Ich bin nicht im Dienst«, erwiderte O'Brien ruhig. Er setzte sich auf das Fußende des Bettes. »Gab es irgend etwas Besonderes, worüber Sie mit mir sprechen wollen, Mrs. Kirby?«

»Das kommt darauf an. Muß ich Ihnen erklären, warum es so ungeheuer wichtig ist, daß wir Laurie umgehend aufspüren?«

»Nein. Zumindest«, fügte O'Brien hinzu, »habe ich meine eigenen Beweggründe, warum ich sie finden will. Ich weiß nicht, ob diese mit den Ihren übereinstimmen. Sie haben eine blühende Phantasie, Mrs. K.«

»Was sind Ihre Gründe?«

»Sie sind ganz offensichtlich, oder etwa nicht? Das Mädchen hat innerhalb der letzten zwölf Stunden zwei Menschen tätlich angegriffen. Oder sollte ich sagen, drei?«

Seine Augenbrauen hoben sich leicht. Jacqueline lernte mittlerweile, O'Briens Augenbrauen zu deuten. Der von dieser Bewegung ausgelöste fragende Ausdruck war minimal.

»Nein, ich glaube nicht, daß es Laurie war, die mir meine Tasche entrissen hat«, sagte sie.

»Ich dachte mir, daß Sie mich darauf hingewiesen hätten, wenn Sie von so etwas ausgegangen wären«, sagte O'Brien. »Ist sie nach Ihrer Expertenauffassung in der Lage, weitere Opfer zu bedrängen?«

»Möglicherweise.«

»Das ist mir eine große Hilfe. Wenn Sie mir einen Namen nennen, bin ich in der Lage, Personenschutz anzufordern.«

»Bei Ihrer Personalknappheit?« fragte Jacqueline sarkastisch. »Ich habe die möglichen Opfer gewarnt, beziehungsweise zu warnen versucht.«

»Und weshalb wollten Sie mich dann noch sprechen?«

Jacqueline wirkte verärgert. »Wegen einer ganzen Reihe von Dingen. Beispielsweise der Autopsie von Dubretta.«
O'Brien nippte vorsichtig an seinem Glas. »Es wird keine Autopsie durchgeführt.«
»Aber...«
»Die Symptome entsprachen einem akuten Herzversagen. Wegen ihrer Herzprobleme befand sie sich bereits seit Jahren in Behandlung. Ihren Ärzten zufolge war ihr Zustand stabil, trotzdem war es eine ernste Sache, und... Man kann nie wissen. Manchmal vergaß sie die Einnahme ihrer Medikamente, und außerdem schonte sie sich nie.« O'Brien bemerkte, daß Jacqueline die Lippen geschürzt hatte, und auch ihren mißtrauischen Blick, und meinte rechtfertigend: »Mrs. Kirby, uns Personalmangel vorzuwerfen ist, gelinde gesagt, Untertreibung. Das Büro meines Vorgesetzten platzt vor Akten bald aus den Nähten. Wir reißen uns nicht unbedingt um Arbeit, wenn dafür kein Grund vorliegt.«
James blickte ostentativ auf seine Armbanduhr. »Nun, das war's dann wohl. Nicht wahr, Jacqueline? Es war nett von Ihnen vorbeizukommen, Kommissar O'Brien.«
»Kein Problem«, sagte O'Brien. »Ich habe heute abend ohnehin nichts mehr vor. Das ist ein hervorragender Scotch, Mrs. Kirby.«
»Nehmen Sie noch einen.«
»Das lass' ich mir nicht zweimal sagen.«
In einem Tonfall absoluter Verärgerung brummte James: »Sollen wir nicht besser etwas bestellen, Jacqueline? Der Zimmerservice ist um diese Uhrzeit immer hoffnungslos überlastet.«
»Gütiger Himmel, James, kannst du ständig nur an deine leiblichen Genüsse denken?« entfuhr es Jacqueline. Die nackte Ungerechtigkeit dieser Behauptung raubte James die Sprache. Jacqueline fuhr deshalb fort: »Um die Ecke ist ein Feinkostimbiß. Ich möchte Pastrami auf Roggenbrot und ein vegetarisches Sandwich. Und Kaffee. Wie steht es mit Ihnen, Kommissar?«

»Sammy macht hervorragende Sandwiches mit Krabbensalat«, sagte O'Brien. »Und für mich ebenfalls Kaffee.«
»Aber du ...«, stammelte James. »Du hast doch gesagt, du lädst mich zum Essen ein.«
»Tue ich doch.« Jacqueline kramte Geld aus ihrer Börse. »Hol dir, was du möchtest, James.«
Nachdem James gegangen war, setzte sich O'Brien in den freigewordenen Sessel und schlug die Beine übereinander. »Sie sind eine hinterhältige Frau, Mrs. Kirby«, bemerkte er.
»Ich nahm an, daß Sie in seiner Gegenwart nicht offen sprechen würden.«
»Ihre Annahme war korrekt. Aber ich bin nicht sicher, ob ich den Mut besitze, während seiner Abwesenheit offen zu sein.«
»Lassen Sie uns keine Zeit verschwenden. Er wird bald zurückkommen. Sie glauben also auch, daß Dubretta ermordet wurde.«
O'Brien erwiderte ihren forschenden Blick mit absolut ausdruckslosem Gesicht. »Aha«, sagte Jacqueline in zufriedenem Ton, »Sie glauben es ganz eindeutig. Haben Sie irgendwelche weiteren Ausführungen zu dem Thema, oder sagt Ihnen das Ihr sechster Sinn als Polizist?«
Die Falten in O'Briens Wangen vertieften sich zu seiner Version eines Lächelns. »So etwas gibt es nicht, Mrs. Kirby, es sei denn in den Kriminalromanen, von denen Sie offenbar zu viele gelesen haben. Mein Verdacht – wenn man ihn überhaupt als solchen bezeichnen kann – basiert auf etwas, was Dubretta mir gegenüber vor vier oder fünf Tagen erwähnte, als ich sie das letzte Mal lebend sah.«
»Nun?« Jacqueline beugte sich vor.
»Ich hatte bei ihr vorbeigeschaut, um nach Prudence zu sehen. Dubretta kam nach Hause, als ich gerade aufbrechen wollte. Wir unterhielten uns ein paar Minuten, und ich fragte sie, an was sie gerade arbeitete. Er war ein ganz beiläufiger Gesprächsaustausch, wie wir ihn häufiger hatten. Manchmal gab sie mir

einen Hinweis, manchmal lachte sie nur und erklärte mir, ich solle ihre nächste Kolumne lesen. Diesmal lachte sie auch. Aber sie sagte...« O'Briens Blick wirkte entrückt. »›Keine große Sache, O'Brien. Kein Regierungsskandal oder irgendwelche Korruptionsgeschichten. Das hier ist eine alte Geschichte. Wenn ich sie hinter mich gebracht habe, wird mir das die größte Befriedigung meiner gesamten beruflichen Laufbahn verschaffen.‹ Dann lachte sie erneut. ›Wenn ich innerhalb der kommenden Woche tot umfalle, O'Brien, dann mit Sicherheit nicht aufgrund von Herzversagen.‹«

»Aha!«

»Aha, verflucht. Das ist kein Beweis, Mrs. Kirby.«

»Das vielleicht nicht. Aber es untermauert meine Theorie hinsichtlich dieses Falles.«

»Ich habe damit gerechnet, daß Sie mir Ihre Theorien früher oder später darlegen würden, ob ich sie hören will oder nicht.« O'Briens Stimme wurde hart. »Machen Sie's kurz, Mrs. Kirby. Ich spiele nicht Sherlock Holmes mit Ihnen. Soweit es meine Abteilung betrifft, ist der Fall nicht nur abgeschlossen, es hat auch noch nie einen gegeben. Ich höre mich in meiner Freizeit um, weil – nun ja, einfach nur zu meinem Privatvergnügen. Ich spreche mit Ihnen, weil Sie mit diesem Haufen Spinner aus dem gegenüberliegenden Hotel in Kontakt stehen. Ich beabsichtige weder, mit Ihnen zu diskutieren, noch Informationen auszutauschen oder mich ihrer Auffassung anzuschließen. Wenn Sie mir das, was Sie in Erfahrung gebracht haben, mitteilen wollen, werde ich darüber nachdenken. Aber das ist auch schon alles.«

»Also, Kommissar O'Brien, selbstverständlich habe ich Besseres zu tun, als Sherlock Holmes zu spielen. Und«, fügte Jacqueline von Verärgerung überwältigt hinzu, »wenn ich spielte, dann sicherlich nicht mit Ihnen.«

»Spucken Sie's schon aus. Ihr Freund wird bald zurück sein.«

Jacquelines Augen verengten sich zu Schlitzen, aber sie beherrschte sich. »Hattie Foster ist die Agentin der drei Topautoren auf dem Sektor historischer Liebesliteratur sowie einiger weniger erfolgreicher. Wie eine ihrer neidischen Konkurrentinnen mir gegenüber erwähnte, dominiert sie ein Marktsegment. Und dieser Markt bedeutet viel Geld. Die Liebesroman-Verleger behaupten, vierzig Prozent des ...«

»Die Statistik ist mir bekannt.«

»Schön für Sie. Hattie bezieht schwindelerregende Einnahmen durch die von ihr vertretenen Autoren, und das nicht nur, weil sie Spitzenkonditionen verlangt, sondern auch, weil sie mehr von den Honoraren abschöpft, als ihr eigentlich zusteht. Ihre Provision ist doppelt so hoch wie der übliche Satz, und obwohl ich es nicht beweisen kann, bin ich mir recht sicher, daß sie auch noch heimlich Geld ergaunert. Autoren zu hintergehen ist einfach; sie sind überaus naiv.

Hatties Vertragsvereinbarungen mit Valerie Valentine sind mir nicht bekannt. Das Mädchen war ihre erste bedeutende Klientin. Die Vermarktung von Valentine war Hatties Startkapital. Valentine ist für sie so wichtig, wie sie selbst es für das Mädchen ist, und Max, Valentines Manager, ist ein durchtriebener Geschäftsmann, von daher bezweifle ich, daß Hattie dort viel veruntreuen kann. Ihre weiteren Autoren bilden eine andere Kategorie. Victor von Damm ist Hatties Frankenstein-Monster. Sie hat ihn mit Hilfe eines arbeitslosen Schauspielers und zweier frustrierter, schreibender Hausfrauen erschaffen. Sie könnte ganz legitim behaupten, daß sie in diesem Fall berechtigt ist, mehr als das übliche Agentenhonorar zu kassieren, da Victor von Damm ohne diese Konstellation gar nicht soviel Geld verdiente. Eigentlich war das eine recht gelungene Idee. Das Liebesroman-Geschäft wird von weiblichen Autoren dominiert. Die wenigen Männer in diesem Metier schreiben unter Frauennamen. Victor von Damm ist ein einzigartiges Phänomen – eine Art literarischer Schönling.

Victor wird von Joe Kirby gespielt – im übertragenen Sinne, meine ich natürlich. Aber er hat keine Lust mehr. Er möchte aufhören, doch Hattie läßt das nicht zu. Welches Druckmittel sie auf ihn ausübt, weiß ich nicht. Wenn ich Zugang zu den Polizeiakten hätte«, sagte Jacqueline betont, »würde ich Joe überprüfen.«

»Den Hintergrund dieser ganzen Schriftsteller zu überprüfen wäre sicherlich ein vernünftiger Ansatz«, stimmte ihr O'Brien gelangweilt zu. »Einschließlich dem von Valerie Vanderbilt.«

»Valerie Vanderbilt ist Jean Frascatti, eine Dozentin für Sprachwissenschaft«, sagte Jacqueline. »Hattie hat sie ebenfalls erpreßt, aber in anderer Form.« Sie fuhr fort, ihm Jeans Dilemma darzulegen.

O'Briens Augenbrauen zuckten gefährlich. »Das ist ja irrsinnig«, sagte er. »Ihre Freundin wirkt auf mich wie ein Schwachkopf.«

»Die Bedrohung erschien ihr überaus realistisch.«

»So realistisch, daß sie deshalb jemanden umbringen würde? Nein, das funktioniert nicht, Mrs. Kirby. Das Motiv ist der unwichtigste Faktor innerhalb der Mordaufklärung, aus der einfachen Überlegung heraus, daß manche Menschen aus Gründen töten, die Sie und ich für vollkommen irrelevant hielten. Aber in diesem Fall gibt es kein Motiv. Dubretta fand also heraus, daß Victor von Damm Schauspieler ist und Valerie Vanderbilt eine frustrierte Dozentin. Was soll's? Sie konnte diese Tatsachen in alle Welt hinausposaunen, und es hätte keinen Menschen interessiert. Selbst die Leser dieser Schundliteratur läßt das kalt. Die Enthüllung hätte Hatties Einkommen um keinen Pfennig geschmälert, und sie besitzt ein so dickes Fell, daß sie sich nicht einmal geschämt hätte. Sie mochte Dubrettas Schmutzgeschichten nicht, aber sie tat sie ab, wie Sie eine Mücke ignorieren.«

»Was ist mit Dubrettas Groll gegen Hattie? Sie erwähnte Ihnen gegenüber doch, daß es eine alte Geschichte sei ...«

»Hattie war diejenige, die vor Jahren Prudences erstes Buch ablehnte«, sagte O'Brien, und sein Gesicht nahm bei der

Erwähnung von Dubrettas Schwester wieder den verschlossenen, defensiven Ausdruck an. »Damals war sie Lektorin in einem Verlagshaus, und sie war berüchtigt für ihre boshaften Ablehnungsschreiben. Seitdem hat sie nichts unternommen, um Dubrettas Groll auf sie abzuschwächen. Warum sollte sie auch? Ich wiederhole mich, Mrs. K., aber es gibt kein Motiv.«
Jacqueline wollte etwas erwidern, doch O'Brien winkte ab. »Ich muß zwei Dinge wissen. Erstens: Dubrettas Symptome. Gab es irgend etwas – irgend etwas, was sie sagte oder tat oder wie sie aussah –, das den Tod aufgrund von Herzversagen ausschließt?«
»Das ist eine törichte Frage, O'Brien. Herzversagen ist kein medizinischer Fachbegriff. Es gibt verschiedene Arten von Herzerkrankungen, und diese äußern sich durch unterschiedliche Symptome.«
»Dachte ich mir, daß Sie das sagen würden. Was ist mit der Mordmethode? Haben Sie gesehen, wie jemand eines der Gläser präpariert hat? Hat jemand Dubretta ihr Glas gereicht? Wäre es irgend jemandem möglich gewesen, sicherzustellen, daß sie ein ganz bestimmtes Glas erhielt?«
»Also ...«
»Exakt. Sie dürfen sich von mir aus bis zum Sankt-Nimmerleins-Tag mit Ihrer Motivsuche amüsieren, Mrs. Kirby, aber solange Sie mir nicht erklären können, wie die Tat umgesetzt werden konnte, führen Sie Selbstgespräche.«
»Ich habe eine Idee«, sagte Jacqueline hastig. »Leider war ich mit anderen Dingen so sehr beschäftigt, daß ich nicht die Zeit fand, das zu überprüfen.« Ihr entspannter Gesichtsausdruck wurde plötzlich ernst; sie legte ihre Hände ineinander. »Verflucht. Warum ruft dieses Mädchen nicht an?«
Da er erkannte, daß ihrem Versuch eines Themawechsels echte Sorge zugrunde lag, setzte ihr O'Brien nicht länger zu. »Weshalb meinen Sie, daß sie Sie anrufen wird?« fragte er.
»Es ist sicherlich ziemlich abwegig.« Jacqueline fuhr sich zer-

streut durchs Haar. »Aber wir haben gestern so etwas wie einen persönlichen Kontakt aufgebaut. Ich habe eine Nachricht bei ihrer besten Freundin, dem Dienstmädchen bei ihr zu Hause sowie bei Max und Hattie hinterlassen. Der einzige Grund, warum sie sich an mich wenden könnte, besteht darin, daß sie sonst niemanden hat. Jetzt, wo sie sich in Schwierigkeiten befindet, wird Hattie sie fallenlassen, und Valentine hat sie immer schon verabscheut.« Jacqueline hielt inne. Dann meinte sie erneut: »Sie hat sonst niemanden.«

»Ich verstehe.«

Ihr Schweigen wurde von einem plötzlichen Klopfen an der Zimmertür unterbrochen. »Verflucht«, sagte Jacqueline, »ich hatte nicht damit gerechnet, daß er so schnell wiederkommt.«

»Sammys Feinkostimbiß schließt um fünf. Aber vermutlich wissen Sie das.«

»Natürlich weiß ich das. Ich wußte auch, daß James nicht zurückkehren würde, ehe er nicht mein ganzes Geld ausgegeben hat. In mancher Hinsicht ist er ein ziemlich engstirniger Bursche. Ich hatte damit gerechnet, daß er mindestens eine halbe Stunde brauchen würde, um einen Laden zu finden, der noch ...« Ein weiteres, energischeres Klopfen klang von der Tür her. »Schätze, ich mache ihm besser auf«, sagte Jacqueline widerwillig.

Doch als sie die Tür öffnete, stand sie Betsy Markham gegenüber. Jacqueline riß die Augen auf. Bevor sie einen Ton sagen konnte, schob Betsy sie aus dem Weg und schlug die Tür hinter sich zu.

»Ich glaube, die Bullen sind hinter mir her ...« Als sie O'Brien wahrnahm, hielt sie mitten im Satz sowie in ihrer Bewegung inne. »Oh, verdammt.«

»Guten Abend, Miss Markham«, sagte O'Brien und erhob sich.

»Hallo, O'Brien.« Betsy ließ sich auf das Bett fallen und stützte ihren ungepflegten, grauhaarigen Kopf auf einen ihrer Arme

auf. »Setzen Sie sich, setzen Sie sich. Ich kann es nicht ertragen, wenn Sie sich höflich geben.«
»Ich darf also davon ausgehen, daß ihr beiden euch bereits kennt«, meinte Jacqueline von der Tür her.
»Klar doch«, sagte Betsy.
»Miss Markham ist Dauergast auf meinem Revier«, erklärte O'Brien. »Wo wir gerade beim Thema sind, Miss Markham, Jack Billings bittet darum, daß Sie das nächste Mal nicht mehr so fest zuschlagen. Er hat eine mordsmäßige Beule davongetragen.«
»Das tut mir leid. Mir ist das verfluchte Transparent aus der Hand gerutscht«, erklärte Betsy.
Als die Blicke der beiden anderen sie fixierten, überzog sich ihr wettergegerbtes Gesicht mit einer tiefen Röte, die einen unschönen Kontrast zu dem Veilchen unter ihrem linken Auge bildete. Sekunden später siegte ihr Sinn für Humor über ihre Verärgerung. »Deine Nachricht kam zu spät«, sagte sie rauh, während sie auf ihr Auge deutete. »Zumindest nehme ich an, daß sich dein Anruf auf diese große, junge Person bezog, die mich heute nachmittag zusammengeschlagen hat.«
»Wann?« wollte Jacqueline wissen.
»Vor drei oder vier Stunden. Ich war auf dem Weg zu einer Vorstandssitzung meiner Vereinigung. Als ich das Haus gerade verlassen wollte, stürzte sich das Mädchen auf mich. Sie versuchte, mir meinen Rucksack zu entreißen.« Betsy zeigte auf den abgewetzten, khakifarbenen Rucksack neben sich auf dem Bett. »Also konterte ich mit einer entsprechenden Karatebeweung – ihr wißt schon –« Sie schoß mit einem ohrenbetäubenden Schrei und erhobenen Händen vom Bett hoch. Jacqueline und O'Brien zuckten zusammen. »In etwa so«, sagte Betsy und sank auf das Bett zurück. »Ich traf sie an der Schulter, woraufhin sie ihre Faust ballte und einen Treffer auf meinem Auge landete.«
»Hör auf damit«, protestierte Jacqueline.
»Reine Demonstration.« Betsy grinste. »Wie wär's mit einem

Drink? Im Hinblick auf die Tatsache, daß deine Warnung zu spät kam.«
Jacqueline erfüllte ihren Wunsch. »Wie ich sehe, hat sie deinen Rucksack nicht bekommen.«
»Offenbar hat sie es sich anders überlegt«, sagte Betsy beiläufig. »Sie leerte den Inhalt aus, während ich mich von ihr überwältigt auf dem Gehweg wälzte. Ich schrie wie am Spieß, aber in dieser Stadt ist es aussichtslos, einen Polizisten auf sich aufmerksam zu machen, wenn man mal wirklich einen braucht.«
»Das macht dann schon drei«, sagte Jacqueline zu O'Brien, der Betsys Kritik geflissentlich überhört hatte.
»Ihre Arithmetik ist fehlerlos«, lautete die höfliche Antwort.
»Als ich von meiner Besprechung zurückkehrte, fand ich deine Nachricht auf meinem Anrufbeantworter vor«, plapperte Betsy weiter. »Da entschied ich, vorbeizukommen und dir zu sagen, was ich von deinen Freunden halte. Was macht Hattie Foster eigentlich? Setzt sie dieses Mädchen als Schläger ein?«
Jacqueline und O'Brien tauschten vielsagende Blicke aus. »Das hat sie gesagt«, sagte Jacqueline rätselhaft.
»Hmmm«, meinte O'Brien noch rätselhafter.
James' Rückkehr beendete die Diskussion. »Ich mußte noch den Broadway runter bis zur 42. Straße«, beschwerte er sich und stellte eine fettige, braune Papiertüte auf dem Sekretär ab.
»Ich nehme nicht an, daß dir die Idee gekommen ist, eine weitere Flasche Scotch mitzubringen«, sagte Jacqueline mit einem traurigen Blick auf die zur Neige gehende Flasche.
»Glücklicherweise habe ich ein weiteres Sandwich mitgebracht.« James staunte Betsy an.
»Oh, ich wollte mich nicht aufdrängen«, sagte Betsy. Der Widerspruch zwischen ihrer gewählten Aussprache und ihrem Sechziger-Jahre-Protestlook veranlaßte James zu weiterem Staunen.
Jacqueline machte die beiden miteinander bekannt. »Wie geht es Ihnen?« fragte James. Er blickte auf Betsys Veilchen, sie auf

seine Beulen und Kratzer, dann meinten beide einstimmig: »Laurie?«
Nachdem sie aufgrund merkwürdiger Umstände zu Leidensgenossen geworden waren, wiederholte James seine Einladung und überredete Betsy, ein Eiersalat-Sandwich mit ihnen zu essen. Er und Betsy erzählten sich Lügen über ihren jeweiligen Zwischenfall mit Laurie und behaupteten, sie hätte sie überrumpelt. Betsy demonstrierte ihre Karatebewegung, und James malte aus, wie er reagiert hätte, wenn er nicht ausgerutscht und auf den Kopf gefallen wäre.
»Natürlich hatte ich noch ein zusätzliches Handicap«, führte er eine weitere Ausrede an, die er sich während seines Sandwichkaufs überlegt hatte. »Meine Mutter hat mir von klein auf beigebracht, daß man Mädchen nicht schlagen soll.«
»Das ist sexistisch«, bemerkte Betsy.
»Da haben Sie verflucht recht«, sagte James. »Die meisten Mädchen in meinem Gymnasium waren stärker als ich.«
Jacqueline und O'Brien aßen schweigend. Jacquelines Blick war auf das Telefon fixiert.
Es war noch nicht ganz acht Uhr, als der erste Anruf kam. Jacquelines Hand schoß vor wie eine angriffslustige Klapperschlange, doch ihr Gesichtsausdruck veränderte sich, als sie die Stimme am anderen Ende der Leitung erkannte.
»Max?« wiederholte sie mit einem Seitenblick auf O'Brien. »Sie haben was? Wann? Was hat sie gesagt?«
Sie lauschte einige Minuten, sagte: »Danke«, und hängte auf. Dann wandte sie sich an O'Brien: »Laurie hat gerade angerufen. Max sagte, daß sie ziemlich wirres Zeug redete. Sie wiederholte ständig, daß jemand versuchte, sie zu entführen, und fragte, ob mit Valentine alles in Ordnung sei. Er versuchte herauszufinden, wo sie sich aufhielt, konnte jedoch nichts Aufschlußreiches in Erfahrung bringen. Er meint, daß sie Greenwich Village erwähnte.«
Betsy sprang auf. »Kommt, wir machen uns auf die Suche.«

»Eine ganze Reihe von Leuten sucht sie bereits«, erwiderte O'Brien, ohne sich zu rühren. »Das bringt uns auch nicht weiter.«

»Egal, das ist Sache der Polizei«, sagte James aufgebracht. »Sie können um diese Uhrzeit doch nicht durch sämtliche Winkel Manhattans streifen. Wenn Laurie Sie nicht niederschlägt, tut es sonstwer.«

Sie stritten sich immer noch, als das Telefon erneut läutete. Diesmal nannte Jacqueline den Anrufer nicht mit Namen. Nach einem kurzen und offenbar unbefriedigendem Gespräch legte sie den Hörer auf die Gabel und schob ihre Brille hoch. Sie rutschte umgehend wieder hinunter.

»Nun?« fragte James.

»Das war Meredith, Lauries beste Freundin. Laurie muß sie gleich nach ihrem Telefongespräch mit Max angerufen haben. Sie kicherte nur und sagte, sie fühlte sich wie Midas; alles, was sie anfaßte, würde sich in Gold verwandeln.«

»Mein Gott«, stöhnte Betsy.

»Hat sie gesagt, wo sie sich aufhält?« fragte O'Brien.

Bevor Jacqueline antworten konnte, bemerkte James pedantisch: »Keiner von euch scheint an den naheliegendsten Ort gedacht zu haben. Vielleicht ist das Mädchen nach Hause gegangen.«

O'Brien zeigte keine Reaktion, doch Jacqueline fuhr ihn an: »Sie haben das Apartment beobachten lassen, nicht wahr? Ich dachte, Sie litten unter Personalknappheit. Vermutlich haben Sie dabei nicht überlegt, daß sie der Anblick eines Polizeifahrzeugs abschrecken könnte?«

O'Briens Gesichtsausdruck wirkte leicht verunsichert. »Wenn Sie uns bemerkt hätte, bedeutete das, daß jemand Mist gebaut hätte. Sie ist nicht nach Hause gegangen. Das hätte man mir berichtet.«

»Sie hat Meredith gesagt, sie sei im Museum«, erklärte Jacqueline.

»Gibt es denn ein Museum in Greenwich Village?« fragte Betsy

mit der sprichwörtlichen Ignoranz einer gebürtigen New Yorkerin.
»In Manhattan gibt es Hunderte von Museen.« O'Brien beobachtete Jacquelines Brille, die am Rande einer Katastrophe zu schweben schien. »Aber um diese Uhrzeit sind sie alle geschlossen.«
»Vielleicht lungert sie draußen vor einem herum«, wandte Betsy ein. »Überprüfen Sie die Museen, O'Brien. Sie dürfte doch nicht schwer zu finden sein – bei ihren Ausmaßen und diesem Kleid, das aussieht wie ein altmodisches Nachthemd. Selbst in Manhattan ist ein solcher Aufzug ...«
»Was?« Jacqueline wirbelte in dem Augenblick herum, als O'Brien sich nicht länger beherrschen konnte und nach ihrer Brille greifen wollte. »Was hatte sie an?«
»Weißt du, irgend etwas Schmutzigweißes mit Spitze und Rüschen. Wie ein antikes Gewand.«
O'Brien unternahm ein weiteres Attentat auf ihre Brille und hatte erneut Pech, da Jacqueline sich umdrehte und in dem Sekretär zu kramen anfing. Schließlich hatte sie gefunden, was sie suchte – eine Broschüre, die den Besuchern der Stadt Sehenswürdigkeiten und Geschäfte (hauptsächlich letzteres) vorstellte. Sie überflog die Seiten, hielt inne, las, warf das Heft auf den Boden, streifte ihren Morgenmantel ab und schleuderte ihn achtlos dazu.
James entfuhr ein leiser Seufzer der Entrüstung, und O'Brien fielen bald die Augen aus dem Kopf. Jacqueline griff nach Rock und Bluse und zog sich an.
O'Brien erhob sich langsam und wischte einen Krümel von seinem Schoß. »Wohin?«
»Zum Metropolitan Museum. Ich hätte es wissen sollen ... In der Abteilung für Kostümdesign findet zur Zeit eine Ausstellung über die Romantik statt. Dort hat sie sicherlich auch die Anregung für das Kleid bekommen, das sie neulich trug. Sie behauptete, es selbst genäht zu haben. Wir sprachen über Klei-

der ... Schneidern. ... Sie näht gerade an einem Kleid für Valentine. Eine Kopie einer klassischen Vorlage.«
»Aber das Museum hat bereits geschlossen«, warf James ein.
»Heute abend nicht. Es ist bis neun Uhr geöffnet.«
Betsy schnappte sich ihren Rucksack. »Nichts wie hin«, rief sie.
»Nein.« Jacqueline hielt inne. »Du bleibst hier. Ich nehme zwar nicht an, daß sie anrufen wird – Meredith sagte, daß sie im Zusammenhang mit meinem Namen obszön geflucht habe, also stehe ich offenbar wieder auf ihrer Feindesliste. Aber wir können nicht alle dort einfallen, denn dann würden wir sie zu Tode erschrecken.«
»Ich kann Sie innerhalb von zehn Minuten dorthin bringen«, sagte O'Brien gelassen. »Jetzt ist es Viertel nach acht.«
»Ich bleibe hier«, sagte James.
Jacqueline verschwendete keine Zeit. Mit Betsy und O'Brien im Schlepptau stürmte sie zur Tür. James griff nach der Flasche. Erst als die Tür hinter den Verfolgern ins Schloß fiel, sah er Jacquelines hübsche blaue Schuhe auf dem Boden stehen. Sie war mit ihren Pantoffeln losgezogen.

O'Brien parkte seinen Wagen im absoluten Halteverbot vor dem Museum ein. Jacqueline war schon ausgestiegen, noch ehe die Reifen zum Stehen kamen. Sie spurtete die beeindruckende Freitreppe in einem solchen Tempo hoch, daß die anderen Mühe hatten, ihr zu folgen.
Als O'Brien und Betsy die Eingangstür erreicht hatten, war Jacqueline bereits außer Sichtweite. Ein Wachtposten, der sie darüber in Kenntnis setzte, daß das Museum in wenigen Minuten schloß, und ein Kollege von ihm, der Betsys Rucksack überprüfen wollte, sorgten für weitere Verzögerung. Als sie sich schließlich dieser Personen entledigt hatten, blickte O'Brien orientierungslos durch die riesige Halle mit ihren Galerien, die in sämtliche Richtungen abzweigten.

»Wo ist die Kostümausstellung?«
»Was fragen Sie mich?« Betsy deutete auf ihre geschmacklose Armeeuniform. O'Brien wandte sich an einen der Aufseher.
Gegen den Strom der hinauseilenden Besucher bahnten sie sich ihren Weg durch die ägyptische Abteilung und nahmen dann den Aufzug nach unten. Dort angelangt, wurden sie erneut informiert, daß das Museum schloß, und O'Brien zeigte seinen Polizeiausweis. Nach einem verwirrten Blick durch die kunstvoll ausgeleuchtete Ausstellungshalle, in der lebensechte Ankleidepuppen in extravaganten Kostümen aufgereiht standen, wandte er sich an das Mädchen hinter dem Tresen, wo Souvenirs und Postkarten verkauft wurden. »Ist hier gerade eine Frau vorbeigekommen?«
Zu jeder anderen Tageszeit hätte diese Frage sicherlich Erheiterung ausgelöst. Jetzt erwiderte die junge Frau statt dessen: »Groß und rothaarig? Sie stürmte aus dem Fahrstuhl und rannte an mir vorbei, bevor ich sie aufhalten konnte. Ist sie Polizistin? Was ist denn eigentlich los?«
Statt einer Antwort wandte sich O'Brien Betsy zu. »Sie bleiben hier. Halten Sie sie auf, wenn sie hier vorbeikommt.«
»In Ordnung.« Betsy nahm ihre Kung-fu-Haltung ein.
O'Brien stürzte sich ins Dämmerlicht. Die Aufseher wiesen die Besucher taktvoll in Richtung Ausgang. O'Brien winkte sie jedesmal, wenn sie versuchten, ihn aufzuhalten, beiseite, doch als er immer weiter in die schwach beleuchtete Halle vordrang, überkam ihn leichte Nervosität. Die lebensecht wirkenden Puppen standen oder saßen in unterschiedlichen Stellungen und waren lediglich mit dünnen Seilen vor den Betrachtern geschützt. Ihre kunstfertigen und extravaganten Kostüme besaßen eine atemberaubende Authentizität, wie sie nur benutzte Kleidung haben kann; alle Kleidungsstücke waren bereits von den Reichen und Schönen früherer Epochen getragen worden. Der Gegensatz zwischen der wirklichkeitsnahen Bekleidung und den nichtssagenden, augenlosen Gesichtern, die mit dünnen

hautfarbenen Stoffen bedeckt waren, hatte einen unheimlichen Effekt, der von der Beleuchtung noch verstärkt wurde – diffuses, aber dennoch gezieltes Scheinwerferlicht auf den Figuren, dämmrige Flächen zwischen den Ausstellungsstücken. Der unaufhörliche Takt eines Wiener Walzers im Hintergrund, der aus versteckten Lautsprechern ertönte, verlor in dieser Umgebung seine Fröhlichkeit und vermittelte den makabren Eindruck eines Totentanzes.

Als O'Brien um die Ecke blickte, zuckte er instinktiv zurück, als er sich mit einer Gestalt konfrontiert sah, die von ihrer Zobelkappe bis hin zu ihrem bedrohlich aufgerichteten Schirm völlig in Schwarz gehüllt war. An der Kappe war ein durchsichtiger, schwarzer Schleier befestigt; das ausdruckslose Gesicht, das sich dahinter verbarg, war ebenfalls von schwarzem Stoff bedeckt und schien ihn aus leeren Augenhöhlen fragend zu betrachten.

Jacquelines Gesicht spähte hinter der Figur hervor. »Sie ist nicht hier.«

O'Brien nahm das Einstecktuch aus seinem Jackett und wischte sich über die Stirn. »Woher wissen Sie das? Das hier ist ja schlimmer als in der Folterkammer des Wachsmuseums.«

Jacqueline musterte die gräßliche Gestalt, die bedrohlich vor ihnen aufragte. »So haben sich die Witwen vor hundert Jahren gekleidet. Abgefahren, nicht wahr? Laurie könnte sich nicht als eine der Puppen ausgeben, wenn Sie das meinen, selbst dann nicht, wenn sie sich einen Strumpf über ihren Kopf zöge. Diese Kleidungsstücke wurden für Frauen geschneidert, die sich so eng schnürten, daß sie kaum Luft bekamen. Kein Wunder, daß sie so oft in Ohnmacht fielen.«

»Ich bin nicht hierhergekommen, um mir einen Vortrag über Mode anzuhören«, zischte O'Brien. »Ich weiß gar nicht, weshalb ich überhaupt gekommen bin. Punkt. Das war eine Schnapsidee, Mrs. Kirby. Selbst wenn das Mädchen hier war, ist sie längst wieder weg.«

»Sie war hier. Einer der Aufseher konnte sich an sie erinnern. Ich gehe jetzt zurück zum Haupteingang. Vielleicht kriege ich sie beim Verlassen des Museums zu fassen.«

Sie war bereits verschwunden, bevor O'Brien sie aufhalten konnte. Er wand sich geschickt aus der Umarmung eines kostbar gerüschten, blauen Nachmittagskleides, der einladenden Geste eines weißen, perlenbesetzten Morgenmantels und kehrte dann zurück zu dem Verkaufstresen, wo Betsy wartete. Sie hatte ihre Karatehaltung aufgegeben und betrachtete die sie umgebenden Ausstellungsstücke mit mehr oder weniger verständnislosem Interesse.

Eine Vernehmung der Aufseher informierte O'Brien, daß alle Besucher der Kostümgalerien gegangen waren, doch als einer von ihnen fragte, ob er den Direktor zu sprechen wünsche, lehnte O'Brien ab. Er hatte keinen Grund, eine Durchsuchung des Museums anzuregen beziehungsweise darauf zu bestehen, da dieser aufwendige Vorgang die Zustimmung verschiedener Vorgesetzter erforderlich gemacht hätte. Einige der Aufseher erinnerten sich, Laurie gesehen zu haben. Keiner hatte bemerkt, wie sie das Museum verlassen hatte, aber alle wiesen darauf hin, daß es mehrere mögliche Ausgänge gab.

O'Brien stieg leise fluchend die Treppe hoch. »Es ist einfach lächerlich«, gestand er Betsy. »Ich weiß nicht, warum ich mich von dieser Frau dazu überreden ließ, hierherzufahren.«

»Es war recht interessant«, sagte Betsy. »Haben Sie das plissierte korallenrote Abendkleid mit den Straßsteinen bemerkt? Solche Kleider sind natürlich Symbole für die Unterdrückung der Frau, aber sie sind trotzdem recht...«

Mit einem wortlosen Schnauben setzte sich O'Brien in Trab und verschwand.

Jacqueline war nicht in der Eingangshalle. Die letzten Besucher drängten sich gerade durch die riesigen Haupttüren; sie befand sich nicht unter ihnen. O'Brien und Betsy traten ins Freie. Auf dem Treppenabsatz suchte O'Briens Blick die Umgebung ab, die von den Straßenlaternen und der Fassadenbeleuchtung des Museums in helles Licht getaucht wurde. Schließlich fiel ihm am Fuß der Treppe hinter der Balustrade zu seiner Linken ein kupferroter Haarschopf auf, und er steuerte darauf zu.

Als ihn Jacqueline bemerkte, deutete sie eine heftige und entschiedene Geste an. O'Brien verstand deren Bedeutung, trotzdem ging er weiter. Über die Balustrade blickend wollte er wissen: »Was machen Sie denn da?«

»Würden Sie bitte von hier verschwinden?« zischte ihm Jacqueline zu. »Ich dachte, ich hätte sie entdeckt – zumindest sah ich etwas großes Weißes hinter diesen Büschen. Wenn sie denkt, daß ich allein bin, wird sie vielleicht...«

»Steine nach Ihnen schleudern«, sagte O'Brien. »Wo war sie... es... was auch immer Sie gesehen haben?«

»Da.« Jacqueline deutete in eine Richtung.

»Bleiben Sie hier. Alle beide«, fügte O'Brien noch hinzu und blickte zu Betsy, die sich zu ihnen gesellt hatte. Er schlenderte zu dem Pfad, der das Museum umgab.

»Arroganter Hund«, sagte Jacqueline.

»Er ist gar nicht so übel«, erwiderte Betsy fröhlich. »Eigentlich ist er sogar recht attraktiv – wenn man den starken, sardonischen Typ mag. Vielleicht sollte ich ihn begleiten, für den Fall, daß er Schwierigkeiten bekommt.«

»Ja, warum eigentlich nicht?«

Kaum hatte Betsy O'Briens Verfolgung aufgenommen, als Jacqueline in die entgegengesetzte Richtung aufbrach. Sie ging, so rasch sie konnte, ohne dabei in Laufschritt zu verfallen, doch die Fassade des Metropolitan Museums erstreckt sich über zwei Straßenzüge. Nach einer äußerst oberflächlichen Überprüfung des von ihr angedeuteten Gebiets kehrte O'Brien gerade noch rechtzeitig zurück, um zu beobachten, wie sie den Weg einschlug, der zum Park auf der Südseite des Museums führte.

»Verflucht, ich hatte doch gesagt, sie soll hier warten«, entfuhr es ihm.

»Schätze, sie wollte uns loswerden«, sagte Betsy. »Typisch Jake. Sie läßt nie ...«
O'Brien fing an zu laufen. Betsy hielt mit ihm Schritt und redete pausenlos auf ihn ein. »Sie läßt nie zu, daß ihr jemand in den Kram pfuscht. Sie kann einen verrückt machen, aber auf ihre seltsame Art ist sie effizient. Vielleicht hat sie das Mädchen wirklich gesehen.«
Der Fußgängerweg auf der Südseite des Museums verläuft ein kurzes Stück parallel zur 79. Straße und zweigt dann ab. Ohne zu zögern, bog O'Brien nach rechts ab. Der Weg war nicht ganz menschenleer; einige Jogger und Hundebesitzer hielten sich am Rande des Parks auf, doch als O'Brien und Betsy tiefer in die Dunkelheit vordrangen, waren die Wege und Bänke verlassen. Schließlich sichteten sie ihre Beute. Jacqueline ging langsam vor ihnen her und schwenkte ihre Handtasche. Ihr zerzaustes Haar schimmerte kupferfarben im Laternenlicht.
»Mrs. Kirby!« O'Briens Rufen zerriß die Stille.
Jacqueline blickte sich um. Ihr konzentrierter Gesichtsausdruck war beinahe spürbar. Sie stürzte sich erneut in die Dunkelheit.
O'Brien wurde schneller. Als Betsy ihn eingeholt hatte, hatte er Jacqueline aufgespürt und hielt sie in Schach. Trotz ihres überschäumenden Zorns leistete sie keinen Widerstand, und als O'Brien von ihr wissen wollte: »Wenn ich Sie loslasse, bleiben Sie dann stehen?« nickte sie kurz.
»Es ist ohnehin zu spät. Sie ist bereits entkommen.«
O'Brien lockerte seinen Griff. Jacqueline massierte ihren Arm und fing schließlich an, ihre zerzausten Haarsträhnen zu glätten. Ihre Hände zitterten.
»Hast du sie wirklich gesehen?« fragte Betsy.
»Ich nehme es an. Aus der Deckung heraus hat mich jemand verfolgt.«
»Vermutlich ein Straßenräuber«, brummte O'Brien. »Mrs. Kirby, sind Sie eigentlich von Sinnen? Haben Sie noch nie davon gehört, was nachts in diesem Park los ist?«

»Ich bin mir sehr wohl bewußt ...«

»An manchen Stellen wären Sie Ihres Lebens keine zehn Minuten lang sicher«, fuhr O'Brien aufgebracht fort. »Lassen Sie uns verschwinden.«

Ohne ihm zu antworten, marschierte Jacqueline in Richtung der Fifth Avenue. Die anderen folgten ihr. Nach einiger Zeit sagte O'Brien: »Ich werde kurz im Büro vorbeischauen und melden, daß sie gesehen wurde. Auch wenn ich verflucht noch mal selbst nichts gesehen habe ... Vielleicht fällt sie jemandem auf, wenn sie den Park verläßt.«

Aber erst in der Morgendämmerung des folgenden Tages wurde Laurie gefunden. Der Jogger, der sie bemerkte, dachte zunächst, sie schliefe, da sie mit sittsam über die Knie gezogenem Kleid und vor der Brust verschränkten Armen friedlich am Boden lag. Erst als er sich über sie beugte, fiel ihm auf, daß ihr Hinterkopf zertrümmert worden war.

O'Brien stand um 8.30 Uhr vor Jacquelines Tür, wenige Minuten nachdem die Meldung ihn erreicht hatte. Die Schnelligkeit, mit der sie auf sein Klopfen reagierte, und ihr angespannter Gesichtsausdruck gaben ihm zu verstehen, daß sie nicht geschlafen hatte. Er sah keinerlei Anlaß zum Bedauern; schließlich war er ebenfalls nicht zu Bett gegangen. Ein Blick, und sie wußte die Wahrheit, noch bevor er ein Wort gesagt hatte. Jeder Gesichtsmuskel erschlaffte, und für Sekundenbruchteile wurde ihr wahres Alter erkennbar.

»Es tut mir leid«, sagte O'Brien. »Wir haben es versucht.«

»Nach bestem Wissen und Gewissen«, meinte Jacqueline sarkastisch. »Sie kommen besser herein.«

O'Brien starrte auf das zusammengekauerte Häufchen in einem der beiden Betten.»Ich wollte nicht stören ... ist sie das?«

»Ihr Humor ist heute morgen fehl am Platz«, bemerkte Jacqueline. »Das ist, wie Sie bereits wissen, Sue Moberley, und es ist mir verflucht egal, ob wir sie stören oder nicht. Setzen Sie sich und erzählen Sie mir alles.«

»Danke, ich stehe lieber. Ich sollte gar nicht hier sein. Ihr Tod wird als Raubmord geahndet. Man hat ihr den Schädel eingeschlagen und ihre Handtasche geraubt.«

»Wo hat man sie gefunden?«

»Unmittelbar nördlich vom Museum.« O'Brien machte diese Äußerung ohne erkennbare Anzeichen von Trauer oder Schuld. »Sie kennen den Spielplatz auf der Höhe der 68. Straße? Dort in der Nähe im Gebüsch. Heute morgen gegen sieben ist sie dort aufgefunden worden. Der Gerichtsmediziner geht davon aus, daß sie bereits sechs bis sieben Stunden tot war.«

»Irgend etwas Ungewöhnliches? Ach, tun Sie doch nicht so, O'Brien. Sie wären nicht hier, wenn Sie sich mit Raubmord zufriedengäben.«

»Es gab keinen Hinweis darauf, daß das nicht der Fall gewesen sein könnte. Lediglich...« O'Brien zögerte. »Sie lag ausgestreckt. Mit gefalteten Händen und sorgfältig arrangierter Kleidung. Ihre Augen waren geschlossen. Sie wirkte so... friedlich.«

»Da haben wir es«, sagte Jacqueline. »Nun gut. Weitere Auffälligkeiten?«

»Ihr hypothetischer Mörder hat keine Faser seiner Krawatte in ihrer geballten Faust hinterlassen, falls Sie das meinen.«

»Die Mordwaffe?«

»Ein Stein. Vom Boden aufgehoben. Blut und Haare klebten daran. Ja«, fuhr O'Brien fort, um Jacquelines nächster Frage vorzugreifen. »Er wird auf Fingerabdrücke untersucht. Aber eine solch rauhe Oberfläche nimmt keine Fingerspuren an.«

»Was haben Sie jetzt vor?«

»Ich werde zu meiner Arbeit zurückkehren. Mein Schreibtisch platzt aus allen Nähten. Zwei Überfälle, sechs Schlägereien, mehrere Vergewaltigungen, drei Trunkenheitsdelikte. Und der Tag fängt gerade erst an. Auf Wiedersehen, Mrs. Kirby.«

»O'Brien?«

»Ja?« O'Brien stand bereits im Türrahmen.

»Heute ist der letzte Konferenztag. Heute abend findet der große Ball statt.«

O'Brien drehte sich um und sah sie an. Ihr offenes Haar floß wie ein Strom geschmolzener Bronze über ihre Schultern. Sie trug immer noch die ausgetretenen Pantoffeln.

Seine Mundwinkel hoben sich leicht. »Wollen Sie mich einladen, Sie zu begleiten, Mrs. Kirby?«
Der unheilvolle Ausdruck auf Jacquelines Gesicht sorgte umgehend dafür, daß O'Brien seinen Vorschlag bereute. »Nichts für ungut«, sagte er schnell.
»Es handelt sich um einen Kostümball«, murmelte Jacqueline. »James kann dem nicht viel abgewinnen, aber ... es wäre mir eine Ehre, Kommissar, wenn Sie sich einverstanden erklärten, mich zu begleiten. Sicherlich kann ich für Sie sogar ein Kostüm auftreiben.«
»Ich bin sicher, daß Ihnen das Spaß machen würde. Danke, aber ich sorge schon selbst für mein Kostüm. Um wieviel Uhr?«
»Um neun. Es sei denn, Sie würden vorher noch gern mit mir zu Abend essen.«
»Nein, danke. Heute abend bin ich sicherlich nicht in der Stimmung für Pastrami auf Roggenbrot. Wir sehen uns um neun.«
Nachdem er gegangen war, richtete sich das zugedeckte Häufchen im Bett auf, und ein Paar schläfriger blauer Augen blinzelte Jacqueline an. »Ich hatte einen absolut merkwürdigen Traum«, murmelte Sue. »Ich habe geträumt, daß dieser Polizist hier war und sich mit Ihnen für den Ball verabredet hat.«
»Das war kein Traum.« Ihren Zeigefinger auf den Rand ihrer Brille gelegt, blickte Jacqueline sie nachdenklich an. »Er hielt es für sinnvoll teilzunehmen«, sagte sie mehr zu sich selbst als zu Sue. »Morgen früh werden die Verdächtigen wieder in alle Himmelsrichtungen verstreut sein. Das ist die letzte Gelegenheit, den Mörder zu erwischen. Er besitzt nicht die Befugnis, sie aufzuhalten. Lauries Tod hat die offizielle Sicht des Falles nicht verändert. Deshalb wird er ... «
»Laurie?« Mitten in einem herzhaften Gähnen zuckte Sue zusammen. »Tot?«
Jacqueline erklärte ihr alles, während sie sich anzog.

James gefiel das Ganze überhaupt nicht. »Du hast gesagt, ich könnte dich begleiten. Hast du vor, O'Brien zu verführen, oder willst du ihn als Leibwächter einstellen?«
»Ich könnte argumentieren, daß ich nicht gesagt habe, du könntest mich begleiten; ganz davon abgesehen, daß ich dich mit keinem Wort dazu aufgefordert habe, überhaupt nach New York zu kommen. Und daß dein Verhalten gegenüber O'Brien kindisch, verleumderisch und unangebracht ist. Statt dessen werde ich mich schlicht darauf beschränken, deine Reaktion im Hinblick auf das soeben aufgedeckte Verbrechen als absolut geschmacklos zu umschreiben.«
James schaufelte einen weiteren Löffel Zucker in seinen Kaffee und überlegte fieberhaft einen Themawechsel.
Sie nahmen ihr Frühstück in einem Coffeeshop unweit des Hotels ein. Jacqueline war als erste eingetroffen; ihre neueste Lektüre lag vor ihr auf dem Tisch. »Wie ich sehe«, sagte James, »liest du gerade den aktuellen Titel der Valentine.«
Die Ablenkung funktionierte besser als erwartet, allerdings aus Gründen, mit denen er nicht gerechnet hatte. »Einfach nur, um eine Vorstellung zu bekommen, was sich gut verkauft«, erklärte Jacqueline. »Für mein Buch, weißt du.«
»Das wußte ich nicht. Zumindest – ich dachte, es wäre ein Scherz. Soll das ein Witz sein?«
»Selbstverständlich nicht.«
»Interessanter Titel. Wovon handelt er?« Sein Nicken galt Valentines Buch, und seine beiläufige Reaktion auf Jacquelines großartige Neuigkeit hinsichtlich ihres eigenen Vorstoßes ins Literaturgeschäft gefiel ihr gar nicht. Ihre Augen verengten sich zu Schlitzen.
»Die Heldin verliert ihren Geliebten an eine andere Frau, deshalb wendet sie sich schwarzer Magie und Teufelskult zu, in der Hoffnung, ihn zurückzugewinnen.«
»Klingt abgedroschen.«
»Ist es aber nicht. Valentine hat sich mit Aleister Crowley und

seinen Anhängern beschäftigt – einer besonders üblen Truppe von Verrückten, falls du dich erinnern kannst – und einen ähnlichen Kult geschaffen. Die arme Magdalen erkennt erst, auf was sie sich eingelassen hat, als es schon fast zu spät ist. Es gibt einige sehr mitreißende Beschreibungen über ihren Kampf mit dem Bösen, im Kult und auch in ihrer eigenen Seele. Natürlich«, sagte Jacqueline süffisant, »erkennst du die Quelle des Titels.«
James meinte unumwunden: »›In solcher Nacht stand Dido, eine Weid in ihrer Hand, am wilden Strand und winkte ihrem Liebsten, zur Rückkehr nach Karthago. *Der Kaufmann von Venedig,* 5. Akt, Szene ... äh ... «
Jacqueline wartete. James grinste blasiert. Jacqueline lächelte zurück. »Wenn du deinen literarischen Exkurs beendet hast«, sagte sie mit mißtrauisch stimmender Sanftmut, »könnten wir uns vielleicht dem Grund widmen, warum ich dich aus dem Bett geholt habe. Der Tod eines siebzehnjährigen Mädchens.«
»Das mit dem Mädchen tut mir wirklich leid«, sagte James betrübt. »Aber ich kannte sie doch kaum. Wenn du erwartest, daß ich wegen jedes Opfers deiner ständigen Detektivgeschichten Trauer anlege, kann ich gleich für den Rest meines Lebens eine schwarze Armbinde tragen.«
»Sie ist ermordet worden.« Jacquelines Augen schimmerten kalt und durchsichtig wie Jade.
»Natürlich ist sie das. Jeden, der um Mitternacht im Central Park spazierengeht, kann es ... «
»James, sei nicht so begriffsstutzig. Sie wurde von der gleichen Person getötet, die auch Dubretta vergiftet hat.«
James hätte ihr widersprochen, wenn sie ihm die Zeit dazu gelassen hätte. Dem war aber nicht so. »Der heutige Ball bietet die letzte Gelegenheit, den Mörder dingfest zu machen, bevor die Konferenzteilnehmer New York wieder verlassen. Wirst du mir nun helfen oder nicht?«
»Seit wann benötigst du denn meine Hilfe?« Doch zwei der vier Falten auf James' Stirn hatten sich bereits geglättet, und Jacque-

line entfachte sein schwaches Interesse mit gezielten Schmeicheleien.
»Was meinst du, warum ich dich gebeten habe, heute abend Jeans Begleiter zu spielen?«
»Um mich aus deinem Dunstkreis zu entfernen, damit du dich mit O'Brien abgeben kannst«, war die prompte Antwort.
»Ich brauche O'Brien für die Festnahme, sobald ich den Mörder entlarvt habe. Ich habe zwar schon von Festnahmen durch Bürger gehört, aber ich bin mir nicht sicher, ob ich mit...«
»Du meinst es wirklich ernst.« James starrte sie an. »Du meinst wirklich... Wer ist es?«
Jacqueline hielt seinem Blick mit kristallklarer Härte stand. »Es gibt drei Verdächtige, James. Dessen bin ich mir ganz sicher. Wenn du mir hilfst, können wir noch vor dem heutigen Abend zwei von ihnen eliminieren.«
»O nein.« James schüttelte entschieden den Kopf. »Ich habe es satt, hier herumzusitzen und mir wie in einem drittklassigen Krimi deine verschleierten Hinweise anzuhören. Das ist deine Vorstellung von Kooperation, aber nicht meine. Sag mir, wer deine Verdächtigen sind und warum – hauptsächlich warum –, und ich unterstütze dich vielleicht. Vielleicht.«
»Du zwingst mich zum Äußersten, James.« Jacqueline sah nachdenklich auf ihren mit Eigelb verschmierten Teller und bot James einen atemberaubenden Blick auf ihre langen, gebogenen Wimpern. »Ich wollte meine Karten nicht aufdecken, für den Fall, daß ich mich irre. Aber ich brauche dich. Wenn das die einzige Möglichkeit ist, deine Hilfe zu gewährleisten...«
»Da hast du verflucht recht, genau so ist es.« James straffte seine Schultern und sprach in barschem Tonfall.
»In Ordnung. Die drei Verdächtigen sind Hattie, Max – und Jean.«
Die Erwähnung des letzten Namens brachte James aus der Fassung. »Jean? Von allen Beteiligten die unwahrscheinlichste... Glaubst du wirklich... Willst du deshalb, daß ich sie begleite?«

»Ja.« Jacqueline stützte beide Ellbogen auf dem Tisch auf, beugte sich vor und sah James tief in die Augen. »Bislang sind zwei Menschen ermordet worden. Ich glaube, daß eine dritte Person in Gefahr ist. Der Mörder muß sich heute abend dieser Person entledigen, bevor die Teilnehmer abreisen. Wenn wir die anderen Verdächtigen nicht eliminieren können, müssen wir alle drei beobachten – konsequent beobachten. Das wird nicht einfach. Unser Ziel besteht darin, einen weiteren Mord zu verhindern – und nicht, einen Mordversuch zu vereiteln.«
»Mit anderen Worten, du schlägst vor, einen armen Unschuldigen als Köder einzusetzen«, sagte James bedächtig. »Das ist ganz schön kaltblütig, Jacqueline.«
»Das ist die einzige Möglichkeit, die mir einfällt. Das dritte Opfer befindet sich ohnehin in Gefahr.«
»Du könntest es zumindest warnen ... Wer ist es überhaupt?«
Jacqueline hielt ängstlich den Atem an. »Ich«, hauchte sie leise.

Sie trennten sich an der Ecke der 5. und 43. Straße. James machte sich zielstrebig in Richtung Sixth Avenue auf, um von dort aus einen Bus in die Innenstadt zu nehmen. »Rück deinem Chemie-Kumpel auf die Pelle, daß er endlich Ergebnisse liefert«, hatte ihn Jacqueline angewiesen. »Mir ist egal, was du ihm erzählst, aber mach ihm klar, daß jede Minute kostbar ist.«
Als James außer Sichtweite war, ging Jacqueline in Richtung Bibliothek. Sie hatte ein schlechtes Gewissen, James zu hintergehen, doch sie tröstete sich mit dem Gedanken, daß sie ihm zumindest einen Teil der Wahrheit gestanden hatte. Lediglich eine Äußerung war schlichtweg eine Lüge gewesen. Es war aber nicht ihr Fehler, wenn er falsche Schlüsse zog.
Sie verbrachte eine Stunde im Lesesaal und brach schließlich mit nachdenklichem Gesichtsausdruck auf. Sie war davon über-

zeugt, auf der richtigen Fährte zu sein, und doch war es ihr nicht gelungen, stichhaltige Beweise zu finden. Während sie sich ihren Weg durch die Menge der Studenten, Touristen und der sich auf der Treppe zwischen den Steinlöwen sonnenden Obdachlosen bahnte, sann sie über Alternativen nach und entschied schließlich, daß selbst dann, wenn sie Experten um Rat fragte, vermutlich nichts Sinnvolles dabei herauskäme. Die meisten von ihnen bezogen ihr Fachwissen aus den Büchern, die sie soeben durchgeblättert hatte.

Mit einem mutlosen Schulterzucken nahm sie ihr Notizbuch und überlegte ihren nächsten Schritt. Vielleicht würde ihr im Laufe des Tages noch irgend etwas einfallen.

Seit dem Niedergang des vielbeweinten Brentano befinden sich auf der Fifth Avenue zwischen 42. und 59. Straße nur noch fünf große Buchhandlungen. Jacqueline besuchte sie alle. Sie kaufte kein einziges Buch, doch als sie ihren Bummel beendet hatte, konnte sie sich ein gutes Bild machen, was sich im Liebesromangeschäft verkaufte. Valerie Valentines Positionierung als Königin der Liebesliteratur war unschlagbar. Sechs ihrer Bücher waren augenblicklich auf dem Markt und standen an exponierter Stelle in den Regalen. Berge von ihnen füllten große Aufsteller, die normalerweise (zumindest Jacquelines Meinung nach) Ramsch enthielten. VV folgte ihr in gewissem Abstand – drei lieferbare Titel, einem Stapel ihrer Sonderposten standen fünf von Valentine gegenüber –, und Victor von Damm lag nicht weit hinter ihr. Gemeinsam besetzten die drei ungefähr die Hälfte der verfügbaren Regalfläche für historische Liebesromane. Selbst wenn Hattie noch nicht Marktführerin war, so hielt sie doch zumindest einen beachtlichen Marktanteil.

Eine dieser Buchhandlungen hatte ihr Schaufenster nach dem Muster der Konferenz dekoriert (Papierherzen und Amorfiguren) und präsentierte Valentines neuesten Titel. Er war in zwei Ausgaben erschienen – einer Hardcover-Ausgabe sowie einem Paperback, das aber größer war als ein normales Taschenbuch und auf besserem Papier gedruckt. Wie Jacqueline während ihrer ausgiebigen Beschäftigung mit diesem Metier gelernt hatte, war das ein Umschwung und ein Beweis für Valentines Verkaufspotential. Nur die absoluten Topautoren auf dem Sektor Liebesliteratur erhielten das Privileg einer Hardcover-Publikation, und das auch erst seit wenigen Jahren. Die meisten dieser Bücher wurden als billige Originaltaschenbücher auf den Markt geworfen. Offenbar glaubten Valentines Verleger, daß ihre Leser bereit waren, den vierfachen Taschenbuchpreis für eine haltbarere Ausgabe hinzublättern. Und offenbar behielten sie damit recht.

Nachdem Jacqueline ihren Rundgang beendet hatte, war es schon fast Zeit zum Mittagessen, daher entschied sie sich für Fettuccine Alfredo sowie Erdbeertörtchen mit Schlagsahne und beruhigte sich damit, daß Essen wichtig war, wenn man unter Schlafmangel litt. Ein Mittagsschläfchen wäre zwar schön gewesen, aber sie wußte, daß sie für einen solchen Luxus nicht die Zeit erübrigen konnte.

Nachdem sie für ihr leibliches Wohl gesorgt hatte, wandte sie sich dem nächsten Schritt ihrer Nachforschungen zu. Der erste Zwischenstopp galt den Veranstaltungsräumen des Hotels, in denen die Konferenz stattfand. Workshops und Vorträge waren in vollem Gange, und es war offensichtlich, daß die Nachricht von Lauries Tod die Teilnehmer nicht sonderlich berührt hatte. Die einzige Ausnahme bildete die kleine Gruppe, die sich um den Stand mit dem verunglückten Signet scharrte.

Widerwillig steuerte Jacqueline darauf zu. Ihr Empfinden, daß sie in irgendeiner Weise verantwortlich für den tragischen Vorfall war, war zwar unlogisch, wurde aber offensichtlich von einigen Valentine-Verehrerinnen geteilt. Die meisten Mädchen wandten sich ab oder gingen ihr, ohne sie eines Blickes zu würdigen, aus dem Weg. Meredith trat jedoch auf sie zu und musterte sie. Das großflächige, wenig anziehende Gesicht des Mädchens war ausdruckslos, doch ihre braunen Augen, die aufgrund der dicken Brillengläser noch größer wirkten, blickten hart und vorwurfsvoll.

»Ich habe es versucht«, sagte Jacqueline. Das hatte sie eigentlich gar nicht sagen wollen. Diese Worte waren ihr wie ein tief in ihrem Inneren verborgenes Schuldanerkenntnis herausgerutscht.

»Geschenkt«, sagte Meredith. Voller Zynismus registrierte Jacqueline, daß das immerhin eine weniger abschätzige Äußerung war als die, die sie O'Brien entgegengeschleudert hatte, nachdem er sich bei ihr den gleichen Schnitzer geleistet hatte.

»Wer hat es Ihnen mitgeteilt?« fragte sie.

»Dieser Polizeibeamte hat es uns gesagt«, erwiderte Meredith.

»Dieser . . . O'Brien?«

»Korrekt.«

»Meredith, kann ich einen Augenblick mit Ihnen sprechen?«

Meredith zuckte die Schultern und ließ sich von Jacqueline beiseiteziehen. Jacqueline wählte ihre Worte sorgfältig. Es war wesentlich, daß sie herausfand, ob sich Laurie Meredith anvertraut hatte, doch das letzte, was sie beabsichtigte, war, dieses Mädchen in eine Sache hineinzuziehen, die bereits zwei Menschen mit ihrem Leben bezahlt hatten.

»Äußerte Laurie Ihnen gegenüber irgend etwas, was sie gestern getan hat?«

»Sie meinen die Sache mit dem Notizbuch? Nein. O'Brien hat uns davon erzählt. Laurie hat nie ein Wort davon erwähnt.«

»Aber Sie wissen, daß sie auf Dubretta Duberstein sauer war.«

»Das waren viele von denen.« Meredith blickte zu der Gruppe flüsternder, traurig aussehender Mädchen hinüber. »Dubretta schrieb häßliche Dinge über die Konferenz und über uns Fans. Sie sagte, daß man uns mit diesem sentimentalen Kram einer Gehirnwäsche unterzogen habe beziehungsweise daß wir nicht einen Funken Verstand besäßen.«

»Wenn sie das behauptete, kann sie nicht mit Ihnen gesprochen haben.«

Diesmal zeigte die Schmeichelei keinerlei Wirkung. Meredith entgegnete kühl: »Ich bin intelligent genug, um mich zu fragen, was in den Spatzenhirnen von Ihnen und O'Brien vorgeht. Warum eigentlich die ganze Fragerei?«

»Das darf ich Ihnen nicht sagen.«

»Wenigstens sind Sie ehrlich«, erwiderte Meredith.

»Ich darf nicht einmal sachdienliche Fragen stellen«, murmelte Jacqueline mehr zu sich selbst. »Noch eine letzte Frage, Meredith. War Laurie die einzige aus Ihrer Gruppe, die in engerer Beziehung zu Valentine und Hattie und den anderen Autoren stand?«

»Ja. Wir anderen durften sie aus der Ferne verehren. Und selbstverständlich unseren Mitgliedsbeitrag entrichten.«

»Keine von Ihnen hat Besorgungen für Tante Hattie oder Val erledigt?«

»Nein. Das waren zwei Fragen.« Doch statt sich abzuwenden, zögerte Meredith. Schließlich sagte sie: »Sie üben einen gewissen Einfluß auf diese Bande aus.«

»Nur unwesentlich. Was soll ich denn Ihrer Meinung nach tun?«

»Sorgen Sie dafür, daß sie ... daß sie ... « Meredith suchte nach Worten. Dann brach es aus ihr hervor: »Es ist so, als wäre Laurie nur eine ... eine Sache gewesen. Sie lebte, und jetzt lebt sie nicht mehr, und niemanden schert das auch nur im geringsten.«

»Ich glaube, ich weiß, was Sie meinen. Sie möchten, daß Hattie von ihrer Existenz Notiz nimmt.«

»Nun ... ja.«

»Wird erledigt. Was schwebte Ihnen denn vor? Eine Art Huldigung?«

»Das hätte Laurie nicht gewollt«, sagte Meredith. »Sie schneiderte gerade ein Kleid für Valentine, wissen Sie. Ich habe es gesehen. Es ist phantastisch. Sie hat sich für dieses Kleid die Nächte um die Ohren geschlagen. Wenn Valentine es heute abend tragen würde und Hattie sagte irgend etwas dazu ... « Sie

brach ab. Eine riesigfach vergrößerte Träne trat in ihren Augenwinkel.
»Ich werde sehen, was sich machen läßt«, sagte Jacqueline.
»In Ordnung.« Meredith preßte ihre Lippen fest aufeinander. »Danke«, fügte sie hinzu.
»Sie brauchen mir nicht zu danken.« Einen Augenblick später wandte sich Jacqueline ab und überließ Meredith wieder ihrem Regiment.

Entweder hatten die Zeitungen den Zusammenhang zwischen Lauries Tod und den Liebesromanautoren noch nicht begriffen, oder – was Jacqueline für wahrscheinlicher hielt – er interessierte sie nicht. Der Flur vor Hatties Suite war wie ausgestorben. Aufgrund von Hatties Verhalten hätte man allerdings darauf schließen können, daß der Belagerungszustand herrschte. Es dauerte einige Zeit, bis sie an die Tür kam. Dann spähte sie vorsichtig durch einen Spalt, wobei sie die Sicherungskette nicht abnahm. Jacquelines Anblick veranlaßte sie nicht unbedingt zu überschwenglicher Freude. »Was wollen Sie?« entfuhr es ihr. »Ich bin sehr beschäftigt.«
»Ich auch«, sagte Jacqueline. »Ich werde Ihre kostbare Zeit nicht übermäßig beanspruchen, möchte aber dennoch meine Fragen nicht durch die geschlossene Tür brüllen.«
Diese relativ unverhüllte Drohung zeigte den gewünschten Effekt. Hattie öffnete die Tür, blieb im Rahmen stehen und verfiel sogleich in ihren Südstaatenakzent. »Es tut mir leid, wenn ich mich unhöflich ausgedrückt habe, Schätzchen. Wir sind in einer solch entsetzlichen Verfassung, das können Sie sich gar nicht vorstellen. Das arme Kind ...«
»Ich weiß. Woher wissen Sie es?«
»Dieser nette Polizist – Kelly, oder wie auch immer sein Name lautet – war hier, um es uns mitzuteilen. Nun, stellen Sie sich das einmal vor, meine Liebe. Valentine ist so aufgelöst ...«

Die Schreie, die aus Valentines Raum drangen, manifestierten diese Behauptung, doch nachdem Jacqueline genauer hingehört hatte, beschlich sie das Gefühl, daß Lauries Tod nicht der Grund für Valentines Jammern war. Sie wiederholte ständig: »Nein, werde ich nicht. Ich sage ganz eindeutig, daß ich es nicht tun werde!«

»Was nicht tun werde?« fragte Jacqueline.

Hatties Lächeln wirkte wie festgefroren. »Zerbrechen Sie sich darüber nicht den Kopf, Schätzchen. Das geht Sie schließlich nichts an, oder?«

Jacqueline schlüpfte geschmeidig ins Zimmer, obwohl sich ihr die Agentin in den Weg zu stellen versuchte, und setzte sich. »Ich möchte ohnehin mit Valentine und Max sprechen. Vielleicht kann ich irgendwie helfen. Ich denke immer, man sollte den anderen helfen, soweit man kann, nicht wahr?«

Hattie verstand den Hinweis, doch bevor sie etwas erwidern konnte, erschien Max aus dem Nebenzimmer. »Habe ich da etwas gehört ... ah, Sie sind es, Jacqueline. Freut mich, Sie zu sehen. Vielleicht können Sie mir helfen, Val zur Vernunft zu bringen.«

»Mit dem größten Vergnügen.« Mit einem süffisanten Lächeln zu Hattie lehnte sich Jacqueline in ihrem Sessel zurück. »Wo liegt denn das Problem?«

Max fuhr sich mit der Hand durch sein schütteres Haar. »Sie hat ein sehr nervöses, sensibles Wesen. Die Nachricht über das unglückliche Kind hat sie schwer getroffen. Sie – aber wenn es Ihnen nichts ausmacht, kommen Sie mit und sehen Sie doch selbst.«

»Es macht mir nichts aus.« Jacqueline erhob sich bereitwillig.

»Max ...«, setzte Hattie drohend an.

»Irgend etwas muß geschehen, Hattie. So kann es nicht weitergehen. Und sie bewundert Jacqueline ... Wenn Sie eine Minute warten würden, Jacqueline. Ich sage ihr nur, daß Sie da sind.«

Er verschwand. Jacqueline und Hattie standen sich völlig grotesk gegenüber und lächelten sich eisig an, bis er schließlich zurückkehrte und ihnen mitteilte, daß Valentine sich freute, Jacqueline zu sehen.

Der andere Teil der Suite bestand aus einem weiteren, kleineren Apartment, das separat bewohnt werden konnte oder durch Aufschieben einer Zwischenwand die Suite vergrößerte. Es hatte einen eigenen Eingang. Es gab drei weitere Türen, von denen zwei geschlossen waren. Die dritte führte in Valentines Schlafzimmer.

Es handelte sich um einen angenehmen, aber keineswegs luxuriös ausgestatteten Raum mit großzügigen Fenstern, die den Blick auf den Park freigaben. Im Gegensatz zu Hatties Wohnraum hatte das Zimmer keinen Balkon. Eine nicht unbedingt angemessene Unterkunft für die Königin der Liebe und ihren Manager, dachte Jacqueline. Hattie hatte sich sozusagen den Löwenanteil der Suite gekrallt.

Jacqueline wandte ihre Aufmerksamkeit dem Mädchen zu, das auf einem der Doppelbetten lag. Valentine hatte ihr Kinn auf beide Hände aufgestützt und schmollte, doch selbst zerzaust und zornig wirkte sie anziehend. Ihre aufgeworfenen Lippen hätten einen Dichter dazu inspiriert, von Rosenknospen zu fabulieren, und ihr Haar, das ihr über die schlanken Schultern fiel, schimmerte wie flüssiges Gold.

Auf dem anderen Bett lag ein geblümtes Abendkleid aus rosafarbener Seide, dessen stufenförmiger Rock mit Perlen und Straßsteinen umsäumt war. Handgeklöppelte Spitze schmückte die Träger und das Oberteil, das als enganliegende Korsage gearbeitet war. Die schmale Silhouette und der weichfließende Rock stammten aus einer anderen Zeit, und Jacqueline meinte, sogar den Namen des Modeschöpfers zu kennen. Das Kleid war eine exakte Kopie eines Modellkleides von Worth, das sie am Abend zuvor in der Abteilung für Kostümdesign gesehen hatte.

»Ich werde es nicht tragen«, sagte Valentine. »Also versuchen Sie erst gar nicht, mich davon zu überzeugen. Hattie und Max nerven mich schon den ganzen Morgen, und ich habe es satt, mich bevormunden zu lassen. Ich werde es nicht tragen, und das ist mein letztes Wort.«

»Ist das das Kleid, das Laurie für Sie geschneidert hat?« fragte Jacqueline. Sie wußte, daß es sich darum handeln mußte, konnte es jedoch kaum glauben, obgleich ihr Lauries Geschick als Schneiderin aufgefallen war. Das Kleid war ein Meisterwerk.

»Ja, das stimmt«, sagte Max. »Das Mädchen hat wochenlang daran gearbeitet ...«

»Monatelang«, korrigierte Jacqueline, während sie die feine Handarbeit und die absolute Perfektion der Perlenstickereien bewunderte. »Sie muß gleich nach der Eröffnung der Ausstellung im April damit angefangen haben.«

»Natürlich fühlte sich Valentine geschmeichelt und war begeistert«, fuhr Max mit einem schiefen Seitenblick auf Valentine fort, die alles andere als begeistert zu sein schien. »Hattie hatte dem Mädchen Vals Maße mitgeteilt, und als wir letzte Woche in New York eintrafen, fand die Anprobe statt. Val wollte es auf dem heutigen Ball tragen. Es paßt zum Thema ihres letzten Buches, dessen Handlung, wie Sie wissen, gegen Ende der viktorianischen Epoche angesiedelt ist. Es gibt sogar eine Szene, in der Magdalen einen Ball besucht und eine Schöpfung von Worth trägt.«

»Ich erinnere mich an den Abschnitt«, sagte Jacqueline. »Das ist wirklich ein großartiges Kleid, Valentine. Weshalb wollen Sie es denn nicht anziehen?«

Valentine ließ den Kopf auf das Bett sinken und bedeckte ihn mit ihren Armen. Durch ihre rotgoldene, zerzauste Haarpracht hörte man eine gepreßte Stimme. »Sie ist tot, deshalb. Es ist widerwärtig. Wie ... wie ein Leichenhemd.«

Hattie ereiferte sich: »Das ist doch schlichter Blödsinn, Val. Jetzt ist es um so wichtiger, daß Sie das Kleid tragen. Es ist wie eine Huldigung, begreifen Sie das denn nicht? Der Fanclub kann Sie in die Enge treiben, und Sie dürfen diese Leute nicht vor den Kopf stoßen. Sie können es sich nicht leisten ...«

Jacqueline war schon im Begriff, ihr einen warnenden Tritt vors Schienbein zu verpassen, als Valentine der Tirade ein Ende bereitete. Sie stützte sich mit beiden Armen im Bett auf und schrie wie ein Trompetenstoß und ebenso durchdringend. Als sie Hatties Aufmerksamkeit auf sich gelenkt hatte, fuhr Valentine fort: »Das haben Sie schon zigmal gesagt, Hattie, und ich kann es nicht mehr hören. Ich werde dieses verfluchte Kleid nicht tragen! Ich schwöre bei Gott, daß, wenn ich es anziehe, ich ihre Hände an meinem ganzen Körper spüre – kalte, tote Hände, die mich berühren wie eisige Fettklumpen.«

Dieser Vergleich entsprach zwar nicht der Eleganz von Valentines schriftlicher Prosa, hatte jedoch eine gewisse Wirkung. Max stöhnte auf, und Jacqueline mußte den plötzlichen Impuls unterdrücken, ihr nicht in das hübsche, schmollende Gesicht zu schlagen. Sie kam zu dem Entschluß, daß Valentine das Kleid unter allen Umständen tragen würde.

»Ich verstehe vollkommen«, sagte sie und setzte sich neben die verzweifelte Königin der Liebe auf das Bett. »Und ich bewundere Ihre Sensibilität. Sie denken, es wäre geschmacklos und taktlos, etwas zu tragen, das zweifelsohne das schönste Kleid auf dem Ball sein wird. Es gibt nur ein einziges Kleid auf der Welt, das wie dieses aussieht, und das ist im Museum ausgestellt. Ja, Sie haben ganz recht, wenn Sie sich weigern.«

Valentines Gesicht war auf einmal absolut ausdruckslos. Jacqueline tätschelte eine ihrer schlanken Hände. »Ja, meine Liebe, da stimme ich Ihnen zu. Aber trotzdem sollte es jemand tragen. Hattie hat ganz recht. Lauries Freundinnen würden eine solche Huldigung schätzen. Insbesondere, wenn Hattie eine ansprechende, kleine Dankesrede formulierte. Ich habe mit den Mädchen über exakt diese Sache diskutiert, bevor ich herkam. Und der Publicity-Nutzen ... Ich frage mich, ob es Sue passen könnte. Sie hat ungefähr Ihre Maße.«

»Sue«, wiederholte Valentine. »Dieses Mädchen, das Victor aufgegabelt hat? Diese unscheinbare, kleine Lehrerin?«
»Oh, ich würde sie nicht als unscheinbar bezeichnen«, meinte Jacqueline nüchtern. »Sie hat eine hübsche, grazile Figur. Natürlich nicht so vollkommen wie Ihre. Wir müssen das Oberteil vermutlich auspolstern; das Kleid erfordert einen wohlgeformten Busen und Schultern, um es richtig zur Geltung zur bringen. Aber ich denke, ich könnte es umarbeiten. Soll ich es gleich mitnehmen?«
»Nein!« Valentine richtete sich auf. »Ich weiß nicht...« Sie kroch auf das andere Bett und berührte mit ihrem Finger vorsichtig die zarte Spitze.
»Alles Handarbeit«, säuselte Jacqueline. »So etwas gibt es heutzutage gar nicht mehr. Oh, ich vermute, daß es ein französischer Modeschöpfer imitieren könnte, aber der Preis dafür! Zigtausende von Dollars!«
Valentines Handfläche glitt über die Damastseide. Jacqueline wunderte sich, warum ihr noch nie aufgefallen war, was für eine raffgierige, kleine Hand das war – wie eine zierliche, elfenbeinfarbige Zange.
»Ich werde darüber nachdenken«, sagte Valentine. »Vielleicht... «
»Nun, dann lassen Sie es mich wissen.« Jacqueline erhob sich. »Ich müßte es um fünf Uhr spätestens haben. Es wird eine Weile dauern, bis ich es für Sue passend geändert habe.«
Valentine erwiderte nichts. Max lächelte; als ihn Jacqueline anblickte, zwinkerte er ihr zu.
Jacqueline hatte gehofft, mit Valentine unter vier Augen reden zu können, doch diese Hoffnung erwies sich als nichtig. »Vielleicht können Sie mir behilflich sein«, sagte sie. »Ich wäre Ihnen dankbar für Ihren Rat.«
»Was?« Valentine blickte auf. »Ich?«
»Ja. Wissen Sie, ich schreibe an einem Buch, und ich brauche einen Titel. Ich denke, daß die Titel schrecklich wichtig sind. Und Ihre sind ausgesprochen gut.«

»Danke«, sagte Valentine abwesend. Ihr Blick wanderte erneut zu dem Kleid.
»Mir ist zwar einer eingefallen, der mir recht gut gefällt, aber ich würde gern Ihre Meinung erfahren.«
»Valentine«, sagte Max in scharfem Ton.
»Was? Oh, tut mir leid, Mrs. Kirby. Haben Sie ... «
»›Rückkehr nach Karthago‹«, sagte Jacqueline rasch. »So lautet mein Titel. Es ist natürlich ein Bezug zu ... «
»Das verkauft sich nicht.« Hattie schüttelte den Kopf. »Sie brauchen etwas mit mehr ... «
»Wollust?« fragte Jacqueline. »Danke, Hattie. Valentine, was denken Sie?«
»Ich stimme Hattie zu. Der Titel ist irgendwie langweilig, Mrs. Kirby. Bitte verzeihen Sie mir meine Kritik.«
»Aber Sie müssen sich doch nicht entschuldigen. Ich schätze Ihre Meinung. Darf ich Ihnen im Hinblick auf eine weitere wichtige Sache noch einige Fragen stellen?«
Max und Hattie traten neben sie und griffen sie an ihren Armen.
»Val muß sich jetzt ausruhen«, sagte Hattie.
Max fügte hinzu: »Im Salon ist es angenehmer zu plaudern, Jacqueline.«
Sie verließen die Königin der Liebe, die mit nachdenklich gerunzelter Stirn ihr Ballkleid betrachtete.
»Ich schätze, Sie wollen über das ... das Mädchen sprechen«, sagte Max und schloß die Tür. »Ich wollte die gute Arbeit nicht zunichte machen, die sie bei Val geleistet haben. Das war überaus clever, Jacqueline.«
»Ja«, stimmte Hattie zu. »Vielen Dank.«
»Das war nicht übertrieben schwierig«, erwiderte Jacqueline. »Wenn Valentine das Kleid nicht tragen will, hätte ich es gern. Ich möchte nicht, daß Sie es in die Kleidersammlung werfen.«
»Oh, das würden wir niemals tun«, sagte Hattie.
Jacqueline hätte wetten können, daß sie das nicht getan hätte – zumindest nicht mehr, seit sie sich über den unschätzbaren Wert

des Kleides im klaren war. »Meine Fragen beziehen sich auf den Anruf von Laurie gestern abend«, erklärte sie.
»Ich habe nicht mit ihr gesprochen«, sagte Hattie. »Ich war den ganzen Abend unterwegs.«
»Um welche Uhrzeit kehrten Sie zurück?«
»Gegen eins, schätze ich. Ich war ... He. Worauf wollen Sie eigentlich hinaus?«
»Laurie wurde zwischen Mitternacht und ein Uhr getötet. Mit wem waren Sie gestern abend zusammen?«
»Gott verflucht noch ...« Hatties Stimme hatte sich zu einem lauten Brüllen erhoben. Max bedeckte ihren Mund mit seiner Hand. »Sie Dummkopf«, sagte er leise und betont. »Wollen Sie, daß Valentine Sie hört?«
Hattie gab wutschnaubend nach. Jacqueline schloß daraus, daß sie wieder einmal vom Gipfel der Anerkennung in die Tiefen von Hatties Abscheu gesunken war. Was sie allerdings nicht sonderlich berührte.
»Das Mädchen war ein Opfer der für unsere Gesellschaft bezeichnenden Gewaltexzesse«, sagte Max. »So jedenfalls hat es Kommissar O'Brien uns gegenüber angedeutet.«
»Hat er das? Wie interessant. Hat er Sie gefragt, wo Sie sich gestern abend aufgehalten haben, Max?«
»Ich ging früh schlafen, genau wie Valentine. Ich habe es nicht einmal mitbekommen, als Hattie zurückkehrte.«
»Verstehe.« Ihre Meinung von der Intelligenz des kleinen Mannes stieg ein weiteres Mal, als er keinen Versuch unternahm, die stillschweigende Folgerung zu leugnen. Statt dessen meinte er sachlich: »Was das Telefonat anbelangt, so habe ich Ihnen sicherlich das Wesentliche mitgeteilt. Ich habe Sie umgehend angerufen, Jacqueline.«
»Ich weiß das zu schätzen. Berichten Sie mir exakt, was sie gesagt hat.«
Doch Max hatte dem, was er ihr bereits mitgeteilt hatte, wenig hinzuzufügen. Laurie hatte nach Hattie gefragt und – nachdem

sie erfahren hatte, daß ihre Gönnerin nicht erreichbar war – nach Valentine. »Val wollte nicht mit ihr sprechen«, erklärte Max. »Und ich sah keinen Sinn darin, sie in dieser Hinsicht zu überreden; das Mädchen redete doch sprichwörtlich Unfug. Ich erzählte ihr, daß Sie versucht hatten, Kontakt zu ihr aufzunehmen. Ihre Antwort war – äh – eine Frechheit. Dann fuhr sie in einem gestammelten Monolog fort, über das von ihr für Valentine geschneiderte Kleid zu reden; für einen desinteressierten Laien wie mich waren das böhmische Dörfer, selbst wenn sie sich verständlicher ausgedrückt hätte – Begriffe wie Säume und Abnäher und so weiter. Ich fragte sie immer wieder, wo sie denn sei. Ich meine, sie hätte Greenwich Village erwähnt, aber ich kann mich auch irren.«

Hattie blickte mit aller Deutlichkeit auf ihre Armbanduhr. »Ich komme zu spät zum Workshop. Sie müssen mich entschuldigen, Mrs. Kirsky.«

»Ich wollte gerade gehen.« Jacqueline strebte zur Tür, während Max seinen Dank wiederholte. Ihre Hand am Türgriff, hielt sie auf einmal inne, als sei ihr überraschend eine Idee gekommen. (Diesen Trick hatte sie einem berühmten Fernsehdetektiv abgeguckt, und sie wartete schon seit längerem darauf, ihn endlich einmal einzusetzen.)

»Ach übrigens – was ist eigentlich aus dem Grafen von Devonbrook geworden?«

Hattie sah sie verständnislos an. »Wer?«

»Als was verkleidest du dich?« »Als arabische Prinzessin«, sagte Jean. »Entsprechend der Handlung meines letzten ...«

»Ach, ja – *Sklave der Wollust.*«

Das Kostüm, das auf Jeans Bett ausgebreitet lag, bestand hauptsächlich aus pinkfarbenem Chiffon beziehungsweise einer billigen Imitation dieses Stoffs. Skeptisch betrachtete Jacqueline die riesige, durchsichtige Hose und das großzügig mit Stickereien versehene, hauchdünne Oberteil sowie den mehrere Meter langen, pinkfarbenen Schleier. Dann musterte sie mit abschätzigem Blick die magere Gestalt ihrer Freundin.

Jean errötete. »Natürlich trage ich darunter einen Bodystocking. Und – was meinst du? – lange Strümpfe oder eine dieser Strumpfhosen mit eingearbeitetem Höschenteil?«

Jacqueline versuchte, sich diesen Aufzug vorzustellen, vielleicht noch mit einer Bluse darunter, falls es Jean zu kalt würde, und Ihre Phantasie ging mit ihr durch.

»Ach, du kritisierst ständig an meiner Kleidung herum«, sagte Jean, die ihren Gesichtsausdruck richtig interpretierte. »Was ziehst du denn an?«

»Ich habe mich noch nicht entschieden.«

Jean wandte sich ihrem Bett zu und versuchte, den Schleier hochzuheben. Über ihre Schulter blickte sie Jacqueline boshaft an. »Hast du denn einen Begleiter, Schätzchen, oder gehst du allein hin?«

Jacqueline lehnte sich gegen die Wand und verschränkte die Arme vor der Brust. (Ihr war kein Sitzplatz angeboten worden.) »War James schon hier?«

»Oh, ja, vor einer Weile. Es macht dir doch nicht aus, oder, Jake? Ich möchte dir deinen Freund nicht ausspannen.«

Die passende Reaktion darauf wäre ein sarkastisches »Ach, wirklich?« gewesen, doch Jacqueline verkniff sich diese Bemerkung. Wenn sie an ihre gemeinsame Schulzeit zurückdachte, hatte sie das Gefühl, daß ihr Jean einiges verdankte. Außerdem war sie beileibe nicht so gehässig, Jean zu gestehen, daß sie James praktisch hatte zwingen müssen, mit ihr auszugehen. Es sei denn, Jean teilte noch weitere Hiebe wie den letzten aus ...

»Ich gehe mit O'Brien dorthin«, sagte sie.

»Dem Polizisten?« Jean riß die Augen auf. »Oh, also ... Er ist recht anziehend, auf seine Art.«

»Er ist so anziehend wie eine Klapperschlange«, meinte

O'Briens Rendezvous. »Und ich bezweifle, daß er gesellschaftliche Anlässe wie diesen allein der Sache wegen besucht.«
Sie rechnete damit, daß dieser versteckte Hinweis ihren Angsthasen zum Kreischen und Aufjaulen bringen würde, doch irgend etwas war mit Jean geschehen. »Reitest du immer noch auf dieser Mordtheorie herum? Also wirklich, Jake, du solltest endlich erwachsen werden und diese Spielchen sein lassen. O'Brien sagte mir, daß die Polizei sich damit zufriedengibt, daß Dubretta an Herzversagen starb und Laurie von einem Gelegenheitsverbrecher ... «
»O'Brien war hier? Heute morgen?«
»Ja. Ich hielt es für sehr rücksichtsvoll von ihm, sich die Zeit zu nehmen, mich zu beruhigen.«
Jacqueline knirschte mit den Zähnen. Bislang war ihr O'Brien immer einen Schritt voraus gewesen. Sie fragte sich, ob er zufällig auch die gleichen Fragen stellte wie sie oder ob er systematisch eine andere Spur verfolgte. Beide führten zum gleichen Ziel, und sie hatte nie daran gezweifelt, daß O'Brien genauso eigensinnig und verschwiegen war wie sie.
»Die Polizei mag sich damit zufriedengeben, O'Brien aber nicht«, sagte sie. »Er ist gerissen. Nimm dich vor ihm in acht.«
»Ich habe nichts zu befürchten.« Jean drapierte den Schleier um ihr Gesicht und betrachtete sich im Spiegel. »Ich brauche ... « Sie spuckte einen Fetzen Stoff aus und fuhr fort: »Ich brauche viel Make-up. Meinst du nicht auch?«
»Ja«, gab Jacqueline unumwunden zu. Jeans Wimpern waren noch ergrauter als ihr Haar, und ihre wasserblauen Augen gingen in das Weiß ihrer Augäpfel über. Mit einer gewissen Boshaftigkeit fügte sie noch hinzu: »Hast du deshalb dieses Kostüm gewählt – um dein Gesicht vor neugierigen Reportern zu verstecken?«
»O nein.« Jean bewunderte sich weiterhin im Spiegel, während sie den Schleier um ihren Körper arrangierte. »Das macht mir jetzt nichts mehr aus.«

»Tatsächlich nicht?«

»O nein. Jetzt nicht mehr.« Jeans Stimme war leise und verträumt. »Es ist alles geregelt. Es gibt nichts mehr, was mich noch beunruhigt.«

Bevor sie ging, vergewisserte sich Jacqueline, daß Jean ebenfalls für sich in Anspruch nahm, am Abend zuvor früh zu Bett gegangen zu sein. Ihr Hotel gehörte zu einer der Mammutketten; wenn sie ihren Schlüssel mitgenommen hatte, hätte sie zu jeder Tages- und Nachtzeit unbeobachtet kommen und gehen können.

Jacquelines nächste Adresse war der schäbige Backsteinblock, in dem Betsy zeit ihres Lebens gewohnt hatte. Mittlerweile überragten riesige Verwaltungsgebäude das Haus, das den Eindruck vermittelte, es verkröche sich im Boden, aus Furcht davor, von den Giganten zerquetscht zu werden. Die umliegenden Häuser der Nachbarschaft waren längst verschwunden, und Jacqueline schätzte, daß das Grundstück Unsummen wert war.

Ihre Hoffnung, O'Brien diesmal zuvorgekommen zu sein, erwies sich als Trugschluß, sobald Betsy ihr die Tür öffnete. »Na also, der dritte der Musketiere. Du hast O'Brien gerade verpaßt.«

»Die drei Reiter der Apokalypse wären vielleicht zutreffender.«

»Ich dachte, das wären vier gewesen.«

»Muß ich dich daran erinnern, wer oder was der vierte Reiter war?« Jacqueline folgte Betsy in die Eingangshalle. Eine dicke Staubschicht überzog das schöne, alte Mobiliar, und nur eine einzige Glühbirne leuchtete in dem Limoges-Kronleuchter. Alle anderen waren defekt.

»Möchtest du ein Bier oder sonst irgendwas?« fragte Betsy gastfreundlich.

»Nein, danke. Ich will nur kurz mit dir reden.«

»Dann komm mit nach oben. Ich möchte dir etwas zeigen.«

»Ich bin überrascht, daß du immer noch hier wohnst«, sagte Jacqueline und zog rasch ihre Hand vom Treppengeländer fort. Es fühlte sich klebrig an. »Warum suchst du dir nicht ein Fleckchen in Greenwich Village oder wo es sonst angesagt ist?«

»Du kannst es glauben oder nicht, aber das hier ist billiger. Die Stiftung zahlt den gesamten Unterhalt. Das bedeutet, daß ich den Großteil meines Einkommens an die PUFFS und die anderen Organisationen spenden kann, denen ich angehöre. Wenn ich umzöge, müßte ich Miete bezahlen. Hast du eine Vorstellung, was Apartments in Manhattan kosten?«

»Dann gehört dir das Haus gar nicht?« fragte Jacqueline neugierig.

»Oh, doch, es gehört mir. Ich kann es nur nicht verkaufen.« Betsy schmunzelte. »Mutter und Vater hatten keine besonders hohe Meinung von meiner Intelligenz und schon gar nicht von meinen politischen Ansichten. Deshalb ist alles an eine Stiftung gegangen. Auch egal, schätze ich. Mit Geld umgehen zu müssen ist ohnehin langweilig, findest du nicht?«

»Hab' die Erfahrung noch nicht gemacht«, sagte Jacqueline niedergeschlagen.

Betsy öffnete eine Tür und schob Jacqueline in ihr Schlafzimmer. Es verkörperte ihren strengen Stil, und die Möbel stammten vermutlich aus einem der kleinen Dachkämmerchen, in denen die Dienstboten früherer Tage gewohnt hatten. Ein eisernes Bettgestell und ein billiger Schreibtisch aus Kiefernholz, zwei einfache Stühle und ein Tisch, mit Taschenbüchern gefüllte Regale aus Brettern und Ziegelsteinen bildeten die Einrichtung. Keine Teppiche am Boden. Jacqueline wußte nicht, ob sie Mitleid oder Wut empfinden sollte. Betsys emotionale Entwicklung schien in den sechziger Jahren steckengeblieben zu sein. Es wurde Zeit, daß sie endlich erwachsen wurde.

Dann nahm Betsy etwas aus ihrem Schrank, und Jacqueline blieb vor lauter Überraschung der Mund offenstehen.

Betsy hielt das Kleid hoch, damit es nicht den schmutzigen Boden berührte.
Im Vergleich zu dem kunstvoll mit Spitzen und Perlen besetzten Kleid, das Laurie für Valentine genäht hatte, war das hier beinahe schlicht. Doch der effektvoll plissierte Seidenstoff und der schmalgeschnittene Rock schrien den Namen des Modeschöpfers genauso heraus, wie Worths Handwerkskunst seine Arbeit dokumentierte.
»Fortuny«, hauchte Jacqueline. »Im Museum habe ich ein ähnliches gesehen – es war korallenrot statt türkis, aber...«
»Ich weiß. Es ist mir gestern abend aufgefallen. Dann fiel mir ein, daß Mutter ein solches Kleid besaß. Ich habe es auf dem Speicher in einer Truhe gefunden, als ich nach Hause kam. Da lag es sicherlich schon vierzig Jahren lang zerknüllt, und doch hat man den Eindruck, es wäre frisch gereinigt und gebügelt.«
»Diese kunstvollen Plissés gehörten zu Fortunys Markenzeichen.«
Jacquelines Bewunderung für die Worth-Kopie war schlichte Wertschätzung des Könnens gewesen. Das Gefühl, das sie jetzt beschlich, konnte nur als Bestreben bezeichnet werden – nein, Begehren war die treffendere Umschreibung. Das Kleid würde absolut göttlich an ihr aussehen. Sie erinnerte sich an Betsys Mutter – eine gepflegte Frau mit einem sicheren Geschmacksempfinden –, die aufgrund von Betsys schlampiger Bekleidung häufig aus der Haut gefahren war. Mrs. Markham hatte ungefähr Jacquelines Maße gehabt. Und die Farbe paßte einfach sensationell zu ihrem kastanienbraunen Haar...
Jacqueline schluckte. »Wieviel willst du dafür haben?«
»Ich würde Mutters Kleidung nicht verkaufen«, sagte Betsy mit gepreßter Stimme. »Ich dachte, ich könnte es heute abend tragen. Was hältst du davon?«
Sie hielt sich das Kleid vor.
Jacqueline starrte auf die schwere bronzefarbene Buchstütze, die einen Stapel historischer Romane zusammenhielt, und fragte

sich, ob wegen eines Kleides schon jemals ein Mord begangen worden war. Das Fortuny war mindestens zehn Zentimeter zu lang für Betsy; es schleifte über den Boden. Ihrer drahtigen jungenhaften Figur würde die klare Linie sicherlich ganz gut stehen, aber dieses struppige graue Haar und diese knochigen, sommersprossigen Arme ...

Mit Mühe gelang es ihr, diese Oberflächlichkeiten zu verdrängen und sich wieder auf die ernsthaften Dinge zu konzentrieren, wegen der sie gekommen war. »Ich wußte gar nicht, daß du vorhattest, den Ball zu besuchen.«

»Ich dachte, ich könnte auch hingehen. Allerdings habe ich keinen Begleiter. Ich habe O'Brien gefragt, aber er sagte, er sei im Dienst. Wie steht's mit deinem Freund – diesem Professor?«

»Er begleitet Jean.« Jacqueline setzte sich auf das Bett. Beide Stühle waren besetzt, auf einem lag eine schmutzige Jeans, auf dem anderen Stapel kopierter Flugblätter, die einen nicht näher begründeten Marsch nach Washington ankündigten.

»Verflucht. Nun gut. Wie wäre es, wenn ich mit dir hinginge? Es wäre doch nicht das erste Mal.«

Jacqueline ging die Vor- und Nachteile dieses Plans durch und stellte sich O'Briens Reaktion vor, wenn sich Betsy zu ihnen gesellte. Nach reiflicher Überlegung entschied sie, daß es ihm recht wäre. »In Ordnung«, sagte sie. »Komm gegen halb acht ins Hotel, und wir ziehen uns dort um. Und, Betsy ...«

»Hm?« Betsy versuchte, sich in dem winzigen Spiegel über ihrem Schreibtisch zu betrachten.

»Stell nur ja nichts mit dem Kleid an, solange ich nicht in deiner Nähe bin«, sagte Jacqueline verzweifelt. »Ich kümmere mich um die erforderlichen Änderungen. Schneid nicht einmal irgendwelche losen Fäden ab. Versprochen?«

»In Ordnung.«

Jacqueline seufzte erleichtert auf. Betsy stand zu ihrem Wort. Sie wäre ebenso in der Lage gewesen, eine Schere zu nehmen und das kostbare Kleidungsstück an den Knien abzuschneiden, wenn ihr der Sinn danach gestanden hätte. Bei diesem Gedanken überlief Jacqueline ein Schauer des Entsetzens.

Während sie beobachtete, wie Betsy sich in dem vergeblichen Versuch wand und bückte, ihr Gesamterscheinungsbild in einem zwanzig Quadratzentimeter großen Spiegel zu betrachten, sagte sie: »In all den Jahren war mir nie bewußt, daß du dich für Kleider interessierst. Eigentlich glaube ich, dich noch nie in einem Kleid gesehen zu haben – außer in dieser gräßlichen Verkleidung auf der Cocktailparty. Bist du verliebt, oder willst du deinen Feministinnen Lebwohl sagen?«

»Kleider haben absolut nichts mit Feminismus zu tun«, erwiderte Betsy aufgebracht. »Es besteht doch kein Widerspruch zwischen Frauenrechten und hübschem Aussehen.«

Da diese offensichtliche Tatsache Jacqueline bereits seit zwanzig Jahren bekannt war, erwiderte sie nichts. Trotzdem mußte es einen Grund für Betsys überraschenden Ausbruch geben. »Warum bist du ausgerechnet in diesem Augenblick darauf gekommen? Romantische Bälle sind doch gar nicht dein Metier.«

»Das ist meine letzte Chance, Tante Hattie und ihre Schmutzfinken bloßzustellen.« Die Antwort kam so prompt, daß Jacqueline den Verdacht hatte, Betsy müsse ihre Entscheidung vor sich selbst rechtfertigen. »Schließlich«, fuhr Betsy fort, »hat Dubretta nie gefunden, was sie wirklich suchte, nicht wahr? Es stand nichts in der Zeitung.«

»Selbst wenn sie etwas aufgedeckt hat, ist es besser so.« Jacqueline sah keine Veranlassung, das Thema zu vertiefen. Es war typisch für Betsy, daß sie sich nie Gedanken darüber gemacht hatte, warum Laurie sie angegriffen hatte. Verrückte Leute tun eben verrückte Dinge; das war für Betsy als Erklärung ausreichend.

Es gab noch einen weiteren Grund für ihre fehlende Neugier. Jacqueline fragte sich, ob er O'Brien aufgefallen war. Mit Sicherheit; O'Brien entging so gut wie nichts. Aber sie weigerte sich, das ernstzunehmen. Betsy stand auf ihrer Verdächtigenli-

ste, jedoch nur der detektivischen Vollständigkeit halber. Betsy hatte keine Veranlassung, Dubrettas Notizbuch zu stehlen. Betsy konnte nicht der Angreifer sein, der sie auf die Straße geschubst hatte und dann unerkannt entkommen war. Ihre Hauptbegabung bestand darin, irgendwelchen Leuten Transparente auf den Kopf zu schmettern.
Betsy starrte immer noch auf ihr Ebenbild. Mit veränderter und weitaus ernsterer Stimme meinte sie plötzlich: »Ich würde zu gern herausfinden, was sie in Erfahrung bringen wollte. Nicht, was du vielleicht denkst. Ich mochte Dubretta.«
»Ich auch«, sagte Jacqueline.

Ihr letzter Besuch an diesem Tag galt Victor von Damm. Diese ständig umlagerte Berühmtheit hatte gerade ihr letztes Symposium verlassen, in dem die führenden Verleger historischer Liebesromane sich über vergangene Erfolge ausließen und zukünftige Pläne beschrieben. Jacqueline eiste ihn von der Menge los und teilte ihm ihre Absicht mit, mit ihm reden zu wollen.
»Kommen Sie nach oben in mein Zimmer«, sagte Victor, während er sich mit einer Hand durch sein wehendes schwarzes Haar fuhr und den schmachtenden Damen einen boshaften Blick zuwarf. »Das ist der einzige Ort, wo ich mal eine Minute Ruhe finde.«
Jacqueline winkte der distinguierten Dame aus Boston, die Victor immer noch aus der Ferne anbetete, bevor sie diesem folgte. »Die Damen scheinen sich doch sehr diszipliniert zu verhalten«, bemerkte sie. »Ich sehe niemanden, der Ihnen die Knöpfe vom Hemd reißt oder Ihnen eine Ihrer himmlischen Locken abschneiden will. Worüber beschweren Sie sich eigentlich? Ich dachte, bewundernde Fans seien ein Teil des Ganzen.«
»Sie sind ständig hinter mir her«, sagte Victor in hysterischem Tonfall. »Sie starren und beten mich an. Wenn ich an der Bar

etwas trinken will, hocken ständig drei oder vier von ihnen am Nebentisch. Und starren mich an.«

»Wenn Sie in einem solchen Aufzug auftreten, müssen Sie damit rechnen, daß man Sie anstarrt.« Victors weißes Rüschenhemd zeigte Abnutzungserscheinungen. »Ist das Ihr einziges Hemd?« fragte Jacqueline kritisch.

»Hattie ist zu geizig, um unnötige Ausgaben in eine Zweitausstattung zu investieren«, sagte Victor. »Treten Sie ein.«

Sein Zimmer war der beste Beweis für Hatties Knausrigkeit; da man von ihm nicht erwartete, daß er Fans oder Verleger empfing, war es ein einfaches Hotelzimmer ohne Sitzecke oder Bar. Victor ging unumwunden zu seinem Koffer und entnahm ihm eine Flasche. »Wollen Sie auch einen?«

Jacqueline schüttelte den Kopf. Victor öffnete den Verschluß und setzte die Flasche an die Lippen.

»Großartig«, sagte Jacqueline. »Machen Sie nur weiter so, und Sie sind bald ein Alkoholiker. Sie sind bereits ein Betrüger, ein Heuchler, ein Gauner und ... «

»Sie begreifen nichts.« Victor verschloß die Flasche. »Das war's. Heute abend ist der letzte öffentliche Auftritt von Victor von Damm. Ich bin fertig damit.«

»Oh, tatsächlich?«

»Das ist mein voller Ernst.« Victor ließ sich auf einen Stuhl fallen. Sein finsterer Gesichtsausdruck entspannte sich, und Joe Kirby trat zaghaft in Erscheinung. »Es ist witzig«, sagte er mit Joes hellerer, zurückhaltend klingender Stimme, »je näher der Abschied rückt, um so schwieriger ist es für mich, die letzten Stunden noch durchzuhalten. Man könnte doch meinen, daß ich nach zwei Jahren in diesem Zirkus noch die paar Stunden hinter mich bringe.«

»Vielleicht«, warf Jacqueline ein, »leiden Sie unter einem Angstsyndrom.«

Joe betrachtete sie traurig. »Sie mögen mich nicht, stimmt's, Mrs. Kirby?«

»Ich traue Ihnen nicht. Sie sind schwach, Victor-Joe; schwach, unstet und unzuverlässig. Sie haben Sue am Gängelband und behandeln sie wie ein Jo-Jo – in einer Minute obenauf, in der nächsten wieder am Boden. Sie besitzen nicht den Mut, zu Ihrer Entscheidung zu stehen. Warum sollte ich annehmen, daß Sie es diesmal ernst meinen?«

»Die Dinge haben sich geändert. Hattie erklärt sich damit einverstanden, mich gehen zu lassen.«

»Ich verstehe.« Der Sarkasmus in Jacquelines Stimme war unüberhörbar. »Sie haben gekämpft, um sich aus dem Netz zu befreien. Sie sind die hilflose Fliege, und Hattie ist die Spinne.«

»Hattie hat einen Vertrag mit mir«, sagte Joe. »Sie sollten diesen Vertrag sehen, Mrs. Kirby. Er verpflichtet mich für den Rest meines Lebens, alles zu tun, was Hattie will.«

»Warum haben Sie ihn unterzeichnet?«

»Ich war knapp bei Kasse.« Einen Augenblick später fügte Joe mürrisch hinzu: »Außerdem war ich dumm.«

»Verträge führen bei manchen Menschen zu einer solchen Reaktion«, bemerkte Jacqueline. Aufgrund ihres sanfteren Tonfalls blickte Joe hoffnungsvoll auf.

»Mrs. Kirby, ich meine es ernst mit dem Aufhören. Hattie gehört der Name von Damm. Mit der Schriftstellerei im Hintergrund hatte ich nie etwas zu tun, ich war lediglich der angeheuerte Frontmann. Sie findet bestimmt jemand anderen vor Victors nächstem öffentlichem Auftritt.«

»Einen Doppelgänger?« Jacqueline gab sich skeptisch. Dann kniff sie nachdenklich ihre Augen zusammen, und ihre Brille begann zu rutschen. James hätte diesen Blick erkannt; Jacquelines außergewöhnliche Phantasie trat in Aktion.

»Wissen Sie, was funktionieren würde«, sagte sie. »Victor von Damm könnte sterben. Heldenhaft. Indem er ein Mädchen vor einer Vergewaltigung bewahrt oder ein Kind vor einem Verkehrsunfall ... «

Joe zuckte zusammen. »He, Moment mal«, protestierte er.
»Oh, in Wirklichkeit würden Sie natürlich nicht sterben. Es wäre lediglich ein Täuschungsmanöver. Dann könnte Hattie eine ganze Reihe von Victor-von-Damm-Manuskripten entdecken und ein bis zwei pro Jahr veröffentlichen – mit schwarzen Einbänden und geschmackvollem ›In-Memoriam‹-Aufdruck. Victor von Damm könnte zur Kultfigur aufsteigen. Überlegen Sie nur, wie es mit Valentino und James Dean und Elvis Presley war. Trauernde, schwarzgekleidete Frauen würden Ihr Grab am Jahrestag Ihres Todes besuchen ... Andenkenstände, die Ihre Bücher und Ihre Haarlocken verkauften – Sie könnten gelegentlich für Nachschub sorgen – stellen Sie sicher, daß sie Ihnen das vergütet – kleine Flaschen mit dem Wasser, in dem ihr geschundener, blutender Körper gebadet wurde ... «
»Jesus Christus«, stöhnte Joe. »Mrs. Kirby, Sie sind schlimmer als Hattie. Das ist das übelste, gräßlichste Zeug, das ich jemals ... Ich frage mich, ob es funktionieren würde.«
»Funktionieren würde?« Jacqueline sprühte vor Kreativität und Begeisterung. »Es wäre der größte Publicity-Coup des Jahrhunderts. Ich werde es Hattie verkaufen. Und sie dafür zahlen lassen, daß ihr Hören und Sehen vergeht.«
»Sie müßten aber eine Leiche haben«, meinte Joe unbehaglich. »Ohne Leiche gibt es keinen Heldentod.«
Jacqueline wischte dieses unwesentliche Detail beiseite. »Das ist kein Problem. Ich kann mir bereits drei oder vier mögliche Varianten vorstellen, obwohl ich mich noch gar nicht näher damit auseinandergesetzt habe. Vielleicht könnte Victor bei seinem Versuch, ein Mädchen oder ein Kind zu retten, entführt werden. Man würde seine Leiche niemals finden. Statt eines Grabes errichteten wir dann ein Ehrenmal. Oder er könnte von Bord eines Kreuzfahrtschiffes gehen oder an einem vielbesuchten Ort verschwinden – Hattie könnte eine Leiche identifizieren ... Gütiger Himmel, Joe, die Möglichkeiten sind endlos.«
»Sie machen mir angst«, sagte Joe aufrichtig.

»Hattie wäre ein Idiot, wenn sie nicht auf diese Idee anspringen würde«, versicherte ihm Jacqueline. »Und damit wären Sie aus dem Schneider – wenn Sie wirklich aufhören wollen.«
»Selbstverständlich. Sue und ich werden heiraten.«
Jacqueline riß sich von dem faszinierenden Gedanken an Victors Heldentod los. »Also, dann werde ich mit Hattie reden. Unter einer Bedingung. Ich kann verstehen, wie Sie in Hatties Klauen geraten sind – obgleich ich Sie für einen Hanswurst halte, weil Sie das so lange mitgemacht haben. Ich verstehe ebenfalls, warum Sie Sue in diese Sache nicht hineinziehen wollten. Was ich nicht verstehe, ist Ihre Wankelmütigkeit. In einem Augenblick scheinen Sie der alten Hexe die Stirn zu bieten, und im nächsten verweist sie Sie wieder in Ihre Schranken. Hing es ausschließlich mit dem Vertrag zusammen, daß Sie ihr nachgegeben haben? Und warum hat sie ihre Meinung hinsichtlich Ihres Ausscheidens geändert?«
»Man kann sich nie sicher sein, welche Beweggründe Hattie hat«, erwiderte Joe düster. »Aber ich denke, ihre größte Sorge galt der Konferenz. Das war für mich der Wendepunkt. Ich war bereit, öffentliche Auftritte wahrzunehmen, an Talkshows, Autogrammstunden, Verlegeressen, Autorenempfängen und solchen Geschichten teilzunehmen. Das machte mir nichts aus. Das war wie Schauspielerei – eine Zeitlang eine Rolle zu spielen und dann die Maske abzunehmen und wieder nach Hause zu gehen. Diesmal war es anders. Hattie ließ mich nicht eine verfluchte Minute aus den Augen. Dann lernte ich Sue kennen. Sie ist so ehrlich, so unschuldig – kein bißchen falsch. Durch sie wirkte das Ganze plötzlich so schäbig und billig auf mich ...«
Jacqueline begriff, warum Joe niemals die schriftstellerischen Qualitäten eines Victor von Damm erreicht hätte. Selbst vor dem Hintergrund der zweifelhaften Standards historischer Liebesromane war sein Stil noch dürftig. »In Ordnung, ich werde sehen, was sich machen läßt«, versprach sie. »Ich wollte Sie noch

etwas fragen, Joe. Haben Sie Kommissar O'Brien heute schon gesehen?«
»Ja, er war vor ein paar Stunden hier. Ist irgend etwas nicht in Ordnung, Mrs. Kirby?«
Jacqueline lächelte ihn mit zusammengebissenen Zähnen an. »Nein, nichts. Hat er Ihnen von Laurie erzählt?«
Joe nickte. »Es tut mir leid. Das arme Kind muß wahnsinnig gewesen sein, spätabends noch im Park herumzustreifen. Aber vielleicht ist es besser so. Sie hatte nie die Spur eine Chance.«
»Hmhm«, sagte Jacqueline. »Hat O'Brien Sie gefragt, wo Sie gestern nacht gewesen sind?«
»Ich war mit Sue zusammen. Sie wissen vermutlich besser als ich, wann sie zurückkam. Wir haben nicht auf die Uhr gesehen.«
Als er Jacquelines ernsten Gesichtsausdruck bemerkte, verschwand Joes erinnerungsträchtiges Lächeln. »O'Brien sagte, es sei reine Routine. Stimmt das?«
»Nein. Laurie wurde von der gleichen Person ermordet, die auch Dubretta Duberstein auf dem Gewissen hat.«
Joes Gesichtsfarbe wurde aschfahl. »Sie scherzen.«
»Ich scherze nicht, wenn es sich um Mord handelt.«
»Ja, aber... O mein Gott.« Joe verbarg sein Gesicht in beiden Händen. »Gerade haben Sie mich wieder ins Netz der Spinne zurückgeholt«, stammelte er.
»Was meinen Sie damit?«
»Das war das andere Druckmittel, das Hattie mir gegenüber hatte.« Joe hob den Kopf. »Sie wissen, wie sehr sie sich bemüht hat, Dubrettas Tod für ihre eigene Publicity zu nutzen. Der Schuß ging nach hinten los; die Presse sprang nicht auf die Idee an, daß Valentine das eigentlich geplante Opfer sein sollte. Also gab Hattie die Mordmasche auf. Meiner Meinung nach war das Ganze nichts weiter als... ein Publicity-Manöver. Doch zuvor erklärte sie mir, daß Dubrettas letzte Worte Sue beschuldigten.«
»Was?«

»Sie beschuldigte Sue«, beharrte Joe. »Sie haben es doch auch gehört. ›Es ist Sue.‹ Das waren ihre letzten Worte. Hattie drohte mir, es der Polizei mitzuteilen, falls ich mich nicht unterordnete.«

»Oh, zum ...« Vor ihrem geistigen Auge sah Jacqueline Victor von Damm, der edelmütig Schlimmeres als den Tod riskierte, um die von ihm geliebte Frau zu schützen. Sie wußte nicht, ob sie lachen oder weinen sollte. »Das ist das Idiotischste, was ich jemals gehört habe, Victor. Auch wenn Dubretta den Namen Sue erwähnt hätte – und selbst ich, die ihr am nächsten stand, bin nicht sicher, was sie gesagt hat –, hätte Sue keinen Grund gehabt, ihr etwas anzutun. Niemand, der auch nur über einen Funken Verstand verfügt, würde einer solchen Anschuldigung irgendwelche Bedeutung beimessen.«

»Ich schätze, Sie haben recht«, sagte Joe, den Geist von Victor von Damm erneut verscheuchend. »Aber Sue hatte ein Motiv, Valentine den Tod zu wünschen – zumindest würden es einige Leute für ein Motiv halten. Ich sage Ihnen, Mrs. Kirby, Sie wissen gar nicht, wie es ist, sich mit Hattie Foster abgeben zu müssen. Sie hypnotisiert einen Menschen quasi, verstehen Sie? Und dann glauben Sie alles, was sie sagt.«

»Merkwürdig«, erwiderte Jacqueline. »Meine Reaktion auf Hattie entspricht dem genauen Gegenteil. Ich glaube ihr kein Wort von dem, was sie sagt.«

»Schätze, ich war ein Idiot.«

»Schätze, das waren Sie.«

»Jetzt erklären Sie mir, daß Dubretta ermordet worden ist.« Joe schüttelte den Kopf. »Und ich weiß überhaupt nicht mehr, was ich tun soll.«

»Für Anfänger: Glauben Sie nicht alles, was Sie hören.« Jacqueline erhob sich. »Ich muß gehen.«

Joe blickte sie an. »Heißt das, ich sollte Ihnen nicht glauben?«

»Glauben Sie mir eins.« Jacqueline hob ihren Zeigefinger. »Heute abend kann alles passieren. Seien Sie wachsam. Passen

Sie auf Sue auf. Und seien Sie darauf vorbereitet, genau das zu tun, was ich Ihnen sage.«
Als sie Joe verließ, starrte er immer noch auf die Stelle, wo sich ihr erhobener Zeigefinger befunden hatte. Er war sicherlich ein hervorragendes Hypnose-Medium. Kein Wunder, daß Hattie ihn so leicht beeinflussen konnte. Es war positiv für seine Beziehung zu Sue, wenn das Mädchen rechtzeitig genug lernte, daß sie in diesem Zweig der Familie Kirby die Hosen anhatte. Joe war ein hervorragendes Beispiel für die Tatsache, daß das Aussehen eines Menschen nicht unbedingt Rückschlüsse auf seine Persönlichkeit liefert. Der Macho-Eindruck, den Victor von Damm hinterließ, kaschierte in Wirklichkeit einen gefügigen, naiven Mann, der lediglich jemanden brauchte, der ihn fest im Griff hatte und ihm zeigte, wo's langging.
Jacqueline war sehr angetan von ihrem Plan, Victor umzubringen. Eigentlich hielt sie ihn sogar für brillant. Wenn sie doch nur eine entsprechend brillante Eingebung hinsichtlich der Morde hätte! Ihr fehlte immer noch ein wesentliches Detail, und das Ärgerlichste war, daß sie die Antwort fast schon kannte. Irgend etwas geisterte durch ihr Unterbewußtsein wie ein bekanntes, aber augenblicklich entfallenes Wort. Irgend etwas, was sie bereits gehört oder gelesen hatte. Doch je krampfhafter sie darüber nachdachte, um so aussichtsloser wurden ihre Bemühungen.

Als sie in ihr Zimmer zurückkehrte, hörte sie das Plätschern der Dusche hinter der geschlossenen Badezimmertür. Da sie annahm, daß Sue noch längere Zeit beschäftigt sein würde, traf Jacqueline ihre eigenen Vorbereitungen. Nachdem sie den pfauenblauen Morgenmantel übergeworfen hatte, richtete sie ihre Kopfkissen – und die von Sue – am Kopfende ihres Bettes auf und baute dann zwei Pappbecher Kaffee, einen in fettiges Papier gewickelten Hamburger, Senf und Ketchup, zwei Schokoladenriegel, einen Apfel, eine Packung Zigaretten und ein Feuerzeug vor sich auf dem Nachtschrank auf. Dann nahm sie Notizbuch und Stift aus ihrer Tasche. Sie lag mit ihrem Roman im Rückstand. Jetzt, wo die andere Geschichte erledigt war ... Jacqueline runzelte unbehaglich die Stirn. Sie hatte alles ausgearbeitet – nun, fast alles. Was sie beunruhigte, war nicht, wie sie mit ihrer Information umzugehen hatte, sondern ob O'Brien mit ihrem Plan kooperierte.

Im Augenblick konnte sie nichts mehr tun. Sie biß in ihren Hamburger, wischte sich Senf vom Kinn und fing an zu schreiben.

Als Sue aus dem Badezimmer heraustrat, aß Jacqueline gerade einen Schokoriegel und schrieb fleißig. »Oh«, sagte Sue erfreut. »Sie sind wieder da.«

Jacqueline blickte auf. Sue trug einen Morgenmantel und eine Hochfrisur aus riesigen rosafarbenen Lockenwicklern. Ihre Augen spähten aus einer dicken braunen Maskenschicht hervor. Sie hatte Ähnlichkeit mit den Medizinmännern der Naturvölker.

Jacqueline wandte sich wieder ihren Aufzeichnungen zu und machte sich nicht die Mühe einer Antwort. Sue rutschte neben sie und las über ihre Schulter. Nach einer Weile meinte sie kleinlaut: »Ich glaube nicht, daß Mammuts und Kupferwaffen zur gleichen Zeit existierten.«

»Oona hat das Kupfer gerade entdeckt«, erwiderte Jacqueline, ohne aufzublicken.

»Ach, ja.« Sue las laut vor. »›Oona entdeckt das Kupfer.‹«

»Ich trage das später noch nach«, erklärte Jacqueline abwesend. »Stört es Sie, nicht zu reden? Ich möchte dieses Kapitel noch fertigstellen.«

Sie füllte noch zwei weitere Seiten, bevor sie ein riesiges Ausrufezeichen hinter den letzten Satz setzte. Dann schloß sie das Notizbuch und griff nach einer Zigarette.

»Sie sehen sehr glücklich und zufrieden aus«, sagte sie.

Das war die exakte Beschreibung von Sues Gemütszustand, wie Jacqueline allerdings darauf kam, hätte jedem ein Rätsel sein müssen. Sues Gesicht war vollständig mit der braunen Masse bedeckt. Sie setzte sich auf das andere Bett und blinzelte Jacqueline durch die Schmiere zu.

»Ich hatte noch gar keine Gelegenheit, es Ihnen zu erzählen – Sie waren den ganzen Tag lang nicht da. Raten Sie mal was?«

»Sie und Joe werden heiraten«, sagte Jacqueline unbesonnen.

»Oh. Haben Sie Joe heute getroffen?«

»Vor ungefähr einer Stunde. Ich denke, wir haben einen Weg gefunden, wie er seinen Astralkörper aus Hatties Klauen befreien kann.«

»Oh? Aber er hat doch gesagt, Hattie wäre einverstanden...«

»Hatties Wort kann man nicht trauen. Aber das hier ist eine ganz sichere Sache. Sue, wissen Sie eigentlich, was Sie da tun? Sie kennen den Mann doch erst seit wenigen Tagen.«

»Sie klingen wie meine Mutter«, erwiderte Sue lächelnd.

»Verflucht.«

»Oh, mir gefällt das«, versicherte ihr Sue.

»Sie haben mich mißverstanden«, sagte Jacqueline.

»Ich könnte mir gar nicht sicherer sein. Joe ist wunderbar. Er fliegt morgen mit mir zurück, um meine Familie kennenzulernen und um sich an einer weiterführenden Schule anzumelden.« Sue seufzte tief auf. »Wenn ich daran denke, daß ich mir vorgestern noch wünschte, niemals zu der Konferenz angereist zu sein.«

»Was wird denn aus Ihrem Buch?«

»Ich bin froh, daß Sie mich das fragen, denn ich wüßte gern Ihre Meinung.« Aufgrund der ernsten Stimme und der treuherzigen blauen Augen, die durch die glibberige, dunkle Pampe blinzelten, gelang es Jacqueline kaum noch, ernst zu bleiben, doch sie verkniff sich höflich das Lachen. Sue fuhr fort: »Ich werde meinen eigenen Titel verwenden. Und ich werde alles herausstreichen, was ich nach Ansicht des Lektors hineinnehmen mußte. Wissen Sie, die Teile...«

»Die anzüglichen Passagen?« warf Jacqueline ein.
»Ja. Das war nie der Anspruch meines Buches. Wenn es sich mit seinem ursprünglichen Inhalt nicht verkaufen läßt, dann will ich mich auch nicht dem degenerierten Geschmack irgendwelcher Leute anpassen.«
»Das klingt sehr gut«, sagte Jacqueline. Betsy wäre erfreut; sie hatte wieder jemanden bekehrt.
»Ich bin froh, daß Sie mir zustimmen.« Sues Blick wanderte zu dem Notizbuch, in das Jacqueline gerade geschrieben hatte, doch sie erwähnte mit keinem Wort, daß Jacqueline ihre eigenen Qualitätsansprüche nicht vertrat. Das Manuskript enthielt eine ganze Reihe anzüglicher Passagen.
Jacqueline ihrerseits sah davon ab, Sue auf die ihrer Meinung nach unheilvollen Geschehnisse des herannahenden Abends hinzuweisen. Warum sollte sie dem Mädchen den Spaß verderben? Das war genauso schlimm, wie einem Kind die Puppe wegzunehmen. Nach Jacquelines Einschätzung war Sue nie eine ernstzunehmende Verdächtige gewesen. Sue war die Heldin, und Jacqueline hatte Krimiautoren immer abgelehnt, die das Verbrechen der Heldin anhängten und dem Leser damit das Happy-End raubten, das er oder sie sich redlich verdient hatte.
Sie stopfte gerade den Rest des Schokoriegels in ihren Mund, als das Telefon klingelte. »Hallo«, murmelte sie undeutlich.
»Wer ist da?«
Jacqueline schluckte. »Ich natürlich. James?«
»Am Apparat.«
»Also?«
»Die Tests waren alle negativ.«
»Was?«
»Die Tests waren alle ... «
»Ich habe schon verstanden. Woraufhin hat er denn analysiert?«
»Das Übliche. Strychnin, Arsen, Blausäure ... «

»James, du Dummkopf, es hätte nichts von alledem sein können. Hast du denn nicht Dubrettas Symptome bemerkt?«
»Nein, habe ich nicht, wie du sehr wohl weißt. Wenn du wußtest, um welches Gift es sich handelte, warum hast du es mir dann nicht gesagt? Das ist die unpassendste Ausrede für eine Verbrechensuntersuchung, die ich jemals gehört habe.«
Jacqueline mußte zugeben, daß seine Beschwerde einen gewissen Wahrheitsgehalt enthielt. Aber jetzt war sicherlich nicht der geeignete Augenblick, um ihm zu erklären, daß seine gesamte Tagesarbeit reine Zeitverschwendung gewesen war.
»Es war wichtig, daß wir jede Spur verfolgten«, sagte sie vage, und bevor James fragen konnte, was zum Teufel sie damit meinte, fuhr sie fort: »Hast du mit den Verdächtigen gesprochen?«
»Keiner hat ein Alibi.«
»Ist das alles, was du mir sagen kannst?«
»Darauf läuft es letztlich hinaus. Dafür habe ich den ganzen verfluchten Nachmittag gebraucht. Bei meinem ersten Rundgang war niemand zu Hause. Ich weiß nicht, warum ich das nicht einfach telefonisch erledigen konnte.«
»Ich habe dir doch erklärt, warum. Es ist überaus wichtig, die Gesichter zu beobachten und die feinen Nuancen bei der Beantwortung bestimmter Fragen zu beurteilen.«
»Die Nuancen waren für mich zu fein«, brummte James. »Deine entsetzliche Frauenrechtlerfreundin habe ich erst gegen fünf Uhr angetroffen. Als ich sie fragte, wo sie gestern nacht zwischen Mitternacht und ein Uhr gewesen sei, lachte sie und meinte, ich solle Jean sausen lassen und sie zu dem heutigen Ball begleiten.«
»Ich schätze, du kannst es einfach nicht lassen, unwiderstehlich zu sein, James. Was hat Betsy noch gesagt?«
»Sie sagte, sie sähe keinen Grund, warum ich sie nicht begleiten könnte.«
»Nein, nein. Wo war sie gestern abend?« Jacqueline interessierte das zwar eigentlich nicht, aber man mußte dem armen James das Gefühl geben, daß er sich nützlich machte.

»Sie sagte, sie sei zu Hause gewesen und habe sich ›Kojak‹ angesehen. Das sei ihre Lieblingsserie.«
»Hast du sie nach der Handlung gefragt?«
»Das habe ich in der Tat getan«, sagte James blasiert. »Und habe es sogar anhand der Fernsehzeitschrift überprüft. Selbstverständlich hätte sie ebenso verfahren können. Oder die Folge bereits gesehen haben. Es handelte sich um eine Wiederholung.«
»Das war sehr klug von dir, James. Gute Arbeit. Ich bin stolz auf dich. Auf Wiedersehen.«
»Noch eine Minute. Du hast mir gar nicht erzählt ... «
»Ich muß noch einen Anruf erledigen, James. Wir sehen uns später.«
James' Erwähnung von Betsy hatte sie daran erinnert, daß sie aus Gründen, die sie nur ungern zugab, etwas Wesentliches vergessen hatte. Eitelkeit der Eitelkeit, und alles ist Eitelkeit, sagte der Prediger, und damit hatte er den Nagel auf den Kopf getroffen. Betsys phantastisches Kleid hatte sie so fasziniert, daß sie den eigentlichen Grund ihres Besuches gar nicht weiterverfolgt hatte. Vermutlich würde es sich als weiterer Trugschluß herausstellen, aber sie konnte es sich nicht leisten, auch nur einen Hinweis zu übersehen. Sie griff nach dem Telefon und wählte Betsys Nummer.
Es klingelte mehrmals ohne Erfolg. Jacqueline wollte gerade auflegen, als sie bemerkte, daß der Hörer abgenommen wurde.
»Wo zum Teufel hast du gesteckt?« wollte sie wissen.
»Auf dem Speicher. Weißt du, da oben in der Truhe liegen Unmengen von Mutters Sachen. Ich habe noch einen Fächer und ein Paar Satinschuhe gefunden – sie sind mir zwar zu klein, aber ... «
»Mach dir nichts draus«, sagte Jacqueline mit unterdrückter Stimme. Ihre Füße waren um einiges kleiner als die Betsys. Eitelkeit der Eitelkeit, und alles ist Eitelkeit, ermahnte sie sich.

»Ich vergaß, dich etwas zu fragen, Betsy. Du sagtest, als Laurie dich gestern angriff, habe sie die ganze Zeit vor sich hin gemurmelt, während sie deinen Rucksack durchwühlte. Was hat sie denn gesagt?«
»Erwartest du wirklich, daß ich das noch weiß?« knurrte Betsy ungnädig. »Ich sag' dir, Jake, dein Gehör funktioniert nicht mehr allzu gut, wenn du gerade einen vor die Birne gekriegt hast und sich hundertfünfzig Kilo auf deinem Rücken breitmachen.«
»Versuch's«, drängte Jacqueline.
»Nun ... Sie sprach über Valentine – wie süß und engelhaft und schön sie sei, diesen Unfug halt. Das sagte sie, nachdem sie mir gerade eine verpaßt hatte. Ich wollte aufstehen, da pflanzte sie sich mit ihrem ganzen Gewicht auf mich und fing an, mich mit Beleidigungen zu traktieren. Eine davon war gelbhäutige Schnapsdrossel.«
»Gütiger Himmel.«
»Es ist erstaunlich, wie verletzend manche ornithologischen Begriffe eingesetzt werden können«, sinnierte Betsy. »Man wandelt die Bezeichnung ab und verwendet sie auf einen Menschen ... Schätze, sie hatte es mit gelb. ›Gelbhäutige Memme‹ lautete eine weitere ihrer reizenden Umschreibungen.«
»Gelbhäutig«, wiederholte Jacqueline.
»Ist das alles? Ich muß noch einiges erledigen, wenn ich pünktlich um halb acht bei dir sein soll. Bis dann, Jake.«
Betsy legte auf. Jacqueline hielt den Hörer umklammert, bis eine mechanische Stimme erklang: »Bitte legen Sie auf. Sie haben den Hörer nicht aufgelegt. Bitte legen Sie auf.«
Sue nahm ihr den Telefonhörer aus der Hand und legte ihn auf die Gabel. »Was ist denn los?« fragte sie ängstlich. »Irgendwelche schlechten Nachrichten?«
»Nachrichten«, murmelte Jacqueline. »Nachrichten ... Bei Gott, das ist es!« Sie sprang auf und warf den Morgenmantel achtlos beiseite. Sie war bereits angezogen und halb auf dem

Weg zur Tür, bevor sich Sue wieder gefaßt hatte. »Wohin wollen Sie? Worum geht es hier eigentlich? Kann ich irgend etwas für Sie tun?«

Jacqueline blieb stehen. »Die Uhrzeit. Wieviel Uhr ist es?« Sie sah auf ihre Armbanduhr, Sue ebenfalls. Dann schmetterten sie im Chor: »Fünf Minuten vor halb sechs.« Die Bibliothek ist vermutlich schon geschlossen«, fuhr Jacqueline fort. »Beten Sie zu Gott, daß einige Buchhandlungen länger geöffnet haben.«

Sie stürmte zur Tür und ließ Sue fassungslos zurück.

Fünfundvierzig Minuten später kehrte sie völlig verändert zurück. Ihr Lächeln konnte nicht anders als siegessicher bezeichnet werden, und ihre Augen strahlten.

»Ist alles in Ordnung?« fragte Sue.

Jacqueline sah sie überrascht an. »Ja, natürlich. Warum fragen Sie?« Sie warf ihre Handtasche aufs Bett und streckte sich wie eine zufriedene Katze darauf aus. »Ich ziehe mich besser um. Der Ball fängt bald an! La da da da da da dadada, la da da da da...« Zur Melodie der »Geschichten aus dem Wienerwald« schwebte sie im Walzertakt ins Bad und schloß die Tür.

Um punkt halb acht erschien Betsy, das Fortuny-Kleid achtlos über ihren Arm gehängt. Das Kleid und die braune Papiertüte in ihrer Hand ließen sie wie eine ungewöhnlich durchtrainierte Pennerin nach einem sensationellen Fund in der Mülltonne wirken. Jacqueline rettete das Kleid und hängte es vorsichtig auf einen Bügel. Aus ihrer Tragetasche zerrte Betsy ihre weiteren Entdekkungen – ein Paar wunderschöner Satinschuhe in der Farbe des Abendkleides, lange weiße Handschuhe (abgenutzt und angeschmuddelt) sowie einen Fächer aus Straußenfedern, von dem die Hälfte nur noch aus Federkielen bestand. Trotz Betsys heftigen Protests entfernte Jacqueline den Fächer und die Handschuhe. Dann nahm sie einen der Schuhe in ihre Hand.

»Die wolltest du doch nicht etwa anziehen, oder?«
»Ich dachte, ich könnte die Spitzen abschneiden«, erklärte Betsy, während sie eine Drahtschere aus ihrem Rucksack hervorzauberte.
»Wenn du diese Schuhe anrührst, bringe ich dich um«, sagte Jacqueline unumwunden. »Hast du denn keine anderen?«
Betsy streckte ihr einen Fuß entgegen. Sie trug Turnschuhe. Jacqueline brüllte: »Sue!«
Sue trat aus dem Bad. Sie hatte die Maske entfernt. Ein Auge war fertig geschminkt mit Mascara, Eyeliner, Lidschatten, Kajal, Highlighter und falschen Wimpern. »Hallo«, sagte sie unsicher.
»Hallo«, erwiderte Betsy. »Wissen Sie, daß Sie nur an einem Auge falsche Wimpern tragen?«
»Welche Schuhgröße haben Sie?« wollte Jacqueline wissen.
Fehlanzeige. Sues Füße waren ebenso zierlich wie die gesamte Person, und Betsy hatte aufgrund ihrer vielen Gewaltmärsche ohnehin Plattfüße.
»Geh und kauf dir ein Paar«, wies Jacqueline sie an.
»Die Geschäfte haben bereits geschlossen.« Betsy rekelte sich alles andere als anmutig auf dem Bett. »Ich trage einfach meine Turnschuhe.«
Jacquelines harsche Reaktion ließ sie in Windeseile vom Bett aufspringen. »Irgendwo habe ich noch ein Paar weißer Sandalen«, bot sie sich an. »Wenn ich sie finde.«
»Dann finde sie.« Jacqueline schob sie zur Tür.
Betsy verschwand. »Ich weiß gar nicht, warum ich mich aufrege«, rief Jacqueline aufgebracht.
»Sie sind eine sehr nette, liebenswerte Person«, sagte Sue. Der Blick, den Jacqueline ihr zuwarf, sorgte dafür, daß sie sich sogleich wieder ins Badezimmer trollte.
Als sie das nächste Mal daraus hervorkam, hatte sie auch an ihrem anderen Auge falsche Wimpern befestigt. Mit einer Schere bewaffnet, machte sich Jacqueline an ihrem geliehenen

Ballkleid zu schaffen. Schleifen und künstliche Blumen segelten zu Boden, während sie beherzt schnipselte. Als sie fertig war, war das Kleid auf das Wesentliche reduziert – eine Kreation aus weißer Seide und Satin mit gebauschtem Rock und schmalen Trägern.

»Es ist sehr schön«, sagte Sue. »Aber jetzt, wo Sie die ganzen Applikationen entfernt haben, ist es nicht mehr witzig.«

»Nach Witzigkeit steht mir nicht der Sinn«, entgegnete Jacqueline.

Zart und anmutig in einem an die Gemälde von Watteau erinnernden Schäferinnen-Gewand – komplett mit passendem Stab und Plüschlamm – brach Sue auf, um Joe zu treffen, während Jacqueline immer noch damit beschäftigt war, Betsy einen anderen Anstrich zu geben als den eines Transvestiten, der gerade ein Museum ausgeraubt hatte. Make-up verschlimmerte das Ganze nur noch, und die weißen Plastiksandalen konnten bestenfalls als marginale Optimierung gegenüber den Turnschuhen bezeichnet werden. Jacqueline schlug den Rock im Taillenbereich um, so daß der überflüssige Stoff vom Oberteil verborgen wurde, kürzte ihn jedoch nur so viel, daß Betsy nicht darüber fiel und die Sandalen nicht sichtbar wurden. Wenig begeistert betrachtete sie das Ergebnis ihrer Arbeit.

»Es ist dein Haar«, murrte sie. »Wer hat es eigentlich geschnitten, der Barbier an der Ecke?«

»Ich habe doch diese Perücke«, sagte Betsy, die mittlerweile Spaß an der Sache bekam. »Weißt du, die, die ich auf der Cocktailparty getragen habe.«

»Sei nicht geschmacklos.« Jacqueline dachte nach. »Warte einen Augenblick. Bei Sue habe ich etwas gesehen, das vielleicht helfen könnte.«

Betsy ergab sich der Lockenschere mit unerwarteter Fügsamkeit, obgleich Jacqueline zweimal ihren Nacken versengte. Eini-

ge aus dem ehemaligen Fächer herausgerupfte Federn wurden auf ein schwarzes Samtband gesteckt (ebenfalls eine Leihgabe von Sue), das dann auf die kurzen Locken gestülpt wurde. Jacquelines frustrierter Gesichtsausdruck entspannte sich. »Gar nicht so übel«, sagte sie in beglückwünschendem Ton.
Die Glückwünsche galten ihr selbst, doch das entging Betsy. Sie bewunderte ihr Spiegelbild. »Ich sehe verdammt gut aus, nicht wahr?«
»Geh und stell dich da in die Ecke und halt den Mund«, befahl Jacqueline. »Mir bleiben nur noch zehn Minuten, um mich anzuziehen. Wie ich O'Brien kenne, wird er pünktlich auf der Matte stehen.«
»O'Brien? Du gehst mit ihm? Also, diese Ratte! Warum hat er das denn nicht gesagt?«
»Wir beide gehen mit ihm.« Jacqueline zog das Kleid über ihren Kopf.
»Ich frage mich, was er wohl anhat.«
»Rate mal.« Jacqueline flocht ihr Haar mit geschickten Händen zu einem dicken Nackenknoten. Vorwitzige Korkenzieherlokken umrahmten ihr Gesicht und erinnerten Sue an eine Frisur aus einer vergangenen Epoche, die sie allerdings nicht sofort benennen konnte. Jacqueline befestigte ein breites blaues Band diagonal über dem Oberteil ihres Kleides und vervollständigte das Ensemble mit einer Straßtiara, die sie morgens in einem Ramschladen erstanden hatte. »*Voilà*«, meinte sie.
»Die Kaiserin Eugénie«, entfuhr es Betsy. »Nein – warte einen Augenblick – ich glaube, ich weiß es. ... Alexandra! Die Gemahlin Edwards des Siebten.«
»Sehr gut.«
»Nun, immerhin habe ich einen Magister in Geschichte. Allerdings ist es dein Haar, das mich darauf gebracht hat. Alexandra hatte ebenfalls rotes Haar.«
»Kastanienbraun«, sagte Jacqueline entschieden. »Mehr kann ich in dieser kurzen Zeit beim besten Willen nicht tun. Und«,

fügte sie hinzu, als sie das Klopfen an der Tür vernahm, »auch noch rechtzeitig damit fertig werden. Das muß O'Brien sein.«
Sie ging zur Tür. Betsy trottete neugierig schmunzelnd hinter ihr her. »Karl der Zweite? Er hat den entsprechenden Gesichtsausdruck – durchtrieben, zynisch. ... Oder George Washington? Ich würde ihn zu gern einmal mit weißer Perücke sehen.«
»Du bist auf dem falschen Dampfer«, meinte Jacqueline. Sie riß die Tür auf und trat einen Schritt zurück.
O'Brien nahm die Pfeife aus dem Mund, lüftete seinen Hut und verbeugte sich. Die Pfeife war aus Meerschaum, der Hut eher eine Kappe mit Ohrenklappen, und der schwere Mantel besaß eine Pelerine und reichte ihm bis zur Wade.
»Was sonst?« Jacquelines Frage war rein rhetorisch gemeint. Sie streckte ihm würdevoll die Hand entgegen, eine Geste, die allerdings durch ihre fast schon zur Nasenspitze hinabgerutschte Hornbrille etwas an Eleganz verlor. »Guten Abend, Mr. Holmes.«

O'Brien äußerte keine Einwände, daß Betsy sich ihnen anschloß, auch nicht, als sie ihren albernen Vergleich mit den drei Musketieren wiederholte. Jacqueline hatte schon eine Erklärung parat, falls er etwas eingewandt hätte: Das war kein gesellschaftliches Ereignis, wie ihnen beiden sehr wohl bewußt war. Es ärgerte sie, daß sie keine Gelegenheit fand, sie zum Einsatz zu bringen.
Ihre Kostüme stießen auf amüsierte Blicke, als sie die Hotelhalle durchquerten, doch sobald sie das Konferenzhotel betraten, wurden sie Teil eines gleichermaßen ungewöhnlichen Gedränges. Es ging das Gerücht, daß einige wirkliche Berühmtheiten anwesend sein würden, einschließlich Fans des Genres, die ihre bedauernswerte Abhängigkeit bislang geheimgehalten hatten, und Jacqueline schnappte vereinzelte Spekulationen sowie die ihr mittlerweile geläufigen Fachsimpeleien auf.
»Ich dachte, Sie wären zeitgenössisch«, sagte eine junge Frau zu einer anderen, deren klassisches ägyptisches Gewand sicherlich die Zweifel ihres Gegenübers rechtfertigte.
»Ich wechsle die Fronten«, lautete die Antwort. »Zeitgenössisch verkauft sich nicht so gut.«
»... die First Lady?« kreischte eine stattliche Matrone, deren Straßschmuck im Rhythmus ihres sich kurzatmig hebenden und senkenden Brustkorbes funkelte.

»... ein großer Fan von Victor«, sagte ihre Freundin atemlos.
So gingen die Spekulationen im Saal hin und her. Der Star der letzten spätabendlichen Seifenoper? Ein Mitglied des Königshauses? Ein Du Pont, ein Kennedy, ein Rockefeller?
Die Dekoration des Ballsaals repräsentierte die triumphierende Ausgeburt schlechten Geschmacks. Alles, was von Natur aus nicht pinkfarben war, war in dieser Farbe lackiert worden, einschließlich des riesigen Flügels. Die Smokingjacken der Orchestermitglieder glitzerten pinkfarben. Spaliere mit Plastikgrünpflanzen und künstlichen Rosen zogen sich entlang der Wände. In den Kronleuchtern befanden sich pinkfarbene Glühbirnen. Sie hüllten die Gesichter der Damen in schmeichelndes Licht, doch als sich O'Brien unter einen von ihnen stellte, erweckte er den Eindruck, als erlitte er soeben einen Schlaganfall.
Sich glücklicherweise dieser Wirkung nicht bewußt, blickte er zu Jacqueline. »Nun, Mrs. K., da sind wir. Würde es Ihnen etwas ausmachen, mich in Ihre Pläne einzuweihen?«
»Zunächst einmal denke ich, daß Sie mich Jacqueline nennen sollten. Wir versuchen doch, den Eindruck zu erwecken, daß es sich hier um ein ordentliches Rendezvous handelt.«
»Oh, diesen Eindruck versuchen wir zu erwecken? Meinen Sie nicht, das hier zerstört die Wirkung so ziemlich?« Er warf Betsy, die sich bei ihm eingehakt hatte, einen Blick zu.
»Irgendwie schon«, stimmte Jacqueline zu. »Betsy, verschwinde mal für eine Weile.«
»Wohin?«
»Ist mir egal. Setz dich unter ein Spalier und spiele Rosenknospe. Oder schau dich um. Da hinten steht ein gutaussehender Mann, der ohne Begleitung zu sein scheint – der da, der wie Julius Cäsar gekleidet ist.«
»Er hat eine Glatze«, sagte Betsy.
»Hatte Julius Cäsar auch. Und Kojak. Hau endlich ab.«
Betsy trottete davon. »Sie sieht heute abend ganz anders aus«, meinte O'Brien leicht verwirrt.

»Das hoffe ich«, sagte Jacqueline, die sich lebhaft ihrer Bemühungen erinnerte. »Also. Was ist seit unserem letzten Gespräch passiert?«

»Eine weitere Vergewaltigung, zwei Mordfälle, fünf Einbrüche sowie Hausfriedens... «

»Sie wissen ganz genau, was ich meine.«

»Stellen Sie mir Fragen, Mrs. ... Jacqueline.«

»Lauries Autopsie?«

»Wir haben einen sehr erfahrenen Gerichtsmediziner. Er stellte umgehend fest, daß ihr Schädel gebrochen war.«

»Ich nehme nicht an, daß er sich die Mühe gemacht hat, eine Drogenanalyse durchzuführen«, sagte Jacqueline, sichtlich beherrscht.

»Seltsamerweise hat er das getan. Kein Haschisch, kein Marihuana, kein Heroin, kein Kokain, keine Trips ... «

»Gut.«

»Gut?«

»Haben Sie ihre Handtasche gefunden?«

»Handtaschen scheinen in dieser Geschichte eine erschreckend markante Rolle zu spielen«, beschwerte sich O'Brien. »Übrigens, dieser Koffer, den Sie da mit sich herumtragen, paßt überhaupt nicht zu Ihrem Kostüm.«

»Ich brauche ihn. Also?«

»Wir haben sie gefunden. Ein paar hundert Meter entfernt in einem Abfallbehälter.«

»Was befand sich darin?«

»Kein Geld, auch keine Drogen.«

»Irgendwelche Medikamente?«

»Ein kleines Päckchen Aspirin und ein Mittel gegen Sodbrennen«, sagte O'Brien ernst. »Darüber hinaus zwei Schokoriegel und eine Tüte Erdnüsse.«

»Hmm.«

»Das war's, ich habe meinen Teil erledigt. Jetzt sind Sie dran.«

»Hmm?«

»Wie lauten Ihre Pläne?«
»Ach, das. Ich werde den Mörder von Dubretta und Laurie stellen. Sie müssen sich um die Festnahme kümmern.«
»Gut, gut. Sie wissen, wer es ist?«
»Ja.«
»Können Sie das beweisen, Mrs. Kirby – Jacqueline?«
»Ich weiß, wie es passiert ist«, sagte Jacqueline. »Diesen Teil kann ich beweisen. Es dem Mörder zuzuschreiben könnte allerdings etwas problematisch werden.«
»Bitte«, sagte O'Brien in beschwörendem Tonfall. »Bitte erzählen Sie mir jetzt nicht, daß Sie auf das Geständnis des Mörders hoffen. Alle Verdächtigen sitzen um uns versammelt, während Sie den Fall rekapitulieren, sich plötzlich jemandem zuwenden und mit dem Finger auf ihn deuten: ›Sie waren es, gemeiner Schurke. Gestehen Sie!‹ Bitte machen Sie mir das nicht weis!«
»So wird es nicht sein.«
»O ja, exakt so wird es ablaufen. Weshalb bin ich Ihrer Meinung nach eigentlich hier, Jacqueline?«
»Weil Sie denken, daß Dubretta ermordet wurde.«
»Weil ich das dumme Gefühl hatte, daß Sie irgendeinen irrsinnigen Trick versuchen würden. Abgesehen von der Tatsache, daß Sie die schrecklichste Frau sind, die ich jemals kennengelernt habe, möchte ich nicht, daß Sie Leiche Nummer drei werden.«
»Also doch«, schloß Jacqueline. »Sie glauben, daß Dubretta...«
»Was ich glaube, spielt keine Rolle. Da ist das kleine Problem mit dem Belastungsmaterial. Nur in Detektivgeschichten gibt der Mörder seine Schuld zu und nimmt freundlicherweise Gift, um dem verantwortlichen Polizisten die Schwierigkeit der Beweisaufnahme zu ersparen, die das Hohe Gericht von der Aufklärung des Falles überzeugt – und in besagtem Fall nicht einmal zu einer Festnahme führt. Ihre brillanten Folgerungen haben dieses winzige Detail außer acht gelassen, nicht wahr?

Und wenn Sie glauben, den Mörder festnageln zu können, indem er Sie angreift, so daß ich ihn auf frischer Tat überführen kann, vergessen Sie das Ganze. Ich werde wie eine Klette an Ihnen hängen.«

»Genau das schwebte mir vor«, sagte Jacqueline und klimperte mit ihren Augenwimpern. »Pst. Der Ball wird eröffnet.«

Ein Trompetentusch (bestehend aus zwei Trompeten) unterbrach das allgemeine Gemurmel. Der Chef des Orchesters strebte pinkfarben schimmernd auf das Mikrophon zu: nicht nur die Aufschläge seines Jacketts, sondern das gesamte Sakko war mit pinkfarbenem Glitzerstaub bedeckt. »Meine Damen und Herren«, begann er und starrte auf das Blatt in seiner Hand. »Äh – bitte machen Sie Platz für die (Wie zum Teufel heißt sie noch mal? Oh.) für den Auftritt der Königin der Liebe, die den Ball eröffnen wird.«

Er drehte sich um und hob seinen Taktstock. Das Orchester spielte einen Marsch.

Alle Köpfe drehten sich, und die Gäste versuchten verunsichert festzustellen, welchen der Eingänge die Königin der Liebe denn wohl benutzen würde. Hattie hatte einen Siegesmarsch geplant, aber – wie so typisch für sie – vergessen, daß dafür die Tanzfläche geräumt werden mußte. Die Anführerin der Prozession war umgehend umringt von verwirrten Anwesenden, bis man schließlich zurücktrat und die Mitte des Saals freigab. Aus dem Gewühl trat eine aufgebrachte Hattie mit zornesrotem Gesicht am Arm von Victor von Damm hervor.

Getreu ihres selbsterklärten Mottos »Für mich ist es ohnehin zu spät« war Hattie mit ihrem ungepflegten grauen Haar und dem unmodernen, altrosafarbenen Seidenkleid der Prototyp einer alten Schachtel. Was das Kostüm – wenn überhaupt – letztlich darstellen sollte, blieb Jacqueline ein Rätsel.

Victors Pracht entschädigte allerdings für Hatties Schlampigkeit. Seine hohen schwarzen Stiefel und die weiße Hose waren so enganliegend, daß er unmöglich in die Knie gehen konnte,

und sein Gang erinnerte in der Tat an den Marschschritt anläßlich eines Militärbegräbnisses. Seine Jacke war eine elegantere Version des Modells, das er am Vortag getragen hatte. Sie war pelzverbrämt und an einer seiner Schultern befestigt.
In diskretem Sicherheitsabstand, der von dem Schwert vorgegeben wurde, das einen obligatorischen Teil von Victors Garderobe darstellte, schritten Valentine und der Graf hinter ihnen her. Weiße Fliege und Schwalbenschwanz, falsche Diamantenabzeichen und die Schärpe irgendeines Phantasieordens kennzeichneten letzteren. Bei seinem Anblick fluchte Jacqueline leise. Als O'Brien sie neugierig anblickte, schüttelte sie den Kopf.
Valentine trug das von Laurie gefertigte Kleid. Ihre Schönheit wäre selbst in schmutzigen Lumpen aufgefallen, doch das Kleid hob sie hervor, wie erst die Kreation eines Juweliers einen kostbaren Stein zur Geltung bringt. Unter den anderen Kostümen, die entweder geliehen oder selbstgenäht waren, war Lauries bezauberndes Meisterwerk ein Solitär.
Auf der gegenüberliegenden Saalseite bemerkte Jacqueline Meredith in der ersten Reihe der Anwesenden. Sie war nicht kostümiert, es sei denn, ihre verwaschenen Jeans und ihr Männerhemd hätten einen solchen Versuch darstellen sollen. Jacqueline vermutete, daß dieser Aufzug Merediths Verachtung für die ganze Veranstaltung zum Ausdruck bringen sollte. Doch als die strahlend schöne Erscheinung an ihr vorüberglitt, trat ein Ausdruck verhaltener Zufriedenheit auf das Gesicht des Mädchens.
Jacqueline stupste O'Brien an. Sie mußte ihm einen zweiten Stupser verpassen, denn wie bei allen anwesenden Männer im Raum spiegelte auch sein Gesichtsausdruck ein unbewußtes Begehren, als er das Mädchen betrachtete.
»Dort ist Meredith«, flüsterte sie. »Lauries ... «
»Ich sehe sie.«
»Ich frage mich, wie sie an das Geld für die Eintrittskarte gekommen ist.«
O'Brien zeigte keine Reaktion. »Haben Sie vielleicht zufällig

Lauries Eintrittskarte in ihrer Tasche gefunden?« fragte Jacqueline.
»Ich dachte, daß eines der anderen Mädchen sie ebenso benutzen könnte«, sagte O'Brien. »Sie haben genug dafür bezahlt.«
Mühsam kletterte Hattie auf das Podium und schnappte sich das Mikrophon. Das Publikum verlor jegliches Interesse, nachdem sie die geheimnisvollen Ehrengäste des Abends vorgestellt hatte – die Gattin eines Kongreßabgeordneten, von dem man noch nie etwas gehört hatte und eine zweitklassige Schauspielerin aus einer im Tagesprogramm gesendeten Seifenoper. Die Unruhe unter den Gästen zeigte Hattie schließlich an, daß sie ihre Rede umgehend beenden mußte. »Die Königin der Liebe wird jetzt den Ball eröffnen«, rief sie.
Das Orchester spielte »An der schönen blauen Donau«, und Valentine und der Graf betraten das Tanzparkett. Jacqueline schüttelte den Kopf. »Abgedroschen. Und eine verflucht schwierige Melodie zum Tanzen.«
Das war sie wirklich, besonders in dem Begräbnistempo, das das Orchester vorgab. Allerdings kam der Graf diesmal voll auf seine Kosten, und Jacqueline begriff, warum man ihn für die Rolle ausgewählt hatte. Ein pinkfarbener Scheinwerfer glitt über die Menge und fokussierte schließlich das Paar; und als die beiden aufsehenerregenden Gestalten sich im Kreis drehten, hatte man für einen Augenblick das Gefühl echter Romantik. Valentines Röcke wirbelten um sie herum. Ihr Haar war wie ein Heiligenschein. Dann brüllte Hattie: »Jetzt tanzen alle«, und der Zauber war gebrochen.
Nur wenige Gäste machten von der Einladung Gebrauch. Das Verhältnis der anwesenden Frauen zu den Männern lag bei mindestens 10:1. Jacqueline, die eine begeisterte Walzertänzerin war, blickte hoffnungsvoll zu O'Brien. Er schüttelte den Kopf, und die Falten in seinen Wangen vertieften sich.
»Tut mir leid, Eure Hoheit. Sie müssen verzeihen, daß ich Ihnen nicht zu Diensten sein kann.«

»Nur wenige Männer können richtig Walzer tanzen.«
»Ich tanze Walzer wie ein junger Gott«, entgegnete O'Brien. »Aber nicht in diesem Aufzug.«
»Warum legen Sie denn nicht Ihren Mantel ab?«
»Er gehört zu meinem Kostüm.«
Jacquelines Verärgerung steigerte sich noch, als sie einen Blick auf Jean erhaschte, die sich hingerissen in James' Armen wiegte. James trug die Originaltracht eines schottischen Clanchefs. Was seine Beine anging, war er hoffnungslos eitel, und seine forschen Schritte und Drehungen sorgten dafür, daß der Kilt um seine Knie flatterte. Dieses Manöver hatte wiederum den unseligen Effekt, daß Jeans überdimensionale Hose und ihr Schleier die beiden einwickelten, so daß James schließlich ihren Tanz unterbrechen und sich aus den Chiffonmassen herausschälen mußte. Es war sicherlich kein Zufall, daß er seine Tanzpartnerin zu der Stelle dirigierte, wo Jacqueline mit O'Brien zusammenstand. Er tat so, als bemerke er sie nicht, doch Jean, vor lauter Begeisterung und pinkfarbenem Licht errötet, sah ihrer Freundin geradewegs in die Augen und grinste.
»Möchten Sie sich hinsetzen?« fragte O'Brien höflich.
»Wenn Sie nicht tanzen, könnten Sie mir wenigstens einen Drink besorgen.«
»Vielleicht ein damenhaftes Glas Bowle?«
»Ein damenhaftes Glas Hochprozentiges wäre mir lieber. Vermutlich gibt es irgendwo eine Bar. Hattie läßt sicherlich keine Chance aus, um ein paar Dollar nebenbei zu machen.«
»Die Blaue Donau« wurde von einem der Walzer aus der *Fledermaus* abgelöst. Einige weitere Tänzer wagten sich auf das Parkett. Jacqueline erhaschte einen Blick auf Betsy, lustlos umklammert von Julius Cäsar, und auf Sue, die verzaubert in Victors Armen dahinglitt. Valentine tanzte mit ihrem Manager. Trotz Max' Glatze, seines Bauchansatzes und der Tatsache, daß beide beinahe gleich groß waren, paßten sie überraschend gut zusammen. Auf dem Tanzparkett war Max wie verwandelt. Er besaß

zwar nicht die professionelle Förmlichkeit des Grafen, doch sein Walzer war mitreißend. Er war nicht kostümiert, sondern trug einen formellen Abendanzug.

Jean und James tanzten erneut an ihnen vorüber, und beide schienen ihre Mauerblümchen-Freundin ostentativ zu ignorieren. O'Brien fragte Jacqueline noch einmal, ob sie sich setzen wolle. Sie wiederholte ihren früheren Vorschlag. O'Brien mußte zugeben, daß es keine schlechte Idee war.

Sie fanden die Bar problemlos. Mit unpassenden pinkfarbenen Papierherzen geschmückte Hinweisschilder wiesen ihnen den Weg. Das Geschäft florierte, und alle Tische waren besetzt. An einem erkannte Jacqueline Emerald Fitzroy mit Marie-Antoinette-Perücke und Krinoline. Neben ihr saß die Agentin, die Jacqueline während des Mittagessens anläßlich der Konferenz kennengelernt hatte. Sie hatten ihre Köpfe zusammengesteckt.

O'Brien reihte sich in die Warteschlange ein, und Jacqueline stellte sich neben ihn. Kurz darauf nahm sie ein weiteres ihr bekanntes Gesicht wahr. Der Graf sah aus, als hätte man ihn an der Bar festgeklebt. Er trank Champagner und genoß die ungeteilte Aufmerksamkeit eines der Barmixer, die er sich vermutlich durch Bestechung oder anderes erkauft hatte. Sein Glas wurde aufgefüllt, sobald er es geleert hatte, was er mit Lichtgeschwindigkeit bewerkstelligte. Jacqueline konnte sich nicht entscheiden, was sie mehr faszinierte – seine raschen Armbewegungen oder sein absolut ausdrucksloses Gesicht. Außer dem Öffnen und Schließen seines Mundes regte sich kein Muskel, und es blieb gleichermaßen unbewegt, als er mit der geballten und unaufhaltsamen Kraft eines gefällten Baumes in die Arme von Emerald Fitzroy sank. Der Tisch fiel um. Die Agentin sprang auf. Emerald starrte mit aufgerissenem Mund auf den Grafen, der friedlich über ihren Schoß gebreitet lag. Irgend jemand schrie: »Mein Gott! Er ist tot!«

O'Brien erreichte den Mann Sekundenbruchteile vor Jacqueline. Er trat den Tisch beiseite und legte den Grafen auf den Boden. Emerald fing an zu kreischen. Jacqueline schüttelte sie. »Hören Sie auf. Er ist nicht tot.«

»Eher sturzbetrunken«, stimmte ihr O'Brien zu. »Voll wie tausend Russen. Kommen Sie, Pierre, machen Sie schon Ihre himmelblauen Augen auf.« Er schlug dem Grafen auf die Wangen. Der zeigte keine Reaktion, nur seine Lippen verzogen sich zu einem Grinsen.

»Sie kennen ihn?« fragte Jacqueline.

»Na klar. Er tanzt in einer der Nacktbars an der East Side. Meine Jungs bringen ihn alle paar Monate hinter Gitter. Wachen Sie auf, Kleiner. Na, kommen Sie schon.«

Der Graf öffnete ein Auge, sah O'Briens über ihn gebeugte Gestalt, schüttelte sich und schloß es erneut. »Gehen Sie weg«, knurrte er. »Ich habe nichts getan.«

»Trunkenheit und Erregung öffentlichen Ärgernisses«, sagte O'Brien in freundlichem Ton.

Der Graf riß beide Augen auf. Sie wirkten verquollen und empört. »Habe kein Ärgernis erregt. Sehen Sie . . .« Seine Hände bewegten sich fahrig, vermutlich wollte er damit andeuten, daß er vollständig bekleidet war.

Irgend jemand hatte Hattie informiert, daß einer ihrer Schützlinge zusammengebrochen war. Mit zornesbebenden Lippen und zusammengekniffenen Augen drängte sie sich durch die Schar der Umstehenden. Um die Situation zu retten, versuchte sie, spielerisch darüber hinwegzugehen. »Er hat diese Anfälle häufiger. Eines dieser Erbleiden, wie man sie in alten Familien findet . . . Lassen Sie sich von mir in Ihr Zimmer helfen, Eure Hoheit.«

Der Graf kicherte. »Lieber hätte ich Victor. Wie steht's damit, Sie häßliche alte Schlampe? Quasi als kleinen Extrabonus. Sie haben mich ohnehin billig genug eingekauft.«

»Schaffen Sie ihn bloß von hier fort«, schnaubte Hattie.

Zwei Kellner traten hinzu und nahmen sich des Grafen an. Er legte zärtlich einen Arm um den Jüngeren der beiden und ließ sich ohne Gegenwehr entfernen.
Hattie strich sich das schüttere Haar aus ihrem verschwitzten Gesicht und funkelte Jacqueline an. »Wenn ein Wort davon an die Presse dringt ... «
»Seien Sie doch vernünftig«, sagte Jacqueline ungehalten. »Hier sind mindestens dreißig Zeugen; Sie können ihnen unmöglich den Mund verbieten. Und, um ehrlich zu sein, Hattie, interessiert das Ganze verflucht niemanden. Allerdings kann ich Ihnen einen Vorschlag machen, der vielleicht eine Überlegung wert ... « Sie blickte sich um. »Nicht hier. Wann kann ich mit Ihnen unter vier Augen sprechen?«
Hattie zögerte. Ihre Abneigung gegenüber Jacqueline lag im Wettstreit mit ihrer Neugier und einem gewissen Respekt. Schließlich sagte sie: »Das Orchester macht um halb elf eine Pause. Treffen wir uns dann.«
Ihr Mieder zurechtrückend entfernte sie sich. »Das wäre dann ein Verdächtiger weniger«, sagte Jacqueline. »Warum haben Sie mir nicht erzählt, daß Sie den Grafen kennen?«
»Warum sollte ich?«
»Ich habe ihn nie ernsthaft verdächtigt.«
»Das hätten Sie aber tun sollen. Zweifellos ist er der unwahrscheinlichste Verdächtige.«
O'Brien stellte den Tisch wieder auf und deutete auf einen freien Stuhl. Emerald hatte sich schwankend getrollt, sobald man sie vom Gewicht des Grafen befreit hatte. Eine ganze Reihe von Matronen war ebenfalls verschwunden, getreu dem stichhaltigen Motto, daß man unnötigen Ärger möglichst vermeiden sollte. »Setzen Sie sich, und ich hole Ihnen ein Glas Champagner«, bot O'Brien an. »Ach, übrigens – ich beabsichtige, Sie zu Ihrem Treffen mit Hattie zu begleiten.«
»Selbstverständlich«, sagte Jacqueline.
Nachdem O'Brien mit ihren Getränken zurückgekehrt war,

gesellten sich James und Jean zu ihnen. Aus der Nähe betrachtet, erkannte Jacqueline, daß Jean tatsächlich eine langärmelige, hochgeschlossene weiße Bluse unter ihrer straßbestickten Weste trug. Die Wirkung war unbeschreiblich, doch Jean schien das nicht zu bemerken; vor Aufregung und Genugtuung hatte sich ihr Gesicht gerötet.

»Stimmt das wirklich?« fragte sie und drapierte die pinkfarbenen Stoffmassen ihres Schleiers auf ihren Schoß, während sie sich hinsetzte. »Ist er tot?«

»Lediglich sturzbetrunken«, sagte O'Brien.

»Tatsächlich? Nun, das paßt zu Hattie. Sie ist so billig! Ich sage immer, man bekommt, was man verdient hat.«

»Hast du gewußt, daß er ein angeheuerter Schauspieler ist?« erkundigte sich Jacqueline.

»Natürlich wußte ich, daß er kein Graf ist. Ich bin doch nicht blöd. James, Schätzchen, ich hätte so gern ein Glas Champagner«, sagte Jean.

»Nimm meins«, bot Jacqueline an, für die Champagner nicht unbedingt zu ihren Lieblingsgetränken zählte. »Ich habe es noch nicht angerührt.«

Eine unangenehme Gesprächspause entstand. Jean riß die Augen so weit auf, daß das Weiße rings um ihre wasserblaue Iris zu sehen war. O'Brien grinste.

»Andererseits«, fuhr Jacqueline schließlich nachdenklich fort, »hast du vermutlich schon genug getrunken.« Sie hob ihr Glas und leerte es in einem Zug. »James, hast du Lust, mit mir zu tanzen?«

»Äh ... ja, natürlich.«

Während sie zur Tanzfläche schritten, nahm James ihren Arm. »Was geht hier eigentlich vor? Hat sie wirklich gedacht ...«

»Ich schätze, sie wollte mir eins auswischen«, sagte Jacqueline. Soviel zum Thema Freundschaft und Vertrauen; vermutlich war sich Jean selbst nicht im klaren über das Ausmaß ihres lange verdrängten Grolls. Unvermittelt fügte sie hinzu: »Vielleicht hast du sie ja auch mit Schnaps abgefüllt.«

»Ich habe sie zum Abendessen eingeladen, wie du es mir empfohlen hast. Ich muß sagen, ein verflucht langweiliges Abendessen. Sie ist keine Mörderin. Sie ist eine nichtssagende, stumpfsinnige Frau. Und eine miserable Tänzerin.«

Das Orchester spielte einen Walzer aus der ›Lustigen Witwe‹. Jacqueline ließ sich von James führen. »Armer James«, murmelte sie.

Abgesehen von Jacquelines Summen umrundeten sie den Saal zunächst schweigend. Selbst als Jacqueline schließlich den Refrain des banalen Textes mitträllerte, machte James keine Einwände: »Die Liebe, die Liebe, ist eine Hi-im-melsmacht...«

James' Arm umschloß sie fester. »Du bist eine verrückte Frau«, meinte er zärtlich.

»Wir tanzen gut zusammen, nicht wahr?«

»Stimmt, abgesehen von dieser Tasche.« Sein Arm schob den Tragegriff zurück auf ihre Schulter, doch er rutschte Jacqueline erneut auf den Rücken. »Kannst du sie nicht weglegen oder sonstwas?«

»Nein.«

James wirbelte sie in einem eleganten Schwung herum, wobei ihre Tasche erneut abrutschte. »Immer noch auf Mörderjagd, hm?« fragte er.

»Um halb elf habe ich eine Verabredung mit Hattie«, knurrte sie, weil die Tasche sie behinderte. »Ich möchte, daß alle dort sind, James. Auf dich zähle ich ganz besonders.«

»Wo?«

»In ihrer Suite. Sobald du bemerkst, daß ich mit ihr verschwinde, folge uns. Nimm Jean mit, und sorge dafür, daß Victor und Sue auch kommen. Ich werde selbst mit ihnen sprechen, denn es ist wichtig, daß sie auch dort sind.«

Die Musik kam zu ihrem krönenden Abschluß. »Ich li-i-i-ebe dich«, sang Jacqueline.

»Nett von dir. Tanzen wir noch eine Runde?«

»Jetzt nicht. Ich möchte, daß du...« Jacqueline brach seufzend ab, zum einen, weil sie nicht wußte, wie sie ihren Satz beenden sollte, zum anderen, weil sie etwas bemerkt hatte, das rasche Reaktion erforderte. Sie stürmte über das Parkett und zerrte James hinter sich her. »Tanz mit Valentine«, sagte sie rasch. »Halt sie von der Bar fern. Es ist wichtig, James.«

James zog die Brauen hoch. »Ich dachte, du ... «

»Pst. Bitte, James.«

Sie trafen Valentine und Max vor der Bar. Jacqueline begrüßte sie überschwenglich. »Ich bin so froh, daß Sie sich dafür entschieden haben, dieses Kleid zu tragen«, schwärmte sie. »Außer Ihnen würde es niemandem so hervorragend stehen. Sie erinnern sich sicherlich noch an meinen Freund, Professor Whittier, nicht wahr? Er bewundert Sie schon den ganzen Abend. Wären Sie so nett, ihm einen Tanz zu gewähren, Valentine?«

James blickte verdutzt, hatte jedoch keine Vorstellung, wie er diesem anmaßenden Anschlag entgehen konnte, ohne wie ein dummer Schuljunge zu wirken. »Ich würde in den langen, kalten Winternächten von Nebraska davon träumen«, sagte er schließlich und streckte ihr seine Hand entgegen.

»Ein solches Geständnis muß selbst ein Herz aus Stein erweichen«, sagte Max schmunzelnd. »Tanz mit ihm, meine Liebe. Ich kenne die Winter in Nebraska.«

Er reichte Valentine an James weiter und wandte sich Jacqueline zu. »Wir wollten uns gerade eine Erfrischung holen, Jacqueline. Würden Sie mich statt dessen begleiten?«

»Ich würde lieber tanzen«, sagte Jacqueline. »Ihr Walzer ist einfach göttlich, Max.«

»Mit dem größten Vergnügen.« Scheinbar unberührt von der Tatsache, daß Jacqueline ihn überragte, schlenderte Max mit ihr zur Tanzfläche. »Sehr gut«, sagte er anerkennend. »Sie tanzen ebenfalls hervorragend, meine Liebe. Aber ich hoffe, daß Hattie noch anderes als diese Melodien spielen läßt. Auch wenn ich diesen Tanz sehr mag, vermute ich doch, daß ein ganzer Abend mit Walzerklängen ziemlich langweilig wird.«

Sein Blick wandte sich von Jacquelines Gesicht ab, als Valentine wie ein rosafarbener Hauch in James' Armen an ihnen vorüberschwebte. »Sie ist überaus anmutig«, sagte Jacqueline. »Kennen Sie sie schon lange?«
Er verfehlte seinen Einsatz, da ihm Jacquelines Handtasche in die Rippen stieß. »Entschuldigung«, sagte Jacqueline.
»Es war mein Fehler«, erwiderte Max galant. »Ich frage mich allerdings ständig, warum eine Frau wie Sie, die offensichtlich über einen guten Geschmack verfügt, ein solches Stück mit sich herumtragen kann, das absolut nicht zu ihrem reizenden Kleid paßt.«
»Ach, du meine Güte«, sagte Jacqueline, als die Tasche ihn ein weiteres Mal rammte. »Vielleicht sollten wir lieber nicht tanzen. Kommen Sie, wir setzen für den Rest des Walzers aus.«
»Wie Sie möchten.« Max führte sie zu einem der entlang der Wände montierten Spaliere. »»Hier sitzen wir und lassen die Musik ›zum Ohre schlüpfen‹.«
Jacqueline warf ihm einen langen, nachdenklichen Blick zu. »Sie mögen Shakespeare?«
»Manchmal denke ich, daß ihn die anderen Völker mehr schätzen als seine eigenen Landsleute. Was möchten Sie trinken?«
»Die Bar ist hoffnungslos überfüllt.«
»Das überrascht mich nicht. Es gibt ja auch keine Alternativen für die anwesenden Gäste. Das Ungleichgewicht zwischen den Geschlechtern schränkt das Tanzvergnügen ein. Hattie hat zwar grandiose Ideen, aber an der taktischen Umsetzung hapert es bei ihr.«
»Ich habe eine Idee, die ich ihr vorschlagen möchte. Sie war einverstanden, daß wir uns in der Pause treffen. Es wäre schön, wenn Sie sich uns anschließen würden, Max. Ich weiß, daß sie Ihren Rat schätzt.«
»Nur, wenn es sich um Valentine handelt. Ansonsten mische ich mich in Hatties Geschäfte nicht ein.«
Die Musik verklang. Max drehte sich um, um nach James und Valentine Ausschau zu halten. Jacqueline hatte den Eindruck,

daß er sie an diesem Abend besonders intensiv beobachtete. Interesse, Zuneigung, Angst? Es war aussichtslos, Max' beherrschtem Gesichtsausdruck irgend etwas zu entnehmen.
Hattie sprang auf und fächelte sich mit ihrem Programmheft Luft zu. »Ich behaupte, daß alles schiefläuft. Die Klimaanlage funktioniert nicht richtig, und ich erwische den Hotelmanager nicht, daß er irgend etwas daran ändert. Wo ist Valentine? Sie hat keine Veranlassung, sich hier herumzutreiben. ... Oh, da ist sie ja. Und wo zum Teufel ist Victor? Er muß jetzt als ihr Begleiter einspringen. Die ganze Zeit hat er nur mit dieser kleinen Lehrerin getanzt.«
Als jemand ihre Schulter berührte, knurrte sie verärgert. »Was wollen Sie? Ich hab' zu tun.«
Breitbeinig, die Hände in die Hüften gestemmt, stand Meredith vor ihr. »Wann werden Sie die Ansprache halten?« wollte sie wissen.
»Welche Ansprache? Wer zum ... Wer sind Sie?«
»Meredith ist die Vizepräsidentin des Valentine-Fanclubs«, sagte Jacqueline. »Ich erzählte ihr, daß Sie ein paar Worte zu Laurie und dem von ihr gefertigten Kleid sagen würden.«
Meredith' rascher Seitenblick zu Jacqueline war alles andere als freundlich. In diesem Augenblick haßte sie ausnahmslos jeden Erwachsenen auf der ganzen Welt. »Nun?« sagte sie.
»Eine Ansprache.« Hattie blickte nachdenklich. »Ich schätze, das ließe sich machen, meine Liebe. Gegen Ende des Balles. Wir wollen doch hier nicht die Stimmung verderben, oder?«
»Dann ist niemand mehr da«, sagte Meredith. »Viele Leute sind ohnehin schon gegangen. Das ist eine verdammt langweilige Party.«
Max mischte sich ein und griff Hatties wütender Reaktion vor. »Sie haben recht, Meredith. In Kürze beginnt die Pause für die Musiker. Hattie, vielleicht könnten Sie die Ansprache zu Beginn des zweiten Veranstaltungsteils vornehmen.«
Dieser Kompromiß stellte keine der beiden Kontrahentinnen

zufrieden. Meredith wandte sich schmollend und schulterzukkend ab. »Langweilige Party«, zischte Hattie. »Eine Frechheit ist das!«
Jean schloß sich in Begleitung von James der Gruppe an, und schließlich stieß O'Brien dazu, dessen Motive allen Beteiligten ein Rätsel waren. Sein Anblick entlockte Hattie ein weiteres qualvolles Seufzen. »Und Sie bringen das Faß zum Überlaufen«, maulte sie. »Hängen hier wie ein Gespenst aus der Vergangenheit rum.«
»Niemand wird mich erkennen«, sagte O'Brien. »Meine Verkleidung ist bombensicher.« Er nahm die Meerschaumpfeife aus seiner Manteltasche und klemmte sie zwischen seine Zähne.
»Ich werde dafür sorgen, daß jetzt zur letzten Tanzrunde der ersten Hälfte aufgespielt wird«, murmelte Hattie. »Vielleicht ist die Klimaanlage nach der Pause ja wieder funktionsfähig. Also, Valentine« – als James die Dame zu ihnen führte –, »ich will, daß Sie mit Victor tanzen. Wo zur Hölle steckt er schon wieder?«
»Ich bin müde«, protestierte Valentine. Ihre zarte Haut war mit Schweißperlen übersät. »Und ich habe Durst. Ich möchte mich setzen und etwas trinken.«
»Es sind zuwenig Männer hier«, entfuhr es Hattie, als sei ihr diese offensichtliche Tatsache gerade erst aufgefallen. »Sie müssen alle tanzen. Alle Männer. Professor ... «
»Ich bin erschöpft«, sagte James und duckte sich hinter Jacqueline, um Jeans ausgestreckter Hand zu entgehen. Mit einer raschen Bewegung dirigierte Jacqueline deren Hand auf Max' Arm. »Max ist ein wundervoller Tänzer. Und er wirkt kein bißchen müde. Wir haben ja bereits etwas ausgeruht.«
»Ich habe Valentine versprochen ...«, setzte Max an.
»Ich werde ihr etwas zu trinken besorgen«, sagte O'Brien. »Ich tanze nicht. Was möchten Sie trinken, Miss Valentine?«
»Und jetzt zu Victor«, sagte Hattie schroff.
»Ich suche ihn«, sagte Jacqueline. »Er schuldet mir noch einen Tanz.«

Wie erwartet fand sie Joe und Sue in zärtlicher Umarmung in dem entlegensten und dämmrigsten Winkel des Saales. Sie mußte sich erst zweimal räuspern, bis die beiden auf sie aufmerksam wurden.

»Ich habe Hattie erklärt, daß ich Sie zum Tanz auffordern werde«, sagte sie.

»Geh ruhig mit ihr«, murmelte Sue, als ihr Geliebter sie mit einem ängstlichen Blick musterte.

»Keine Sorge. Gehen Sie ihr nur aus dem Weg. Ich lasse Sie in Frieden, wenn Sie mir etwas versprechen. Jetzt beginnt der letzte Tanz des ersten Veranstaltungsteils. Sobald die Musiker das Podium verlassen, kommen Sie in Hatties Suite. Sie beide.«

»Wozu?« fragte Joe.

»Fragen Sie nicht, tun Sie, was ich Ihnen sage. Wenn nicht, werde ich Ihre Buchcover dem Aufnahmegremium der Universität von Nebraska zukommen lassen.«

Im Vorbeigehen hörte sie noch Joes skeptische Frage: »Das würde sie doch nicht tun, oder?« Sues Antwort entging ihr.

Von einem Ende des Saales unternahm sie eine letzte Überprüfung ihrer Verdächtigen. Max, der gegen Jeans pinkfarbenen Schleier ankämpfte; Jean mit unverkennbarem Märtyrerblick; O'Brien, der sich über Valentine beugte; eine völlig aufgelöste Hattie auf der Suche nach Victor; Betsy … Betsy tanzte nicht. Jacqueline betrat die Bar. Ja, Betsy war dort. Die grauen Locken hingen aufgrund der Hitze schlapp herunter, und das federgeschmückte Diadem saß schief auf ihrem Kopf.

Nachdem sie mit Betsy gesprochen hatte, baute sich Jacqueline in der Nähe der Tür auf und wartete auf den Ausklang der Musik. Ihr Herz klopfte heftiger als gewöhnlich, und während sie dort stand, nahm sie ihre Tasche in beide Arme und klemmte sie vor die Brust, wie Dubretta es in ihrer Todesnacht getan hatte.

Als O'Brien sich der Gruppe anschloß, funkelte Hattie ihn bitterböse an, protestierte jedoch nicht, bis sie ihre Suite erreicht hatten und Jacqueline anfing, ihren Plan darzulegen, wie man Victor von Damm aus der Welt schaffen konnte. Mit einem Aufschrei der Entrüstung wurde sie von Hattie unterbrochen. »Sind Sie wahnsinnig? Doch nicht hier – nicht in seinem Beisein!«

O'Brien schloß den Mund. »War doch bloß eine Idee«, sagte er schwach. »Nicht wahr, Mrs. ... Jacqueline?«

»Natürlich.«

»Das ist kein besonders guter Witz«, sagte Hattie. Ihr Gesicht bebte vor Erregung, als die Vorstellung von ihr Besitz ergriff. »Stellen Sie sich einfach vor ... Stellen Sie sich einfach vor, Victor würde irgend etwas zustoßen. Einer dieser merkwürdigen Zufälle im Leben. Der Kommissar würde sich doch wundern ...«

»Ich würde mich vielleicht wundern, aber ich könnte nichts daran ändern.« O'Brien hatte zu seinem Gleichmut zurückgefunden. »Insbesondere, wenn es außerhalb meines Einflußbereiches passierte.«

»Hmmm«, machte Hattie.

Sie war so in Gedanken versunken, daß sie nicht auf das Klopfen an der Tür reagierte. »Ich kümmere mich darum«, sagte Max.

Hattie zog Jacqueline in eine Ecke. »Ich hoffe, wir bleiben in Verbindung, meine Liebe«, murmelte sie.

»Oh, das werden wir ... meine Liebe. Ich möchte nicht, daß irgendeiner dieser merkwürdigen Zufälle eintritt – und ich bin nicht dabei.«

Alles weitere zu diesem Thema erübrigte sich. Sie hatten sich absolut verstanden.

Die Neuankömmlinge waren Sue und Joe. »Ich dachte, wir sollten dazustoßen«, sagte Joe wenig überzeugend. Er blickte zu Jacqueline.

»Nun, Sie können direkt wieder verschwinden«, sagte Hattie.

»Ich hatte eigentlich nicht vor, diesen verfluchten Haufen komplett einzuladen.«
Immer noch stark von Hattie beeinflußt, wandte sich Joe gehorsam zum Gehen. »Nein«, sagte Jacqueline. »Setzen Sie sich. Setzen Sie sich alle hin. Das hier kann eine Weile dauern.«
»Was geht hier vor?« wollte Hattie wissen.
»Warten Sie, bis die anderen eingetroffen sind«, erwiderte Jacqueline.
An der Tür klopfte es erneut. O'Brien schob Max beiseite und ging zum Eingang. Als er zurückkehrte, befand er sich in Begleitung von Betsy, deren Federschmuck mittlerweile im rechten Winkel von ihrem linken Ohr abstand, und einem verwirrten Römer. »Brauchen wir Julius Cäsar?« fragte O'Brien.
»Ich nicht. Sie?« wollte Jacqueline wissen.
Cäsar ging freiwillig, nachdem Betsy seine Toga endlich losgelassen hatte. »Das ist ungerecht«, murrte Betsy. »Ihr habt alle eure Freunde mitgebracht. Ich sehe nicht ein, warum ich nicht...«
»Du bist betrunken«, merkte Jacqueline kritisch an.
»Bin ich nicht. Und ich sehe nicht ein, warum ich nicht...«
»Betsy, setz dich hin.«
Jean und James trafen als letzte ein. Der Professor begann mit den Worten: »Ich konnte sie nicht finden – oh, da sind Sie ja. Hallo, Mrs. Foster. Ich hoffe, Sie verzeihen mein Eindringen...«
»Setz dich und halt den Mund«, fuhr ihn Jacqueline an. »Das hier ist keine Stehparty.«
James verfrachtete seine Begleiterin auf einen Stuhl. Sie sprang wieder auf. »Was soll das hier darstellen?« wollte sie mit mißtrauischem Blick auf die Anwesenden wissen. »James, du hast doch gesagt, daß Hattie uns eingeladen hätte. Ich verschwinde jetzt wieder.«
»Du bleibst hier«, unterbrach sie Jacqueline. Mit verwirrtem Gesichtsausdruck ließ sich Jean erneut nieder.

Jacqueline stellte sich neben einen Tisch in der Nähe der Balkontüren. Sie legte ihre Tasche auf den Tisch. »Die Party ist vorüber«, sagte sie. »Einer von Ihnen wird nicht auf den Ball zurückkehren. Ich weiß, wer es ist, und ich weiß auch, warum derjenige Dubretta und Laurie getötet hat. Wenn Sie die Güte besäßen, umgehend zu gestehen, ersparten Sie uns viel Zeit und Ärger.«

Max' Kichern durchbrach das schockierte Schweigen. »Wie heißt noch dieses beliebte Fernsehquiz? ›Würde der wahre Mörder sich bitte erheben?‹«

Abgesehen von ihm schien das niemanden zu erheitern. O'Brien, der außer Jacqueline als einziger stehengeblieben war, blickte gedankenverloren in die Ferne. Alle anderen fixierten Jacqueline.

»Oh, in Ordnung«, sagte sie. »Ich hatte nicht damit gerechnet, daß Sie es tun würden, aber ich habe ein Faible für dramatische Einlagen. Also dann, beginnen wir von vorn ...

Seit meinem ersten Zusammentreffen mit den Autoren historischer Liebesromane war ich negativ berührt von der ausgeprägten Böswilligkeit innerhalb der Gruppe. Neid, Habgier, Geltungssucht – die reichhaltige Palette der Motive war einer der größten Stolpersteine dieses Falles. Fünfzig Prozent der Leute, die ich kennenlernte, besaßen hervorragende Gründe, die anderen fünfzig Prozent zu eliminieren.

Dubretta war diejenige, die starb. Wenn ihre Andeutungen tatsächlich der Wahrheit entsprachen, hätten viele der an jenem Abend Anwesenden sie vermutlich nur zu gern zum Schweigen gebracht. Dennoch gab es wenigstens zwei weitere mögliche Opfer, und Valentines hysterische Behauptung, man habe es vermutlich auf ihr Leben abgesehen, war gar nicht so abwegig, wie sie auf den ersten Blick erschien.

Zu viele Motive. Deshalb lautete die Frage: Wie? Es schien offensichtlich, daß Dubretta vergiftet worden war. Gleichermaßen offensichtlich hatte der Mörder keines der gebräuchlichen

Gifte angewandt. Arsen, Blausäure, Strychnin, Morphium – keines dieser Gifte löst Symptome aus, die ein erfahrener Mediziner irrtümlich für Herzversagen halten könnte. Daraus schloß ich, daß es sich bei Dubretta um das beabsichtigte Opfer handeln *mußte.* Wenn Valentine jung und gesund an einem Herzanfall gestorben wäre, hätte man eine Autopsie vorgenommen. Doch allein die Tatsache, daß Dubrettas Herzschwäche allgemein bekannt war, gestaltete es unwahrscheinlich, daß nach näheren Einzelheiten über ihre Todesursache geforscht würde. Darauf vertraute der Mörder. Er mußte ein Gift anwenden, das eine solche Wirkung hervorrief.

Die Antwort lag so klar auf der Hand«, sagte Jacqueline langsam, »daß es im Rückblick unglaublich erscheint, daß niemand darüber nachgedacht hat. Selbst diejenigen unter Ihnen, die neben uns standen und zusahen, wie ich Dubretta bei der Einnahme einer kleinen gelben Pille behilflich war. Niemand von Ihnen scheint bemerkt zu haben, daß diese Tablette eine der tödlichsten Giftsubstanzen enthielt.«

Obgleich sie sich einen strategisch günstigen Platz ausgesucht hatte, der ihr einen guten Überblick über die Anwesenden ermöglichte, konnte Jacqueline die direkte Auswirkung ihrer Äußerung nicht bei allen gleichzeitig einschätzen. Das von ihr beobachtete Gesicht zeigte jedoch die von ihr erwartete Reaktion: einen Anflug von Einsicht und Panik, gefolgt von maskenhafter Starre. Die meisten anderen seufzten oder stöhnten oder waren verschreckt. Jean zitterte. James hatte sich halb erhoben, seine Hände umklammerten die Lehnen seines Stuhls.

»Daran hast du nicht gedacht, oder?« fragte ihn Jacqueline. »Als wir unsere Verdächtigenliste zusammenstellten. Du wirst nie ein guter Detektiv, James. Gefühle haben in einer Verbrechensaufklärung nichts verloren. Jeder ist verdächtig.«

James ließ sich seufzend auf seinen Stuhl zurücksinken. »Du auch nicht«, sagte er wenig überzeugt. »Oder doch?«
»Nein, ich natürlich auch nicht. Aber das war eine Methode, die du völlig übersehen hast – eine von Dubrettas Pillen durch eine vergiftete Tablette zu ersetzen.«
O'Brien räusperte sich. »So einfach war das Ganze auch wieder nicht, wissen Sie.«
»Vermutlich nicht. Dubretta bewachte ihre Tasche immer sehr sorgfältig. ›Niemand, absolut niemand, geht mir an diese Tasche‹, erklärte sie mir. Trotzdem könnte es jemandem gelungen sein, als Dubretta leicht angeheitert war und unaufmerksamer wurde...« Jacqueline starrte zu Betsy, die diesen Blick aufgrund ihres Schwipses verständnislos erwiderte. »Oder als sie nicht aufpaßte, weil sie mit Leuten zusammen war, denen sie vertraute.« Jacquelines Blick wanderte zu O'Brien. Er wußte, was sie dachte; er hatte seit Tagen mit dem gleichen abwegigen, aber dennoch entsetzlichen Verdacht gekämpft. Sie schüttelte den Kopf. »Dubrettas Medikament bestand aus Pillen und nicht etwa aus Kapseln, die man leicht hätte leeren und wieder füllen können. Nur ein ausgebildeter Chemiker hätte die exakte Form der Pillen nachahmen können. Ihr Medikament enthielt nichts außer den Originalbestandteilen.
Eines der Probleme, mit denen ein Giftmörder konfrontiert wird, ist die Frage nach der Beschaffung. Man kann nicht einfach in eine Apotheke hineinschneien und ein Kilo Arsen verlangen. Das zählt nicht zu den frei verkäuflichen Pharmaka. In der Tat benötigt man für jedes möglicherweise gefahrvolle Medikament ein ärztliches Rezept, und Apotheker achten peinlich genau auf solche Rezepte. Ich weiß zwar, daß es möglich ist, Morphium, Kokain und solche Sachen an der nächsten Straßenecke zu erwerben, doch zusätzlich zu der bereits von mir erwähnten Tatsache – daß diese Substanzen nämlich Symptome hervorrufen, die nicht mit der Diagnose Herzversagen vereinbar sind – bezweifle ich, daß mein Mörder sich einer solchen Quelle

bedienen würde. Drogenhändler verhalten sich gegenüber Fremden mißtrauisch, und sie sind auch keine zuverlässigen Vertrauten. Für einen Durchschnittsbürger mittleren Alters – eine Kategorie, die die meisten meiner Verdächtigen umfaßt – ist es nicht einfach, illegale Drogen zu erwerben.

Aber es gab einen Verdächtigen, der möglicherweise Zugang zu dieser Szene hatte. Laurie gehörte zu einer Altersgruppe und einer sozialen Schicht, die Drogen nicht abgeneigt sind. Ich glaubte keine Minute lang, daß es sich bei Laurie um die Mörderin handelte. Aber nehmen wir an, der Mörder hätte das Gift von ihr bekommen? Offensichtlich nahm sie irgend etwas; ihre zunehmende Orientierungslosigkeit und ihre Persönlichkeitsspaltung machten das schmerzlich klar. Zunächst dachte ich an die geläufigen Drogen – Trips, Heroin, diverse Aufputsch- und Beruhigungsmittel ... Und das«, sagte Jacqueline ausdruckslos, »war eine Dummheit, die teilweise für Lauries Tod mitverantwortlich war. Wenn ich früher bemerkt hätte, was mit ihr nicht stimmte, wäre ich vielleicht in der Lage gewesen, sie zu retten.

Mir war klar, daß ihr möglicherweise Gefahr von dem Mörder drohte, und das nicht nur, weil sie zunehmend unzuverlässiger wurde, sondern auch, weil sie vielleicht noch das Gift besaß, das Dubretta getötet hatte. Diese Annahme bestätigte sich, als ihre Leiche gefunden wurde. In ihrer Handtasche befand sich lediglich Aspirin. Ich war mir sicher, daß der Mörder das Gift beseitigt hatte, aber erst heute nachmittag kam mir schließlich die Erleuchtung, und ich wußte, was es war. Laurie war nicht abhängig von irgendwelchen gebräuchlichen Drogen. Sie litt unter den Nebenwirkungen des Digitalis-Mißbrauchs.«

Diesmal veränderte sich das von Jacqueline beobachtete Gesicht nicht sonderlich, es trug den gleichen ungläubigen Ausdruck wie die meisten anderen zur Schau.

»Digitalis«, sagte Jacqueline, »ist die Bezeichnung für eine Reihe von Substanzen, die aus der *Digitalis purpurea* gewonnen werden – also aus dem Fingerhut. Sie werden für die Behandlung verschiedener Herzerkrankungen eingesetzt, insbesondere bei Arterienverengung und latenter Herzschwäche. Das war Dubrettas Problem. Sie nahm ein Digitaloid, das unter dem Oberbegriff Digitoxin bekannt ist – das giftigste aus der Digitalisgruppe. Viele Medikamente sind lebensgefährlich, wenn ihre Dosierung nicht sorgfältig überprüft wird. In Fällen von Herzschwäche läuft die Digitalis-Medikation in zwei Stufen ab. Die erste Stufe wird als Digitalis-Stabilisierung bezeichnet. Sorgfältig überwachte Dosen des Medikaments werden über einen kurzen Zeitraum gegeben, um die Herzfunktion zu normalisieren. Sobald das erreicht ist, bekommt der Patient eine Erhaltungsdosis. Dubretta nahm dreimal am Tag eine Tablette in einer Dosierung von 0,15 Milligramm pro Tablette. Der Toleranzbereich der Droge ist unterschiedlich. Der Tod tritt vermutlich bei einem Sechzehntelgramm ein, was einem Äquivalent von – äh – ich möchte Sie nicht mit Arithmetik langweilen. Belassen wir es bei der Erwähnung, daß man im Falle eines Mordes mit Dubrettas Pillen eine Handvoll von ihnen in ein Glas geben müßte. Nicht gerade unverdächtig.

Allerdings nahm Dubretta schon fast 0,5 Milligramm Digitalis pro Tag ein. In dem von mir konsultierten Pharmazie-Handbuch« – Jacqueline nahm den Wälzer aus ihrer Handtasche und knallte ihn auf den Tisch – »steht eine Warnung. ›Patienten, die bereits Digitalis-Medikamente nehmen, darf nicht die einmalige Höchstdosis von Digitoxin verabreicht werden.‹ Diese Dosis liegt bei nur 0,6 Milligramm. Der Grund ist einleuchtend. Zusätzlich zu dem, was sie bereits einnahm, hätten drei oder vier Pillen einer normalerweise harmlosen Dosis Dubretta töten können. Und so war es auch.

Der Mörder hat Dubrettas Tabletten nicht verwendet. Er bekam sie von Laurie – die sie gegen ihr Übergewicht einsetzte.«

»Sie sind ja von Sinnen«, entfuhr es Hattie. »Ich habe noch nie gehört . . . «

»Steht auch in dem Buch. Digitalis ist ein wirksames Entwässerungsmittel, was zu Gewichtsverlust führt. Mehrere Menschen, die es aus diesem Grund verwendet haben, sind daran gestorben. Und die Symptome einer Digitalis-Vergiftung – einer möglicherweise gefährlichen Überdosis – sind genau die Symptome, die Laurie zeigte. Übelkeit, Apathie, geistige Verwirrung, Wahnvorstellungen – und das eindeutigste Symptom, Störungen der Wahrnehmung, so daß alles gelb aussieht.« Jacqueline blickte zu Betsy. »Du sagtest doch, sie hätte es mit der Farbe Gelb gehabt, als sie dich beleidigte. Das war im übertragenen Sinne wahr. Und ihr Hinweis auf Midas, daß sich alles in Gold verwandelte... Sie hat mir selbst gesagt, daß sie eine Diät machte. Ich hätte ihre Andeutungen schon viel eher zu einem Gesamtbild zusammenfügen sollen.«

»Ich glaube nicht, daß er auf Digitalis getestet hat«, sagte James sehr zum Unverständnis der meisten seiner Zuhörer. »Trotzdem verstehe ich immer noch nicht, wie das Gift in den Wein gelangt sein könnte. Drei oder vier Pillen...«

»Es war nicht im Wein.«

»Was? Ich dachte, wir hätten uns darauf geeinigt...«

»Keinesfalls, James. Zusätzlich zu den genannten Einschränkungen blieb überhaupt nicht die Zeit, daß das Gift wirken konnte. Dubretta brach innerhalb von Minuten nach dem Genuß des Weins zusammen. Selbst in ihrem Zustand hätte das Gift nicht so schnell Wirkung gezeigt. Die Tablette, die ich ihr gereicht habe, war auch nicht ausschlaggebend; Digitalis benötigt eine gewisse Zeit, bis es absorbiert wird, im Gegensatz zu Nitroglyzerin und anderen Medikamenten, die unter die Zunge des Opfers gelegt werden und deren Wirkung umgehend einsetzt.

Die Sache mit dem Weinstein in dem ersten Glas irritierte mich«, fuhr Jacqueline fort. »Sie regte mich zu Mutmaßungen an. Aber das sollte sie auch sein – eine Mutmaßung, ein Ablenkungsmanöver. Dubretta erhielt das Gift schon früher an diesem

Abend in einem Getränk verabreicht, das ihr jemand besorgt hatte. Sie hatte ein Glas in ihrer Hand, als ich sie traf, und sie sagte, es sei ihr drittes. Sie sagte auch, daß sie niemals ihre Getränke selbst bezahlte, und implizierte damit, daß ihr das Glas von jemandem gebracht worden war. Sie alle wissen, wie das System funktioniert. Vor den provisorischen Bartischen befanden sich lange Schlangen. Wenn jemand ein Getränk für Dubretta kaufte, mußte sie nicht zwangsläufig neben demjenigen stehen. Sue erwies mir den gleichen Dienst; nachdem sie die Getränke gekauft hatte, suchte sie mich auf und gab mir mein Glas. Sie hätte genügend Zeit gehabt, um es zu präparieren.«
»He, Moment mal«, fing Joe an.
»Das nur als Beispiel«, sagte Jacqueline besänftigend. »Um zu zeigen, wie einfach es für den Käufer des Getränks gewesen wäre, irgend etwas hineinzugeben, bevor er oder sie es an Dubretta weitergab. Die Pillen ins Glas werfen, mit einem dieser Plastikstäbchen umrühren, und die Sache war erledigt. Digitalis ist nicht wasserlöslich, es löst sich jedoch in Alkohol.«
»Aber das bedeutet ja, daß jeder hier im Raum Anwesende es gewesen sein könnte«, sagte James, der sich immer noch sehr stark an seine Lieblingstheorie klammerte.
»Nicht alle. Valentine und Hattie mischten sich nicht unter die Gäste. Victor stand bei ihnen in diesem lächerlichen, künstlichen Garten, der Graf ebenfalls. Jean war auch dort – aber sie versteckte sich, und es ist nicht von der Hand zu weisen, daß sie den Garten verlassen haben könnte und wieder zurückkehrte, ohne bemerkt zu werden. Sie hat jedenfalls unter Beweis gestellt, daß sie über den Zaun springen kann.«
Jeans Gesicht wurde leichenblaß. »Ich war's nicht«, kreischte sie. »Ich habe es nicht getan. Ich hatte sie noch nie gesehen, bis sie... O mein Gott!«
Jacqueline überließ sie für Sekundenbruchteile ihrem selbstgeschürten Entsetzen, bevor sie eingriff. »Nein, du warst es nicht. Einige Leute sehen das Motiv in einem Fall wie dem vorliegen-

den als unwichtig an, aber es läßt sich nicht von der Hand weisen. Du hattest keinen Grund, Dubretta umzubringen. Sie war nicht die einzige, die deine wahre Identität kannte. Und auch wenn du dich gelegentlich wie ein Nervenbündel allererster Güte aufführst, bist du nicht fähig zu töten, um deine Anonymität zu wahren.«

»Ich trug eine ähnliche Perücke wie Jean«, sagte Betsy. »Und ich stand ebenfalls in der Nähe des Gartens. Du hast mich doch gesehen.«

»Versuch nicht, dich in den Vordergrund zu drängen«, sagte Jacqueline barsch. »Hast du nicht zugehört? Das Gift war nicht in dem Wein. Du hättest Dubretta zwar einen Drink spendieren können, aber dein Motiv wäre noch weniger überzeugend als das von Jean. Du hattest keins.«

»Woher willst du das wissen?« Betsy versuchte, geheimnisvoll zu wirken.

»Ach, hör doch auf, Betsy.« Jacquelines Blick schweifte suchend durch den Raum. »Sue? Sie hätte die Gelegenheit gehabt, aber sie hatte keinen Grund, Dubretta zu ermorden. Victor? Sein Motiv war stichhaltiger als das von Jean. Genau wie bei ihr war seine wahre Identität kein Geheimnis, aber im Gegensatz zu ihr hätte er von Hatties Drohungen nicht so leicht eingeschüchtert sein müssen. Ich tippte auf eine kriminelle Vergangenheit, aber ... «

»Er ist sauber«, sagte O'Brien. Er hatte so lange geschwiegen, daß diese kurze Aussage den Effekt eines Aufschreis hatte. Die Köpfe der Anwesenden wandten sich schlagartig zu ihm um; und auf das von Jacqueline beobachtete Gesicht trat einmal mehr der unbehagliche Ausdruck, der sogleich wieder verschwand.

O'Brien fuhr fort: »Ein paar Drogengeschichten. Besitz, kein Handel. Eine Sache wegen Erregung öffentlichen Ärgernisses aufgrund von Trunkenheit, ein Delikt aufgrund von Alkohol am Steuer – vor fünf Jahren, in Wisconsin. Das Übliche.«

»Mein Gott«, stöhnte Joe. »Sue, das ist schon so lange her. Ich werde nie ... «

»Ist schon in Ordnung, Schatz.« Sue tätschelte seine Hand. Sie funkelte Jacqueline wie eine Löwin an, die ihr Junges verteidigt. »Sie sagten, daß sich Joe in dem Garten befand. Er hat ihn auch nie verlassen.«

»Ich habe nur einige wesentliche Punkte genannt, die erwähnt werden mußten«, sagte Jacqueline. »Hatties Einfluß auf Joe beruhte lediglich auf einem Vertrag sowie einer bedeutungslosen Drohung, die nur ein Idiot hätte ernstnehmen können. Joe hat dieses Verbrechen nicht begangen. Es war sorgfältig geplant und brillant ausgeführt. Dazu besitzt er nicht die erforderliche Intelligenz.«

Sue blickte noch wütender. »Was soll das mit diesen ganzen Drohungen?« entfuhr es Hattie. »Ich habe noch nie jemanden bedroht.«

»Hattie. Liebste, alte Tante Hattie.« Jacquelines Stimme hatte Ähnlichkeit mit einem kehligen Schnurren. Sie gönnte der Agentin einige Minuten des Entsetzens, und es konnte auch nicht schaden, wenn Hattie im Hinblick auf die von ihr geplante lukrative Partnerschaft rasch merkte, daß mit Jacqueline nicht zu scherzen war.

Sie fuhr fort: »Dubretta hat Sue nicht beschuldigt. Sie hat überhaupt keinen Namen erwähnt. Was sie sagen wollte, war ›Blau‹. Ich mache mir keine Vorwürfe, daß mir das nicht aufgefallen ist, da es sich dabei um einen seltenen und kaum erwähnten Nebeneffekt der Digitalisvergiftung handelt. Die Droge verändert häufig das Wahrnehmungsvermögen, aber die meisten Leute sehen alles gelbstichig. Gelegentlich allerdings auch Blautöne.

Sie hatten das stichhaltigste Motiv von allen, Dubretta zu töten. Sie haßte Sie, nicht nur wegen Ihrer widrigen Tricks, sondern aus einem ganz persönlichen Grund. Sie wissen genauso gut wie ich, worum es sich handelt.« Jacqueline zögerte. O'Brien betrachtete erneut die Decke. Jacqueline sagte: »Und es besteht überhaupt kein Anlaß, daß die Anwesenden es erfahren. Nur soviel, Hattie, sie war Ihnen auf die Schliche gekommen, und sie hätte Sie bloßgestellt.«

»Ich habe sie nicht getötet«, stammelte Hattie. »Sie wissen verflucht genau, daß ich es nicht war. Ich habe den Garten nie verlassen.«

»Ich weiß.« Jacqueline klang reuevoll. »Und somit bleibt uns nur noch eine Person.« Ihr Blick schweifte zu dem rundlichen, kleinen Mann, der sie mit einem schwachen Grinsen auf den Lippen beobachtete. »Jeder übersieht Sie, nicht wahr, Max? Wie Sie selbst einmal betonten, sind Sie kein auffälliger Mensch – eine nützliche Eigenschaft für einen Mörder.«

Max' Gesichtsausdruck blieb unverändert. »Ist das der Augenblick? Soll ich jetzt aufstehen und meine Schuld gestehen, bevor ich die Zyankali-Kapsel schlucke, die ich bei mir trage? Tut mir leid, Mrs. Kirby. Sie haben eine blühende Phantasie. Ich freue mich auf die Lektüre Ihres ersten Buches.«

»Sie haben sich unter die Gäste gemischt«, sagte Jacqueline. »Ich habe Sie schon vorher im Publikum bemerkt. Sie hätten Dubretta ein Getränk besorgen können, und von Ihnen hätte sie es auch genommen. Bei allem, was Hattie ihr angeboten hätte, wäre sie vielleicht mißtrauisch gewesen.«

»Hätte, wäre, vielleicht«, wiederholte Max. »Das trifft auf mich und hundert andere Leute zu. Wenn ich Dubretta während meines Rundgangs getroffen hätte, hätte ich ihr vielleicht wirklich einen Drink spendiert. Allerdings habe ich sie erst gesehen, als sie sich in dem Garten zu uns gesellte.«

»Das hätten Sie nicht sagen sollen, Max. Das ist eines der wenigen folgenschweren Zugeständnisse von Ihrer Seite. Sie hatten Dubretta an diesem Abend bereits gesehen. Erinnern Sie sich an ihre Korsage – die Hattie veralbern sollte? Sie erklärte mir, daß ich erst die zweite Person sei, die den Scherz begriffen habe. Sie waren die erste. Ihnen wäre die Ironie niemals entgangen.

Dubretta legte die Korsage weg, bevor wir den Garten betraten. Sie war ihr hinuntergerutscht, und man war darauf herumgetrampelt, deshalb steckte sie sie in ihre Handtasche. Sie trug sie also nicht, als wir Sie trafen, hielt allerdings ihre Tasche vor ihrer Brust, daß sie ihr Verschwinden gar nicht bemerkten. Kurz bevor der Wein eingeschenkt wurde, erwähnten Sie sie während unserer Unterhaltung. Also müssen Sie sie schon vorher gesehen haben.«

Max' Grinsen wurde breiter. »Tatsächlich, muß ich das?«

Wie von Jacqueline bereits befürchtet, hatte er die Unhaltbarkeit dieses Arguments sogleich bemerkt; und nachdem er sich bereits einen verbalen Ausrutscher erlaubt hatte, würde er mit Sicherheit keinen zweiten riskieren, indem er zuviel redete.

Jacqueline versuchte es erneut. »Ich habe Sie im Rahmen meiner Ermittlungen schon sehr früh für den Mörder gehalten, Max. Sie waren nicht nur der einzige Verdächtige, der über ein Motiv und eine Gelegenheit verfügte, sie waren auch der einzige, dessen Intelligenz ausreichte, um ein nahezu bombensicheres Verbrechen zu planen. Sie hofften, daß Dubrettas Tod als Herzversagen eingestuft würde, was es ja tatsächlich war. Doch wenn jemand die Wahrheit vermutet und nach Spuren des Gifts gesucht hätte, wäre Ihre zweite Verteidigungswaffe ins Spiel gekommen – die ungewollte Überdosis. Es war schließlich ihr eigenes Medikament, und sie ging verhältnismäßig sorglos mit der Einnahme um. Wäre auch das mißlungen, hätten Sie in Laurie eine dritte Verteidigungsschiene gehabt. Sie hatte Ihnen die von Ihnen verwendeten Pillen besorgt. Sie vertraute Ihnen; in ihren Augen waren Sie der verlängerte Arm von Valentine, und ich denke auch, daß Ihre Besorgnis echt war, als sie das Mädchen zum erstenmal bei der Einnahme der Tabletten entdeckten und sie fragten, worum es sich dabei handelte. Vielleicht haben Sie sie sogar vor den Gefahren gewarnt und ihr geraten, sie nicht zu nehmen. Haben Sie sie überredet, sie Ihnen auszuhändigen, oder haben Sie einfach einige gestohlen? Das wäre keineswegs schwierig gewesen; die meiste Zeit war sie ohnehin nicht zurechnungsfähig.«

»Armes Mädchen.« Max schüttelte traurig den Kopf.

»Armes Mädchen, in der Tat. Ich weiß nicht, wie sie sich das Digitalis besorgt hat; sie war ein Stadtmädchen und kannte alle Tricks. Doch wenn man nach dem Medikament gesucht hätte, hätte die Spur unweigerlich zu ihr geführt, und sie hatte ein starkes, wenn auch irrationales Motiv, Dubretta zu töten. Sie war mittlerweile geistig so verwirrt, daß sie vielleicht sogar glaubte, das Verbrechen selbst begangen zu haben.

Sie hatten nicht vor, Laurie umzubringen«, sagte Jacqueline; in ihrer Stimme lag kein Mitgefühl, sondern lediglich tiefste Verachtung. »Der Originalplan ging aus zwei Gründen schief. Zum einen mischte ich mich ein, und Ihnen war klar, daß ich nicht so leicht von meinem Verdacht abzubringen war. Zum zweiten und damit wesentlicheren Punkt: Sie und Hattie hatten sich aufgrund des Problems von Dubrettas fehlendem Notizbuch überworfen. Jeder von Ihnen wollte es haben. Jeder von Ihnen erkannte, daß es gefährlich sein könnte. Aber es war Hatties Idee, Laurie auf die Suche zu schicken. Warum auch nicht? Sie ließ das Mädchen ja auch ihre sonstigen Besorgungen erledigen. Etwas so Ignorantes hätten Sie nicht veranlaßt. Sie wußten, daß Laurie unzuverlässig war und möglicherweise durchdrehte. Das tat sie; und die Polizei wurde eingeschaltet. Wenn man Laurie lebend aufgefunden hätte, hätte sie medizinische Betreuung erhalten, und es wäre für einen Arzt nicht schwierig gewesen, ihr eigentliches Problem zu diagnostizieren – insbesondere, wenn sie ein Digitalis-Medikament mit sich herumtrug. Nach ihrer Genesung hätte sie vielleicht geplaudert. Mit mir – und«, fügte Jacqueline wohlwollend nickend zu O'Brien hinzu, »mit der diensthabenden Polizei, und dieses Risiko durften Sie nicht eingehen.«

Hattie sprang auf. »Das können Sie mir nicht anhängen. Ich habe diesem Mädchen nie gesagt, daß sie Leute angreifen soll.«

Jacquelines Selbstbeherrschung war am Ende. Sie wirbelte zu Hattie herum. »Sie sind ebenfalls verantwortlich für Lauries Tod. Sie haben sie ausgenutzt, ohne auf ihre Verfassung oder ihren Gesundheitszustand Rücksicht zu nehmen. Warum wollten Sie das Notizbuch, Hattie? Was hatte Dubretta herausgefunden?«

»Ich weiß es nicht.« Hattie verdrehte die Augen. Sie sank zurück auf ihren Stuhl. »Ich hatte das verfluchte Notizbuch nie.«

»Aber ich weiß es.« Jacqueline hielt inne, nicht nur des Effekts wegen, sondern auch, um tief Luft zu holen. Sie näherte sich dem kritischen Punkt der Konfrontation, in die sie alle Hoffnung auf eine Lösung des Falles gesetzt hatte.

»Das Motiv«, sagte sie. »Immer nur das Motiv, und immer schien es unpassend. Solange Dubretta keine kriminellen Aktivitäten ans Licht brachte, bedeuteten ihre Enthüllungen keine ernsthafte Gefahr. Es wäre kein Problem für Sie, Hattie, wenn man erführe, daß zwei Ihrer Topautoren lediglich Täuschungen sind – daß es sich bei Victor von Damm um eine attraktive Marionette und bei Valerie Vanderbilt um eine ängstliche Lehrerin und keineswegs um eine dekadente Adlige handelt. Einige würde das vielleicht amüsieren; andere würden es nicht glauben; die meisten würden schulterzuckend auch weiterhin ihre Bücher kaufen. Aber angenommen, Dubretta hätte herausgefunden, daß Ihre sämtlichen Aktivitäten nur Fassade sind? Daß in Wirklichkeit keiner Ihrer Topautoren dem entspricht, was er darstellt? Daß Valerie Valentine, die Königin der Liebe, ein noch größerer Betrug ist als die anderen? Ihre Leser würden dann nicht nur ihre Buchkäufe einstellen, sondern auch die Verleger wären extrem verärgert. Verleger reagieren sehr sensibel, wenn man sie der Lächerlichkeit preisgibt. Und diese spezielle Masche ist mehr als lächerlich – sie ist der beste Witz des Jahres.«

Hatties Gesicht hatte eine alarmierend purpurrote Färbung angenommen. Max erhob sich rasch und geschmeidig und schritt zu Valentine, die schläfrig in ihrem Sessel kauerte. »Mach dir keine Sorgen, Val«, sagte er. »Das geht schon in Ordnung.«

»Sie ist nicht Valerie Valentine«, sagte Jacqueline. »Sie sind es. Sie, Max. Sie haben diese Bücher geschrieben. Und das macht den Witz so ansteckend lustig. Wenn Hattie keine so außergewöhnlich schöne Galionsfigur ausgewählt hätte – wenn die Romane nicht so einfühlsam und so hervorragend geschrieben wären ... Der Gegensatz ist einfach zu groß. Dubretta war eine begnadete Satirikerin; sie hätte die ganze Welt damit zum Lachen bringen können.«

»Einfühlsam und hervorragend«, murmelte Max. »Sie trauen mir einfach zuviel zu, Mrs. Kirby.«

»Jeder, der sich fünf Minuten mit einem von Ihnen unterhält, bemerkt es«, sagte Jacqueline. »Sie und Hattie überwachten Valentines öffentliche Auftritte. Sie konnte sich kurze Reden merken und die geläufigsten Antworten. Die Leute stellen den Autoren immer die gleichen langweiligen Fragen: ›Wie fanden Sie zur Schriftstellerei, Miss Valentine?‹ ›Woher beziehen Sie Ihre Ideen, Miss Valentine?‹ Viele Autoren formulieren schriftlich besser als mündlich; viele sind scheu und zurückhaltend. Aber kein Autor würde einen Titel wie *Eine Weide in ihrer Hand* veröffentlichen und nicht wissen, daß es sich dabei um ein Zitat *aus einer Rede selbigen Wortlauts* handelt. Ich habe Valentine gefragt, was sie von dem Titel ›Rückkehr nach Karthago‹ hielte. Sie sagte, er würde sich nicht verkaufen.«

»Würde er auch nicht«, sagte Max immer noch süffisant lächelnd.

»Vielleicht nicht. Aber *Eine Weide in ihrer Hand* ist auch nicht gerade ein Allerweltstitel. Valentines Verleger hat ihn nicht ausgesucht. Wie Jean und Sue und andere leidgeprüfte Autoren wissen, schätzen die Verleger deftige Hinweise auf Liebe und Lust und keine literarischen Zitate. *Eine Weide in ihrer Hand* ist ein gelungener Titel für dieses Buch. Er entstammt einer Szene aus dem *Kaufmann von Venedig* und beschreibt, wie Dido ihren eigensinnigen Geliebten zurück nach Karthago zu locken versucht. Wenn Valentine mein Zitat erkannt hätte, hätte sie irgendeinen Kommentar abgegeben und auf ihr eigenes Buch hingewiesen. Das tat sie mit keinem Wort. Aber Sie kennen das Stück ganz genau, Max. Wollten sie mich auf die Probe stellen, als Sie die Passage mit der ›ins Ohr schlüpfenden Musik‹ zitierten?«

»Sie sind überaus intelligent, Mrs. Kirby«, sagte Max gelassen. »Aber Sie können es nicht beweisen.«

»Das muß ich auch nicht. Sobald Sie wegen Mordes verhaftet worden sind, wird der Literaturbetrug keine Rolle mehr spielen. Ihr Motiv war so stark wie das von Hattie – stärker noch, da Ihre Gefühle für Valentine ebenso heftig und pervers wie die Lauries sind. Sie haben sich in Ihre Galatea verliebt, das Bild, das Sie und Hattie schufen, um die Rolle der Valerie Valentine zu verkörpern, und wenn die Wahrheit ans Licht käme, würden Sie sie verlieren. Sie ist hinter dem Geld her. Sie würde ihren Kopf nicht für Sie hinhalten. Sie befinden sich in Schwierigkeiten, Max, und wenn Ihre kleine Freundin diese Tatsache endlich in ihren hübschen Schädel bekommt, wird sie Sie verlassen.«

Max' Lächeln blieb unverändert. Er streichelte Valentines Hand. »Würdest du mich verlassen, Valentine? Du würdest doch den guten, alten Max nicht verlassen, nicht wahr?«

»Nein«, sagte Valentine. »Ich verstehe das alles nicht, Max. Sie kann doch nichts von dem Quatsch beweisen, oder?«

»Natürlich nicht, mein Schatz.«

Valentine gähnte. »Ist das langweilig. Noch langweiliger als dieser nervtötende Ball. Ich will nicht mehr nach unten gehen. Ich möchte ins Bett.«

Jacqueline blickte verunsichert zu O'Brien. Er schüttelte den Kopf. Max hatte keine Gelegenheit gehabt, dem Mädchen irgend etwas einzuflößen, zumindest nicht seit der Eröffnung des Balles. Als O'Brien sichergestellt hatte, daß Max ihr nichts zu Trinken besorgen konnte, war Jacqueline klar gewesen, daß er ihre Vorahnung teilte – daß Valentine Max' drittes Opfer sein könnte. Die allgegenwärtige Aura dieses romantischen Unsinns hatte beide gefangengenommen. Val befand sich nicht in Gefahr. Jacquelines Zuversicht schwand. Sie hatte damit gerechnet, daß Valentine Max belasten würde, nachdem das Geheimnis gelüftet war: aber das Mädchen stand bereits so lange unter Max' Einfluß, daß es für einen Außenstehenden so gut wie unmöglich war, seine Autorität zu umgehen. Und Valentines sprichwörtliche Dummheit verhinderte, daß sie begriff, wie ihre Position bedroht werden konnte.

Als sie den spöttischen Glanz in O'Briens Augen bemerkte, riß sich Jacqueline zusammen und nahm den Angriff mutig wieder auf. »Sie müssen nicht mehr länger Valerie Valentine sein ... Wie lautet eigentlich Ihr richtiger Name?«

Max lachte laut. »Meine liebe Mrs. Kirby, Sie nehmen doch nicht etwa an, daß jemand wirklich auf den Namen Valerie Valentine getauft würde, oder? Wir haben nie versucht, Vals richtigen Namen zu verschweigen. Aber ich denke, Sie finden ihn selbst heraus, schließlich wollen Sie ja unbedingt Detektiv spielen.«

Die anderen beobachteten sie wie die Zuschauer eines Dramas von Harold Pinter, halb fasziniert, halb ungläubig. Jacqueline blickte erneut zu O'Brien. Sie rechnete damit, daß er ihre Niederlage genoß. Statt dessen nickte O'Brien fast unmerklich und sagte: »Ihr Name lautet Marilyn Hicks. Sie wurde in Monmouth, Oregon, geboren. Riß im Alter von fünfzehn Jahren von zu Hause aus. War einige Jahre nicht seßhaft, tauchte dann vor fünf Jahren in Jersey wieder auf.«

Er hielt inne, und Jacqueline nahm den Faden auf. »Wo Hattie sie fand, als sie jemanden für die Rolle der Valerie Valentine suchte. Hattie hatte Max' Manuskript gelesen und sein Potential erkannt, doch als sie Max persönlich kennenlernte, wurde ihr klar, daß er niemals als Liebesromanautor durchgehen würde.

Sie griff zu der gleichen, altbewährten Technik; wir hätten in Erwägung ziehen sollen, daß Valentine ihre erste und wirkungsvollste Entdeckung auf der Glamourschiene war.
Die Partnerschaft funktionierte gut. Da es aufgrund der Befürchtung, daß Valentine ihren Mund aufmachte und damit die Tatsache aufdeckte, daß sie ihre Bücher niemals selbst geschrieben haben konnte, erforderlich war, sie relativ abzuschotten, tauchten sie und Max fast immer gemeinsam auf. Val konnte nicht allein auftreten, und sie hatte nichts gegen diese Abmachung. Zum ersten Mal in ihrem Leben besaß sie so viel Geld, sich all die schönen Kleider und sämtlichen Luxus zu erlauben. Mehr wollte sie gar nicht. Sie ist nicht...« Jacqueline zögerte, nicht aus Gründen der Peinlichkeit, sondern weil es schwierig war, Valentines Problem zu umschreiben. »Sie ist nicht... fähig, Gefühle zu empfinden. Es handelt sich dabei nicht allein um sexuelle Gefühlskälte, sondern um das Fehlen jeglicher Wärme. Im Verlauf dieses Falles habe ich häufiger die Unvereinbarkeit der wahren Natur eines Menschen mit dem von ihm aufgrund seiner Optik erweckten, falschen Eindruck bemerkt. Joe sieht aus wie Victor von Damm, aber ihre jeweiligen Persönlichkeiten sind vollkommen andere. Valentine ist so schön, daß die Leute sie für warmherzig, liebenswürdig und sensibel halten. Doch immer wieder demonstrierte sie ihre auffällige Kälte. Ich habe kein einziges Mal bemerkt, daß sie für irgend jemand anderen Interesse oder Gefühle gezeigt hätte als für sich selbst. Für Max bedeutete sie allerdings alles, was er sich jemals von einer Frau erträumt hatte. Max ist ein Romantiker; seine Bücher verdeutlichen das. Er sah in Valentine nur das, was er wirklich sehen wollte, wie es verblendete Männer schon seit Urzeiten gegenüber schönen Frauen tun.
Bis zum Beginn der Konferenz war Valentine zufrieden mit diesem Zustand. Dann stiegen ihr die Schmeichelei und Bewunderung zu Kopf. Sie faßte den Entschluß, auf einen höheren Gewinnanteil zu drängen. Das ist die Erklärung für ihre schein-

bar unerklärliche Kehrtwendung, nachdem sie behauptete, jemand hätte sie zu ermorden versucht. Das war kein sehr intelligenter Plan; doch Valentine ist nicht sonderlich intelligent. Sie legte Max und Hattie die Daumenschrauben an, und Hattie ging hoch. Hattie hat es gar nicht gern, wenn man sie erpreßt; sie zieht es vor, am längeren Hebel zu sitzen. Dann starb Dubretta. Ich denke«, sagte Jacqueline, während sie Valentines hübsches, nichtssagendes Gesicht beobachtete, »daß Valentine an jenem Abend wirklich verängstigt war. Sie ist keine sonderlich gute Schauspielerin. Sie befürchtete, bei Hattie zu weit gegangen zu sein. Als sie durch Jean von meiner erwiesenermaßen detektivischen Begabung hörte, bat sie um meine Hilfe. Die Polizei wollte sie vermeiden; sie wollte lediglich einen unparteiischen Außenstehenden, der dachte, sie sei bedroht worden.«

»Das ist doch Unsinn«, sagte Max. »Nicht wahr, Val?«

»Ja, Max.«

»Dann einigten Sie sich«, fuhr Jacqueline fort. »Sie überzeugten Valentine davon, daß ihre Ängste unbegründet seien, und erhöhten ihren Anteil. Sie nahm ihre Beschuldigungen zurück. Wie hoch war denn Ihre Erhöhung, Valentine?«

»Ich weiß nicht, wovon Sie sprechen«, sagte Valentine.

Es funktionierte nicht. Jacqueline hätte in Verzweiflungsschreie ausbrechen können. Sie konnte nur noch eine letzte Karte ausspielen. Sie nahm sie aus ihrer Tasche – einen abgegriffenen Stenogrammblock mit rotem Deckblatt.

Max' Gesichtsausdruck bestätigte ihren letzten verbliebenen Zweifel – denn trotz ihrer Anschuldigungen hatte sie sich schließlich gefragt, ob sie letztlich im Irrtum war. Doch bevor Max etwas sagen konnte, platzte James heraus: »Ich dachte, man hätte es dir gestohlen.«

Jacqueline warf ihm einen vernichtenden Blick zu, der einem Medusenhaupt alle Ehre gemacht hätte. Max entspannte sich.

»Das dachte ich auch.«

»Taten Sie das?« Jacqueline drohte scherzhaft mit dem erhobenen Zeigefinger. »Wie kamen Sie nur auf diese Idee? Das habe ich Ihnen doch niemals erzählt.«

»Also . . . Laurie erwähnte es. Als sie gestern abend anrief.«

»Laurie hatte es nie«, warf O'Brien ein.

Erneut wurden die Anwesenden unruhig. Jacqueline nahm den Gesprächsfaden ohne Unterbrechung auf. »Das Heft, das ich an jenem Tag mit mir herumtrug, war eine Attrappe. Sie halten mich doch wohl nicht für so dumm, das echte Notizbuch aufs Spiel zu setzen?«

Max' Lächeln verschwand. Jacquelines schwindende Hoffnung lebte erneut auf. Doch bevor sie oder O'Brien das Verhör fortsetzen konnten, sagte Betsy: »Das kann nicht das von Dubretta sein.«

»Sei still, Betsy«, zischte Jacqueline zwischen zusammengebissenen Zähnen hervor.

»Nein, das kann es unmöglich sein«, beharrte Betsy. »War das arme, verrückte Mädchen hinter Dubrettas Notizbuch her? Das hast du mir gegenüber nie erwähnt.«

»Du hast mich nie danach gefragt. Betsy, würde es dir etwas ausmachen . . . «

»Dann war es gut, daß ich es an dem Tag nicht in meinem Rucksack hatte«, fuhr Betsy ungerührt fort. »Es lag oben in meinem Schreibtisch. Stellt euch das vor. Ich wollte Dubretta auf der Cocktailparty sagen, daß sie es vergessen hatte, aber ich fand keine Gelegenheit, mit ihr zu sprechen, und dann vergaß ich es, weil ich annahm, daß niemand . . . «

Zum erstenmal in ihrem Leben war Jacqueline sprachlos. O'Brien war derjenige, der Betsy mit einem unterdrückten Aufschrei unterbrach. »Miss Markham!«

»Sie brauchen mich nicht anzubrüllen«, sagte Betsy beleidigt.

»Woher«, sagte O'Brien mit leiser, energischer Stimme, »woher haben Sie Dubrettas Notizbuch?«

»Es war am Abend des Protestmarsches. Wir hatten alle einen getrunken – erinnerst du dich, Jake, du hast uns miteinander bekanntgemacht. Du hast gesehen, wie sie sich Notizen gemacht hat.«

»Uff!« sagte Jacqueline schwach. Sie hatte sich gerade an etwas anderes erinnert und hätte sich im übertragenen Sinne in den Hintern treten können.

»Das Notizbuch war fast voll«, fuhr Betsy fort. »Nachdem du gegangen warst, redeten wir noch eine Zeitlang, tranken noch etwas, und sie machte sich weitere Notizen – und füllte die restlichen leeren Seiten. Irgendwann kramte sie ein weiteres Notizbuch aus ihrer Tasche und schrieb dort hinein. Und als wir uns trennten, vergaß sie das erste. Es lag auf dem Platz zwischen uns, und du weißt, wie dunkel es in dem Raum war. Und sie war leicht ... nun, du weißt schon.«

»Ich weiß«, brummte Jacqueline. Das zweite Notizbuch – das, was sie nach Dubrettas Tod gefunden hatte – enthielt nur einige beschriebene Seiten. Sie hätte es wissen müssen, sie hatte sie kopiert und zwanzig Cents pro Seite bezahlt. Warum war ihr nicht klargeworden, daß achtzehn beschriebene Seiten für Dubretta lediglich die Arbeit eines Tages darstellten? Als die Kolumnistin bemerkte, daß sie ihr erstes Notizbuch verlegt hatte, hatte sie keinen Schimmer, wo sie es liegengelassen haben könnte.

»Wo«, sagte O'Brien mit der gleichen beherrschten Stimme, »wo befindet sich das Notizbuch jetzt, Miss Markham?«

»In meinem Schreibtisch, schätze ich.« Zwei stechende, auf sie gerichtete Augenpaare gaben Betsy unvermittelt das Gefühl, sich nicht eben beliebt gemacht zu haben. »Aber ich wußte das doch nicht«, entfuhr es ihr. »Warum habt ihr denn nichts gesagt?«

Jacquelines Zorn wurde von der Erkenntnis, daß diese ausschweifende Enthüllung Max Zeit gelassen hatte, sich von seiner ursprünglichen Bestürzung zu erholen, nicht unbedingt besänftigt. Ihre einzige Hoffnung hatte darin bestanden, ihn so aus der Fassung zu bringen, daß er sich nachhaltig belastete. Diese Hoffnung stellte sich als vergeblich heraus, denn er gehörte nicht zu den Leuten, die ihren kühlen Kopf verloren. Und eine der Waffen, die sie einzusetzen versucht hatte, hatte versagt – Valentine. Oder doch nicht? Sie blickte zu O'Brien, der ihr erneut kurz, aber bedeutungsvoll zunickte. Sie atmete tief ein und bereitete sich wieder auf den Angriff vor.

»Das Notizbuch enthält den Beweis, daß Dubretta herausfand, daß es sich bei Valerie Valentine um eine arglistige Täuschung handelt. Das Spiel ist aus, Val. Sie verschwinden besser, solange Sie das noch können.«

»Ich weiß nicht, wovon Sie reden«, wiederholte Valentine.

»Sie spricht von Verbrechensbeteiligung«, sagte O'Brien. »Wie Beihilfe zum Mord.«

»Was?« Die Beteiligung und ihre Umstände beendeten plötzlich Valentines Benommenheit. »Er hat doch gesagt... Er hat diese Frau nicht umgebracht. Und wenn doch, dann weiß ich nichts davon...«

Das war der erste Knacks in ihrer schützenden Ignoranz, und Jacqueline ließ nicht locker. »Nicht Dubrettas Mord, Valentine. Lauries.«

»Das Mädchen erzählte Ihnen, wo sie sich befand, Mr. Hollenstein«, sagte O'Brien. »Sie verabredeten sich am späteren Abend mit ihr.«

»Das ist eine Lüge.« Max sah ihn nicht an. Er beobachtete Valentine.

»Ihr Anruf bei mir vermittelte den Eindruck von Verständnis und Hilfsbereitschaft«, fuhr Jacqueline fort. »Aber Sie erzählten mir nicht, was Laurie Ihnen wirklich gesagt hatte. Hat Valentine dieses Gespräch mitgehört? Vielleicht erinnert sie sich noch daran, wann und wo Sie Laurie treffen wollten.«

»Ich weiß nicht...«, fing Valentine an.

»Während des Polizeiverhörs wird Ihr Erinnerungsvermögen sicherlich besser«, schnaubte O'Brien verächtlich.

»Sie erinnern sich vielleicht auch, daß Max an diesem Abend noch spät wegging«, sagte Jacqueline.

»Ihre Weigerung, sich mir gegenüber zu äußern, wird Ihnen auf jeden Fall ein Verfahren wegen Beihilfe einbringen«, bemerkte O'Brien, während er Valentine fixierte.

»Aber ich wußte doch nicht, daß es von Bedeutung war!« Sie sprang auf und und entwand sich Max' Umklammerung mit der ihr eigenen, elfenhaften Anmut. Sekundenbruchteile zögernd, warf sie sich schließlich Jacqueline in die Arme. »Sorgen Sie dafür, daß er mich nicht anrührt!«

»Er hat eine Waffe«, kreischte Jacqueline, die aufgrund von Valentines Gewicht schwankte. Die Handtasche, die sie nach Max hatte schleudern wollen, fiel ihr aus der Hand.

»Vielen Dank«, sagte O'Brien. Max' Automatik war auf ihn gerichtet. Der kleine Mann trat zurück, so daß er Valentine, die sich hinter Jacqueline versteckte, ebenfalls im Visier hatte.

»Damit habe ich nichts zu tun«, ereiferte sie sich. »Ich wußte nichts davon. Er sagte mir nur, daß er einen Freund treffen würde ...«

»Treten Sie beiseite, Mrs. Kirby«, sagte Max. »Ich möchte Sie nicht verletzen, auch wenn Sie dafür verantwortlich sind, daß das Ganze hier ans Licht gekommen ist.«

Seine Förmlichkeit war Jacqueline nicht entgangen. Sie unternahm keineswegs den Versuch, ihren früheren, harmonischen Kontakt zu erneuern. »Tun Sie's nicht, Max. Es gibt Fluchtmöglichkeiten für Sie, und Sie sind weiß Gott intelligent und wohlhabend genug, um sie zu nutzen. Aber wenn sie jemanden vor all diesen Zeugen erschießen ...«

»Ich dachte, Sie würden mich verstehen«, sagte Max vorwurfsvoll. »Wie kann ich den klassischen Anspruch der romantischen Tragödie verleugnen? ›Denn jeder Mann tötet, was er liebt ...‹ Ich muß sie jetzt töten. Wenn Sie nicht aus dem Weg gehen, werde ich eine Kugel durch Sie beide hindurchjagen.«

Jacqueline spürte, wie sich das ganze Gewicht des schlanken Mädchens gegen ihren Körper preßte. Valentine schluchzte. »Nein, lassen Sie ihn nicht ... bitte ...«

»Ach, zum Teufel«, sagte sie. »Max, Sie wissen, daß ich das nicht über mich bringe. Sie ist zwar eine nichtsnutzige kleine Vagabundin, aber ich habe einen Ruf zu verlieren. Außerdem hat sie sich an mich geklammert wie eine Zecke an einen Hund.«
»Tut mir leid«, sagte Max lediglich. Sein Finger legte sich um den Abzug.
Jacqueline kniff verärgert die Augen zusammen. »Tut doch endlich irgendwas! Warum sitzt ihr hier alle nur rum wie auf einem Kaffeekränzchen?«
Joe löste sich aus Sues Umklammerung und stand auf. »Ich weiß nicht, was ich tun soll«, sagte er unschlüssig und fingerte am Knauf seines Zeremonienschwertes.
James schüttelte Jeans Hände ab und stand auf. »Wir gehen alle gleichzeitig auf ihn los«, schlug er vor.
Diese Äußerungen unschlüssigen Heldenmuts schienen Max mehr zu amüsieren als zu alarmieren, trotzdem lenkten ihn die Bewegungen der Männer so stark ab, daß O'Brien in der Lage war, nach der in den Falten seines Mantels versteckten Waffe zu greifen, in dem er den ganzen Abend lang geschwitzt hatte.
»Ergeben Sie sich«, sagte er gelassen. »Schlage vor, Sie lassen die Waffe einfach fallen, Hollenstein. Ich ziele schneller als Sie.«
»Da bin ich mir nicht sicher«, sagte Max. »Ich frage mich, ob Mrs. Kirby es darauf ankommen ließe.«
»Erschießen Sie ihn«, kreischte Jean plötzlich hysterisch. »Erschießen Sie ihn, erschießen Sie ihn, erschießen ...« James bedeckte ihren Mund mit seiner Hand. Dann entschloß sich Betsy, die schweigend vor sich hingebrütet hatte, zu handeln. Sie sprang mit ihrem ohrenbetäubenden Kung-fu-Schrei auf. Max' Waffe ging los. Jacqueline stürzte und zog Valentine mit sich. O'Briens erster Schuß traf Max am Oberschenkel und ließ ihn zu Boden gehen, aber er hielt immer noch seine Waffe umklammert. In einer ratternden Feuersalve leerte sich das Magazin.
Dumpfe Stille trat daraufhin ein. Betsy war die erste, die vorsichtig ihren Kopf hinter dem ausladenden Sessel hob, wo sie

Zuflucht gesucht hatte. Victor hatte sich schützend über Sue geworfen. Jean hatte James zu sich hinuntergezogen; von ihren Armen fest umschlungen, saß er auf ihrem Schoß. Zum ersten Mal in ihrem Leben hatte sich Hattie wie eine Südstaatenlady verhalten. Sie war in Ohnmacht gefallen.

O'Brien griff nach Max' Pistole, überprüfte, ob das Magazin leer war, und schleuderte sie durch den Raum. Einer der versehentlich abgefeuerten Schüsse hatte eine Schneise durch sein Haar geschlagen, und Blut strömte über seine Wange. Er warf den Tisch beiseite, unter dessen spärlichem Schutz Jacqueline und Valentine in einem verwirrenden Knäuel aus Armen und Beinen zusammengekauert saßen. O'Brien mußte die Hände des Mädchens gewaltsam von Jacqueline lösen, ehe er letztere aus ihrer Zuflucht befreien konnte. Jacquelines Augen waren geschlossen, und ihre Knie zitterten, als er versuchte, sie wieder auf ihre Füße zu stellen. Er schüttelte sie, bis ihr gelöstes Haar wild zerzaust um sie herum flatterte.

»Sind Sie in Ordnung? Warum haben Sie mich nicht informiert, daß er eine Waffe trägt? Wo hat er Sie verletzt? Verflucht, sagen Sie doch etwas!«

Jacqueline öffnete die Augen. Sie waren so sanft und grün wie eine Frühlingswiese. »Ich werde ... wenn Sie aufhören ... mich zu schütteln.«

Schweigend gab O'Brien ihrer Bitte nach. Jacqueline überblickte die Szene und nickte. Sie griff nach ihrer Handtasche. »Patrick, Ihr ganzes Kostüm ist voller Blut. Hier. Nehmen Sie ein Taschentuch.«

James rekelte sich gemütlich auf dem Hotelbett und sah Jacqueline beim Packen zu.

»Ich begreife nicht, warum du unbedingt nach Connecticut willst«, sagte er eingeschnappt. »Jetzt, wo die andere Geschichte erledigt ist, könnten wir uns doch eine schöne Zeit machen.«

»Es würde mir keinen Spaß machen, wenn ich weiß, daß mich eine kranke Freundin braucht.« Jacquelines Stimme troff vor aufgesetzter Loyalität, die gar nicht im Einklang stand mit dem wenig tugendhaften Glanz in ihren grünen Augen, als sie einen Wulst plissierter, türkisfarbener Seide in ihrem Koffer verstaute. Dieser erzeugte in James einen vagen, leicht unangenehmen Wiedererkennungseffekt, doch er entschied, das nicht weiter zu verfolgen.

Er griff nach einer der Zeitungen, die über das Bett verstreut lagen. »Ich frage mich, ob die Geschichte auch im *Coldwater Chronicle* gebracht wird«, meinte er unbehaglich.

»Ich hoffe ... ich meine, ich könnte es mir vorstellen. Was beunruhigt dich denn so? Dein Name findet doch kaum Erwähnung.«

»Was man von dir nicht sagen kann. Und dein Foto ziert sämtliche Zeitungen. ›Mrs. Kirby mit Hattie Foster – Mrs. Kirby mit Valentine, alias Marilyn Hicks; Mrs. Kirby mit Joe Kirby, alias

Victor von Damm ...‹ Und zusammen mit O'Brien.« James' Stirnrunzeln verstärkte sich. »Das ist ein geschmackloses Foto, Jacqueline. Warum hast du zugelassen, daß er dich umarmt?«
»Umarmt? Umarmt?« Jacqueline starrte ihn an. »Wenn du eine Umarmung nicht von einem helfenden Arm unterscheiden kannst, solltest du dich wirklich schämen.«
»Du brauchtest keine Hilfe.«
»Aber O'Brien. Er hatte eine unangenehme Wunde.«
»Ein kleiner Kratzer.«
»Du bist nur neidisch, weil du nicht den Helden spielen durftest.«
»Nun, hätte ich, wenn man mir die Chance gegeben hätte. Du hast mich angelogen, Jacqueline. Hätte ich gewußt, was du vorhattest ... «
»Du hattest jede erforderliche Information, James. Gütiger Himmel, ich habe dir die Tatsache über Valentines schriftstellerische Unfähigkeit doch quasi in den Mund gelegt. Ein Sprachwissenschaftler müßte das doch nach einem zweiminütigen Gespräch mit diesem kleinen Schwachkopf bemerkt haben. Aber so sind die Männer. Ihr spielt alle verrückt, wenn ihr ein hübsches Gesicht seht.«
»Diesen Aspekt des Falles meinte ich damit nicht«, brummte James. »Was ist mit dem Digitalis?«
»Darauf bin ich auch erst gekommen, nachdem ein mit mir befreundeter Chemiker Analysen auf andere Substanzen vorgenommen hatte.«
»Oh. Aber verflucht, Jacqueline, wenn du mich tatsächlich nicht angelogen hast, so hast du mich doch praktisch bei allem anderen in die Irre geführt. Dieser ganze Unsinn, daß Jean eine Verdächtige und du das dritte Opfer darstelltest ... «
»War ich doch auch, zumindest beinahe, oder? Ich konnte nicht ganz offen zu dir sein, James. Es war so ein Gefühl, das sich bis zur letzten Sekunde hin steigerte. Ich hatte keinen Beweis. Selbst als Betsy ihre Bombe mit dem Notizbuch platzen ließ

(also, manchmal wundere ich mich wirklich über Betsy), nutzte uns das gar nichts. Dubrettas Notizen enthielten lediglich Informationen, die wir ohnehin schon kannten.«

»Wir?« James' Stimme klang sarkastisch.

»O'Brien erhielt sie von den gleichen Quellen, die Dubretta angezapft hatte – einer früheren Sekretärin von Hattie, die über ihre Ex-Chefin verärgert war, dem Unternehmen, für das Valentine als – äh – Modell gearbeitet hatte, und so weiter. Ich leitete die gleichen Fakten aufgrund von literarischen Mitteln ab.«

»Aber du hast dir nicht die Mühe gemacht, mich zu informieren.«

»James, die Information war nutzlos. Sie ergab zwar ein mögliches Motiv, aber wie alle auf Verbrechensuntersuchung spezialisierten Menschen wissen, ist das Motiv der unbedeutendste Faktor bei der Aufklärung eines Falles. Und in diesem Fall war das Motiv extrem komplex, da es die Hintergründe von Max' Beziehung zu Valentine berührte. Ich war mir sicher, daß Max den Mord begangen hatte, nachdem ich einmal begriffen hatte, daß das Gift nicht in dem Wein gewesen sein konnte. Er tat alles, um diesen falschen Eindruck zu verstärken und damit die eigentliche Sachlage zu vertuschen. Tatsächlich war er so ziemlich der einzige, der Dubretta vergiftet haben konnte. Doch ohne Beweis mußte ich ihn mit der Holzhammermethode zu einem Geständnis zwingen, und meine einzige Waffe war seine Angst, Valentine zu verlieren.«

»Was wird wohl aus ihr?« sinnierte James.

»James, du sentimentaler Schwachkopf, Valerie Valentine ist Millionärin. Max wird ihr Geld vermutlich aus dem Kittchen heraus verwalten, oder wo auch immer er landen wird. Vielleicht kommt er mit Totschlag oder versuchtem Mord davon. Ein cleverer Anwalt kann diesen Fall zerreden, wenn er nicht geschickt vorgebracht wird.«

»Und Hattie Foster kommt ungeschoren davon«, sagte James. »Es war kriminell, wie sie das Mädchen ausgenutzt hat, und trotzdem wird sie niemand belangen. Sie hat Valentine zwar verloren, aber sie hat immer noch Valerie Vanderbilt, beziehungsweise einen zuverlässigen Ersatz, und Victor von Damm.«

»Ich habe mir ein paar Ideen für sie überlegt.« Wenn Hattie Jacquelines Gesichtsausdruck gesehen hätte, wäre es ihr sicherlich eiskalt den Rücken hinuntergelaufen.

Jacqueline richtete sich auf. »Ich denke, das war's.«

»Du hast deinen Morgenmantel vergessen.«

»Ach, den.« Jacqueline zerknüllte ihn und stopfte ihn in den Abfallkorb.

»Was tust du denn da? Ich mag diesen Morgenmantel sehr gern.«

»Ich nicht. Ich habe einen neuen gekauft.« Sie nahm ihn aus dem Koffer und hielt ihn hoch.

Nach einer erfolglosen Ehe und einer Reihe mehr oder weniger erfolgreicher Partnerschaften wußte James so viel über Frauenbekleidung, daß er den Preis des schimmernden, elfenbeinfarbigen Satins einschätzen konnte. »Ich dachte, du seist knapp bei Kasse«, meinte er.

»Ich erwarte in Kürze eine größere Geldsumme«, klärte Jacqueline ihn auf. Zärtlich faltete sie den Morgenmantel und legte ihn zurück in den Koffer.

»Oh, das erinnert mich an etwas.« James' Stimme hatte wieder ihren unwiderstehlichen Klang angenommen. »Tom Blackstone hat sich für das Wintersemester eingeschrieben. Im Mai erklärte er mir noch, daß er die Hochschule verlassen müsse, da die Unterstützung für die Studenten so drastisch gekürzt worden ist.«

»Ach, wirklich.«

»Er ist doch einer deiner Lieblinge, nicht wahr?«

»Er sortiert Bücher in der Bibliothek ein.«

»Er ist ein heller Bursche. Ich bin froh, daß er Geld aufgetrieben hat. Ich frage mich nur, woher?«

Jacqueline antwortete nicht. Zufrieden, daß seine Mutmaßungen korrekt waren, beschoß James sie aus einer anderen Ecke. »Hat die kranke Freundin dich bereits zu ihrer Alleinerbin erklärt?«

»Also wirklich, James, deine Vorstellungen sind abartig«, sagte Jacqueline mißfällig. »Ich erwarte gar nicht, Geld zu erben, ich will es mir verdienen. Hattie Foster wird mein Buch betreuen. Und«, fügte sie mit einem spitzbübischen Grinsen hinzu, »bei diesem Geschäft wird es auch keine 25-Prozent-Regelung geben.«

»Dein Buch war also kein Scherz!«

»Da ist es, du ungläubiger Thomas.« Jacqueline deutete auf das Notizbuch auf dem Nachtschränkchen. »Ich habe zwar erst sechs Kapitel fertig, aber ich rechne mit einem anständigen Vorschuß.«

»Macht es dir etwas aus, wenn ich mal reinschaue?«

»James, du weißt doch, daß ich konstruktive Kritik stets geschätzt habe.«

Insgeheim dachte James, daß das vermutlich die schamloseste Lüge war, die sie jemals von sich gegeben hatte. Er griff nach *Ungezähmte Lust.*

Jacqueline warf einen forschenden Blick durch das Zimmer. In den Schrank, ins Badezimmer, unter das Bett... Ein unterdrückter Laut von James ließ sie abrupt hochschnellen. Sein Schmunzeln veränderte sich zu einem herzhaften Gähnen.

»James!« schrie sie ungehalten.

Ihr Kollege schaute von den Seiten des Notizbuches auf. Er grinste. »Ich hasse es, das zugeben zu müssen, aber es ist einfach großartig«, sagte er. »Bei weitem das verflucht Witzigste, was ich dieses Jahr gelesen habe.«

»Witzigste?«

»Eine vernichtende Satire«, sagte James bewundernd. »Ich wußte ja, daß du eine spitze Zunge hast, aber das hier... das ist Literatur. Die Passage, wo Oona Lurgh ergreift, als er sie beim Baden im Fluß beobachtet...« Er wandte sich wieder dem Buch zu. Und schmunzelte erneut.

Jacqueline blieb vor Zorn wie angewurzelt stehen, und ihre grünen Augen sprühten Blitze. Das Telefon klingelte. Sie griff zum Hörer. James zeigte keine Reaktion.

»Ja?« sagte Jacqueline. James schmunzelte. »Komm einfach rauf«, sagte Jacqueline. James wieherte. »Ich weiß, aber ich habe meine Meinung geändert. Komm rauf.« James schüttelte sich vor Lachen.

»Ich lasse dir das Manuskript hier, denn du scheinst es ja zu verschlingen«, sagte sie in liebenswürdigem Ton. »Vergiß aber bitte nicht, es mit nach Coldwater zurückzubringen, ja?«

»Ja, ja«, sagte James abwesend und kicherte dann erneut.

»Bist du soweit, Jackie?«

»Ja, ich bin fertig. Mein Koffer ist schwerer, als ich dachte. Wenn es dir nichts ausmacht ... «

»Es macht mir nichts aus.« Darauf folgte nicht etwa Schweigen, sondern lediglich eine Gesprächsunterbrechung. Gewisse Geräusche waren unüberhörbar.

James' Grinsen gefror auf seinen Lippen. Er blickte von seiner *Ungezähmten Lust* auf. »Jackie?« meinte er fassungslos.

O'Brien betrat das Zimmer. Er trug einen dunkelgrauen Anzug mit dunkelroter Krawatte. Dazu schwarze Socken. Er fuhr sich mit einem Taschentuch über die Stirn und sagte: »Hallo, Professor.«

»Hallo«, sagte James. »Jackie?«

»Ja, James?« Jacqueline lächelte ihn an.

»Ich habe nicht mit dir gesprochen«, sagte James.

O'Brien schnappte sich Jacquelines Koffer. »Bis dann, Professor. War nett, Sie kennenzulernen.«

»Lebwohl, James. Danke für all deine Hilfe.«

Die Tür wurde geschlossen, doch zuvor hörte James noch Jacquelines sanftes, leises Lachen – vertraut, zärtlich und ironisch.

Er schleuderte die *Ungezähmte Lust* durch das Zimmer. Das Notizbuch knallte vor die Wand und flatterte wie ein zerrupfter Vogel zu Boden.

Ihm hatte Jacqueline nie erlaubt, sie Jackie zu nennen. Sie haßte Kosenamen.
»Diese durchtriebene, doppelzüngige, verlogene...« brüllte James laut.
Eine Zeitlang brütete er vor sich hin. Schließlich hellte sich sein Gesicht auf. Seine Kommentare zu Jacquelines Manuskript hatten seine Geliebte offensichtlich verärgert – und seine Geliebte war sie immer noch, trotz der Tatsache, daß sie durchtrieben, doppelzüngig und verlogen war. Sie war mit Sicherheit das Beste, das Coldwater in Nebraska zu bieten hatte. Das Buch versprach, ein dankbares Streitobjekt für die nächsten Monate zu werden, darüber hinaus blieb noch, das Geheimnis von Jacquelines plötzlichem Wohlstand zu ergründen.
James setzte sein berühmtes, hintergründiges Lächeln auf. Diese Runde hatte er verloren, doch der Kampf war noch nicht vorüber. Er stand auf und sammelte die Seiten der *Ungezähmten Lust* wieder ein.
»Das letzte, woran sich Oona erinnerte, war die riesige Welle, die über ihrem winzigen Kanu zusammenschlug. Luga, der Gott der Meere, rächte sich an dem armseligen Sterblichen, der es gewagt hatte, seiner grausamen und sadistischen Verehrung ein Ende zu bereiten. Doch die Göttin mischte sich ein, um ihre Priesterin zu retten. Statt der eisigen Fluten von Lugas kaltem Element streifte ein warmer Lufthauch ihren üppigen, entblößten Körper. Sie hörte den sanften Klang der Wellen, die langsam an das sandige Ufer gespült wurden. Ihre langen, gebogenen Wimpern waren vom Salzwasser benetzt. Mit träger Hand wischte sie sie trocken und öffnete ihre Augen.
Über sie gebeugt stand ein Mann – wenn es denn ein Sterblicher war und kein Gott. Der leibhaftige Luga, der seine Rache an ihrer hilflosen Nacktheit vollziehen wollte? Wasser tropfte aus seinem schulterlangen, goldenen Haar und bildete einen schimmernden Film auf seiner durchtrainierten, bronzefarbenen Brust. Seine Augen hatten das tiefe Graublau der aufgewühlten

See. Langsam und voller Verlangen musterten sie sie, von ihren makellosen weißen Schultern über die zartgeäderten Rundungen ihrer vollen Brüste bis hin zu ihrem ...«

James kicherte.